TEIL EINS

Tobruk

1

DAS LETZTE KAMEL brach am Mittag zusammen. Es war der fünfjährige weiße Bulle, den er in Gialo gekauft hatte, das jüngste, kräftigste und am wenigsten widerspenstige der drei Tiere. Er mochte es so gern, wie ein Mensch ein Kamel mögen kann. Das heißt, er haßte es nicht allzusehr.

Sie kletterten die Leeseite eines kleinen Hügels empor. Der Mann und das Kamel bohrten ihre schweren, müden Füße in den rieselnden Sand und blieben oben stehen. Dann blickten sie nach vorn, sahen nichts als einen anderen Hügel, den sie bezwingen mußten, und hinter ihm tausend weitere. Es war, als ob das Kamel bei dem Gedanken verzweifelte. Seine Vorderläufe gaben nach, dann senkte es den Rumpf und kauerte schließlich auf der Kuppe des Hügels wie ein Denkmal. Mit dem Gleichmut eines Sterbenden starrte es über die leere Wüste.

Der Mann zog an dem Nasenseil des Kamels. Aber es schob nur den Kopf etwas vor, der Hals streckte sich, doch es stand nicht auf. Der Mann ging um das Tier herum und trat mit aller Kraft drei- oder viermal gegen dessen Hinterteil. Schließlich holte er einen rasiermesserscharfen, geschwungenen Beduinendolch mit feiner Spitze hervor und stach ihn in den Rumpf des Kamels. Blut floß aus der Wunde, aber das Tier schaute sich nicht einmal um.

Der Mann begriff, was geschehen war. Das Körpergewebe des Tieres, das so lange jede Nahrung entbehrt hatte, erfüllte seine Funktionen nicht mehr – wie ein Motor, der kein Benzin mehr hat. Er hatte gesehen, wie Kamele am Rande einer Oase zusammenbrachen, umgeben von lebensspendendem Laubwerk, das sie nicht beachteten, weil ihnen die Energie zum Fressen fehlte.

Es gab noch zwei Tricks, die er hätte anwenden können. Der eine bestand darin, Wasser in die Nüstern des Kamels zu gießen, bis es zu ersticken begann; die andere Methode war, ein Feuer unter seiner Hinterhand anzuzünden. Doch er konnte weder das Wasser für die eine noch das Feuerholz für die andere Methode entbehren, und außerdem versprach keine von beiden großen Erfolg.

Ohnehin wurde es Zeit anzuhalten. Die Sonne brannte hoch am Himmel. Der lange Sommer der Sahara hatte begonnen, und die Mittagstemperatur würde 45 Grad im Schatten erreichen.

Ohne dem Kamel die Last abzunehmen, öffnete der Mann einen der Säcke und zog sein Zelt hervor. Er blickte sich prüfend um: Nirgends gab es Schatten oder Dekkung, eine Stelle war so schlecht wie die andere. Er schlug sein Zelt auf der Hügelkuppe auf, neben dem sterbenden Kamel.

Mit gekreuzten Beinen setzte er sich an die offene Seite des Zeltes, um Tee zu kochen. Er kratzte ein kleines Sandquadrat glatt, ordnete ein paar wertvolle trockene Zweige zu einer Pyramide und entzündete das Feuer. Als das Wasser kochte, machte er Tee nach Nomadenart: Er goß die Flüssigkeit aus der Kanne in die Tasse, fügte Zucker hinzu und goß sie in die Kanne zurück, um sie von neuem ziehen zu lassen. Der Vorgang wiederholte sich mehrere Male, und das dabei entstehende Gebräu, sehr stark und sirupähnlich, war das belebendste Getränk der Welt.

Der Schlüssel zu Rebecca

Von Ken Follett sind im Bechtermünz Verlag bisher erschienen:

Die Nadel
Auf den Schwingen des Adlers
Der Modigliani-Skandal

Er kaute ein paar Datteln und sah zu, wie das Kamel starb, während er darauf wartete, daß sich die Sonne über ihm weiterschob. Diese Gelassenheit hatte er sich angewöhnt. Er hatte eine große Entfernung in dieser Wüste zurückgelegt, mehr als tausend Meilen. Zwei Monate vorher hatte er El Agheila an der Küste Libyens verlassen und war fünfhundert Meilen weit genau nach Süden, über Gialo und Kufra, in das leere Herz der Sahara gezogen. Dort war er nach Osten abgeschwenkt und hatte die Grenze nach Ägypten völlig unbeobachtet überschritten. Er hatte die felsige Einöde der westlichen Wüste überwunden und sich bei Kharga nach Norden gewandt. Nun war er nicht mehr weit von seinem Ziel entfernt. Er kannte die Wüste, aber er fürchtete sie – alle intelligenten Menschen fürchteten sie, sogar die Nomaden, die hier ihr ganzes Leben verbrachten. Doch er ließ sich nie von dieser Furcht übermannen. Katastrophen kamen immer vor. Navigationsfehler, die einen den nächsten Brunnen um zwei Meilen verpassen ließen; Wasserflaschen, die leckten oder zersprangen; scheinbar gesunde Kamele, die ein paar Tage nach dem Aufbruch krank wurden. Die einzig mögliche Reaktion war ein gemurmeltes *Inschallah:* Es ist der Wille Gottes.

Schließlich begann die Sonne sich nach Westen zu senken. Er betrachtete die Last des Kamels und fragte sich, wieviel davon er tragen könne. Er hatte drei kleine europäische Koffer, zwei schwere und einen leichten, die alle wichtig waren. Dazu kamen ein kleiner Beutel mit Kleidung, ein Sextant, die Karten, die Lebensmittel und die Wasserflasche. Das war schon zuviel: Er würde das Zelt, das Teegeschirr, den Kochtopf und den Sattel zurücklassen müssen.

Er schob die drei Koffer zusammen, band die Kleidung, die Lebensmittel und den Sextanten darauf fest und verschnürte alles mit einem Tuchstreifen. Dann steckte er die Arme durch die Tuchschlaufen, so daß er das Gepäck wie einen Rucksack auf dem Rücken tragen konnte. Er hängte sich den Wassersack aus Ziegenleder um den Hals und ließ ihn vor seiner Brust baumeln.

Es war eine schwere Last.

Drei Monate früher wäre er fähig gewesen, sie einen ganzen Tag lang zu tragen und am Abend noch Tennis zu spielen, denn er war ein kräftiger Mann. Aber die Wüste hatte ihn geschwächt. Seine Eingeweide schienen zu Wasser geworden zu sein, seine Haut war von wunden Stellen übersät, und er hatte zwanzig oder dreißig Pfund verloren. Ohne das Kamel würde er nicht weit kommen.

Mit dem Kompaß in der Hand setzte er sich in Bewegung.

Er folgte der Kompaßanzeige peinlich genau und widerstand der Versuchung, den Hügeln auszuweichen, denn schon ein winziger Fehler konnte ihn um ein paar hundert tödliche Meter in die Irre leiten. Er machte langsame, ausgreifende Schritte. Der Mann verdrängte alle Hoffnungen und Ängste und konzentrierte sich auf den Kompaß und den Sand. Es gelang ihm, die Schmerzen in seinem erschöpften Körper zu vergessen und fast automatisch einen Fuß vor den anderen zu setzen.

Der Tag neigte sich dem kühleren Abend zu. Die Wasserflasche an seinem Hals wurde leichter, während er ihren Inhalt verbrauchte. Er weigerte sich, darüber nachzudenken, wieviel Wasser noch übrig war: Da er ungefähr drei Liter pro Tag trank, wußte er, daß es für einen weiteren Tag nicht mehr reichen würde. Ein Schwarm laut pfeifender Vögel flog über seinen Kopf hinweg. Er blickte auf, beschattete die Augen mit der Hand und erkannte sie als Lichtensteins Flughühner, braune, taubenähnliche Wüstenvögel, die jeden Morgen und Abend zum Wasser schwärmten. Sie hatten dieselbe Richtung wie er eingeschlagen, was bedeutete, daß er nicht vom Weg abgekommen war; doch er wußte, daß sie fünfzig Meilen bis zum Wasser fliegen konnten. Deshalb ermutigte ihn der Anblick nicht sehr.

Wolken sammelten sich am Horizont, während sich die Wüste abkühlte. Hinter ihm senkte sich die Sonne und verwandelte sich in einen großen gelben Ballon. Ein wenig später erschien ein weißer Mond am purpurnen Himmel.

Er überlegte, ob er anhalten sollte. Niemand konnte die ganze Nacht hindurch marschieren. Aber er hatte kein Zelt, keine Decke, keinen Reis und keinen Tee. Und er war davon überzeugt, in der Nähe des Brunnens zu sein. Seiner Schätzung nach hätte er ihn schon erreicht haben müssen.

Der Mann ging weiter. Seine Ruhe begann nun doch, ihn im Stich zu lassen. Er hatte seine Kraft und Erfahrung gegen die brutale Wüste eingesetzt, und es schien, daß die Wüste siegen würde. Wieder dachte er an das Kamel, das er zurückgelassen hatte, und daran, wie es mit erschöpfter Gelassenheit auf dem Hügel saß und auf den Tod wartete. Er würde nicht auf den Tod warten. Wenn der Tod unvermeidlich war, würde er ihm entgegeneilen. Er würde sich nicht mit den Stunden der Qual und des fortschreitenden Wahnsinns abfinden. Schließlich hatte er sein Messer.

Der Gedanke weckte Verzweiflung, und nun konnte er die Furcht nicht mehr unterdrücken. Der Mond verschwand, aber die Landschaft war vom Sternenlicht erhellt. Er sah seine Mutter in der Ferne, wie sie erklärte: »Behaupte nicht, daß ich dich nie gewarnt hätte!« Er hörte einen Zug, der langsam im Takt seines Herzschlages dahinstampfte. Kleine Steine bewegten sich vor ihm wie hüpfende Ratten.

Er roch geröstetes Lammfleisch. Nachdem er eine Anhöhe überwunden hatte, entdeckte er – direkt vor ihm – die rote Glut des Feuers, über dem das Fleisch geröstet worden war; daneben saß ein kleiner Junge, der an den Knochen nagte. Das Feuer war von Zelten umgeben, an den Vorderbeinen gefesselte Kamele weideten die zerstreuten Dornensträucher ab, und im Hintergrund lag der Brunnen. Er schleppte sich weiter. Die Menschen in dem Traum schauten verblüfft zu ihm auf. Ein hochgewachsener Mann stand auf und sprach ihn an. Der Wanderer zog an seiner Houli und löste das Tuch, um sein Gesicht zu enthüllen.

Da trat der hochgewachsene Mann erschrocken vor und sagte: »Mein Cousin!«

Der Wanderer begriff, daß dies doch keine Illusion war. Er lächelte schwach und brach zusammen.

Als er erwachte, glaubte er, ein Junge zu sein, als ob sein Erwachsenenleben nur ein Traum gewesen wäre.

Jemand berührte seine Schulter und sagte in der Sprache der Wüste: »Wach auf, Achmed.« Seit Jahren hatte ihn niemand Achmed genannt. Er merkte, daß er in eine grobe Decke gewickelt war und auf dem kalten Sand lag; sein Kopf war in eine Houli gehüllt. Er öffnete die Augen und sah den herrlichen Sonnenaufgang wie einen Regenbogen vor dem flachen schwarzen Horizont. Der eisige Morgenwind blies ihm ins Gesicht. In dieser Sekunde machte er wieder all die Verwirrung und Besorgnis seines fünfzehnten Lebensjahres durch. Bei seinem ersten Aufwachen in der Wüste hatte er sich ganz verloren gefühlt. Er hatte gedacht: ›Mein Vater ist tot‹, und danach: ›Ich habe einen neuen Vater‹. Bruchstücke aus den Suren des Korans waren ihm durch den Kopf gegangen, gemischt mit Teilen des Apostolischen Glaubensbekenntnisses, das seine Mutter ihn immer noch insgeheim – auf deutsch – lehrte. Er erinnerte sich an den nicht lange zurückliegenden scharfen Schmerz seiner Beschneidung und an die Jubelrufe und Gewehrschüsse der Männer, die ihm dazu gratulierten, daß er endlich einer von ihnen, ein echter Mann geworden war. Dann war die lange Zugreise gefolgt, auf der er überlegt hatte, was für Menschen seine Verwandten in der Wüste sein mochten und ob sie seinen blassen Körper und seine städtischen Manieren verachten würden. Er war schnell aus dem Bahnhof nach draußen gegangen und hatte die beiden Araber gesehen, die im Staub des Vorplatzes neben ihren Kamelen saßen; sie waren in traditionelle Gewänder gehüllt, die sie von Kopf bis Fuß bedeckten. Sie hatten ihn zu dem Brunnen gebracht. Es war schrecklich gewesen: Niemand sprach mit ihm, sondern alle machten sich nur mit Zeichen verständlich. Am Abend wurde ihm klar, daß diese Menschen keine Toiletten besaßen, und das machte ihn ziemlich verlegen. Schließlich konnte er nicht mehr umhin zu fragen. Nach einem Moment des Schweigens brachen alle in Gelächter aus. Wie sich herausstellte, hatten sie geglaubt, er beherrsche ihre Sprache nicht, deshalb hatten sie die Zeichensprache benutzt; außerdem hatte er bei seiner Frage nach den sanitären Einrichtungen einen Kinderausdruck verwendet, was alles noch amüsanter machte. Jemand erklärte ihm, daß er sich etwas von dem Kreis der Zelte entfernen und in den Sand hocken solle. Danach war er nicht mehr so verängstigt gewesen, denn diese Menschen erschienen ihm trotz ihrer Härte nicht unfreundlich.

All diese Gedanken waren ihm durch den Kopf gegangen, während er seinen ersten Sonnenaufgang in der Wüste betrachtete; und jetzt, zwanzig Jahre später, kehrten sie bei den Worten »Wach auf, Achmed« so frisch und schmerzlich zurück wie die schlimmen Erinnerungen an den gestrigen Tag.

Er setzte sich jäh auf, und die Gedanken verzogen sich so schnell wie die Morgenwolken. Eine lebenswichtige Mission hatte ihn gezwungen, die Wüste zu durchqueren. Er hatte den Brunnen gefunden, und es war keine Halluzination gewesen: Seine Verwandten waren hier, wie immer zu dieser Jahreszeit. Er war vor Erschöpfung zusammengebrochen, sie hatten ihn in Decken gehüllt und neben dem Feuer schlafen lassen. Panik überkam ihn, als er an sein wertvolles Gepäck dachte; hatte er es bei seiner Ankunft noch getragen? Dann sah er es, säuberlich zu seinen Füßen aufgestapelt.

Ischmael kauerte neben ihm. So war es immer gewesen: Während des ganzen Jahres, das die beiden Jungen zusammen in der Wüste verbracht hatten, war Ischmael am Morgen stets als erster aufgewacht. Er sagte: »Große Sorgen, Cousin?«

Achmed nickte. »Es ist Krieg.«

Ischmael reichte ihm eine winzige juwelenbesetzte Wasserschüssel. Achmed tauchte die Finger in das Wasser und wusch sich die Augen. Nachdem Ischmael sich entfernt hatte, stand Achmed auf.

Eine der Frauen, schweigend und untertänig, gab ihm Tee. Er nahm die Tasse ohne Dank entgegen und trank sie schnell aus. Dann aß er etwas kalten, gekochten Reis und sah zu, wie die geruhsame Arbeit des Lagers ihren Lauf nahm. Es schien, daß dieser Zweig der Familie noch immer wohlhabend war: Die Zahl der Diener, der vielen Kinder und der über zwanzig Kamele deuteten das an. Die Schafe in der Nähe waren nur ein Teil der Herde, der Rest graste wohl ein paar Meilen entfernt. Wahrscheinlich gab es auch noch mehr Kamele. Sie suchten nachts nach Laubwerk, und obwohl ihre Vorderläufe gefesselt waren, verschwanden sie manchmal aus dem Blickfeld. Die kleineren Jungen würden sie zurücktreiben, wie er und Ischmael es getan hatten. Die Tiere hatten keine Namen, doch Ischmael kannte jedes einzelne von ihnen und war mit seiner Geschichte vertraut.

Er erklärte zuweilen: »Dies ist der Bulle, den mein Vater seinem Bruder Abdel in dem Jahr gab, als vier Frauen starben. Der Bulle wurde lahm, deshalb gab mein Vater

Abdel einen anderen und nahm diesen zurück. Er hinkt immer noch, siehst du?«

Achmed hatte viel über Kamele gelernt, aber er verhielt sich ihnen gegenüber nicht ganz so wie ein Nomade. Ihm fiel ein, daß er gestern kein Feuer unter seinem sterbenden weißen Kamel angezündet hatte. Ischmael hätte es getan.

Achmed beendete sein Frühstück und trat an sein Gepäck. Die Koffer waren nicht verschlossen. Er öffnete den oberen. Als er die Schalter und Instrumente des kompakten Funkgeräts betrachtete, das genau in den ledernen, rechteckigen Koffer eingepaßt war, überkam ihn plötzlich eine lebhafte Erinnerung, wie ein Filmausschnitt: das geschäftige, hastige Berlin, das von Bäumen gesäumte Tirpitzufer; ein vierstöckiges Sandsteingebäude; ein Labyrinth von Korridoren und Treppen; ein Vorzimmer mit zwei Sekretärinnen; ein Büro, das karg mit einem Schreibtisch, einem Sofa, einem Aktenschrank und einem kleinen Bett möbliert war, an der Wand ein japanisches Gemälde eines grinsenden Dämons und ein signiertes Foto von Franco; und jenseits des Büros – auf einem Balkon in Richtung Landwehrkanal – zwei Dackel und ein Admiral mit vorzeitig ergrauten Haaren, der sagte: »Rommel will, daß ich einen Agenten nach Kairo schleuse.« Der Koffer enthielt auch ein Buch, einen Roman in englischer Sprache. Achmed las die erste Zeile: »Gestern nacht träumte mir, ich sei wieder in Manderley.« Ein gefaltetes Blatt Papier fiel aus den Buchseiten. Achmed hob es sorgfältig auf und legte es zurück. Er klappte das Buch zu, verstaute es wieder im Koffer und schloß ihn. Ischmael stand neben ihm. Er fragte: »War es eine lange Reise?«

Achmed nickte. »Ich bin von El Agheila, in Libyen, gekommen.« Die Namen bedeuteten seinem Cousin nichts. »Vom Meer.«

»Vom Meer!«

»Ja.«

»Allein?«

»Ich hatte ein paar Kamele, als ich aufbrach.«

Ischmael war überwältigt. Sogar die Nomaden legten keine so großen Entfernungen zurück, und er hatte das Meer nie gesehen. »Aber warum?«

»Es hat mit dem Krieg zu tun.«

»Eine Bande von Europäern kämpft mit einer anderen darum, wer in Kairo die Macht besitzt; was geht das die Söhne der Wüste an?«

»Das Volk meiner Mutter nimmt an dem Krieg teil.«

»Ein Mann sollte seinem Vater folgen.«

»Und wenn er zwei Väter hat?«

Ischmael zuckte die Achseln. Er begriff das Dilemma.

Achmed hob den geschlossenen Koffer an. »Kannst du dies für mich aufbewahren?«

»Ja.« Ischmael nahm den Koffer. »Wer gewinnt den Krieg?«

»Das Volk meiner Mutter. Es ist wie die Nomaden, stolz, grausam und stark. Es wird die Welt beherrschen.«

Ischmael lächelte. »Achmed, du hast immer an den Wüstenlöwen geglaubt.«

Achmed erinnerte sich: Er hatte in der Schule gelernt, daß es in der Wüste einst Löwen gegeben habe; es sei möglich, daß sich einige von ihnen immer noch in den Bergen versteckten und sich von Rotwild, Großohrfüchsen und wilden Hammeln ernährten. Ischmael wollte ihm das nicht glauben. Damals war ihnen die Frage enorm wichtig vorgekommen, und sie hätten sich fast darüber zerstritten.

»Ich glaube immer noch an den Wüstenlöwen«, sagte Achmed und grinste.

Die beiden Cousins blickten einander an. Fünf Jahre waren vergangen, seit sie sich zum letztenmal begegnet waren. Die Welt hatte sich verändert. Achmed dachte an all die Dinge, von denen er erzählen könnte: das entscheidende Treffen in Beirut im Jahre 1938, seine Reise nach Berlin, seinen großen Coup in Istanbul ... Nichts davon würde seinem Cousin irgend etwas bedeuten, und Ischmael dachte wahrscheinlich das gleiche über seine eigenen Erlebnisse während der letzten fünf Jahre. Seit sie als Jungen zusammen nach Mekka gepilgert waren, empfanden sie Zuneigung füreinander, hatten sich aber nie etwas zu sagen.

Eine Sekunde später wandte Ischmael sich ab und trug den Koffer zu seinem Zelt. Achmed holte sich in einer Schüssel etwas Wasser. Er öffnete einen weiteren Koffer und nahm ein kleines Stück Seife, einen Pinsel, einen Spiegel und ein Rasiermesser heraus. Er steckte den Spiegel in den Sand, rückte ihn zurecht und begann, die Houli aufzuwickeln.

Der Anblick seines eigenen Gesichts im Spiegel entsetzte ihn. Seine kräftige, sonst reine Stirn war von Geschwüren bedeckt. Die Augen, vor Schmerz wie verschleiert, wirkten faltig an den Winkeln. Der dunkle Bart wuchs verfilzt und struppig an seinen feingeschnittenen Wangen, und die Haut seiner großen, gekrümmten Nase war rot und rissig. Er öffnete die verbrannten Lippen und sah, daß seine geraden, gleichmäßigen Zähne schmutzig und fleckig waren.

Er seifte den Bart ein und begann sich zu rasieren.

Allmählich kam sein eigentliches Gesicht zum Vorschein. Es war eher kräftig als attraktiv und zeigte gewöhnlich jenen Ausdruck, der, wie ihm früher einmal klargeworden war, auf ein ausschweifendes Leben hindeutete; doch nun war es einfach entstellt. Er hatte ein kleines Fläschchen Rasierwasser über Hunderte von Meilen durch die Wüste mitgenommen – nur für diesen Moment –, aber nun benutzte er es nicht, da er wußte, daß es unerträglich brennen würde. Er gab es einem kleinen Mädchen, das ihn beobachtet hatte, und das erfreut mit seiner Beute davonlief.

Achmed trug seinen Koffer zu Ischmaels Zelt und scheuchte die Frauen hinaus. Er zog sein Wüstengewand aus und legte ein weißes, englisches Hemd an, dazu eine gestreifte Krawatte, graue Socken und einen braun-karierten Anzug. Als er versuchte, sich die Schuhe anzuziehen, spürte er zum ersten Mal seine geschwollenen Füße. Es war eine Qual, sie in das harte Leder zu zwängen. Aber er konnte seinen europaischen Anzug nicht zu den behelfsmäßigen Gummisandalen der Wüste tragen. Am Ende schlitzte er die Schuhe mit seinem geschwungenen Messer auf und trug sie lose.

Er wollte mehr: ein heißes Bad, einen Haarschnitt, kühle, lindernde Creme für seine Wunden, ein Seidenhemd, ein Goldarmband, eine Flasche Champagner in einem Eiskübel und eine warme, weiche Frau. Doch darauf würde er noch warten müssen.

Als er aus dem Zelt auftauchte, schauten die Nomaden ihn an, als sei er ein Fremder. Er setzte seinen Hut auf und griff nach den beiden letzten Koffern – der eine war schwer, der andere leicht. Ischmael brachte eine Wasserflasche aus Ziegenhaut. Die beiden Cousins umarmten sich.

Achmed zog eine Brieftasche aus seinem Jackett, um seine Papiere zu überprüfen. Sein Ausweis verriet ihm, daß er wieder Alexander Wolff, 34 Jahre, Geschäftsmann und Europäer war; Adresse: Villa Les Oliviers, Garden City, Kairo.

Mit seinen Koffern machte er sich in der Kühle der Abenddämmerung auf, um die letzten Meilen der Wüste bis zur Stadt zurückzulegen.

*

Die uralte, große Karawanenstraße, der Wolff von Oase zu Oase über die weite, leere Wüste gefolgt war, führte durch einen Paß in der Gebirgskette und ging schließlich in eine befestigte Straße über. Die Straße war wie ein Strich, den Gott auf die Karte gezeichnet hatte, denn an der einen Seite lagen die gelben, staubigen, unfruchtbaren Hügel und an der anderen üppige Baumwollfelder, von Bewässerungsgräben in Quadrate eingeteilt. Die Bauern, über ihre Felder gebeugt, trugen Galabiyas, einfache Gewänder aus gestreifter Baumwolle, und nicht die schwerfälligen, schützenden Roben der Nomaden. Während er auf der Straße nach Norden wanderte, die kühle, feuchte Brise des nahen Nils roch und die häufiger werdenden Zeichen städtischer Zivilisation beobachtete, begann Wolff, sich wieder menschlich zu fühlen. Die über die Felder verstreuten Bauern beruhigten ihn. Endlich hörte er den Motor eines Autos und wußte, daß er in Sicherheit war. Das Fahrzeug näherte sich aus Richtung Assiut, der Stadt. Es kam hinter einer Kurve hervor, und er sah, daß es ein Militärjeep war. Kurz darauf bemerkte er, daß die Insassen britische Armeeuniformen trugen, und begriff, daß er eine Gefahr hinter sich gelassen hatte, nur um mit einer neuen konfrontiert zu werden.

Er zwang sich zur Ruhe. Ich habe jedes Recht, hier zu sein, dachte er. Ich wurde in Alexandria geboren, bin von ägyptischer Nationalität und besitze ein Haus in Kairo. Meine Papiere sind alle echt. Ich bin ein reicher Mann, ein Europäer und ein deutscher Spion hinter den feindlichen Linien.

Der Jeep kam in einer Staubwolke kreischend zum Stehen. Einer der Männer sprang heraus. Er hatte zwei Stoffsterne auf jeder Schulter seines Uniformhemdes: ein Captain. Er wirkte erstaunlich jung und hinkte.

»Woher, zum Teufel, kommen Sie denn?« fragte er.

Wolff stellte seine Koffer ab und deutete, ruckartig mit dem Daumen über die Schulter. »Mein Auto ist auf der Wüstenstraße stehengeblieben.«

Der Captain nickte und gab sich mit der Erklärung sofort zufrieden: Ihm – und jedem anderen – wäre nie eingefallen, daß ein Europäer aus Libyen zu Fuß hierhergekommen sein könnte. »Ich möchte mir Ihre Papiere ansehen, bitte.«

Wolff reichte sie ihm. Der Captain prüfte die Papiere und schaute auf. Wolff dachte: In Berlin gibt es eine undichte Stelle, und jeder Offizier in Ägypten ist auf der Suche nach mir; oder man hat die Papiere geändert, seit ich zum letztenmal hier war, und meine sind veraltet; oder ...

»Sie scheinen müde zu sein, Mr. Wolff«, sagte der Captain. »Wie lange sind Sie schon unterwegs?«

Wolff wurde klar, daß sein Äußeres bei einem anderen Europäer recht nützliche Sympathie erwecken konnte. »Seit gestern nachmittag«, antwortete er mit einer Erschöpfung, die nicht völlig gekünstelt war. »Ich habe mich ein bißchen verlaufen.«

»Sie sind die ganze Nacht hier draußen gewesen?« Der Captain musterte Wolffs Gesicht genauer. »Lieber Himmel, ich glaube, es stimmt. Wir nehmen Sie am besten mit.« Er drehte sich zu dem Jeep um. »Corporal, die Koffer.«

Wolff öffnete den Mund, um zu protestieren, machte ihn jedoch sofort wieder zu. Ein Mann, der die ganze Nacht zu Fuß unterwegs gewesen war, würde froh sein, wenn ihm jemand das Gepäck abnahm. Ein Einwand würde seine Geschichte nicht nur unglaubwürdig erscheinen lassen, sondern auch die Aufmerksamkeit auf die Koffer lenken. Während der Corporal sie hinten auf den Jeep wuchtete, fiel Wolff ein, daß er sich nicht einmal die Mühe gemacht hatte, sie abzuschließen. Wie hatte er so dumm sein können? Die Antwort lag auf der Hand: Er war immer noch auf die Wüste eingestimmt, wo man Glück hat, wenn man einmal in der Woche andere Menschen sieht; dort wäre niemandem in den Sinn gekommen, ein Funkgerät zu stehlen, das an eine Steckdose angeschlossen werden muß. Wolff achtete immer noch auf die falschen Dinge: Er beobachtete die Bewegung der Sonne, schnupperte nach Wasser in der Luft, schätzte die Entfernungen, die er zurücklegte, und musterte den Horizont, als suche er einen einsamen Baum, in dessen Schatten er während der Tageshitze rasten konnte. All das mußte er jetzt vergessen und sich auf Polizisten, Papiere, Schlösser und Lügen konzentrieren.

Er nahm sich vor, wachsamer zu sein, und kletterte in den Jeep.

Der Captain setzte sich neben ihn und befahl dem Fahrer: »Zurück in die Stadt.«

Wolff entschied sich, seine Geschichte auszubauen. Während der Jeep auf der staubigen Straße wendete, fragte er: »Haben Sie etwas Wasser?«

»Natürlich.« Der Captain griff unter seinen Sitz und zog eine filzbedeckte Blechflasche hervor, die einem großen Whiskybehälter glich. Er schraubte den Verschluß ab und reichte sie Wolff.

Wolff trank mit tiefen Zügen und schluckte mehr als einen halben Liter. »Vielen Dank«, sagte er und gab die Flasche zurück.

»Sie sind ganz schön durstig. Kein Wunder. Oh, übrigens, ich bin Captain Newman.« Er streckte die Hand aus.

Wolff schüttelte sie und betrachtete den Mann genauer. Er war tatsächlich jung – vielleicht Anfang Zwanzig –, mit einem frischen Gesicht, einer jungenhaften Tolle und einem raschen Lächeln. Sein Benehmen verriet jene fatale Reife, die im Kampf früh erworben wird. »Sie sind im Einsatz gewesen?«

»Eine Zeitlang.« Captain Newman berührte sein Knie. »Hab' mir das Bein in der Cyrenaika zerschunden. Deshalb bin ich in dieses Nest geschickt worden.« Er grinste. »Ich kann nicht behaupten, daß ich mich danach sehnte, in die Wüste zurückzukehren, aber ich würde gern etwas Wichtigeres tun, als hier, Hunderte von Meilen vom Krieg entfernt, den Aufpasser abzugeben. Die einzigen Gefechte spielen sich in der Stadt zwischen Christen und Moslems ab. Woher stammt Ihr Akzent?«

Die plötzliche Frage, die mit den vorherigen Bemerkungen nichts zu tun hatte, überraschte Wolff. Das war ihr Zweck gewesen, wie ihm schien. Captain Newman war ein scharfsinniger junger Mann. Zum Glück hatte Wolff eine Antwort vorbereitet. »Meine Eltern waren Buren, die aus Südafrika nach Ägypten kamen. Ich wuchs mit Afrikaans und Arabisch auf.« Er zögerte, auf keinen Fall durfte er seine Karte überreizen, indem er allzu bereitwillig Erklärungen abgab. »Mein Name – Wolff – ist niederländisch, und ich wurde nach meiner Geburtsstadt Alex getauft.«

Newman bewies höfliches Interesse. »Was führt Sie hierher?« Auch darauf war Wolff vorbereitet. »Ich habe geschäftliche Verbindungen in mehreren Städten Oberägyptens.« Er lächelte. »Ich möchte sie überraschend besuchen.«

Sie erreichten Assiut. Nach ägyptischen Maßstäben war es eine große Stadt, mit Fabriken, Krankenhäusern, einer islamischen Universität, einem berühmten Kloster und rund 60 000 Einwohnern. Wolff wollte gerade darum bitten, am Bahnhof abgesetzt zu werden, als Newman ihn vor diesem Irrtum bewahrte. »Sie brauchen eine Werkstatt«, sagte der Captain. »Wir bringen Sie zu Nasif. Er hat einen Abschleppwagen.« Wolff zwang sich zu einem: »Vielen Dank.« Er schluckte trocken. Immer noch reagierte er nicht rasch genug. Wenn ich mich nur zusammenreißen könnte, sagte er sich, die verdammte Wüste hat meine Reflexe verdorben. Er blickte auf seine Armbanduhr. Die Zeit reichte, um die Komödie bei der Werkstatt mitzuspielen und den täglichen Zug nach Kairo trotzdem zu erreichen. Was sollte er tun? Er mußte die Werkstatt aufsuchen, da Newman ihn sicher beobachten ließ. Dann würden die Soldaten weiterfahren. Wolff würde sich nach Ersatzteilen oder etwas Ähnlichem erkundigen, um danach zum Bahnhof zu gehen.

Wenn er Glück hatte, würden Nasif und Newman sich nie über das Thema Alex Wolff unterhalten.

Der Jeep fuhr durch die geschäftigen, engen Straßen. Die vertrauten Bilder einer ägyptischen Stadt gefielen Wolff: die bunte Baumwollkleidung, die Frauen mit Bündeln auf dem Kopf, die diensteifrigen Polizisten, die gerissenen Burschen mit Sonnenbrillen, die winzigen Läden, deren Inhalt in die ausgefahrenen Straßen überquoll, die zerbeulten Autos und die überladenen Esel. Sie hielten vor einer Reihe niedriger Gebäude aus Lehmziegeln an. Die Straße war von einem uralten Lastwagen und den Resten eines ausgeschlachteten Fiats halb blockiert. Ein kleiner Junge saß auf dem Boden vor dem Eingang und arbeitete mit dem Schraubenschlüssel an einem Zylinderblock.

»Ich muß Sie leider hier absetzen«, sagte Newman. »Die Pflicht ruft.«

Wolff schüttelte ihm die Hand. »Sie waren sehr freundlich.«

»Es ist mir wirklich peinlich, Sie im Stich zu lassen«, fuhr Newman fort. »Sie haben viel durchgemacht.« Er runzelte die Stirn, dann hellte seine Miene sich auf. »Hören Sie, ich lasse Corporal Cox zurück. Er kann sich um Sie kümmern.«

»Das ist sehr nett, aber nicht ...«

Newman hörte nicht zu. »Nehmen Sie die Koffer des Mannes, Cox, und passen Sie gut auf. Ich möchte, daß Sie ihm helfen, aber überlassen Sie nichts diesen Arabern. Verstanden?«

»Ja, Sir!« entgegnete Cox.

Wolff stöhnte innerlich. Nun würde es weitere Verzögerungen geben; und er mußte den Corporal abschütteln. Captain Newmans Freundlichkeit wurde zu einer Plage – konnte das beabsichtigt sein?

Cox und Wolff stiegen aus, und der Jeep setzte sich in Bewegung. Wolff betrat Nasifs Werkstatt, während Cox ihm mit den Koffern folgte.

Nasif war ein lächelnder junger Mann in einer schmutzigen Galabiya. Er arbeitete beim Licht einer Öllampe an einer Autobatterie und sprach sie auf englisch an. »Möchten Sie wunderbares Auto mieten? Mein Bruder hat Bentley.«

Wolff unterbrach ihn in einem raschen, ägyptischen Arabisch. »Mein Auto ist stehengeblieben. Sie sollen einen Abschleppwagen haben.«

»Ja. Wir können sofort abfahren. Wo ist das Auto?«

»Auf der Wüstenstraße, vierzig oder fünfzig Meilen entfernt. Aber wir kommen nicht mit.« Er zog seine Brieftasche hervor und gab Nasif eine englische Pfundnote. »Sie finden mich im Grand Hotel neben dem Bahnhof, wenn Sie zurück sind.«

Nasif nahm das Geld bereitwillig an. »Sehr gut! Ich fahre gleich los!«

Wolff nickte kurz und drehte sich um. Während er mit Cox im Gefolge die Werkstatt verließ, dachte er über die Konsequenzen seines kurzen Gesprächs mit Nasif nach. Der Mechaniker würde mit seinem Abschleppwagen in die Wüste fahren und die Straße nach dem Auto absuchen. Schließlich würde er ins Grand Hotel zurückkehren, um seinen Mißerfolg zu melden. Dort würde er erfahren, daß Wolff abgereist war. Wenn er sich dann für den verschwendeten Tag auch nicht zu schlecht bezahlt fühlte, dürfte ihn das wahrscheinlich nicht daran hindern, allen möglichen Leuten die Geschichte des verschwundenen Fords und des verschwundenen Fahrers zu erzählen. So würde Captain Newman früher oder später davon hören. Newman, obwohl unschlüssig, was von der Sache zu halten sei, würde sich doch mit Sicherheit veranlaßt sehen, das Rätsel zu untersuchen.

Wolffs Stimmung trübte sich, als ihm klar wurde, daß damit sein Plan, sich unbeobachtet in Ägypten einzuschleichen, gescheitert sein konnte.

Er würde das Beste daraus machen müssen. Noch hatte er Zeit, den Zug zu erreichen. Er würde Cox im Foyer des Hotels abschütteln und – wenn er sich beeilte – noch etwas essen und trinken können, bevor der Zug abfuhr.

Cox war ein kleiner dunkelhaariger Mann mit einem britischen Provinzakzent, den Wolff nicht einordnen konnte. Er schien ungefähr in Wolffs Alter zu sein, und da er es nur zum Corporal gebracht hatte, hielt Wolff ihn für nicht allzu intelligent. Er folgte Wolff über die Midan el-Mahatta und fragte: »Sie kennen diese Stadt, Sir?«

»Ich bin schon einmal hier gewesen«, antwortete Wolff.

Sie betraten das Grand Hotel. Mit 26 Zimmern war es das größere der beiden Hotels der Stadt. Wolff wandte sich zu Cox. »Vielen Dank, Corporal. Ich glaube, Sie können sich jetzt wieder an Ihre Arbeit machen.«

»Keine Eile, Sir«, sagte Cox munter. »Ich trage Ihre Koffer nach oben.«

»Ich bin sicher, daß es hier Träger gibt.«

»Denen würde ich an Ihrer Stelle nicht trauen, Sir.«

Die Situation entwickelte sich mehr und mehr zu einem Alptraum oder einer Farce. Er fragte sich wieder, ob dies vollkommen zufällig sei, und hatte die erschreckende Ahnung, daß sie vielleicht alles wußten und nun einfach mit ihm spielten.

Wolff schob den Gedanken beiseite und antwortete Cox mit so viel Höflichkeit, wie er aufbringen konnte: »Also gut, danke.«

Er wandte sich zur Rezeption und bat um ein Zimmer. Ein Blick auf die Uhr: noch eine Viertelstunde. Er füllte rasch das Formular aus und gab eine fingierte Adresse in Kairo an; es bestand die Möglichkeit, daß Captain Newman die echte Adresse im Ausweis vergaß, und Wolff wollte keinen Hinweis zurücklassen.

Ein nubischer Page führte sie nach oben zu dem Zimmer. Wolff gab ihm an der Tür ein Trinkgeld. Cox legte die Koffer auf das Bett.

Wolff griff zu seiner Brieftasche. Vielleicht erwartete auch Cox ein Trinkgeld. »Corporal«, begann er, »Sie haben mir sehr geholfen ...«

»Gestatten Sie mir, Ihre Sachen auszupacken«, sagte Cox. »Der Captain hat befohlen, nichts den Arabern zu überlassen.«

»Nein, danke«, lehnte Wolff mit fester Stimme ab. »Ich möchte mich sofort hinlegen.«

»Legen Sie sich nur hin«, beharrte Cox großzügig. »Es wird nicht lange ...«

»Nicht öffnen!«

Cox hob den Kofferdeckel. Wolff schob die Hand in die Jacke und dachte: Verdammter Kerl. Jetzt bin ich aufgeflogen. Ich hätte den Koffer abschließen sollen. Ob ich es leise tun kann? Der kleine Corporal starrte auf die säuberlichen Stapel neuer englischer Pfundnoten, die den kleinen Koffer füllten. Er sagte: »Jesus, haben Sie 'ne Menge Kohle!« Während er vortrat, fiel Wolff ein, daß Cox wohl noch nie in seinem Leben so viel Geld gesehen hatte. Cox begann sich umzudrehen. »Was wollen Sie mit all dem ...«

Wolff zog das gefährlich geschwungene Beduinenmesser hervor, es glänzte in seiner Hand, als seine Augen die von Cox trafen. Der zuckte zusammen und öffnete den Mund, um zu schreien, doch da schnitt schon die rasiermesserscharfe Klinge tief in das weiche Fleisch seiner Kehle, sein Angstschrei wurde zu einem blutigen Gurgeln, und er starb. Wolff spürte nichts als ein Gefühl der Unzufriedenheit.

2

ES WAR MAI, und der Chamsin blies, ein heißer, staubiger Südwind. William Vandam stand unter der Dusche und litt unter dem deprimierenden Gedanken, daß dies der einzige Zeitpunkt des Tages sein würde, an dem er sich frisch fühlte. Er drehte das Wasser ab und rieb sich rasch trocken. Sein Körper schmerzte an vielen Stellen. Er hatte am Tag zuvor Cricket gespielt, zum erstenmal seit Jahren. Der Nachrichtendienst des Generalstabs hatte mit Mühe eine Mannschaft zusammenbekommen, um gegen die Ärzte des Feldlazaretts zu spielen – Spione gegen Quacksalber, wie sie es genannt hatten. Vandam, als Fänger an der Spielfeldgrenze, hatte sich die Lunge aus dem Hals gerannt, da die Mediziner die von den Nachrichtendienstlern geworfenen Bälle über den ganzen Platz schlugen. Nun mußte er zugeben, daß er nicht bei guter Kondition war. All der Gin oder auch die Zigaretten hatten seiner Stärke und Ausdauer geschadet; außerdem plagten ihn zu viele Sorgen, so daß er dem Spiel nicht die Konzentration widmen konnte, die es verdiente.

Er steckte sich eine Zigarette an, hustete und begann sich zu rasieren. Er rauchte immer beim Rasieren, nur so konnte er die Langeweile dieser täglichen Routine ertragen. Vor fünfzehn Jahren hatte er geschworen, sich einen Bart wachsen zu lassen, sobald er die Armee hinter sich hatte, aber er war immer noch Soldat.

Vandam zog seine gewohnte Uniform an: Socken, schwere Sandalen, Buschhemd und die Khakishorts mit den Laschen, die zum Schutz gegen Moskitos hinuntergeklappt und unterhalb der Knie zugeknöpft werden konnten. Niemand benutzte die Laschen je, und die jüngeren Offiziere schnitten sie meist ab, weil sie so lächerlich aussahen.

Auf dem Fußboden neben dem Bett stand eine leere Ginflasche. Vandam betrachtete sie, angewidert von sich selbst. Es war das erste Mal, daß er die verdammte Flasche mit ins Bett genommen hatte. Er hob sie auf, schraubte den Verschluß fest und warf sie in den Abfalleimer. Dann ging er nach unten.

Gaafar kochte gerade in der Küche Tee. Vandams Diener war ein alter Kopte mit kahlem Kopf und schlurfendem Gang; er hatte den Ehrgeiz, sich wie ein englischer Butler zu benehmen. Das würde er wohl nie schaffen, aber er besaß etwas Würde und war ehrlich, Eigenschaften, die für ägyptische Hausangestellte nicht gerade typisch waren, wie Vandam herausgefunden hatte.

»Ist Billy aufgestanden?« fragte Vandam.

»Ja, Sir, er kommt sofort herunter.«

Vandam nickte. Wasser sprudelte in einem kleinen Topf auf dem Herd. Er legte ein Ei hinein und stellte die Eieruhr. Danach schnitt er zwei Scheiben von einem nach englischer Art gebackenen Brotlaib ab und machte Toast. Er bestrich den Toast mit Butter, schnitt ihn in Streifen, nahm das Ei aus dem Wasser und köpfte es.

Billy kam in die Küche und sagte: »Guten Morgen, Dad.«

Vandam lächelte seinem zehnjährigen Sohn zu. »Morgen. Das Frühstück ist fertig.«

Der Junge begann zu essen. Vandam saß ihm bei einer Tasse Tee gegenüber und schaute zu. Billy sah in letzter Zeit morgens oft müde aus. Früher war er beim Frühstück immer frisch und munter gewesen. Schlief er schlecht? Oder ähnelte sein Stoffwechsel einfach immer mehr dem eines Erwachsenen? Vielleicht lag es daran, daß er nachts zu lange wach blieb, weil er unter dem Laken beim Licht einer Taschenlampe Detektivgeschichten las.

Man behauptete, daß Billy seinem Vater glich, aber Vandam konnte keine Ähnlichkeit entdecken. Er fand nur Spuren von Billys Mutter: die grauen Augen, die zarte Haut und die etwas arrogante Miene, wenn jemand ihn verärgert hatte.

Vandam bereitete immer das Frühstück für seinen Sohn zu. Der Diener wäre durchaus dazu fähig gewesen, aber Vandam wollte sich dieses kleine Ritual erhalten. Oft waren es die einzigen Minuten des Tages, die er mit Billy verbrachte. Sie redeten nicht viel – Billy aß, und Vandam rauchte –, doch das spielte keine Rolle: Wichtig war nur, daß sie zu Beginn jeden Tages eine Weile zusammen waren.

Nach dem Frühstück putzte Billy sich die Zähne, während Gaafar Vandams Motorrad holte. Billy kam mit seiner Schulmütze auf dem Kopf zurück, und Vandam setzte seine Uniformmütze auf. Wie jeden Tag salutierten sie voreinander. Billy sagte: »Gut, Sir, dann wollen wir mal den Krieg gewinnen.« Damit gingen sie hinaus.

*

Major Vandams Büro lag in Grey Pillars, einer mit Stacheldraht umzäunten Gebäudegruppe, die das »Große Hauptquartier Naher Osten« beherbergte. Bei seiner Ankunft fand er einen Bericht auf dem Schreibtisch vor. Er setzte sich, zündete eine Zigarette an und begann zu lesen.

Der Bericht kam aus Assiut, 300 Meilen südlich, und zuerst verstand Vandam nicht, wieso er an den Nachrichtendienst geleitet worden war. Eine Patrouille hatte auf der Landstraße einen Europäer mitgenommen, der später einen Corporal mit dem Messer ermordete. Die Leiche war am Abend zuvor entdeckt worden, fast unmittelbar nachdem man die Abwesenheit des Corporals bemerkt hatte, aber mehrere Stunden nach dessen Tod. Ein Mann, welcher der Beschreibung des Europäers entsprach, hatte am Bahnhof eine Fahrkarte nach Kairo gekauft, aber zu dem Zeitpunkt, als die Leiche gefunden wurde, war der Zug schon in Kairo angekommen, und der Mörder war in der Stadt untergetaucht.

Es gab keinen Hinweis auf ein Motiv.

Die ägyptische Polizei und die britische Militärpolizei würden schon in Assiut Nachforschungen anstellen, und ihre Kollegen in Kairo würden die Einzelheiten – wie Vandam – heute morgen erfahren. Welchen Grund gab es, den Nachrichtendienst einzuschalten?

Vandam runzelte die Stirn und dachte nach. Ein Europäer wird in der Wüste aufgelesen. Er behauptet, sein Auto habe eine Panne, nimmt sich ein Zimmer in einem Hotel, verläßt es ein paar Minuten später und fährt mit dem Zug ab. Sein Auto wird nicht gefunden. Die Leiche eines Soldaten wird am selben Abend in dem Hotelzimmer entdeckt.

Was hatte das zu bedeuten?

Vandam rief Assiut an. Die Vermittlung des Armeelagers brauchte eine Weile, um Captain Newman aufzustöbern, aber schließlich wurde er im Magazin angetroffen und ans Telefon geholt.

»Dieser Messermord sieht fast nach einer aufgeflogenen Tarnung aus«, sagte Vandam.

»So schien es mir auch, Sir«, antwortete Newman. Seine Stimme klang jung. »Deshalb habe ich den Bericht an den Nachrichtendienst geschickt.«

»Sehr umsichtig. Sagen Sie, welchen Eindruck hatten Sie von dem Mann?«

»Er war ein großer Kerl ...«

»Ich habe Ihre Beschreibung vor mir – einen Meter achtzig, rund 76 Kilo, dunkles Haar, dunkle Augen –, aber das verrät mir nicht, was für ein Mensch er war.«

»Ich verstehe«, entgegnete Newman. »Nun, um ehrlich zu sein, zuerst hegte ich nicht den geringsten Verdacht gegen ihn. Er sah völlig erschöpft aus, was mit seiner Geschichte zusammenzuhängen schien, daß er auf der Wüstenstraße eine Panne hatte, und er wirkte wie ein rechtschaffener Bürger: ein Weißer, anständig gekleidet, ziemlich redegewandt, mit einem holländischen oder – besser gesagt – Afrikaans-Akzent. Seine Papiere waren perfekt, ich bin immer noch ganz sicher, daß sie echt sind.«

»Aber ...?«

»Er erzählte, daß er sich um seine Geschäfte in Oberägypten kümmern wolle.«

»Recht plausibel.«

»Ja, aber er schien mir nicht der Typ, der sein Leben für ein paar Geschäfte, kleine Fabriken oder Baumwollfarmen einsetzt. Er war eher ein selbstbewußter Großstädter: Geld, wenn er etwas besaß, hätte er wahrscheinlich bei einem Londoner Makler oder einer Schweizer Bank investiert. Er war einfach kein Krämer ... Es ist sehr vage, Sir, aber verstehen Sie, was ich meine?«

»Durchaus.« Newman machte einen intelligenten Eindruck. Wieso saß er da draußen in Assiut fest?

Newman fuhr fort: »Und dann fiel mir ein, daß er sozusagen ganz plötzlich in der Wüste aufgetaucht war und ich eigentlich nicht wußte, woher er gekommen sein konnte ... Deshalb befahl ich dem armen alten Cox, bei ihm zu bleiben, unter dem Vorwand, ihm zu helfen. Ich wollte sichergehen, daß er sich nicht davonmachte, bevor wir seine Geschichte überprüft hatten. Ich hätte den Mann natürlich festnehmen sollen, aber aufrichtig gesagt, Sir, bis dahin hatte ich nichts als einen ganz leichten Verdacht.«

»Niemand macht Ihnen Vorwürfe, Captain«, sagte Vandam. »Ausgezeichnet, daß Sie sich den Namen und die Adresse aus den Papieren eingeprägt haben. Alex Wolff, Villa les Oliviers, Garden City, stimmt's?«

»Jawohl, Sir.«

»In Ordnung. Bleiben Sie den Dingen an Ihrem Ort auf der Spur.«

»Jawohl, Sir.«

Vandam hängte ein. Newmans Verdacht entsprach seinen eigenen Instinkten, was den Mord betraf. Er beschloß, mit seinem direkten Vorgesetzten zu reden. Mit dem Bericht in der Hand verließ er das Büro.

Der Nachrichtendienst des Generalstabes wurde von einem Brigadegeneral mit dem Titel Director of Military Intelligence geleitet. Der DMI hatte zwei Stellvertreter: den Chef der Operations- und den der Nachrichtendienstabteilung. Die Stellvertreter waren Obersten. Vandams Vorgesetzter, Oberstleutnant Bogge, unterstand der Operationsabteilung. Bogge war für Personalsicherheit verantwortlich und verbrachte den größten Teil seiner Zeit damit, den Zensurapparat zu verwalten. Vandam hatte mit undichten Stellen im Sicherheitssystem zu tun. Er und seine Leute verfügten über mehrere hundert Agenten in Kairo und Alexandria. In den meisten Klubs und Bars gab es einen Kellner, der von ihm bezahlt wurde, er hatte einen Informanten unter dem Hauspersonal der wichtigeren arabischen Politiker, König Faruks Kammerdiener arbeitete für Vandam ebenso wie der wohlhabendste Dieb von Kairo. Er war an denen interessiert, die zuviel redeten, und an denen, die zuhörten. Unter den Zuhörern faßte er vor allem arabische Nationalisten ins Auge. Es schien jedoch möglich, daß der geheimnisvolle Mann aus Assiut eine andere Bedrohung darstellte.

Vandams Kriegskarriere war bis jetzt von einem aufsehenerregenden Erfolg und einem großen Fehlschlag gekennzeichnet. Der Fehlschlag ereignete sich in der Türkei. Raschid Ali war aus dem Irak dorthin geflüchtet. Die Deutschen wollten ihn herausholen und zu Propagandazwecken einsetzen; die Briten wollten ihn von der Offentlichkeit fernhalten, und die Türken, bestrebt, ihre Neutralität zu wahren, wollten niemanden vor den Kopf stoßen. Vandam hatte dafür sorgen sollen, daß Ali in Istanbul blieb, doch der hatte seine Kleidung mit einem deutschen Agenten getauscht und war direkt vor Vandams Nase aus dem Land entkommen. Ein paar Tage später hatte er über die Deutsche Welle Propagandareden an den Nahen Osten gehalten. Vandam konnte seinen Fehler in Kairo zum Teil wiedergutmachen. London hatte damals Grund zu der Annahme, daß dort entscheidende Nachrichten durchsickerten, und nach drei Monaten mühsamer Nachforschungen entdeckte Vandam, daß ein höherer amerikanischer Diplomat über einen unsicheren Code nach Washington berichtete. Man hatte den Code geändert, dic undichte Stelle gestopft und Vandam zum Major befördert.

Wenn er Zivilist oder Soldat in Friedenszeiten gewesen wäre, hätte er auf seinen Triumph stolz sein und sich mit seiner Niederlage abfinden können. Er hätte sich gesagt: »Mal gewinnt man, mal verliert man.« Aber im Krieg kommen Menschen durch den Fehler eines Offiziers um. Bei der Raschid-Ali-Affäre war eine Agentin ermordet worden, was Vandam sich nicht verzeihen konnte.

Er klopfte an Oberstleutnant Bogges Tür und trat ein. Reggie Bogge war ein kleiner, vierschrötiger Mann in den Fünfzigern mit makelloser Uniform und pomadisiertem, schwarzem Haar. Er räusperte sich nervös, wenn er nicht genau wußte, was er sagen sollte – und das geschah oft. Bogge saß an einem riesigen geschwungenen Schreibtisch, größer als der des DMI, und ging seinen Ablagekasten durch. Er war immer gern bereit zu plaudern und bedeutete Vandam, auf einem Stuhl Platz zu nehmen.

Dann nahm er einen hellroten Cricketball und warf ihn von einer Hand zur anderen. »Sie haben gestern gut gespielt.«

»Sie waren auch nicht schlecht«, antwortete Vandam. Es stimmte: Bogge war der einzige anständige Bowler seiner Mannschaft gewesen, und er hatte mit seinen langsamen Bällen vier Schläger in zweiundvierzig Läufen ausgeschaltet. »Aber gewinnen wir den Krieg?«

»Leider gibt es noch mehr miese Nachrichten.« Die Lagebesprechung hatte noch nicht stattgefunden, aber Bogge schnappte immer schon vorher das Neueste auf. »Wir erwarteten, daß Rommel direkt von vorn angreifen würde. Hätten uns denken können, daß der Bursche nie offen und ehrlich kämpft. Er hat unsere Südflanke umgangen, das Hauptquartier der Siebten Panzerdivision erobert und General Messervy gefangengenommen.«

Es war eine deprimierend vertraute Geschichte, und Vandam fühlte sich plötzlich müde. »Was für ein Durcheinander.«

»Zum Glück konnte er nicht bis zur Küste vordringen, so daß die Divisionen an der Ghasala-Front nicht isoliert sind. Trotzdem ...«

»Aber wann werden wir ihn bloß *aufhalten*?«

»Er wird nicht viel weiter kommen.« Es war eine idiotische Bemerkung. Bogge wollte sich nicht auf Kritik an Generälen einlassen. »Was haben Sie da?«

Vandam gab ihm den Bericht. »Ich möchte der Sache nachgehen.«

Bogge las und blickte auf. Seine Miene war verständnislos. »Was soll das Ganze?«

»Es sieht nach einer aufgeflogenen Tarnung aus.«

»Mh?«

»Es gibt kein Motiv für den Mord, deshalb müssen wir spekulieren«, erklärte Vandam. »Eine Möglichkeit: Der Reisende war jemand anders, als er behauptete. Der Corporal kam dahinter und wurde deshalb umgebracht.«

»Jemand anders, als er behauptete, Sie meinen, daß er ein Spion war?« Bogge lachte. »Wie soll er wohl nach Assiut gekommen sein, mit dem Fallschirm? Oder ist er zu Fuß gegangen?«

Das war das Problem, wenn man versuchte, Bogge etwas zu erklären: Er mußte die Idee lächerlich machen, als Entschuldigung dafür, daß er sie nicht selbst gehabt hatte. »Es ist nicht unmöglich, daß ein kleines Flugzeug durchschlüpft, und es ist auch nicht unmöglich, die Wüste zu durchqueren.«

Bogge ließ den Bericht über die weite Fläche seines Schreibtischs segeln. »Nicht sehr wahrscheinlich. Verschwenden Sie damit keine Zeit.«

»Jawohl, Sir.« Vandam hob den Bericht vom Boden auf und unterdrückte seine Wut. Gespräche mit Bogge verwandelten sich immer in einen Wettbewerb, und es war am klügsten, nicht mitzuspielen. »Ich werde die Polizei bitten, uns über ihren Fortschritt auf dem laufenden zu halten – Kopien von Vermerken und so weiter, nur für die Akten.«

»In Ordnung.« Bogge hatte nie etwas dagegen, daß ihm Kopien für die Akten geschickt wurden. Dadurch konnte er überall mitmischen, ohne Verantwortung zu übernehmen.

»Hören Sie, was halten Sie davon, etwas Crickettraining zu organisieren? Ich möchte unsere Mannschaft in Form bringen und noch ein paar Wettkämpfe veranstalten.«

»Gute Idee.«

»Sehen Sie zu, daß Sie etwas auf die Beine stellen.«

»Jawohl, Sir.« Vandam ging hinaus. Auf dem Rückweg zu seinem Büro überlegte er, woran es der Verwaltung der britischen Armee fehlen mochte, wenn sie einen so hohlköpfigen Mann wie Reggie Bogge zum Oberstleutnant beförderte. Vandams Vater, ein Corporal im Ersten Weltkrieg, hatte immer gesagt, britische Soldaten seien »von Eseln geführte Löwen«. Manchmal schien Vandam der Ausspruch noch immer zuzutreffen. Aber Bogge war nicht nur einfältig. Zuweilen traf er schlechte Entscheidungen, weil er nicht klug genug war, um gute zu treffen; aber meistens traf er nach Vandams Ansicht schlechte Entscheidungen, weil es ihm darauf ankam, Eindruck zu schinden und überlegen zu wirken.

Eine Frau in einem weißen Krankenhauskittel salutierte, und Vandam erwiderte den Gruß geistesabwesend. Die Frau sagte: »Major Vandam, nicht wahr?«

Er blieb stehen und sah sie an. Sie hatte bei dem Cricketmatch zugeschaut, und nun entsann er sich ihres Namens. »Dr. Abuthnot. Guten Morgen.« Sie war eine hochgewachsene, beherrschte Frau in seinem Alter. Er erinnerte sich, daß sie Chirurgin war, im Rang eines Captains. Ein ungewöhnlicher Beruf für eine Frau, sogar in Kriegszeiten.

»Sie haben sich gestern sehr angestrengt«, bemerkte Dr. Abuthnot.

Vandam lächelte. »Und heute muß ich dafür büßen. Aber es hat mir Spaß gemacht.«

»Mir auch.« Sie hatte eine tiefe, präzise Stimme und wirkte sehr selbstbewußt. »Werden wir Sie am Freitag begrüßen können?«

»Wo?«

»Beim Empfang in der Union.«

»Ah.« Die Anglo-Ägyptische Union, ein Klub für gelangweilte Europäer, machte gelegentliche Versuche, ihren Namen zu rechtfertigen, indem sie Empfänge für ägyptische Gäste arrangierte. »Gern. Um welche Zeit?«

»17.00 Uhr, zum Tee.«

Vandam hatte professionelles Interesse: Es war ein Ereignis, bei dem Ägypter Armeeklatsch aufschnappen konnten, der manchmal für den Feind nützliche Informationen enthielt. »Ich komme.«

»Sehr schön. Ich werde Sie dort sehen.« Sie wandte sich ab.

»Ich freue mich«, sagte Vandam. Er sah ihr nach und fragte sich, was sie wohl unter dem Krankenhauskittel trug. Sie war schlank, elegant und selbstsicher wie seine Frau.

Vandam betrat sein Büro. Er beabsichtigte nicht, das Crickettraining zu organisieren, und er hatte nicht vor, den Mord in Assiut zu vergessen. Bogge mochte zum Teufel gehen. Er würde sich an die Arbeit machen.

Zunächst sprach er wieder mit Captain Newman und wies ihn an, dafür zu sorgen, daß Alex Wolffs Beschreibung so weit wie möglich verbreitet wurde.

Er rief die ägyptische Polizei an und ließ sich bestätigen, daß sie heute die Hotels und Absteigen von Kairo überprüfen werde.

Dann nahm er Kontakt mit dem Abschirmdienst auf und bat, die Kontrolle von Ausweispapieren für ein paar Tage zu verschärfen.

Er riet dem britischen Generalzahlmeister, besondere Ausschau nach gefälschten Banknoten halten zu lassen.

Darauf informierte er den Funkabhördienst und forderte, auf einen neuen örtlichen Sender zu achten.

Schließlich befahl er einem Sergeanten seines Stabes, alle Radiogeschäfte in Unterägypten – von denen es nicht viele gab – zur Meldung jedes Verkaufs von Einzelteilen anzuweisen, mit denen sich Funkgeräte herstellen oder reparieren ließen.

Dann fuhr er zur Villa les Oliviers.

*

Das Haus hatte seinen Namen von einem kleinen, öffentlichen Garten auf der anderen Straßenseite erhalten, in dem nun ein Hain von Olivenbäumen blühte und weiße Blütenblätter auf das trockene, braune Gras fallen ließ.

Die hohe Mauer des Gebäudes wurde von einem schweren geschnitzten Holztor unterbrochen. Vandam setzte die Füße auf die Verzierungen, kletterte über das Tor und sprang auf der anderen Seite in einen großen Hof. Die getünchten Wände waren verschmiert und schmuddelig, die Fenster mit den abblätternden Läden geschlossen. Er ging zur Mitte des Hofes und betrachtete den Steinbrunnen. Eine hellgrüne Eidechse jagte über den trockenen Boden.

Seit mindestens einem Jahr hatte hier niemand gewohnt. Vandam öffnete einen Laden, zerbrach eine Scheibe, um das Fenster zu entriegeln und kletterte über das Brett ins Haus. Es sieht nicht aus wie das Heim eines Europäers, dachte er, während er durch die dunklen, kühlen Räume ging. An den Wänden hingen keine Jagdbilder, und es gab keine säuberlichen Reihen bunt eingeschlagener Romane von Agatha Christie oder Dennis Wheatley. Auch die üblichen von Maples oder Harrods importierten Möbel fehlten. Statt dessen war das Haus mit großen Kisten und niedrigen Tischen, handgewebten Vorlegern und hängenden Gobelins ausgestattet.

Oben fand er eine verschlossene Tür. Er brauchte drei oder vier Minuten, um sie aufzutreten. Dahinter lag ein Arbeitszimmer.

Der Raum war sauber und ordentlich. Er enthielt ein paar recht luxuriöse Möbelstücke: einen breiten, niedrigen Diwan, der mit Samt überzogen war, einen handgeschnitzten Kaffeetisch, drei aufeinander abgestimmte antike Lampen, ein Bärenfell, einen wunderbar ziselierten Schreibtisch und einen Ledersessel.

Auf dem Schreibtisch befanden sich ein Telefon, eine saubere weiße Löschunterlage, ein Füllfederhalter mit Elfenbeingriff und ein trockenes Tintenfaß. In der Schublade fand Vandam Firmenberichte aus der Schweiz, Deutschland und den Vereinigten Staaten. Ein feines

Kaffeeservice aus gehämmertem Kupfer sammelte auf dem kleinen Tisch Staub. Auf einem Regal hinter dem Schreibtisch standen Bücher in mehreren Sprachen: französische Romane des 19. Jahrhunderts, das Shorter Oxford Dictionary, ein Band arabischer Dichtung mit erotischen Illustrationen – wie es Vandam schien – und eine deutsche Bibel.

Es gab keine persönlichen Dokumente.

Er sah keine Briefe.

Im ganzen Haus war kein einziges Foto.

Vandam setzte sich auf den weichen Ledersessel hinter dem Schreibtisch und musterte das Zimmer. Es war das Zimmer eines Mannes, das Heim eines weltoffenen Intellektuellen, der ebenso vorsichtig, präzise und reinlich zu sein schien wie sensibel und sinnlich.

Vandam war fasziniert.

Ein europäischer Name, ein vollkommen arabisches Haus. Eine Aufstellung über Investitionen in Büromaschinen, ein Band erotischer arabischer Verse. Eine antike Kaffeekanne und ein modernes Telefon. Zahlreiche Informationen über den Charakter des Mannes, aber kein einziger Hinweis, wo man ihn finden konnte.

Das Zimmer war sorgfältig aufgeräumt worden.

Es hätte Bankauszüge, Rechnungen von Handwerkern, eine Geburtsurkunde und ein Testament, Briefe einer Geliebten und Fotografien von Eltern oder Kindern enthalten müssen. Der Mann hatte all diese Dinge gesammelt und entfernt, so daß keine Spur seiner Identität zurückblieb, als habe er gewußt, daß eines Tages jemand nach ihm suchen werde.

»Alex Wolff, wer bist du?« sagte Vandam laut.

Er stand auf und verließ das Arbeitszimmer. Dann ging er durch das Haus und über den heißen, staubigen Hof. Er kletterte wieder über das Tor und ließ sich auf die Straße gleiten. Auf der anderen Seite des Fahrdamms, im Schatten der Olivenbäume, saß ein Araber mit gekreuzten Beinen. Er trug eine grüngestreifte Galabiya und beobachtete Vandam gleichmütig. Der Engländer spürte keine Veranlassung, ihm seine Gründe für den Einbruch zu erklären. Die Uniform eines britischen Offiziers war in dieser Stadt Autorität genug, um fast alles zu rechtfertigen. Er dachte über andere Quellen nach, aus denen er Informationen über den Eigentümer des Hauses beziehen könnte: städtische Verzeichnisse, so dürftig sie waren; örtliche Händler, die das Haus beliefert haben mochten, als es bewohnt war; sogar die Nachbarn. Er würde zwei seiner Männer darauf ansetzen und Bogge irgendeine Geschichte erzählen, um sich zu tarnen. Vandam bestieg sein Motorrad und trat auf den Anlasser. Der Motor röhrte heftig, und er fuhr davon.

3

WÜTEND UND VERZWEIFELT saß Wolff vor seinem Haus und sah zu, wie der britische Offizier auf seinem Motorrad davonfuhr.

Er erinnerte sich daran, wie das Haus in seiner Jugend gewesen war: von lauten Gesprächen, Lachen und Leben erfüllt. Dort, neben dem großen geschnitzten Tor, hatte immer ein Wächter auf dem Boden gesessen, ein schwarzer Hüne aus dem Süden, dem die Hitze nichts ausmachte. Jeden Morgen rezitierte ein heiliger Mann, alt und fast blind, im Hof aus dem Koran. In der Kühle des Bogenganges saßen die Männer der Familie auf niedrigen Diwanen und rauchten ihre Wasserpfeifen, während ihnen junge Sklaven Kaffee in langhalsigen Gefäßen servierten. Ein weiterer schwarzer Wächter stand an der Tür zum Harem, hinter der die Frauen sich langweilten und dick wurden. Die Tage waren lang und warm, die Familie war reich, und die Kinder wurden verwöhnt.

Der britische Offizier – mit seinen Shorts und seinem Motorrad, dem anmaßenden Gesicht und den neugierigen Augen, die vom Schatten der spitzen Uniformmütze verdeckt wurden – war hier eingebrochen und hatte Wolffs Kindheit entweiht. Wolff hätte gern das Gesicht des Mannes gesehen, denn er wollte ihn am liebsten eines Tages umbringen.

Während seiner ganzen Reise hatte er an dieses Haus gedacht: in Berlin und Tripolis und El Agheila, während des Schmerzes und der Erschöpfung in der Wüste. Bei seiner ängstlichen, hastigen Flucht aus Assiut war ihm die Villa als sicherer Hafen erschienen, ein Ort, an dem er sich nach der Reise erholen, säubern und ausheilen konnte. Er hatte sich darauf gefreut, im Bad zu liegen, im Hof Kaffee zu schlürfen und Frauen mit nach Hause in das große Bett zu bringen.

Jetzt würde er verschwinden und Distanz halten müssen.

Er hatte den ganzen Morgen draußen gewartet, bald auf und ab gehend, bald unter den Olivenbäumen sitzend, für den Fall, daß Captain Newman sich an die Adresse erinnerte und jemanden schickte, das Haus zu durchsuchen. Und vorher im Zug hatte er eine Galabiya gekauft, da er wußte, daß man nach einem Europäer, nicht nach einem Araber fahnden würde.

Es war ein Fehler gewesen, echte Papiere vorzuzeigen. Das wurde ihm im Rückblick klar. Er war daran gescheitert, daß er den Fälschungen der Abwehr mißtraute. Von anderen Spionen hatte er Schauergeschichten über grobe Irrtümer gehört, welche dem deutschen Geheimdienst auf Dokumenten unterliefen: verpfuschter Druck, Papier minderer Qualität, sogar orthographische Fehler in ganz normalen englischen Wörtern. In der Spionageschule, auf der er seinen Chiffrierlehrgang absolviert hatte, war das Gerücht umgegangen, daß jeder Polizist in England den Besitzer einer Lebensmittelkarte mit einer bestimmten Serie von Zahlen als deutschen Spion identifizieren könne.

Wolff hatte die Alternativen abgewogen und die scheinbar weniger riskante gewählt. Er hatte sich geirrt und seine Unterkunft verloren.

Seine Familie? Seine Mutter und sein Stiefvater waren tot, aber er hatte in Kairo drei Stiefbrüder und eine Stiefschwester. Es wäre schwer für sie, ihn zu verstekken. Man würde sie verhören, sobald die Briten die Identität des Villenbesitzers entdeckten, was schon heute der Fall sein konnte. Und wenn seine Verwandten auch um seinetwillen lügen mochten, die Diener würden mit Sicherheit reden. Außerdem konnte er ihnen eigentlich nicht trauen, denn als sein Stiefvater gestorben war, hatte Alex als ältester Sohn das Haus und einen weiteren Teil des Erbes erhalten, obwohl er Europäer und nur ein adoptierter Sohn war. Es hatte bittere Auftritte und Besprechungen mit Rechtsanwälten gegeben; Alex war unnachgiebig geblieben, und die anderen hatten ihm nie verziehen.

Sollte er ins Shepheard's Hotel ziehen? Auch das schied aus, denn man hatte dort sicher bereits die Beschreibung des Mörders von Assiut erhalten. Die anderen größeren Hotels würden sie ebenfalls bald bekommen. Damit blieben die Pensionen. Ob sie alarmiert wurden, hing von der Gründlichkeit der Polizei ab. Da die Briten betroffen waren, könnte die Polizei sich verpflichtet fühlen, peinlich genau zu sein. Aber die Geschäftsführer kleiner Gästehäuser hatten oft zuviel zu tun, um schnüffelnden Polizisten Aufmerksamkeit zu schenken.

Er verließ Garden City und steuerte auf die Innenstadt zu. Die Straßen waren noch geschäftiger und lauter als bei seiner Abreise aus Kairo. Es gab zahllose Uniformen, nicht nur britische, sondern auch australische, neuseeländische, polnische, jugoslawische, palästinensische, indische und griechische. Die schlanken, kecken ägyptischen Mädchen in ihren leichten Baumwollkleidern und mit ihrem schweren Schmuck behaupteten sich erfolgreich neben den rotgesichtigen, deprimierten Europäerinnen. Wolff schien, daß nicht mehr so viele ältere Frauen das traditionelle schwarze Gewand und den Schleier trugen. Die Männer begrüßten einander auf dieselbe überschwengliche Art wie früher. Sie holten mit dem rechten Arm aus, bevor sie die Hände mit lautem Klatschen aufeinanderprallen ließen; sie schüttelten sich wenigstens ein oder zwei Minuten lang die Hände, während sie die Schulter des anderen mit der Linken packten und aufgeregt plauderten. Die Bettler und Hausierer waren in großer Zahl vertreten und nutzten den Zustrom naiver Europäer aus. Wolff war in seiner Galabiya vor ihnen sicher. Doch die Ausländer wurden von Krüppeln, Frauen, deren Babys mit Fliegen übersät waren, Schuhputzern und Männern belagert, die alles mögliche verkauften, von gebrauchten Rasierklingen bis zu riesigen Füllfederhaltern, die garantiert sechs Monate lang schreiben sollten.

Der Verkehr war schlimmer geworden. Die langsamen, verlausten Straßenbahnen schienen voller als je; Fahrgäste hielten sich waghalsig draußen auf dem Trittbrett fest, zwängten sich in die Fahrerkabine oder saßen mit gekreuzten Beinen auf dem Dach. Die Busse und Taxis hatten nicht weniger Probleme. Es schien an Ersatzteilen zu mangeln, denn viele Autos hatten zerbrochene Scheiben, geplatzte Reifen und stotternde Motoren; außerdem fehlten ihnen Scheinwerfer und Scheibenwischer. Wolff sah zwei Taxis – einen uralten Morris und einen noch älteren Packard –, die sich nicht mehr aus eigener Kraft fortbewegen konnten und von Eseln gezogen wurden. Die einzigen brauchbaren Autos waren die monströsen amerikanischen Limousinen der reichen Paschas und die seltenen englischen Austins aus der Vorkriegszeit. Unter die Motorfahrzeuge mischten sich von Pferden gezogene Gharrys, die Maultierkarren der Bauern sowie Kamele, Schafe und Ziegen, deren Anwesenheit im Stadtzentrum durch das unwirksamste Gesetz der ägyptischen Rechtsordnung verboten war.

Und der Lärm – Wolff hatte den Lärm vergessen.

Die Straßenbahnen ließen ihre Glocken ständig klingeln. Bei Stauungen hupten alle Autos ununterbrochen, und wenn es keinen besonderen Anlaß gab, hupten sie aus Prinzip. Um nicht zurückzustehen, brüllten die Kutscher und Kameltreiber aus Leibeskräften. Viele Läden und Cafes ließen arabische Musik aus voll aufgedrehten, billigen Radios schmettern. Straßenhändler priesen ihre Ware an, und Fußgänger scheuchten sie davon. Hunde bellten, und kreisende Milane krächzten in der Luft. Von Zeit zu Zeit wurde alles vom Dröhnen eines Flugzeugs übertönt.

Dies ist meine Stadt, dachte Wolff. Hier können sie mich nicht fangen.

Es gab etwa ein Dutzend bekannte Pensionen für Touristen verschiedener Nationalität: für Schweizer, Österreicher, Deutsche, Dänen und Franzosen. Wolff schloß alle als zu auffällig aus. Schließlich erinnerte er sich an ein billiges Gästehaus, das von Nonnen im Bulaq, dem Hafenviertel, betrieben wurde. Es beherbergte vor allem Seeleute, die in Schleppdampfern und Feluken, beladen mit Baumwolle, Kohle, Papier und Stein, den Nil herunterkamen. Er konnte sicher sein, dort nicht ausgeraubt, infiziert oder ermordet zu werden, und niemand würde ihn dort vermuten.

Während er das Hotelviertel hinter sich ließ, verringerte sich die Menschenmenge auf den Straßen ein wenig. Er konnte den Fluß selbst nicht sehen, aber gelegentlich erkannte er, durch die zusammengedrängten Gebäude hindurch, das hohe dreieckige Segel einer Feluke.

Die Herberge war ein großes verfallenes Haus, die frühere Villa irgendeines Paschas. Nun hing ein bronzenes Kruzifix über der Wölbung des Eingangs. Eine schwarzgekleidete Nonne begoß ein winziges Blumenbeet vor dem Gebäude. Durch den Bogen sah Wolff einen kühlen, ruhigen Flur. Er hatte heute mit seinen schweren Koffern mehrere Meilen zu Fuß zurückgelegt und freute sich auf eine Erholungspause.

Zwei ägyptische Polizisten kamen aus der Herberge.

Wolff registrierte mit einem raschen Blick die breiten Ledergürtel, die unvermeidlichen Sonnenbrillen und die militärischen Frisuren. Seine Zuversicht ließ nach. Er wandte den Männern den Rücken zu und sprach die Nonne im Garten auf französisch an. »Guten Tag, Schwester.«

Sie richtete sich auf und lächelte ihm zu. »Guten Tag.« Sie war auffallend jung. »Möchten Sie ein Quartier?«

»Nein, nur Ihren Segen.«

Die beiden Polizisten kamen näher. Wolff straffte sich und bereitete seine Antworten vor, falls sie ihm Fragen stellen sollten. Er überlegte, welche Richtung am günstigsten wäre, wenn er davonlaufen müßte. Dann gingen sie vorbei, in ein Gespräch über Pferderennen vertieft.

»Gott segne Sie«, sagte die Nonne.

Wolff dankte ihr und ging weiter. Es war schlimmer, als er sich vorgestellt hatte. Die Polizei stellte überall Nachforschungen an. Ihm taten die Füße weh und seine Arme schmerzten unter der Last des Gepäcks. Er war enttäuscht und sogar ein wenig empört, denn diese Stadt, die für ihre Planlosigkeit berüchtigt war, schien sich ausgerechnet für ihn zu einer schlagkräftigen Operation durchgerungen zu haben. Wolff steuerte wieder auf das Stadtzentrum zu. Er begann, sich so wie in der Wüste zu fühlen, als ob er seit einer Ewigkeit unterwegs gewesen wäre, ohne sein Ziel zu erreichen.

In der Ferne erkannte er eine vertraute hochgewachsene Gestalt: Hussein Fahmy, ein alter Schulfreund. Wolff war für einen Moment wie gelähmt. Hussein würde ihn bestimmt aufnehmen, und vielleicht war ihm zu trauen. Aber er hatte eine Frau und drei Kinder, und wie sollte man ihm erklären, daß Onkel Achmed bei ihnen wohnen werde, daß es jedoch ein Geheimis sei und sein Name Freunden gegenüber nicht erwähnt werden dürfe ... Wolff wußte nicht einmal, wie er Hussein selbst alles erklären sollte. Hussein blickte in Wolffs Richtung, der sich rasch abwandte, die Straße überquerte und hinter einer Straßenbahn verschwand. Auf dem gegenüberliegenden Bürgersteig bog er schnell in eine Gasse ein, ohne zurückzuschauen. Nein, er konnte bei seinem alten Schulfreund keine Zuflucht suchen.

Die Gasse führte auf eine größere Straße, und Wolff merkte, daß er in der Nähe der deutschen Schule war. Ob sie noch geöffnet war? Viele Deutsche in Kairo waren interniert worden. Er ging auf die Schule zu und sah vor dem Gebäude eine Patrouille der Militärpolizei, die Papiere überprüfte. Er drehte sich um und kehrte dorthin zurück, woher er gekommen war. Er mußte von der Straße verschwinden.

Wolff fühlte sich wie eine Ratte in einem Labyrinth: Jeder Ausweg schien versperrt. Er entdeckte ein Taxi, einen großen alten Ford, unter dessen Haube Dampf hervorquoll. Er hielte es an und sprang hinein. Nachdem er dem Fahrer eine Adresse gegeben hatte, ruckte das Auto im dritten Gang an – es war offenbar der einzige, der funktionierte. Unterwegs stoppte der Fahrer zweimal, um Wasser in den kochenden Kühler zu gießen. Wolff drückte sich in den Rücksitz und versuchte, sein Gesicht zu verbergen.

Das Taxi brachte ihn zum koptischen Kairo, dem alten christlichen Ghetto.

Wolff bezahlte den Fahrer und stieg die Stufen zum Eingang des Ghettos hinab. Er gab der alten Frau, die den großen Holzschlüssel in der Hand hielt, ein paar Piaster, damit sie ihn einließ.

Es war eine Insel der Dunkelheit und Ruhe im stürmischen Meer von Kairo. Wolff schritt durch die engen Passagen und hörte leisen Gesang aus den Kirchen. Er kam an der Schule vorbei, der Synagoge und dem Keller, in den Maria den Säugling Jesus gebracht haben soll. Schließlich betrat er die kleinste der fünf Kirchen.

Der Gottesdienst begann gerade. Wolff stellte seine kostbaren Koffer neben eine Bank. Er verbeugte sich vor den Heiligenbildern an der Wand, näherte sich dem Altar, kniete nieder und küßte die Hand des Priesters. Dann kehrte er zu seiner Bank zurück und setzte sich.

Der Chor fing an, einen Abschnitt der Heiligen Schrift auf arabisch zu singen. Wolff machte es sich auf seinem Platz bequem. Bis zum Anbruch der Dunkelheit würde er hier sicher sein. Dann wollte er seinen letzten Versuch machen.

*

Das »Cha-Cha« zählte zu den großen Nachtklubs und lag in einem Garten neben dem Fluß. Es war zum Bersten voll, wie gewöhnlich. Wolff wartete in der Schlange britischer Offiziere und ihrer Mädchen, während die Safragis in den kleinsten Lücken zusätzliche Tische aufstellten. Auf der Bühne sagte ein Komiker: »Wartet nur, bis Rommel das Shepheard's Hotel erreicht, das wird ihn aufhalten.«

Wolff bekam schließlich einen Tisch und eine Flasche Champagner. Es herrschte drückende Hitze an diesem

Abend, die durch die Bühnenbeleuchtung noch gesteigert wurde. Die Zuschauer benahmen sich rüpelhaft; sie waren durstig, und da nur Champagner serviert wurde, wurden sie rasch betrunken. Sie begannen, nach dem Star der Show, Sonja el-Aram, zu rufen.

Zuerst mußten sie sich eine schwergewichtige Griechin anhören; sie sang »Ich werde von dir träumen« und »Ich habe niemanden« (was die Zuschauer zum Lachen brachte). Dann wurde Sonja angekündigt. Aber sie erschien noch nicht. Das Publikum wurde lauter und ungeduldiger, während die Minuten verstrichen. Endlich, als ein Krawall kaum noch abwendbar schien, ertönte ein Trommelwirbel. Die Bühnenbeleuchtung wurde ausgeschaltet, und Stille trat ein.

Als der Scheinwerfer aufleuchtete, stand Sonja mit erhobenen Armen in der Mitte der Bühne. Sie trug eine transparente Hose und ein flitterbesetztes Oberteil, ihr Körper war weiß gepudert. Die Musik begann – Trommeln und eine Flöte –, und Sonja fing an, sich zu bewegen.

Wolff nippte an seinem Champagner und sah lächelnd zu. Sie war immer noch unübertroffen.

Langsam zuckte sie mit den Hüften, stampfte mit dem einen, dann mit dem anderen Fuß auf. Ihre Arme fingen an zu zittern, dann bewegten sich ihre Schultern, und ihre Brüste bebten. Ihr berühmter Bauch kreiste hypnotisch. Der Rhythmus verschärfte sich. Sie schloß die Augen. Jeder Teil ihres Körpers schien sich unabhängig von den anderen zu bewegen. Wolff hatte – wie viele Männer unter den Zuschauern – das Gefühl, mit ihr allein zu sein. Nur für ihn schien ihre Darbietung bestimmt, die keine Verstellung, keine magische Bühnenkunst war. Ihre sinnlichen Zuckungen wirkten zwanghaft, als werde sie von ihrem üppigen Körper zu sexueller Raserei getrieben.

Das schwitzende Publikum war konzentriert, still,

gebannt. Sie wurde immer schneller, wie in Trance. Die Musik erreichte donnernd ihren Höhepunkt. In dem Moment des Schweigens, der folgte, stieß Sonja einen kurzen durchdringenden Schrei aus. Dann fiel sie nach hinten, die Beine untergeschlagen, die Knie gespreizt, bis ihr Kopf die Bühnenbretter berührte. Sie blieb eine Sekunde in dieser Position, dann erloschen die Lichter. Die Zuschauer erhoben sich und klatschten begeistert.

Die Lichter gingen an, und sie war verschwunden. Sonja ließ sich nie auf Zugaben ein.

Wolff stand auf. Er gab einem Kellner ein Pfund – drei Monatsgehälter für die meisten Ägypter –, um hinter die Bühne geführt zu werden. Der Kellner zeigte ihm die Tür zu Sonjas Garderobe und entfernte sich.

»Wer ist da?«

Wolff trat ein.

Sonja saß auf einem Hocker, hatte sich einen Seidenumhang übergeworfen und schminkte sich ab. Sie sah ihn im Spiegel und wirbelte herum.

»Hallo, Sonja«, sagte Wolff.

Sie starrte ihn an. Nach einigen Sekunden erwiderte sie: »Du Lump.«

*

Sie hatte sich nicht verändert. Sonja war eine hübsche Frau. Sie hatte glänzendes schwarzes Haar, lang und kräftig; große, leicht hervortretende braune Augen mit dichten Wimpern; hohe Wangenknochen, die ihr Gesicht vor Rundheit bewahrten und ihm Form gaben; eine gebogene Nase von anmutiger Arroganz; und einen vollen Mund mit gleichmäßigen, weißen Zähnen. Ihr Körper schien nur aus weichen Kurven zu bestehen, aber da sie die Durchschnittsgröße um fünf Zentimeter übertraf, wirkte sie nicht üppig.

Ihre Augen blitzten vor Zorn. »Was hast du hier zu suchen? Wo warst du? Was ist mit deinem Gesicht los?«

Wolff stellte seine Koffer ab und setzte sich auf den Diwan. Er schaute zu ihr auf. Sie hatte die Hände auf die Hüften gestützt und das Kinn vorgereckt; die Konturen ihrer Brüste waren von grüner Seide umhüllt. »Du bist schön«, sagte er.

»Verschwinde.«

Er musterte sie eingehend. Er kannte sie zu gut, um sie gern zu haben oder abzulehnen: Sie war ein Teil seiner Vergangenheit, wie ein alter Freund, der immer ein Freund bleibt, einfach weil er immer dagewesen ist. Was mochte Sonja in den Jahren erlebt haben, seit er Kairo verlassen hatte. Hatte sie geheiratet, ein Haus gekauft, sich verliebt, ihren Manager gewechselt, ein Kind geboren? Am Nachmittag, in der kühlen, düsteren Kirche, hatte er lange darüber nachgedacht, wie er sich ihr nähern sollte. Aber er war zu keinem Schluß gekommen, da er nicht genau wußte, wie sie sich verhalten würde. Er war immer noch nicht sicher. Sie schien Zorn und Verachtung zu empfinden, aber waren das ihre wahren Gefühle? Sollte er charmant und amüsant, aggressiv und zudringlich oder hilflos und inständig bittend auftreten?

»Ich brauche Hilfe«, erklärte er ruhig.

Ihre Miene änderte sich nicht.

»Die Briten sind hinter mir her«, fuhr er fort. »Sie beobachten mein Haus, und alle Hotels haben meine Beschreibung. Ich kann nirgends schlafen. Laß mich zu dir ziehen.«

»Geh zum Teufel!«

»Ich möchte dir erklären, weshalb ich dich verlassen habe.«

»Nach zwei Jahren ist keine Entschuldigung gut genug.«

»Nur eine Minute. Das bist du mir nach allem schuldig.«

»Ich schulde dir nichts.« Sie betrachtete ihn noch einen Moment lang gereizt und öffnete dann die Tür. Wolff fürchtete, hinausgeworfen zu werden. Er musterte ihr Gesicht, während sie, den Türgriff in der Hand, seinem Blick standhielt. Dann steckte sie den Kopf hinaus und rief: »Bringt mir was zu trinken!«

Wolff atmete auf.

Sonja schloß die Tür. »Eine Minute.«

»Willst du wie eine Gefängniswärterin auf mich aufpassen? Ich bin nicht gefährlich.« Er lächelte.

»Oh doch«, entgegnete sie, kehrte aber zu ihrem Hocker zurück und beschäftigte sich wieder mit ihrem Make-up.

Er zögerte. Wie konnte er ihr erklären, weshalb er sie ohne ein Abschiedswort verlassen und seitdem nie wieder mit ihr Kontakt aufgenommen hatte? Nichts klang überzeugender als die Wahrheit. So ungern er sein Geheimnis teilte, blieb ihm doch nichts anderes übrig, denn seine Lage war verzweifelt und Sonja seine einzige Hoffnung.

»Erinnerst du dich, daß ich 1938 in Beirut war?« fragte er.

»Nein.«

»Ich brachte dir ein Armband aus Jade mit.«

Ihre Augen trafen sich im Spiegel. »Ich habe es nicht mehr.«

Er wußte, daß sie log. »Ich reiste dorthin, um mit einem deutschen Heeresoffizier namens Heinz zu sprechen. Er forderte mich auf, im kommenden Krieg für Deutschland zu arbeiten. Ich war einverstanden.«

Sie drehte sich zu ihm, und nun entdeckte er in ihren Augen etwas, was ihn hoffen ließ.

»Sie befahlen mir, nach Kairo zurückzukehren und auf eine Nachricht zu warten. Vor zwei Jahren war es soweit. Sie wollten, daß ich nach Berlin reiste. Dort machte ich einen Lehrgang und arbeitete später auf dem Balkan und in der Levante. Im Februar wurde ich nach

Berlin zurückgerufen, um Instruktionen für einen neuen Auftrag zu erhalten. Man schickte mich hierher ...«

»Worauf willst du hinaus?« unterbrach sie ihn ungläubig. »Du bist ein *Spion*?«

»Ja.«

»Ich glaube dir nicht.«

»Sieh her.« Er nahm einen der beiden Koffer und öffnete ihn. »Dies ist ein Funkgerät, um Nachrichten an Rommel zu senden.« Er schloß den Koffer wieder und öffnete den anderen. »Dies sind meine Finanzen.«

Sie starrte die Banknotenstapel an. »Mein Gott! Ein Vermögen.«

Jemand klopfte an die Tür. Wolff schloß den Koffer. Ein Kellner kam mit einer Flasche Champagner in einem Eiskübel herein. Bei Wolffs Anblick fragte er: »Soll ich ein zweites Glas bringen?«

»Nein«, antwortete Sonja ungeduldig. »Raus.«

Der Kellner verschwand. Wolff öffnete die Flasche, füllte das Glas, reichte es Sonja und nahm selbst einen langen Zug aus der Flasche.

»Hör zu«, sagte er. »Unsere Armee siegt in der Wüste. Wir können ihr helfen. Unsere Kommandeure müssen über die britische Stärke unterrichtet werden: Anzahl der Soldaten, Art der Divisionen, Namen der Befehlshaber, Qualität von Waffen und Ausrüstung und – wenn möglich – Schlachtpläne. Hier in Kairo können wir diese Dinge herausfinden. Dann werden wir Helden sein, wenn die Deutschen die Macht übernehmen.«

»Wir?«

»Du kannst mich unterstützen. Und als erstes mußt du mir eine Unterkunft geben. Du haßt die Briten doch. Willst du nicht, daß sie davongejagt werden?«

»Ich würde es für jeden anderen tun, nur nicht für dich.« Sie trank ihren Champagner aus und füllte das Glas von neuem. Wolff nahm es ihr aus der Hand und nippte daran. »Sonja, wenn ich dir aus Berlin eine Postkarte geschickt hätte, hätten die Briten dich ins Gefängnis geworfen. Du darfst mir nicht böse sein. Jetzt kennst du doch den Grund.« Er senkte die Stimme. »Es wird wieder sein wie früher. Wir werden gutes Essen und den besten Champagner, neue Kleidung, wunderbare Partys und einen amerikanischen Wagen haben. Wir gehen nach Berlin – schließlich wolltest du dort schon immer tanzen –, und du wirst ein Star. Deutschland ist eine Nation ganz neuer Art. Wir werden die Welt beherrschen, und du kannst eine Prinzessin sein. Wir ...« Er unterbrach sich. Nichts schien auf sie Eindruck zu machen. Es war Zeit, seinen letzten Trumpf auszuspielen. »Wie geht's Fawzi?«

Sonja schlug die Augen nieder. »Das Luder ist weg.«

Wolff stellte das Glas ab und legte beide Hände an ihren Hals. Sie blickte zu ihm auf, ohne sich zu bewegen. Seine Daumen unter ihrem Kinn zwangen sie aufzustehen. »Ich werde eine neue Fawzi für uns finden«, flüsterte er. Er sah, daß ihre Augen plötzlich feucht geworden waren. Seine Hände strichen über den Seidenumhang, schoben sich über ihren Körper und streichelten ihre Schenkel. »Ich bin der einzige, der weiß, was du brauchst.« Er senkte den Mund, nahm ihre Lippen zwischen die Zähne und biß zu, bis er Blut schmeckte.

Sonja schloß die Augen. »Ich hasse dich«, stöhnte sie.

In der Kühle des Abends ging Wolff über den Treidelpfad am Nil auf das Hausboot zu. Die offenen Stellen in seinem Gesicht waren zugeheilt, und seine Eingeweide hatten sich beruhigt. Er hatte einen neuen weißen Anzug an und trug zwei Tüten mit Lebensmitteln, Delikatessen, die er bevorzugte. Der Inselvorort Samalek wirkte still und friedlich. Der rauhe Lärm Zentralkairos war über den breiten Wasserstreifen hinweg nur schwach zu hören. Der schlammige Fluß schwappte sanft gegen die Hausboote, die das Ufer säumten. In zahlreichen Formen und Größen, farbenprächtig gestrichen und luxuriös ausgestattet, glänzten sie in der Abendsonne.

Sonjas Boot war kleiner, aber großzügiger eingerichtet als die meisten. Ein Steg führte von dem Pfad zum Oberdeck, das die Brise durchließ, aber durch ein grün-weiß gestreiftes Dach vor der Sonne geschützt wurde. Wolff ging an Bord und kletterte die Leiter hinunter. Das Innere war mit Möbeln vollgestopft: Sesseln, Diwanen, Tischen und Schränken, gefüllt mit Nippsachen. Im Bug lag eine winzige Küche. Von der Decke bis zum Boden reichende Vorhänge aus kastanienbraunem Samt teilten den Raum und trennten das Schlafzimmer ab. Hinter dem Schlafzimmer, im Heck, war das Bad. Sonja saß auf einem Kissen und bemalte ihre Zehennägel. Es war erstaunlich, wie schlampig sie aussehen konnte. Sie trug ein schmuddeliges Baumwollkleid, ihr Gesicht wirkte müde und ihr Haar ungekämmt. In einer halben Stunde, wenn sie sich zum Cha-Cha-Klub aufmachte, würde sie traumhaft aussehen.

Wolff stellte die Tüten auf den Tisch und begann sie zu leeren. »Französischer Champagner ... englische Marmelade ... deutsche Würste ... Wachteleier ... schottischer Lachs ...«

Sonja blickte verblüfft auf. »Niemand kann so etwas auftreiben, schließlich herrscht Krieg.«

Wolff lächelte. »In Kuleli gibt es einen kleinen griechischen Krämer, der sich an gute Kunden erinnert.«

»Ist er zuverlässig?«

»Er weiß nicht, wo ich wohne, und außerdem hat er den einzigen Laden in ganz Nordafrika, in dem man Kaviar kaufen kann.«

Sie trat auf ihn zu und steckte die Hand in eine der Tüten. »Kaviar!« Sie schraubte den Deckel des Glases ab und begann, mit den Fingern zu essen. »Ich habe keinen Kaviar gesehen, seit ...«

»Seit ich nicht mehr hier war«, vollendete Wolff. Er legte eine Flasche Champagner in den Kühlschrank. »Wenn du ein paar Minuten wartest, kannst du kalten Champagner dazu trinken.«

»Ich kann nicht warten.«

»Dein alter Fehler.« Er zog eine englischsprachige Zeitung aus einer der Tüten und blätterte sie durch. Es war eine lausige Zeitung, voll von Pressemeldungen. Die Kriegsnachrichten waren stärker zensiert als die der BBC, die sich jeder anhörte. Die Lokalberichte schienen erst recht verstümmelt. Es war illegal, Reden der offiziellen ägyptischen Oppositionspolitiker zu drucken. »Immer noch nichts über mich«, sagte Wolff. Er hatte Sonja von den Ereignissen in Assiut erzählt.

»Die Nachrichten verspäten sich immer«, erwiderte sie mit vollem Mund.

»Es hat andere Gründe. Wenn man von dem Mord berichtet, muß man das Motiv erwähnen. Wenn man es nicht tut, werden die Leute mißtrauisch. Die Briten wollen vertuschen, daß die Deutschen Spione in Ägypten haben. Es schadet ihrem Ansehen.«

Sie ging ins Schlafzimmer, um sich umzuziehen, und rief durch den Vorhang: »Heißt das, daß die Suche nach dir eingestellt ist?«

»Nein. Ich habe Abdullah im Suk getroffen. Er sagt, die ägyptische Polizei sei eigentlich nicht interessiert, aber ein gewisser Major Vandam mache immer noch Dampf.« Wolff ließ die Zeitung sinken und runzelte die Stirn. Er hätte gern gewußt, ob es sich bei Vandam um den Offizier handelte, der in die Villa les Oliviers eingebrochen war. Er ärgerte sich, daß er den Mann damals nicht genauer betrachten konnte, aber von der anderen Straßenseite war das Gesicht des Offiziers, durch die Mütze beschattet, nur ein dunkler Fleck gewesen. »Woher weiß Abdullah das?« fragte Sonja.

»Keine Ahnung.« Wolff zuckte die Achseln. »Er ist

ein Dieb und hört alles mögliche.« Er trat an den Eisschrank und nahm die Flasche heraus. Sie war noch nicht kühl genug, aber er hatte Durst. Er füllte zwei Gläser. Sonja hatte sich angezogen und kam hervor. Sie war tatsächlich wie umgewandelt: Ihr Haar lag makellos, das Gesicht war geschickt geschminkt, sie trug ein hauchdünnes, kirschrotes Kleid und dazu passende Schuhe. Ein paar Minuten später hörte man Schritte auf dem Steg, und jemand klopfte an die Luke. Sonjas Taxi war eingetroffen. Sie trank ihr Glas aus und verließ das Boot. Die beiden verabschiedeten sich nicht voneinander.

Wolff näherte sich dem Schrank, in dem er sein Funkgerät aufbewahrte. Er holte den englischen Roman und das Blatt Papier mit dem Codeschlüssel hervor und studierte das System. Es war der 28. Mai. Er mußte 42 – die Jahreszahl – zu 28 hinzuzählen, um die Seitenzahl des Romans zu erhalten, mit der seine Botschaft zu verschlüsseln war. Im Mai, dem fünften Monat des Jahres, mußte jeder fünfte Buchstabe auf der Seite übergangen werden.

Er wollte senden: HABE ZIELORT ERREICHT. ERSTE MELDUNG. BESTÄTIGEN. Er begann oben auf Seite 70 des Buches und suchte den Buchstaben H. Es war der zehnte, wenn man jedes fünfte Zeichen ausließ. In diesem Code würde er deshalb durch den zehnten Buchstaben des Alphabets – J – repräsentiert werden. Als nächstes benötigte er ein A. In dem Buch war es der dritte Buchstabe nach dem H. Das A von HABE würde also durch den dritten Buchstaben des Alphabets – C – verschlüsselt werden. Spezielle Methoden dienten dazu, seltene Buchstaben, zum Beispiel X, wiederzugeben.

Diese Art Code war eine Variation des einmal verwendbaren Tauschverfahrens, des einzigen Codes, der in Theorie und Praxis nicht zu brechen war. Um die Botschaft zu dechiffrieren, mußte ein Zuhörer sowohl das Buch als auch den Schlüssel haben.

Als er seine Botschaft chiffriert hatte, blickte er auf die Uhr. Er sollte um Mitternacht senden. Damit blieben ihm noch zwei Stunden, bis das Gerät sich warmlaufen mußte. Er schenkte sich ein weiteres Glas Champagner ein und beschloß, den Kaviar aufzuessen. Nachdem er einen Löffel gefunden hatte, nahm er das Glas. Es war leer. Sonja hatte nichts übriggelassen.

*

Die Runway war ein Wüstenstreifen, den man hastig von Kameldorn und größeren Steinen gesäubert hatte. Rommel schaute nach unten, während der Boden ihm entgegenkam. Der Fieseler Storch – das bewährte leichte Aufklärungs- und Verbindungsflugzeug des Zweiten Weltkriegs – landete wie eine Fliege mit Rädern. Das Flugzeug hielt an, und Rommel sprang heraus.

Zuerst schlug ihm die Hitze entgegen, dann der Staub. Oben, in der Luft, war es relativ kühl gewesen; nun hatte er das Gefühl, einen Hochofen zu betreten. Er fing an zu schwitzen. Sobald er einatmete, legte sich eine dünne Sandschicht über seine Lippen und seine Zungenspitze. Eine Fliege ließ sich auf seiner großen Nase nieder, er scheuchte sie fort.

Von Mellenthin, Rommels Nachrichtenoffizier, rannte über den Sand auf ihn zu; seine hohen Stiefel wirbelten Staubwolken auf. »Kesselring ist hier«, sagte er aufgeregt.

»Auch das noch«, knurrte Rommel.

Kesselring, der lächelnde Feldmarschall, stand für alles, was Rommel in den deutschen Streitkräften verabscheute. Er war Generalstabsoffizier, und Rommel haßte den Generalstab; er war einer der Begründer der Luftwaffe, die Rommel im Wüstenkrieg so oft im Stich gelassen hatte; und – das schlimmste – er war ein Snob. Eine seiner beißenden

Bemerkungen war Rommel zugetragen worden. Kesselring hatte sich beklagt, daß Rommel zu barsch mit den ihm untergebenen Offizieren umspringe, und erklärt: »Man könnte vielleicht mit ihm darüber sprechen, wenn er nicht aus Württemberg stammte.« Diese Bemerkung war typisch für die Vorurteile, die Rommel während seiner ganzen Karriere zu bekämpfen hatte.

Von Mellenthin hinter sich, stapfte er durch den Sand zum Befehlswagen. »Wir haben General Cruewell gefangengenommen«, sagte von Mellenthin. »Ich mußte Kesselring bitten, das Kommando zu übernehmen. Er hat den ganzen Nachmittag versucht herauszufinden, wo Sie waren.«

»Noch schlimmer«, antwortete Rommel mürrisch.

Sie stiegen hinten in das Befehlsfahrzeug, einen riesigen Lastwagen. Der Schatten war willkommen. Kesselring hatte sich über eine Karte gebeugt und wedelte Fliegen mit der linken Hand fort, während er mit der rechten einer Linie folgte. Er blickte auf und lächelte. »Mein lieber Rommel, Gott sei Dank, daß Sie zurück sind«, sagte er mit sanfter Stimme.

Rommel nahm die Mütze ab. »Ich habe eine Schlacht geschlagen«, grunzte er.

»Das habe ich gehört. Was ist geschehen?«

Rommel zeigte auf die Karte. »Das ist die Ghasala-Front.« Es war eine durch Minenfelder verbundene Linie befestigter »Boxen«, die von Ghasala an der Küste fünfzig Meilen südlich in die Wüste verlief. »Wir schlugen einen Haken um das südliche Ende der Front und griffen sie in ihrem Rücken an.«

»Gute Idee. Was ist schiefgegangen?«

»Wir hatten kein Benzin und keine Munition mehr.« Rommel setzte sich. Plötzlich war er sehr müde. »Wieder einmal«, fügte er hinzu.

Kesselring war als Oberbefehlshaber Süd für Rommels Nachschub verantwortlich, doch der Feldmarschall schien die Kritik nicht zu bemerken.

Eine Ordonnanz brachte auf einem Tablett Becher mit Tee. Rommel nippte nur – es war Sand darin.

Kesselring sagte im Konversationston: »Heute nachmittag habe ich eine ungewöhnliche Erfahrung gemacht. Ich habe mich nämlich in die Rolle eines Ihrer untergeordneten Kommandeure versetzt.«

Rommel räusperte sich. Offenbar mußte er sich auf eine sarkastische Bemerkung gefaßt machen. Aber er wollte jetzt nicht mit Kesselring debattieren, er wollte über die Schlacht nachdenken.

»Es war enorm schwierig«, fuhr Kesselring fort, »da meine Hände durch ein Hauptquartier gebunden waren, das keine Befehle erteilte und nicht zu erreichen war.«

»Ich war im Herzen der Schlacht und gab meine Befehle an Ort und Stelle.«

»Immerhin hätten Sie Kontakt halten können.«

»So kämpfen die Briten«, entgegnete Rommel schroff. »Die Generäle sind weit hinter der Front und halten Kontakt. Aber ich siege. Wenn ich Nachschub hätte, wäre ich jetzt schon in Kairo.«

»Sie marschieren nicht nach Kairo«, sagte Kesselring heftig. »Sie marschieren nach Tobruk. Dort bleiben Sie, bis ich Malta genommen habe. Das sind die Befehle des Führers.«

»Selbstverständlich.« Rommel wollte sich nicht wieder auf diese Diskussion einlassen, noch nicht. Tobruk war das unmittelbare Ziel. Wenn dieser befestigte Hafen erobert war, konnten die Konvois aus Europa – so unzulänglich sie waren – direkt die Front erreichen. Das würde die lange, so viel Benzin verbrauchende Fahrt durch die Wüste überflüssig machen. »Und um nach Tobruk zu kommen, müssen wir die Ghasala-Front durchbrechen.«

»Was ist Ihr nächster Schritt?«

»Wir weichen zurück und formieren uns neu.«

Der Feldmarschall zog die Augenbrauen hoch. Er wußte,

wie sehr Rommel den Rückzug haßte. »Und was wird der Feind unternehmen?« Kesselring richtete die Frage an von Mellenthin, der als Ic, also als Feindlageoffizier, für die Beurteilung der Feindsituation verantwortlich war.

»Er wird nachsetzen, aber nicht sofort«, antwortete von Mellenthin. »Zum Glück dauert es immer einige Zeit, bis er seinen Vorteil nutzt. Aber früher oder später wird er einen Durchbruchversuch machen.«

»Die Frage ist: wann und wo?« warf Rommel ein.

»Genau«, stimmte von Mellenthin zu. Er schien zu zögern. »Ein Punkt der heutigen Berichte dürfte Sie interessieren, Herr General. Der Spion hat sich gemeldet.«

»Der Spion?« Rommel runzelte die Stirn. »Ach ja!« Ihm fiel ein, daß er zu der Oase von Gialo, tief in der Libyschen Wüste, geflogen war, um dem Spion letzte Instruktionen zu geben, bevor dieser seine lange Wanderung begann. Wolff war sein Name. Rommel war von seinem Mut beeindruckt gewesen, hatte seine Chancen aber pessimistisch eingeschätzt. »Von wo hat er gesendet?«

»Kairo.«

»Er ist also angekommen. Wenn er dazu fähig ist, kann er alles schaffen. Vielleicht kann er uns vor dem Durchbruchversuch warnen.«

Kesselring schaltete sich ein: »Mein Gott, Sie wollen sich jetzt doch nicht etwa auf Spione verlassen?«

»Ich verlasse mich auf niemanden!« erwiderte Rommel. »Ich bin es, auf den sich alle anderen verlassen.«

»Gut.« Kesselring blieb gelassen wie immer. »Sie wissen, daß Nachrichtendienste selten etwas taugen, und Nachrichten von Spionen sind die schlechtesten.«

»Zugegeben«, meinte Rommel, ruhiger geworden. »Aber ich habe so ein Gefühl, als ob es diesmal anders ist.«

»Das bezweifle ich.«

4

ELENE FONTANA BETRACHTETE ihr Gesicht im Spiegel und dachte: Ich bin 23 Jahre alt, es mußte sich eigentlich langsam bemerkbar machen.

Sie beugte sich vor und suchte nach Zeichen des Verfalls. Ihr Teint war vollkommen, ihre runden, braunen Augen waren so klar wie eine Gebirgsquelle, sie hatte keine Falten. Es war ein junges Gesicht, fein geschnitten, mit einem Ausdruck kindlicher Unschuld. Sie glich einem Sammler, der sein kostbarstes Stück untersucht; das Gesicht schien nicht ihr selbst, sondern einer anderen zu gehören. Elene lächelte, und das Gesicht im Spiegel lächelte zurück. Es war ein vertrautes, schwaches Lächeln, mit einem Anflug von Übermut. Sie wußte, daß es einen Mann aus der Fassung bringen konnte.

Sie nahm den Brief und las ihn noch einmal durch.

Meine liebe Elene,
leider ist alles vorbei. Meine Frau ist dahintergekommen. Wir haben uns versöhnt, aber ich mußte versprechen, Dich nie wiederzusehen. Natürlich kannst Du in der Wohnung bleiben, nur die Miete werde ich nicht mehr bezahlen. Es ist schade, daß es so kommen mußte, aber wir wußten ja beide, daß es nicht ewig dauern würde. Viel Glück.

Dein Claude

Einfach so, dachte sie. Sie zerriß den Brief. Claude, halb Franzose, halb Grieche, war ein dicker Geschäftsmann, der drei Restaurants in Kairo und eines in Alexandria besaß. Er war kultiviert, gutgelaunt und freundlich, aber wenn es darauf ankam, ließ er Elene im Stich. Er war der dritte in sechs Jahren.

Mit Charles, dem Makler, hatte es angefangen. Sie war siebzehn Jahre alt gewesen, ohne Geld und Arbeit, und hatte sich gefürchtet, nach Hause zu gehen. Charles hatte ihr die Wohnung eingerichtet und sie jeden Dienstagabend besucht. Sie warf ihn hinaus, nachdem er sie seinem Bruder angeboten hatte, als wäre sie ein Bonbon. Dann war Johnnie gekommen, der netteste der drei, der sich von seiner Frau scheiden lassen und Elene heiraten wollte. Sie hatte abgelehnt. Nun war es auch mit Claude vorbei.

Es war jedoch nicht allein die Schuld ihrer Liebhaber, daß die Affären zu Ende gegangen waren. Der eigentliche Grund lag bei ihr, und er hatte sich nie geändert: Elene war unglücklich. Sie dachte darüber nach, wie wohl ihr nächstes Verhältnis verlaufen werde. Alles würde so sein wie immer. Eine Zeitlang würde sie von ihren Ersparnissen in Barclays Bank an der Sharia Kasr-el-Nil leben; es gelang ihr immer, etwas zu sparen, wenn sie einen Mann hatte. Dann würde ihr Guthaben langsam zusammenschmelzen, sie würde in einer Tanztruppe arbeiten, in irgendeinem Club ein paar Tage lang die Beine in die Luft werfen und mit dem Hinterteil wackeln. Dann ... sie blickte durch den Spiegel hindurch und stellte sich ihren vierten Liebhaber vor. Vielleicht würde es ein Italiener sein, mit blitzenden Augen, glänzendem Haar und manikürten Händen. Sie könnte ihm in der Bar des Metropolitan Hotels begegnen, die von Reportern besucht wurde. Er würde sie ansprechen und ihr einen Drink anbieten. Ihr Lächeln würde ihn faszinieren. Sie würden sich für den nächsten Abend zum Dinner verabreden.

Elene würde atemberaubend aussehen. Alle Köpfe in dem Restaurant würden sich nach ihr umwenden, und er würde stolz sein. Sie würden sich noch öfter verabreden, und er würde ihr Geschenke mitbringen. Er würde einen ersten Annäherungsversuch machen, dann einen zweiten; der dritte würde erfolgreich sein. Sie würde seine Umarmungen genießen, die Berührungen, die Koseworte, und er würde sich wie ein König fühlen. Im Morgengrauen würde er sie verlassen, doch am selben Abend zurückkehren.

Sie würden nicht mehr zusammen in Restaurants gehen. ›Zu riskant‹, würde er sagen, doch er würde immer mehr Zeit in ihrer Wohnung verbringen und anfangen, die Miete und die Rechnungen zu bezahlen. Dann würde Elene alles haben, was sie wollte: ein Heim, Geld und Zuneigung. Sie würde sich fragen, weshalb sie sich so elend fühlte, und ihm eine Szene machen, wenn er eine halbe Stunde zu spät käme. Immer, wenn er seine Frau erwähnte, würde sie unversöhnlich schmollen. Sie würde seine Geschenke nachlässig annehmen, sich aber beklagen, wenn er ihr keine machte. Der Mann würde gereizt, aber unfähig sein, sie zu verlassen, denn inzwischen würde er sich nach ihren widerwilligen Küssen und ihrem vollkommenen Körper sehnen; und sie würde ihm im Bett immer noch das Gefühl geben, ein König zu sein.

Sie würde seine Konversation langweilig finden, mehr Leidenschaft von ihm verlangen, als er zu geben imstande wäre. Es würde zu Streitigkeiten und schließlich zur Krise kommen. Seine Frau würde mißtrauisch oder ein Kind krank werden, er würde eine sechsmonatige Geschäftsreise machen müssen, oder ihm würde das Geld ausgehen. Und Elene würde sich am Ausgangspunkt wiederfinden: dahintreibend, allein, verrufen – und ein Jahr älter.

Ihre Pupillen verengten sich, und sie erkannte wieder ihr Gesicht im Spiegel. Ihr Gesicht war an allem schuld, seinetwegen führte sie dieses sinnlose Leben. Du hast mich in die Irre geführt, dachte sie; du hast mir vorgetäuscht, jemand anders zu sein. Du bist nicht mein Gesicht, du bist eine Maske. Hör endlich auf, über mein Leben zu bestimmen.

Ich bin keine Schönheit der höheren Gesellschaft von Kairo, ich stamme aus den Slums von Alexandria.

Ich bin keine unabhängige, reiche Frau, sondern kaum besser als eine Hure.

Ich bin keine Ägypterin, sondern eine Jüdin.

Mein Name ist nicht Elene Fontana, sondern Abigail Asmani. Und ich möchte nach Hause.

Der junge Mann am Schreibtisch der Jewish Agency in Kairo trug ein schwarzes Käppchen. Abgesehen von ein paar dünnen Bartstoppeln, waren seine Wangen glatt. Er fragte sie nach ihrem Namen und ihrer Adresse. Sie vergaß ihren Vorsatz und nannte sich Elene Fontana.

Der junge Mann schien verwirrt. Sie war daran gewöhnt: Die meisten Männer gerieten aus der Fassung, wenn sie sie anlächelte. Er sagte: »Werden Sie – ich meine, haben Sie etwas dagegen, wenn ich Sie frage, weshalb Sie nach Palästina wollen?«

»Ich bin Jüdin«, antwortete sie abrupt. Sie konnte diesem Jungen nicht alles erklären. »Alle meine Verwandten sind tot. Ich vergeude mein Leben.«

»Welche Arbeit würden Sie in Palästina übernehmen?«

Daran hatte sie nicht gedacht. »Jede.«

»Es gibt vor allem landwirtschaftliche Arbeit.«

»In Ordnung.«

Er lächelte sanft. Langsam gewann er die Fassung zurück. »Ich möchte Ihnen nicht zu nahe treten, aber Sie sehen nicht aus wie eine Landarbeiterin.«

»Wenn ich mein Leben nicht ändern wollte, hätte ich nicht vor, nach Palästina zu gehen.«

»Ja.« Er spielte mit seinem Federhalter. »Was tun Sie zur Zeit?«

»Ich singe. Wenn ich kein Angebot bekomme, tanze ich, und wenn ich nicht tanzen kann, arbeite ich als Kellnerin.« Es entsprach fast der Wahrheit. Sie hatte alle drei

Tätigkeiten schon einmal ausgeübt, allerdings war sie nur beim Tanzen erfolgreich gewesen, und auch dafür war sie nicht allzu begabt. »Ich habe Ihnen schon gesagt, daß ich mein Leben vergeude. Was sollen all die Fragen? Nimmt Palästina nur noch Universitätsabsolventen auf?«

»Davon kann keine Rede sein, aber es ist sehr schwer hineinzukommen. Die Briten haben eine Quote festgelegt, und alle Plätze werden von Flüchtlingen vor den Nazis beansprucht.«

»Wieso haben Sir mir das nicht schon vorher gesagt?« fragte sie wütend.

»Aus zwei Gründen. Der eine ist, daß wir Leute illegal einschleusen können. Der andere ... der andere läßt sich nicht so leicht erklären. Wenn Sie einen Moment warten? Ich muß jemanden anrufen.«

Sie war immer noch verärgert. »Ich bin nicht sicher, daß es Zweck hat zu warten.«

»Es hat Zweck, das verspreche ich Ihnen. Nur ein oder zwei Minuten. Es ist ganz wichtig.«

»Also gut.«

Er ging in ein Hinterzimmer, um zu telefonieren. Elene wartete ungeduldig. Es wurde wärmer, und das Zimmer war schlecht belüftet. Sie kam sich ein wenig lächerlich vor, da sie so impulsiv hierhergekommen war, ohne sich Gedanken über die Emigration gemacht zu haben. Zu viele ihrer Entscheidungen kamen so zustande. Sie hätte vorhersehen müssen, daß man ihr Fragen stellen würde. Dann hätte sie sich Antworten zurechtlegen können. Außerdem hätte sie etwas weniger Auffälliges anziehen sollen.

Der junge Mann kam zurück. »Es ist so heiß«, sagte er. »Wollen wir über die Straße gehen und etwas Kaltes trinken?«

So war das also! Sie beschloß, ihn zurechtzuweisen, musterte ihn abschätzig und erwiderte: »Nein, Sie sind viel zu jung für mich.«

Er war schrecklich verlegen. »Oh, bitte mißverstehen Sie mich nicht. Ich möchte Sie nur mit jemandem bekannt machen.«

Elene wußte nicht, ob sie ihm glauben konnte. Aber sie hatte nichts zu verlieren und war durstig. »Einverstanden.«

Er öffnete ihr die Tür. Sie überquerten die Straße, wichen den wackligen Karren und klapprigen Taxis aus und wurden plötzlich von der lodernden Sonnenhitze umhüllt. Sie beugten sich unter eine gestreifte Markise und betraten das Cafe, das angenehm kühl war. Der junge Mann bestellte Zitronensaft. Elene entschied sich für Gin und Tonic.

»Sie können Leute illegal einschleusen?«

»Manchmal.« Er stürzte die Hälfte des Getränks hinunter. »Zum Beispiel, wenn der Betreffende verfolgt wird. Deshalb mußte ich Ihnen ein paar Fragen stellen.«

»Ich werde nicht verfolgt.«

»Eine andere Möglichkeit ist, daß jemand viel für unsere Sache getan hat.«

»Sie meinen, ich muß mir das Recht verdienen?«

»Vielleicht werden eines Tages alle Juden das Recht haben, in Palästina zu leben. Aber solange die Quoten bestehen, muß es Auswahlkriterien geben.«

Sie war versucht zu fragen: mit wem muß ich schlafen? Aber sie hatte ihn schon einmal falsch eingeschätzt. Trotzdem glaubte sie, daß er sie irgendwie ausnutzen wolle. »Was muß ich tun?«

Er schüttelte den Kopf. »Ich kann nicht mit Ihnen handeln. Ägyptische Juden dürfen nicht nach Palästina, außer in Sonderfällen, und Sie sind kein Sonderfall. Andere Möglichkeiten gibt es nicht.«

»Worauf wollen Sie also hinaus?«

»Sie können nicht nach Palästina, aber Sie können hier für unsere Sache kämpfen.«

»Woran hatten Sie gedacht?«

»Als erstes müssen wir die Nazis besiegen.«

Sie lachte. »Ich werde mein Bestes tun!«

Er ging nicht auf ihre Bemerkung ein. »Wir halten nicht viel von den Briten, aber jeder Feind Deutschlands ist unser Freund. Deshalb arbeiten wir im Moment mit dem britischen Geheimdienst zusammen. Ich glaube, daß Sie ihm helfen könnten.«

»Um Gottes willen! Wie?«

Ein Schatten fiel über den Tisch, und der junge Mann blickte auf. »Ah!« Er schaute Elene wieder an. »Ich möchte Ihnen meinen Freund Major William Vandam vorstellen.«

*

Er war ein hochgewachsener, kräftiger Mann. Seine breiten Schultern und muskulösen Beine waren die eines Athleten. Nun war er jedoch fast vierzig und erschlaffte schon ein wenig. Er hatte ein rundes, offenes Gesicht und drahtiges, braunes Haar, das sich vielleicht kräuseln würde, wenn es über die Einheitslänge hinauswachsen dürfte. Er schüttelte ihr die Hand, setzte sich und schlug die Beine übereinander. Dann zündete er sich eine Zigarette an und bestellte Gin. Seine Miene war streng, als halte er das Leben für sehr ernst und lehne jede Albernheit ab.

Elene glaubte, er sei ein typischer, steifer Engländer.

Der junge Mann von der Jewish Agency fragte ihn: »Was gibt's Neues?«

»Die Ghasala-Front hält stand, aber es wird sehr heftig gekämpft.«

Vandams Stimme überraschte sie. Englische Offiziere sprachen gewöhnlich mit dem gedehnten Ton der Oberklasse, der für gewöhnliche Ägypter Überheblichkeit symbolisierte. Vandam sprach präzise, aber leise, mit abgerundeten Vokalen und etwas guttural. Elene hatte das Gefühl, die Spur eines Provinzakzentes zu bemerken.

Sie beschloß, ihn zu fragen. »Woher sind Sie, Major?«

»Dorset. Weshalb fragen Sie?«

»Ihr Akzent hat mich darauf gebracht.«

»Der Südwesten von England. Sie sind sehr aufmerksam. Ich glaubte, keinen Akzent zu haben.«

»Er ist nur ganz schwach.«

Vandam steckte sich eine zweite Zigarette an. Elene beobachtete seine Hände. Sie waren lang und schmal und schienen nicht zu seinem Körper zu passen. Die Nägel waren sorgsam manikürt, und die Haut war weiß, abgesehen von den bernsteinfarbenen Nikotinflekken.

Der junge Mann verabschiedete sich. »Major Vandam kann Ihnen alles erklären. Ich hoffe, daß Sie mit ihm zusammenarbeiten werden. Es ist sehr wichtig.«

Vandam schüttelte ihm die Hand und dankte ihm. Der junge Mann ging hinaus.

»Erzählen Sie mir von sich«, forderte der Major Elene auf.

»Nein. Erzählen *Sie* mir von sich.«

Er zog eine Augenbraue hoch, leicht verblüfft, ein wenig belustigt und plötzlich gar nicht mehr steif. »Einverstanden«, sagte er nach einem Moment. »Kairo ist voll von Offizieren und Soldaten, die Geheimnisse kennen. Sie sind über unsere Stärke, unsere Schwächen und unsere Pläne unterrichtet. Der Feind möchte diese Geheimnisse erfahren. Wir können sicher sein, daß die Deutschen jederzeit Leute in Kairo haben, die Informationen für sie sammeln. Es ist meine Aufgabe, sie daran zu hindern.«

»Sehr einfach.«

Er überlegte. »Einfach, aber nicht leicht.«

Elene merkte, daß er jedes ihrer Worte ernst nahm. Vielleicht lag es daran, daß er humorlos war, aber es gefiel ihr trotzdem: Männer behandelten ihre Konversation im allgemeinen wie die Hintergrundmusik in einer Cocktailbar, wie ein angenehmes, aber im Grunde unwichtiges Geräusch.

Er wartete. »Sie sind an der Reihe.«

Plötzlich hatte sie den Wunsch, ihm die Wahrheit zu sagen. »Ich bin eine lausige Sängerin und eine mittelmäßige Tänzerin, aber manchmal finde ich einen reichen Mann, der meine Rechnungen bezahlt.«

Er schwieg, doch er wirkte verblüfft.

»Schockiert?« fragte Elene.

»Haben Sie das nicht erwartet?«

Sie blickte zur Seite, denn ihr war klar, was er dachte. Bis jetzt hatte er sie höflich behandelt, als wäre sie eine ehrbare Frau aus seiner eigenen Gesellschaftsschicht. Nun hatte er seinen Irrtum eingesehen. Seine Reaktion war ganz verständlich, aber Elene empfand trotzdem Bitternis. »Tun das nicht die meisten Frauen, wenn sie heiraten, sie finden einen Mann, der die Rechnungen bezahlt?«

»Ja«, sagte er ernst.

Sie sah ihn an, Übermut packte sie. »Ich habe nur einen etwas größeren Verbrauch als die durchschnittliche Hausfrau.«

Vandam explodierte vor Lachen. Plötzlich war er ein anderer Mensch. Er warf den Kopf zurück, streckte Arme und Beine zur Seite und war ganz entspannt. Als sein Gelächter verstummt war, wirkte er für einen kurzen Moment gelöst. Sie grinsten einander an. Der Moment ging vorüber, und er schlug wieder die Beine übereinander. Schweigen. Elene kam sich vor wie ein Schulmädchen, das im Unterricht gekichert hat.

Vandam war wieder ernst geworden. »Informationen sind mein Problem. Niemand spricht mit einem Engländer. Deshalb brauche ich Sie. Da Sie Ägypterin sind, hören Sie Klatsch und Straßengespräche, von denen ich nie etwas erfahre. Und weil Sie Jüdin sind, hoffe ich, daß Sie so etwas an mich weitermelden.«

»Welche Art von Klatsch?«

»Ich bin an jedem interessiert, der Fragen nach der britischen Armee stellt.« Er unterbrach sich und schien zu überlegen, wieviel er ihr erzählen konnte. »Vor allem ... Im Moment suche ich einen Mann namens Alex Wolff. Er wohnte früher in Kairo und ist vor kurzem zurückgekehrt. Wahrscheinlich braucht er einen Unterschlupf und hat eine Menge Geld. Auf jeden Fall erkundigt er sich nach den britischen Streitkräften.«

Elene zuckte die Achseln. »Nach der langen Vorrede hatte ich etwas Dramatischeres erwartet.«

»Zum Beispiel?«

»Ich weiß nicht. Vielleicht, daß ich Walzer mit Rommel tanzen und seine Taschen leermachen soll.«

Vandam lachte wieder. Elene dachte: Ich könnte Gefallen daran finden.

»Wenn es auch ganz alltäglich ist, werden Sie's tun?«

»Mal sehen.« Aber sie hatte sich schon entschieden. Sie wollte nur das Gespräch ausdehnen, weil es ihr Spaß machte.

Vandam beugte sich vor. »Ich brauche Menschen wie Sie, Miß Fontana.« Ihr Name klang albern, wenn er so höflich ausgesprochen wurde. »Sie sind aufmerksam, Sie haben eine perfekte Tarnung, und Sie sind offensichtlich intelligent. Bitte, entschuldigen Sie, daß ich so direkt ...«

»Sie brauchen sich nicht zu entschuldigen. Ich bin geschmeichelt. Reden Sie weiter.«

»Die meisten meiner Leute sind nicht so zuverlässig. Sie tun es des Geldes wegen, während Sie ein besseres Motiv ...«

»Einen Moment«, unterbrach sie. »Ich möchte auch Geld haben. Wie wird die Sache bezahlt?«

»Das hängt von der Information ab, die Sie uns liefern.«

»Was ist das Minimum?«

»Nichts.«

»Das ist etwas weniger, als ich erhofft hatte.«

»Wieviel brauchen Sie?«

»Sie könnten den Gentleman spielen und meine Miete bezahlen.« Sie biß sich auf die Lippe. Es hatte billig geklungen.

»Wieviel?«

»Fünfundsiebzig im Monat.«

Vandams Brauen zuckten hoch. »Haben Sie etwa einen Palast?«

»Die Preise sind gestiegen. Haben Sie nicht davon gehört? Das liegt an all den englischen Offizieren, die dringend eine Unterkunft brauchen.«

»Touché.« Er runzelte die Stirn. »Sie müssen sich schon sehr nützlich machen, um fünfundsiebzig im Monat wert zu sein.«

Elene zog die Schultern hoch. »Warum lassen wir es nicht auf einen Versuch ankommen?«

»Sie verstehen zu feilschen.« Er lächelte. »In Ordnung, einen Monat auf Probe.«

Sie versuchte, sich ihren Triumph nicht anmerken zu lassen. »Wie nehme ich mit Ihnen Kontakt auf?«

»Schicken Sie mir eine Botschaft.« Er zog einen Bleistift und ein Stück Papier aus seiner Hemdtasche und begann zu schreiben. »Ich gebe Ihnen meine Adresse und Telefonnummer, im Großen Hauptquartier und zu Hause. Sobald ich von Ihnen höre, komme ich zu Ihnen.«

»Gut.« Sie schrieb ihre Adresse auf und fragte sich, was der Major von ihrer Wohnung halten würde. »Und wenn Sie beobachtet werden?«

»Spielt das eine Rolle?«

»Man könnte mich fragen, wer Sie sind.«

»Nun, Sie verzichten besser auf die Wahrheit.«

Sie grinste. »Ich werde sagen, daß Sie mein Liebhaber sind.«

Er sah zur Seite. »Wie Sie wollen.«

»Aber Sie müssen glaubhaft wirken.« Elene verzog keine Miene. »Sie müssen mir riesige Blumensträuße und Pralinenschachteln bringen.«

»Ich weiß nicht ...«

»Schenken Engländer ihren Geliebten keine Blumen und Pralinen?«

Er blickte sie unverwandt an. Sie bemerkte, daß er graue Augen hatte. »Ich weiß nicht«, sagte Vandam ruhig. »Ich hatte nie eine Geliebte.«

Elene dachte: Ich habe einen Fehler gemacht. »Dann müssen Sie noch viel lernen.«

»Bestimmt. Möchten Sie noch etwas trinken?«

Und jetzt bin ich entlassen, dachte sie. Sie sind etwas anstrengend, Major Vandam. Ich sehe eine gewisse Selbstgerechtigkeit, und Sie haben gern alles in der Hand. Sie sind so überlegen. Ich könnte Ihre Eitelkeit verletzen und Ihnen ein bißchen weh tun. »Nein, danke«, sagte sie. »Ich habe keine Zeit mehr.«

Er stand auf. »Ich freue mich darauf, von Ihnen zu hören.« Sie schüttelte ihm die Hand und ging. Irgendwie hatte sie das Gefühl, daß er sie nicht beobachtete.

*

Vandam zog für den Empfang in der Anglo-Ägyptischen Union Zivilkleidung an. Zu Lebzeiten seiner Frau wäre er niemals in die Union gegangen, die sie als »plebby« einschätzte. Er hatte sie gebeten, »plebejisch« zu sagen, damit sie nicht wie ein Snob klinge. Sie hatte geantwortet, sie sei ein Snob, und er möge gefälligst aufhören, seine klassische Erziehung vorzuführen. Vandam hatte sie damals geliebt, und er liebte sie immer noch. Ihr Vater, ein wohlhabender Mann, war Diplomat geworden, weil ihm nichts Besseres eingefallen war. Die Aussicht, daß seine Tochter den Sohn eines Briefträgers heiraten würde, hatte ihn nicht gerade erfreut. Auch als er hörte, Vandam sei Stipendiat einer weniger bekannten Public School gewesen und habe die Londoner Universität besucht, war seine Einstellung unverändert geblieben. Und es hatte ihn nicht einmal beeindruckt, daß Vandam als einer der hoffnungsvollsten Offiziere seiner Generation galt. Aber Angela war wie immer unnachgiebig gewesen, und schließlich hatte der Vater die Verbindung akzeptiert. Seltsamerweise kamen die Väter bei ihrer einzigen Begegnung recht gut miteinander aus. Aber die Mütter haßten sich, und weitere Familientreffen fanden nicht statt.

All das berührte Vandam kaum, auch nicht die Tatsache, daß seine Frau jähzornig und kleinlich sein konnte. Angela war anmutig, würdevoll und schön. Für ihn verkörperte sie alles Weibliche, und er hielt sich für einen Glückspilz. Der Gegensatz zu Elene Fontana hätte nicht auffälliger sein können.

Er fuhr mit seinem Motorrad zur Union. Diese BSA 350 war in Kairo sehr praktisch. Er konnte sie das ganze Jahr über benutzen, denn das Wetter war fast immer gut; und er konnte sich durch die Verkehrsstauungen schlängeln, die Taxis und andere Autos aufhielten. Dabei war es eine sehr schnelle Maschine, die ihn insgeheim faszinierte – ein Rückfall in seine Jugend, als er sich nach solchen Motorrädern gesehnt, sich aber keines hatte leisten können. Angela hatte es verabscheut, wie die Union war es für sie »plebby«, aber in diesem Punkt hatte Vandam sich entschlossen widersetzt.

Der Tag wurde kühler, als er vor der Union parkte. Er kam am Clubhaus vorbei, blickte durch ein Fenster und sah ein Billardspiel, das in vollem Gange war. Er widerstand der Versuchung und betrat den Rasen.

Er nahm ein Glas zyprischen Sherry, mischte sich unter die Menge, nickte, lächelte und tauschte mit Bekannten Höflichkeiten aus. Für die abstinenten mohammedanischen Gäste wurde Tee gereicht, doch nicht viele waren erschienen. Vandam probierte den Sherry und überlegte, ob man den Barkellnern beibringen könnte, einen Martini zu mixen.

Er blickte über den Rasen zum ägyptischen Offiziersclub und wünschte sich, dort die Gespräche belauschen zu können. Jemand nannte seinen Namen. Vandam drehte sich um und stand der Ärztin gegenüber. Wieder mußte er nachdenken, bevor er sich an ihren Namen erinnerte. »Dr. Abuthnot.«

»Hier brauchen wir nicht so förmlich zu sein. Ich heiße Joan.«

»William. Ist Ihr Mann hier?«

»Ich bin nicht verheiratet.«

»Entschuldigen Sie.« Plötzlich sah er sie in einem anderen Licht. Sie war ledig, er war Witwer, und man hatte sie dreimal innerhalb einer Woche zusammen gesehen. Inzwischen dürfte die englische Kolonie in Kairo sie praktisch miteinander verlobt haben. »Sie sind Chirurgin?«

Sie lächelte. »Im Moment scheine ich nur Menschen zusammenzuflicken, aber es stimmt, vor dem Krieg war ich Chirurgin.«

»Wie haben Sie das geschafft? Der Beruf ist doch nicht leicht für eine Frau.«

»Ich habe darum gekämpft.« Sie lächelte immer noch, doch Vandam entdeckte einen grollenden Unterton. »Wie ich höre, sind Sie auch ein wenig unkonventionell.«

Vandam hielt sich selbst für ganz und gar konventionell. »Wieso denn das?« fragte er überrascht.

»Weil Sie Ihren Sohn allein aufziehen.«

»Ich habe keine Wahl. Wenn ich ihn nach England zurückschicken wollte, wäre ich nicht dazu in der Lage. Man bekommt nur eine Passage, wenn man Invalide oder General ist.«

»Aber Sie wollen es auch gar nicht.«

»Nein.«

»Genau das meine ich.«

»Er ist mein Sohn. Ich will nicht, daß er bei einem anderen aufwächst, und er auch nicht.«

»Das verstehe ich. Nur ... manche Väter würden es für ... unmännlich halten.«

Er zog die Augenbrauen hoch, und zu seiner Überraschung lief sie rot an. »Sie haben vermutlich recht. So habe ich die Sache noch nie betrachtet.«

»Ich schäme mich, weil ich neugierig gewesen bin. Möchten Sie noch etwas zu trinken?«

Vandam sah in sein Glas. »Ich glaube, ich sollte hineingehen, um einen echten Drink ausfindig zu machen.«

»Viel Glück.« Sie lächelte und wandte sich ab.

Er schritt über den Rasen auf das Clubhaus zu. Sie war eine attraktive Frau, und sie hatte keinen Zweifel daran gelassen, daß sie ihn besser kennenlernen wollte. Warum, zum Teufel, war sie ihm so gleichgültig? All diese Leute waren der Meinung, daß sie gut zueinander paßten.

Er ging hinein und gab dem Barkellner seine Bestellung: »Gin, Eis, eine Olive und ein paar Tropfen sehr trockenen Wermut.« Der Martini war nicht schlecht, und er trank zwei weitere. Wieder dachte er an Elene. Es gab tausend Frauen wie sie in Kairo, griechische, jüdische, syrische, palästinensische und ägyptische. Sie waren nur so lange Tänzerinnen, bis sie irgendeinen reichen Lebemann auf sich aufmerksam gemacht hatten. Die meisten von ihnen hatten wahrscheinlich den Wunsch, zu heiraten und ein großes Haus in Alexandria oder Paris oder Surrey zu führen, aber sie wurden fast immer enttäuscht.

Sie alle hatten zarte, braune Gesichter und geschmeidige Körper mit schlanken Beinen und kecken Brüsten. Vandam fand, daß Elene sich von den anderen abhob. Ihr Lächeln war bezaubernd. Daß sie in Palästina auf dem Land arbeiten könnte, erschien ihm kaum vorstellbar. Immerhin hatte sie einen Versuch gemacht und sich erst dann bereit erklärt, für Vandam zu arbeiten. Aber vermutlich war sie nicht anders als die anderen Tänzerinnen. Vandam interessierte sich nicht für diese Sorte Frauen.

Die Martinis begannen zu wirken. Er hatte Angst, den Ladys gegenüber ausfallend zu werden, bezahlte seine Rechnung und ging hinaus.

Er fuhr zum Großen Hauptquartier, um sich die letzten Nachrichten geben zu lassen. Wie es schien, hatte der Tag nach schweren Verlusten auf beiden Seiten – allerdings schwereren bei den Briten – ausgeglichen geendet. Es ist so verdammt entmutigend, dachte Vandam. Wir haben eine sichere Basis, guten Nachschub, überlegene Waffen und mehr Männer. Wir planen sorgfältig und kämpfen umsichtig, aber wir gewinnen nie etwas. Er fuhr nach Hause.

Gaafar hatte Lammfleisch mit Reis zubereitet. Vandam nahm beim Dinner noch einen Drink zu sich. Billy unterhielt sich mit ihm. Die heutige Geographiestunde hatte sich mit dem Weizenanbau in Kanada befaßt. Vandam hätte es vorgezogen, wenn die Schule dem Jungen etwas über das Land beibrachte, in dem er lebte.

Nachdem Billy ins Bett gegangen war, saß Vandam allein im Wohnzimmer, rauchte und dachte über Joan Abuthnot, Alex Wolff und Erwin Rommel nach. Sie alle bedrohten ihn auf ihre Weise. Als es draußen dunkel wurde, erschien ihm das Zimmer drückend eng. Vandam füllte sein Zigarettenetui und ging hinaus.

Die Stadt war jetzt genauso lebendig wie zu jeder anderen Tageszeit. Viele Soldaten, manche von ihnen sehr betrunken, drängten sich auf den Straßen. Es waren harte Männer, die in der Wüste gekämpft, den Sand, die Hitze, Bomben und Granaten ertragen hatten. Ihnen kamen die Einheimischen oft undankbar vor. Wenn ein Ladenbesitzer zu wenig Wechselgeld herausgab, in einem Restaurant zu hohe Preise verlangt wurden oder ein Barkellner die Bedienung verweigerte, fiel den Soldaten ein, daß ihre Freunde bei der Verteidigung Ägyptens in die Luft gejagt worden waren. Dann begannen sie, sich zu prügeln, Fenster einzuschlagen und Möbel zu Kleinholz zu machen. Vandam begriff, weshalb die Ägypter undankbar waren: Ihnen war gleichgültig, ob sie von den Briten oder den Deutschen unterdrückt wurden. Trotzdem hatte er wenig Sympathie für die Geschäftsleute von Kairo, die durch den Krieg ein Vermögen verdienten.

Er spazierte, mit einer Zigarette in der Hand, langsam dahin, genoß die kühle Nachtluft, blickte in die winzigen, vorn offenen Läden und weigerte sich, ein Baumwollhemd, das auf der Stelle maßgeschneidert werden sollte, zu kaufen, oder eine Lederhandtasche oder ein zerfleddertes Exemplar der Zeitschrift »Saucy Snips«. Ein Straßenverkäufer, der pornographische Bilder in der linken Jackentasche und Kruzifixe in der rechten hatte, amüsierte ihn. Er sah eine Gruppe von Soldaten, die sich beim Anblick zweier ägyptischer Polizisten, die Hand in Hand durch die Straße patrouillierten, vor Lachen schüttelten.

Er betrat eine Bar. Außer in britischen Clubs war es ratsam, auf Gin zu verzichten. Deshalb bestellte er Sibib, ein Anisgetränk, das trübe wurde, wenn man ihm Wasser zusetzte. Um 22.00 Uhr wurde die Bar auf gemeinsamen Beschluß der mohammedanischen Wafd-Regierung und des griesgrämigen Kommandeurs der Militärpolizei geschlossen. Vandams Augen waren schon ein wenig verschwommen, als er hinausging.

Vorbei an einem Schild mit der Aufschrift *FÜR TRUPPENANGEHÖRIGE VERBOTEN* betrat er die Birka. In den engen Straßen und Gassen saßen die Frauen auf den Stufen und beugten sich aus den Fenstern; sie rauchten, warteten auf Kunden und plauderten mit der Militärpolizei. Manche von ihnen sprachen Vandam an und boten ihren Körper auf englisch, französisch oder italienisch an. Er bog in einen engen Durchgang ein, überquerte einen verlassenen Hof und ging durch eine offene Tür ohne Kennzeichnung.

Vandam stieg die Treppe hoch und klopfte an eine Tür im ersten Stock. Eine Ägypterin mittleren Alters öffnete. Er zahlte ihr fünf Pfund und wurde eingelassen.

In einem großen, schwach beleuchteten Raum, der mit verblassendem Luxus ausgestattet war, setzte er sich auf ein Kissen und knöpfte sich den Hemdkragen auf. Eine junge Frau in Pluderhosen reichte ihm die Nargileh. Er sog den Haschischrauch mehrere Male tief in die Lungen. Bald überkam ihn wohlige Lethargie. Er lehnte sich auf die Ellbogen zurück und blickte sich um. Im Schatten des Zimmers entdeckte er vier andere Männer. Zwei waren Paschas, reiche arabische Landbesitzer, die nebeneinander auf einem Diwan saßen. Sie unterhielten sich leise. Ein Dritter, den das Haschisch beinahe eingeschläfert zu haben schien, sah englisch aus, wahrscheinlich war er Offizier wie Vandam. Der vierte saß in der Ecke und redete mit einem der Mädchen. Vandam hörte Gesprächsfetzen: Der Mann wollte das Mädchen offenbar mit nach Hause nehmen, sie diskutierten über den Preis. Der Mann kam ihm irgendwie bekannt vor, aber Vandam, betrunken und nun auch unter Rauschgifteinfluß, konnte ihn nicht mehr einordnen.

Eines der Mädchen kam auf ihn zu und nahm seine Hand. Sie führte ihn in eine Nische und schloß den Vorhang. Dann legte sie den Büstenhalter ab, sie hatte kleine braune Brüste. Vandam streichelte ihre Wange. Im Kerzenlicht veränderte sich ihr Antlitz ständig: mal alt, mal sehr jung, dann raubtierhaft, dann liebevoll. Einmal glich sie Joan Abuthnot. Aber schließlich, während er in sie eindrang, sah sie aus wie Elene.

5

ALEX WOLFF TRUG eine Galabiya und einen Fes; er stand dreißig Meter vom Großen Hauptquartier der Briten entfernt und verkaufte Papierfächer, die nach zweiminütiger Benutzung zerbrachen.

Die Verfolgungsjagd war abgeflaut. Seit einer Woche hatte er keine Briten gesehen, die Stichproben machten und Ausweise kontrollierten. Dieser Vandam konnte den Druck wohl nicht mehr aufrechterhalten.

Wolff war zum Großen Hauptquartier gegangen, sobald er sich einigermaßen sicher fühlte. Kairo zu erreichen, war ein Triumph gewesen. Aber der Triumph war verfrüht, wenn er seine Lage nicht dazu nutzen konnte, die von Rommel gewünschte Information zu beschaffen – und zwar bald. Er erinnerte sich an sein kurzes Gespräch mit Rommel in Gialo. Der Wüstenfuchs hatte überhaupt nicht listig gewirkt. Er war ein kleiner, unermüdlicher Mann mit dem Gesicht eines aggressiven Bauern: große Nase, nach unten verzogener Mund, gespaltenes Kinn, eine gezackte Narbe auf der linken Wange, das Haar so kurz geschnitten, daß unter seinem Mützenrand nichts zu sehen war. Er hatte gesagt: »Truppenanzahl, Divisionsnamen, im Feld und in Reserve, Ausbildungsstand. Panzerzahl, im Feld und in Reserve, technischer Zustand. Munitions-, Lebensmittel- und Treibstoffversorgung. Charakter und Einstellung der Kommandeure. Strategische und taktische Pläne. Sie sollen gut sein, Wolff. Ich hoffe, es stimmt.«

Es war leichter gesagt als getan.

Wolff konnte gewisse Informationen einholen, indem er einfach in der Stadt spazierenging. Er konnte die Uniformen der beurlaubten Soldaten beobachten und ihre Gespräche belauschen; so erfuhr er, welche Männer wo gewesen waren und wann sie zurückkehren würden.

Manchmal erwähnte ein Sergeant Toten- und Verletztenzahlen oder die verheerende Wirkung der 88-Millimeter-Kanonen, welche die Deutschen an ihren Panzern angebracht hatten. Er hatte einen Mechaniker klagen hören, daß neununddreißig der fünfzig neuen Panzer, die gestern eingetroffen waren, vor der Verwendung gründlich repariert werden müßten. Es waren nützliche Informationen, die er nach Berlin weitergeben konnte; dort würden Geheimdienstanalytiker sie mit anderen Bruchstücken zusammensetzen, um ein umfassendes Bild zu erhalten. Aber es war nicht das, was Rommel wollte.

Irgendwo im Großen Hauptquartier befanden sich Schriftstücke, in denen Detailinformationen wie diese standen: »Ausgeruht und neu ausgerüstet wird Division A, mit hundert Panzern und vollen Beständen, morgen Kairo verlassen, um sich mit Division B in Oase C zusammenzuschließen und einen Gegenangriff westlich von D für Samstagmorgen einzuleiten.«

Auf solche Schriftstücke hatte Wolff es abgesehen.

Für ihr Hauptquartier hatten die Briten eine Anzahl großer Häuser in dem Vorort Garden City requiriert (Wolff war dankbar, daß die Villa les Oliviers nicht erfaßt worden war). Die belegten Häuser waren von einem Stacheldrahtzaun umgeben. Uniformierte ließ man rasch durch das Tor, doch Zivilisten wurden angehalten und eingehend befragt, während die Posten Telefonate führten und sich die Angaben bestätigen ließen.

Es gab andere Hauptquartiere in anderen Gebäuden der Stadt; im Semiramis Hotel, zum Beispiel, war die Zentrale von »British Troops in Egypt« untergebracht, aber dies war das Große Hauptquartier Naher Osten, die entscheidende Stelle. Wolff hatte in der Spionageschule der Abwehr viel Zeit darauf verwandt, sich Uniformen, Regimentskennzeichen und die Gesichter von einigen hundert höheren britischen Offizieren einzuprägen. Nun hatte er an mehreren Morgen hintereinander beobachtet, wie große Stabsfahrzeuge ankamen; er hatte durch die Fenster gespäht und Oberste, Generäle, Admirale, Fliegermajore und sogar den Oberbefehlshaber selbst, Sir Claude Auchinleck, erkannt.

Die Angehörigen des Generalstabs fuhren mit dem Auto, doch ihre Adjutanten gingen zu Fuß. Jeden Morgen trafen die Captains und Majore mit ihren kleinen Aktentaschen ein. Gegen Mittag, nach der regelmäßig stattfindenden Morgenkonferenz, wie Wolff annahm, kamen einige von ihnen heraus; sie hatten immer noch ihre Aktentaschen bei sich.

Jeden Morgen folgte Wolff einem der Adjutanten.

Die meisten arbeiteten im Großen Hauptquartier, und ihre Geheimpapiere wurden am Abend im Büro eingeschlossen. Aber einige nahmen im Großen Hauptquartier zwar an der Morgenkonferenz teil, hatten jedoch ihre eigenen Büros in anderen Teilen der Stadt; sie mußten ihre Instruktionspapiere also unterwegs bei sich haben. Einer von ihnen ging zum Semiramis, zwei suchten die Kaserne in der Kasr-el-Nil auf, und ein vierter steuerte auf ein nicht gekennzeichnetes Gebäude in der Sharia Suleiman Pascha zu.

Wolff mußte sich mit dem Inhalt dieser Aktentaschen vertraut machen.

Heute würde eine Generalprobe stattfinden.

Während er in der glühenden Sonne darauf wartete, daß die Adjutanten herauskamen, dachte er an die letzte Nacht zurück, und ein Lächeln spielte um seine Mundwinkel unter dem neugewachsenen Schnurrbart. Er hatte Sonja versprochen, eine neue Fawzi für sie zu finden. Gestern abend war er in die Birka gegangen und hatte sich in Madame Fahmys Etablissement ein Mädchen ausgesucht. Sie war nicht wie Fawzi mit echter Begeisterung bei der Sache gewesen, aber sie taugte als zeitweiliger Ersatz. Sie hatten sich nacheinander, dann zusammen mit ihr vergnügt; dann hatten sie Sonjas seltsame, aufregende Spiele gespielt ... Es war eine lange Nacht gewesen.

Als die Adjutanten herauskamen, folgte Wolff den beiden, während sie zur Kaserne gingen.

Eine Minute später tauchte Abdullah aus einem Café auf und paßte sich seinem Schritt an.

»Diese beiden?« fragte Abdullah.

»Ja.«

Abdullah war ein fetter Mann mit einem stählernen Zahn. Er war einer der reichsten Männer in Kairo, doch im Gegensatz zu den meisten wohlhabenden Arabern äffte er die Europäer nicht nach. Er trug Sandalen, ein schmutziges Gewand und einen Fes. Sein fettiges Haar kräuselte sich um seine Ohren, und seine Fingernägel waren schwarz. Er bezog seinen Reichtum nicht aus dem Boden wie die Paschas oder aus dem Handel wie die Griechen, sondern aus Verbrechen.

Abdullah war ein Dieb.

Wolff mochte ihn gern. Er war listig, betrügerisch, grausam, großzügig und lachte ständig. Wolff schien er die uralten Laster und Tugenden des Nahen Ostens zu verkörpern. Seine Armee von Kindern, Enkeln, Neffen, Nichten und Cousins brach in Kairo seit dreißig Jahren in Häuser ein und raubte Taschen aus. Abdullah hatte seine Fühler überall: Er besaß einen Haschisch-Großhandel, hatte Einfluß bei Politikern, und ihm gehörte die Hälfte der Häuser in der Birka, auch das von Madame Fahmy. Zusammen mit seinen vier Frauen wohnte er in einem großen verrottenden Haus in der Altstadt. Sie folgten den beiden Offizieren ins moderne Stadtzentrum. »Willst du eine Aktentasche oder beide?« erkundigte Abdullah sich.

Wolff überlegte. Eine würde auf einen zufälligen Diebstahl deuten, zwei auf eine vorbedachte Aktion. »Eine«, sagte er. »Welche?«

»Das ist egal.«

Als er entdeckte, daß die Villa les Oliviers ihm keine Sicherheit mehr bot, hatte Wolff erwogen, Abdullah um Hilfe zu bitten. Doch er hatte sich dagegen entschieden. Abdullah hätte Wolff zwar auf unabsehbare Zeit verstecken können, wahrscheinlich in einem Bordell. Aber er hätte ihn mit Sicherheit an die Briten verraten. Abdullah teilte die Welt in zwei Bereiche: seine Familie und den Rest. Er war seiner Familie gegenüber vollkommen loyal und traute ihr uneingeschränkt, aber jeden anderen betrog er und erwartete ebenso, von anderen betrogen zu werden. Seine Geschäfte wurden auf der Basis gegenseitigen Mißtrauens abgewickelt. Wolff fand heraus, daß dieses System überraschend gut funktionierte.

Sie erreichten eine belebte Kreuzung. Die beiden Offiziere wichen dem Verkehr aus und überquerten die Straße. Wolff wollte ihnen folgen, da legte Abdullah ihm seine Hand auf den Arm.

»Hier werden wir's machen.«

Wolff blickte sich um, musterte die Gebäude, den Bürgersteig, die Kreuzung und die Straßenverkäufer. Er lächelte langsam und nickte. »Ideal.«

*

Es geschah am nächsten Tag.

Abdullah hatte tatsächlich die ideale Stelle für den Diebstahl gewählt. Eine geschäftige Nebenstraße mündete hier in eine Hauptstraße ein. An der Ecke lag ein Café mit Tischen davor, die den Bürgersteig um die Hälfte schmaler machten. Vor dem Café, an der Hauptstraße, war eine Bushaltestelle. Auch nach sechzig Jahren britischer Herrschaft hatte sich die Regel, an der Haltestelle Schlange zu stehen, in Kairo nicht durchgesetzt. Man drängte sich einfach auf dem ohnehin überfüllten

Bürgersteig. In der Seitenstraße war es etwas geräumiger, obwohl das Café auch hier Tische stehen hatte, denn es gab keine Haltestelle. Abdullah hatte diesen kleinen Nachteil bemerkt und ihn ausgeglichen, indem er zwei Akrobaten anwies, dort ihre Kunststücke vorzuführen.

Wolff saß am Ecktisch. Von dort konnte er die Haupt- und die Nebenstraße überschauen. Er machte sich Sorgen um alles, was schiefgehen könnte.

Die Offiziere würden heute vielleicht nicht zur Kaserne zurückkehren.

Sie könnten einen anderen Weg benutzen.

Vielleicht würden sie ihre Aktentaschen nicht bei sich haben. Die Polizei könnte zu früh eintreffen und alle Beteiligten verhaften.

Die Offiziere könnten den Jungen packen und ausfragen.

Abdullah könnte auf die Idee kommen, daß das Geld leichter zu verdienen sei, wenn er einfach Major Vandam anrief und ihm mitteilte, Alex Wolff befinde sich heute um 12.00 Uhr mittags im Café Nasif.

Wolff fürchtete sich vor dem Gefängnis. Er fürchtete sich nicht nur, der Gedanke flößte ihm Todesangst ein und ließ ihm trotz der Mittagssonne den kalten Schweiß ausbrechen. Er konnte ohne gutes Essen, Wein und Mädchen auskommen, wenn ihn die ungeheure, wilde Leere der Wüste tröstete. Und er konnte auf die Freiheit der Wüste verzichten und in einer überfüllten Stadt leben, wenn er über den Luxus der Zivilisation verfügte. Aber er war nicht in der Lage, beides aufzugeben. Es war sein geheimer Alptraum, von dem er nie jemandem erzählt hatte.

Um 11.45 Uhr watschelte Abdullahs große, schmuddelige Gestalt an dem Café vorbei. Seine Miene war ausdruckslos, doch seine kleinen schwarzen Augen glitten aufmerksam hin und her und überprüften seine Vorbereitungen. Er überquerte die Straße und verschwand aus dem Blickfeld.

Um 12.05 Uhr entdeckte Wolff zwei Militärmützen zwischen den vielen Köpfen in der Ferne.

Er rutschte auf den Stuhlrand.

Die Offiziere kamen näher. Sie hatten ihre Aktentaschen bei sich.

Auf der anderen Straßenseite heulte der Motor eines geparkten Wagens im Leerlauf auf.

Ein Bus blieb an der Haltestelle stehen, und Wolff dachte: Das kann Abdullah unmöglich geplant haben, es ist ein glücklicher Zufall.

Die Offiziere waren fünf Meter von Wolff entfernt.

Das Auto auf der anderen Straßenseite setzte sich plötzlich in Bewegung. Es war ein großer, schwarzer Packard mit mächtigem Motor und weicher amerikanischer Federung. Wie ein anstürmender Elefantenbulle – der Motor kreischte im ersten Gang – donnerte er, ohne Rücksicht auf den Verkehr der Hauptstraße, auf die Seitenstraße zu; seine Hupe heulte ständig. An der Ecke, knapp vor Wolff, rammte er den Kühler eines alten Fiats, eines Taxis.

Die beiden Offiziere standen neben Wolffs Tisch und starrten auf die Unfallszene.

Der Taxifahrer, ein junger Araber mit einem westlichen Hemd und einem Fes, sprang aus dem Wagen.

Ein junger Grieche in einem Mohairanzug hüpfte aus dem Packard.

Der Araber nannte den Griechen den Sohn eines Schweins. Der Grieche bezeichnete den Araber als Hinterteil eines verendeten Kamels.

Der Araber versetzte dem Griechen ein Ohrfeige, und der Grieche antwortete mit einem Schlag auf die Nase.

Die Menschen, die aus dem Bus stiegen, und diejenigen, die gewartet hatten, kamen näher.

In der Seitenstraße drehte sich der Akrobat, der auf dem

Kopf seines Kollegen stand, um, als wolle er dem Kampf zusehen. Er schien das Gleichgewicht zu verlieren und fiel zwischen die Zuschauer.

Ein kleiner Junge rannte an Wolffs Tisch vorbei. Wolff stand auf, zeigte auf den Jungen und rief so laut er konnte: »Haltet den Dieb!«

Der Junge huschte davon. Wolff lief hinter ihm her, und vier in der Nähe sitzende Gäste des Cafés sprangen auf und versuchten, den Jungen zu packen. Das Kind drängte sich zwischen die beiden Offiziere, die den Kampf auf der Straße beobachteten. Wolff und seine Helfer prallten auf sie und stießen beide zu Boden. Mehrere Leute schrien: »Haltet den Dieb!«, obwohl die meisten keine Ahnung hatten, wer der Dieb war. Einige Neuankömmlinge glaubten, es handele sich um einen der beiden Fahrer. Die Wartenden von der Bushaltestelle, die Zuschauer der Akrobaten und die meisten Gäste des Cafés drängten sich heran und begannen, den einen oder anderen der zwei Kontrahenten anzugreifen. Die Araber hielten den Griechen für den Schuldigen, alle anderen aber den arabischen Chauffeur. Mehrere Männer mit Stöcken schoben sich in den Menschenauflauf und schlugen blindlings auf die Köpfe ein. Sie wollten den Kampf beenden, erreichten jedoch genau das Gegenteil.

Jemand hob einen Caféhaus-Stuhl hoch und schleuderte ihn in die Menge. Zum Glück flog er zu weit und zertrümmerte die Windschutzscheibe des Packard. Nun aber eilten das Küchenpersonal und der Besitzer des Cafés heraus und stürzten sich auf jeden, der taumelte, stolperte oder auf ihrem Mobiliar saß. Alle brüllten sich in fünf verschiedenen Sprachen an. Vorüberfahrende Autos hielten an, weil die Insassen das Getümmel beobachten wollten. Der Verkehr staute sich in drei Richtungen, und jeder haltende Wagen ließ seine Hupe ertönen. Ein Hund riß sich von seiner Leine los und begann in rasender Erregung, Menschen in die Beine zu beißen. Alle verließen den Bus. Die raufende Menge wurde mit jeder Sekunde größer. Fahrer, die angehalten hatten, um sich den Spaß anzuschauen, bedauerten es bald, denn schnell tobte der Kampf auch um ihre Autos herum, und sie konnten nicht mehr vor- und zurückfahren. Sie mußten ihre Türen verriegeln und die Fenster hochkurbeln, während Männer, Frauen und Kinder, Araber, Griechen, Syrer, Juden, Australier und Schotten auf ihre Autodächer kletterten, sich auf den Kühlerhauben prügelten, auf die Trittbretter fielen und ihr Blut über den Lack schmierten.

Neben dem Café fiel jemand durch das Fenster eines Schneiderladens; eine erschrockene Ziege rannte in ein Souvenirgeschäft an der anderen Seite des Cafés und stieß die Tische mit den Porzellan-, Töpferei- und Glasartikeln um. Ein Pavian, der wahrscheinlich die Ziege geritten hatte, schwang sich behende über die Köpfe der Menge und verschwand in Richtung Alexandria. Ein Pferd schüttelte sein Geschirr ab und preschte zwischen den Autoreihen hindurch über die Straße. Aus einem Fenster über dem Café leerte eine Frau einen Eimer schmutzigen Wassers in das Getümmel. Niemand merkte es.

Endlich traf die Polizei ein.

Als die Menschen die Pfiffe hörten, schienen alle Schläge, Stöße und Beleidigungen plötzlich nicht mehr so wichtig. Die Kampfhähne rappelten sich hastig auf und machten sich davon, um nicht festgenommen zu werden. Die Menge wurde rasch kleiner. Wolff, der gleich am Anfang gestürzt war, erhob sich und schlenderte über die Straße. Er wollte das Ende des Spektakels beobachten. Nachdem man sechs Leuten Handschellen angelegt hatte, war alles vorbei; niemand kämpfte mehr, außer einer alten, schwarzgekleideten Frau und einem einbeinigen Bettler, die sich kraftlos hin und her stießen. Der Cafébesitzer, der Schneider und der Eigentümer des Souvenirgeschäfts rangen die Hände und machten den Polizisten Vorwürfe, weil sie nicht schneller gewesen seien. Insgeheim jedoch verdoppelten oder verdreifachten sie bereits den Schaden für die Versicherung.

Der Busfahrer hatte sich den Arm gebrochen, aber alle anderen waren mit Schnittwunden und Quetschungen davongekommen.

Es gab nur einen einzigen Todesfall: Der Hund hatte die Ziege gebissen, die danach geschlachtet werden mußte.

Als die Polizisten die beiden zusammengestoßenen Autos in Gang setzen wollten, entdeckten sie, daß Straßenbengel die Fahrzeuge aufgebockt und die Reifen gestohlen hatten.

Verschwunden war auch jede einzelne Glühbirne aus dem Bus – und außerdem eine Aktentasche der britischen Armee.

*

Alex Wolff war sehr zufrieden, während er zügig durch die Gassen von Alt-Kairo schritt. Noch eine Woche zuvor war es ihm fast unmöglich erschienen, dem Großen Hauptquartier Geheimnisse zu entlocken. Nun glaubte er, es geschafft zu haben. Abdullahs Idee, einen Straßenkampf zu inszenieren, war einzigartig gewesen.

Was wohl in der Aktentasche war?

Abdullahs Haus unterschied sich nicht von den anderen niedrigen Slumgebäuden. Seine rissige und abbröckelnde Fassade wurde in unregelmäßigen Abständen von kleinen unförmigen Fenstern durchbrochen. Der Eingang bestand aus einem türlosen Bogen mit einer dunklen Passage dahinter. Wolff senkte den Kopf unter dem Bogen, folgte der Passage und stieg eine steinerne

Wendeltreppe hoch. Oben angekommen, schob er einen Vorhang beiseite und betrat Abdullahs Wohnzimmer. Es war – wie sein Besitzer – schmutzig, bequem und reich. Drei kleine Kinder und ein junger Hund jagten einander um die teuren Sofas und ziselierten Tische. In einem Alkoven am Fenster arbeitete eine alte Frau an einem Gobelin. Eine weitere Frau verließ langsam das Zimmer, als Wolff eintrat. Hier gab es keine streng mohammedanische Trennung der Geschlechter wie in Wolffs Jugend. Abdullah saß, die Beine gekreuzt, in der Mitte des Fußbodens auf einem bestickten Kissen; er hatte ein Baby auf dem Schoß. Mit einem breiten Lächeln blickte er zu Wolff auf. »Mein Freund, welch ein Erfolg!«

Wolff ließ sich vor ihm auf den Boden nieder. »Es war großartig«, sagte er. »Sie sind ein Zauberer.«

»So ein Aufruhr! Und daß der Bus gerade im richtigen Moment kam und der Pavian wegrannte ...«

Wolff beobachtete verblüfft, womit Abdullah sich gerade beschäftigte. Auf dem Fußboden neben ihm lag ein Stapel Brieftaschen, Handtaschen, Portemonnaies und Uhren. Während der Araber sprach, nahm er eine kunstvoll gefertigte Lederbrieftasche in die Hand. Er zog ein Bündel ägyptischer Banknoten, ein paar Briefmarken und einen winzigen goldenen Kugelschreiber hervor und ließ sie unter seinem Gewand verschwinden. Dann warf er die Brieftasche zurück, hob eine Handtasche hoch und begann, sie zu durchstöbern.

Wolff war klar, woher die Sachen stammten. »Alter Schuft. Ihre Jungs haben in dem Getümmel eine Menge Taschen leergemacht.«

Abdullah grinste, wobei sein stählerner Zahn sichtbar wurde. »Wer will sich schon so viel Mühe machen und dann nur eine Aktentasche stehlen ...«

»Aber Sie haben die Aktentasche.«

»Natürlich.«

Wolff atmete auf. Doch Abdullah machte keinerlei Anstalten, ihm die Tasche zu geben. »Wo bleibt sie denn?«

»Sofort«, entgegnete Abdullah, rührte sich aber immer noch nicht. Einen Moment später sagte er: »Sie wollten mir bei Ablieferung noch fünfzig Pfund zahlen.«

Wolff zählte die Scheine ab, die unter dem schmutzigen Gewand untergebracht wurden. Abdullah beugte sich vor, drückte sich das Baby mit dem einen Arm an die Brust, griff mit dem anderen unter sein Kissen und zog die Aktentasche hervor.

Das Schloß war aufgebrochen, wie Wolff sofort bemerkte. Er war ungehalten: Irgendwann mußte die Doppelzüngigkeit schließlich aufhören. Aber er zwang sich, ruhig zu sprechen. »Sie haben sie schon geöffnet.«

Abdullah zuckte die Achseln. »Maalish«, antwortete er. Es war ein vielfältig verwendbares Wort, das gleichzeitig »Verzeihung« und »Na und?« bedeutete.

Wolff seufzte. Er war zu lange in Europa gewesen und hatte vergessen, was zu Hause Brauch war.

Er öffnete die Tasche und fand ein Bündel von zehn oder zwölf Blättern, alle eng beschrieben mit englischer Schrift. Während er zu lesen begann, stellte jemand eine winzige Kaffeetasse neben ihn. Er blickte auf und sah ein schönes junges Mädchen vor sich. »Ihre Tochter?« fragte er Abdullah.

Abdullah lachte. »Meine Frau.«

Das Mädchen war etwa vierzehn Jahre alt. Wolff konzentrierte sich wieder auf die Papiere.

Er las das erste und blätterte, immer erstaunter, den Rest durch.

Dann ließ er die Papiere sinken. »Du lieber Gott«, sagte er leise und fing an zu lachen.

Er hatte die kompletten Speisepläne der Kaserne für den Monat Juni gestohlen.

*

Vandam erklärte Oberstleutnant Bogge: »Ich habe einen Vermerk herausgegeben, in dem Offiziere daran erinnert werden, daß Stabspapiere nur in Ausnahmefällen mit in die Stadt genommen werden dürfen.«

Bogge saß an seinem großen geschwungenen Tisch und polierte einen roten Cricketball mit seinem Taschentuch. »Gute Idee. Da bleiben die Leute auf Draht.«

»Eine meiner Informantinnen, das neue Mädchen, von dem ich Ihnen erzählt habe ...«

»Die Nutte.«

»Ja.« Vandam widerstand der Versuchung, Bogge aufzuklären, daß »Nutte« nicht das richtige Wort für Elene sei. »Sie hat ein Gerücht gehört, daß Abdullah für den Aufruhr verantwortlich sei ...«

»Wer ist das?«

»Ein ägyptischer Diebeskönig, und zufällig ist er auch einer meiner Informanten, aber das ist für ihn nur ein kleiner Nebenerwerb.«

»Zu welchem Zweck wurde der Aufruhr denn organisiert, diesem Gerücht zufolge?«

»Diebstahl.«

»Ach so.« Bogge wirkte skeptisch.

»Viele Dinge wurden gestohlen, aber wir müssen mit der Möglichkeit rechnen, daß es den Dieben nur auf die Aktentasche ankam.«

»Eine Verschwörung!« sagte Bogge zweifelnd und belustigt. »Und wozu sollte dieser Abdullah hinter unseren Kantinenplänen her sein?« Er lachte.

»Er konnte nicht wissen, was die Aktentasche enthielt. Vielleicht hatte er einfach Geheimdokumente erwartet.«

»Ich wiederhole meine Frage«, meinte Bogge mit der Miene eines Vaters, der geduldig ein Kind belehrt. »Warum sollte er hinter Geheimdokumenten her sein?«

»Jemand könnte ihn dazu angestiftet haben.«

»Wer?«

»Alex Wolff.«

»Wer?«

»Der Messermörder von Assiut.«

»Also wirklich, Major, ich dachte, daß wir das nun endlich begraben hätten.«

Bogges Telefon klingelte, er nahm den Hörer ab. Vandam nutzte die Gelegenheit, sich ein wenig zu beruhigen. Wahrscheinlich war Bogges Problem, daß er sich nicht auf sein eigenes Urteilsvermögen verlassen konnte. Da ihm das Selbstbewußtsein fehlte, um echte Entscheidungen zu treffen, versuchte er, anderen immer eine Nasenlänge voraus zu sein und sich als Besserwisser aufzuspielen. So bewahrte er sich wenigstens die Illusion, clever zu sein. Natürlich hatte Bogge nicht die geringste Ahnung, ob der Diebstahl der Aktentasche bedeutsam war oder nicht. Er hätte Vandam zuhören und sich dann entscheiden können, doch davor hatte er Angst. Zu einer fruchtbaren Diskussion mit einem Untergebenen war er nicht fähig. Denn seine ganze intellektuelle Energie verwandte er darauf, einen Widerspruch ausfindig zu machen, Irrtümer zu entdecken oder fremde Ideen zu verhöhnen. Und wenn er sich auf diese Weise schließlich seine »Überlegenheit« bewiesen hatte, war die Entscheidung – mehr oder weniger zufällig – schon gefallen.

»Natürlich, Sir, ich werde mich sofort darum kümmern«, sagte Bogge. Vandam wunderte sich, daß er mit diesem Vorgesetzten schon so lange ausgekommen war. Der Oberstleutnant legte auf. »Also, wo waren wir?«

»Der Mörder von Assiut ist immer noch frei. Es könnte von Bedeutung sein, daß kurz nach seiner Ankunft in Kairo die Aktentasche eines Generalstabsoffiziers gestohlen wird.«

»Mit Kantinenplänen.«

Es geht schon wieder los, dachte Vandam. So beherrscht wie möglich sagte er: »Beim Geheimdienst glauben wir doch nicht an Zufälle, oder?«

»Sie brauchen mir keinen Vortrag zu halten, mein Junge. Sogar wenn Sie recht hätten, was könnten wir dann tun, von dem Vermerk abgesehen, den Sie schon verteilt haben?«

»Ich habe mit Abdullah gesprochen. Er behauptet, Alex Wolff nicht zu kennen. Ich glaube, er lügt.«

»Wenn er ein Dieb ist, könnten Sie doch der ägyptischen Polizei einen Wink geben.«

Und welchen Zweck hätte das? dachte Vandam. »Die ägyptische Polizei weiß über ihn Bescheid. Sie kann ihn nicht festnehmen, weil zu viele hohe Offiziere von ihm bestochen werden. Aber wir könnten ihn herbeischaffen und verhören, ihn ein wenig unter Druck setzen. Er ist ein Mann ohne Loyalität, beim geringsten Anlaß würde er die Seite wechseln ...«

»Der Nachrichtendienst des Generalstabs schafft keine Leute herbei und setzt sie unter Druck, Major ...«

»Der Abschirmdienst könnte es, oder sogar die Militärpolizei.«

Bogge lächelte. »Wenn ich mit dieser Geschichte von einem arabischen Diebeskönig, der Kantinenpläne stiehlt, zum Abschirmdienst ginge, würde man sich totlachen.«

»Aber ...«

»Wir haben lange genug darüber diskutiert, Major, genauer gesagt, zu lange.«

»Verdammt noch mal ...«

Bogge hob die Stimme. »Ich glaube nicht, daß der Aufruhr organisiert war, ich glaube nicht, daß Abdullah vorhatte, die Aktentasche zu stehlen, und ich glaube nicht, daß Wolff ein Nazi-Spion ist. Ist das klar?«

»Hören Sie, ich wollte nur ...«

»Ist das *klar*?«

»Ja, Sir.«

»Gut. Abtreten.« Vandam ging hinaus.

6

ICH BIN EIN kleiner Junge. Mein Vater hat mir gesagt, wie alt ich bin, aber ich habe es vergessen. Ich werde ihn noch einmal fragen, wenn er wieder nach Hause kommt. Mein Vater ist Soldat. Das, wohin er fährt, ist ein Sudan. Ein Sudan ist sehr weit.

Ich gehe zur Schule und lerne den Koran. Der Koran ist ein heiliges Buch. Ich lerne auch lesen und schreiben. Lesen ist leicht, aber Schreiben ist schwer, ohne alles schmutzig zu machen. Manchmal pflücke ich Baumwolle oder führe die Tiere zur Tränke.

Meine Mutter und meine Großmutter kümmern sich um mich. Meine Großmutter ist berühmt. Fast alle in der ganzen Welt kommen zu ihr, wenn sie krank sind. Sie gibt ihnen Medizin aus Kräutern.

Mir gibt sie Sirup. Ich mag ihn gern mit dicker Milch. Wenn ich auf dem Ofen in meiner Küche liege, erzählt sie mir Geschichten. Meine Lieblingsgeschichte ist die Ballade von Zahran, dem Helden von Denshway. Wenn sie mir die Geschichte erzählt, sagt sie immer, Denshway sei in der Nähe. Wahrscheinlich wird sie alt und vergeßlich, denn Denshway ist sehr weit weg. Ich bin einmal mit Abdel dorthin gegangen, und wir brauchten den ganzen Morgen.

In Denshway schossen die Briten auf Tauben, da zündete eine ihrer Kugeln eine Scheune an. Alle Männer des Dorfes rannten herbei, um herauszufinden, wer das Feuer angezündet hatte. Einer der Soldaten erschrak, als die starken Männer des Dorfes auf ihn zurannten, und feuerte auf sie. Es gab einen Kampf zwischen den Soldaten und den Dorfbewohnern. Niemand gewann den Kampf, aber der Soldat, der auf die Scheune geschossen hatte, wurde getötet. Bald kamen noch mehr Soldaten und verhafteten alle Männer im Dorf.

Die Soldaten machten ein Holzding, es heißt Galgen. Ich weiß nicht, was ein Galgen ist, aber darauf werden Menschen gehängt. Ich weiß nicht, was passiert, wenn ein Mensch gehängt wird. Einige Dorfbewohner wurden gehängt und andere ausgepeitscht. Über das Auspeitschen weiß ich Bescheid. Es ist die schlimmste Sache der Welt, sogar schlimmer als Hängen, glaube ich.

Zahran wurde als erster gehängt, denn er hatte am stärksten gegen die Soldaten gekämpft. Er ging mit erhobenem Kopf zum Galgen. Er war stolz, daß er den Mann getötet hatte, der das Feuer in der Scheune gemacht hatte.

Ich wünschte, ich wäre Zahran.

Ich habe noch nie einen britischen Soldaten gesehen, aber ich weiß, daß ich sie hasse.

Ich heiße Anwar el-Sadat, und ich werde einmal ein Held sein.

*

Sadat befingerte seinen Schnurrbart. Er war stolz darauf. Mit seinen 22 Jahren sah er in seiner Hauptmannsuniform fast wie ein Junge aus, der Krieg spielte. Doch der Schnurrbart ließ ihn älter wirken. Er brauchte so viel Autorität wie möglich, denn der Vorschlag, den er machen wollte, war, wie immer, etwas ausgefallen. Bei Versammlungen wie dieser gab er sich Mühe, so zu reden, als stünde die Handvoll Hitzköpfe, die zusammengekommen waren, wirklich kurz davor, die Briten aus Ägypten hinauszuwerfen.

Er ließ seine Stimme absichtlich etwas tiefer klingen, während er begann: »Wir alle haben gehofft, daß Rommel die Briten in der Wüste besiegen und dadurch unser Land befreien würde.« Er schaute sich im Zimmer um, denn er wollte jedem den Eindruck vermitteln, daß Sadat zu ihm persönlich sprach. »Aber nun haben wir sehr schlechte Nachrichten bekommen. Hitler hat sich bereit erklärt, den Italienern Ägypten zu übergeben.«

Sadat übertrieb: Dies war keine Nachricht, sondern ein Gerücht. Außerdem wußten die meisten Zuhörer, daß es ein Gerücht war. Doch melodramatisches Taktieren war an der Tagesordnung, und alle reagierten mit wütendem Gemurmel. Er fuhr fort: »Ich schlage vor, daß die Bewegung Freier Offiziere einen Vertrag mit Deutschland aushandelt, nach dem wir in Kairo einen Aufstand gegen die Briten organisieren, während die Deutschen uns Unabhängigkeit und Souveränität nach der britischen Niederlage garantieren.« Als er sprach, wurde ihm die Lächerlichkeit der Situation von neuem bewußt: Er, ein Bauernjunge, der gerade seinen Hof verlassen hatte, ließ sich vor einem halben Dutzend unzufriedener Subalternoffiziere über Verhandlungen mit dem Deutschen Reich aus. Aber wer sonst sollte das ägyptische Volk repräsentieren? Die Briten waren Eroberer, das Parlament war eine Marionette, und der König war Ausländer.

Es gab noch einen weiteren Grund für den Vorschlag, einen, der hier nicht zur Sprache kommen würde und den sich Sadat selbst sogar kaum in der Nacht eingestehen mochte: Abdel Nasser war mit seiner Einheit in den Sudan abkommandiert worden, und seine Abwesenheit verschaffte ihm, Sadat, die Chance, sich selbst zum Führer der Rebellenbewegung zu machen.

Er drängte den unwürdigen Gedanken zurück. Die anderen mußten zunächst seinem Vorschlag und dann der Methode zustimmen, wie man ihn durchführen könne.

Kemel sprach als erster. »Aber werden die Deutschen uns ernst nehmen?« fragte er.

Sadat nickte, als halte auch er dies für eine wichtige Überlegung. In Wirklichkeit hatte er diese Frage mit Kemel vorher vereinbart, denn sie sollte die Zuhörer auf eine falsche Fährte bringen. Das Problem war eigentlich, ob die Deutschen eine Vereinbarung mit einer Gruppe inoffizieller Rebellen einhalten würden. Aber Sadat wollte nicht, daß die Versammlung diesen Punkt diskutierte. Wahrscheinlich würden die Deutschen ihren Teil des Handels nicht einhalten. Falls die Ägypter nach einem Aufstand gegen die Briten aber von den Deutschen verraten würden, würden sie wohl einsehen, daß es für sie kein anderes Ziel gab als die Unabhängigkeit – und vielleicht würden sie sich den Mann zum Führer wählen, der den Aufstand organisiert hatte.

Harte politische Realitäten wie diese eigneten sich nicht für solche Versammlungen; sie waren zu kompliziert und beruhten auf allzu kühlen Berechnungen. Kemel war der einzige, mit dem Sadat über Taktik sprechen konnte. Er arbeitete als Detektiv bei der Polizei von Kairo; er war ein ausgekochter, bedächtiger Mann. Vielleicht hatte die Polizeiarbeit ihn zynisch gemacht.

Die anderen begannen, darüber zu palavern, ob der Plan Erfolg haben könne. Sadat beteiligte sich nicht an der Diskussion. Sollen sie doch reden, dachte er, das macht ihnen schließlich am meisten Spaß. Wenn es um Aktionen ging, enttäuschten sie ihn gewöhnlich. Während die anderen debattierten, erinnerte Sadat sich an die mißlungene Revolution des vergangenen Sommers. Sie hatte damit begonnen, daß der Scheich von el-Azhar predigte: »Wir haben nichts mit dem Krieg zu tun.« Dann hatte das ägyptische Parlament, in einem seltenen Anflug von Unabhängigkeit, seine Politik verkündet: »Rettet Ägypten vor der Geißel des Krieges.« Bis zu diesem Zeitpunkt hatte die ägyptische Armee Seite an Seite mit den Briten in der Wüste gekämpft, doch nun befahlen die Briten den Ägyptern, ihre Waffen niederzulegen und sich zurückzuziehen. Die Ägypter wollten sich nur zu gern zurückziehen, aber es widerstrebte ihnen, sich entwaffnen zu lassen.

Sadat erkannte eine gottgesandte Möglichkeit, Zwietracht zu säen. Er und viele andere junge Offiziere weigerten sich, ihre Waffen abzugeben, und planten, nach Kairo zu marschieren. Zu Sadats großer Enttäuschung gaben die Briten sofort nach und ließen ihnen ihre Waffen. Sadat versuchte weiterhin, den Funken der Rebellion zur Flamme der Revolution anzufachen, doch die Briten hatten ihn durch ihre Nachgiebigkeit ausmanövriert. Der Marsch auf Kairo war ein Fiasko. Sadats Einheit traf am Sammelpunkt ein, aber niemand sonst erschien. Die Soldaten säuberten ihre Fahrzeuge, setzten sich, warteten eine Weile und fuhren dann weiter in ihr Lager.

Sechs Monate später erlitt Sadat einen weiteren Mißerfolg. Diesmal hatte er mit dem dicken, ausschweifenden türkischen König von Ägypten zu tun. Die Briten stellten König Faruk ein Ultimatum: Entweder gebe er seinem Premier die Anweisung zur Bildung einer neuen, probritischen Regierung, oder er müsse abdanken. Unter Druck gesetzt, rief der König Mustafa el-Nahas Pascha zu sich und befahl ihm, eine neue Regierung zu bilden. Sadat war kein Royalist, aber er war Opportunist. Deshalb verkündete er, dies sei eine Verletzung der ägyptischen Souveränität, und die jungen Offiziere marschierten zum Palast, um dem König aus Protest zu huldigen. Erneut versuchte Sadat, die Rebellion weiterzutreiben. Er plante, den Palast zu einer symbolischen Verteidigung des Königs umzingeln zu lassen. Aber wieder war er der einzige, der zu der Aktion erschien.

In beiden Fällen war er tief enttäuscht und nahe daran gewesen, die Sache der Rebellen aufzugeben. In solchen Momenten hatte er die Ägypter zur Hölle gewünscht. Doch diese Momente vergingen, denn er wußte, daß es eine gute Sache war und er genug Verstand hatte, ihr nützlich zu sein.

»Aber wir haben kein Mittel, um mit den Deutschen Kontakt aufzunehmen.« Das war Imam, einer der Piloten. Sadat freute sich, daß sie schon darüber diskutierten, wie, nicht ob es zu tun sei.

Kemel hatte eine Antwort parat. »Wir könnten die Botschaft mit dem Flugzeug schicken.«

»Ja!« Imam war jung und ungestüm. »Einer von uns könnte eine Routinepatrouille fliegen, dann vom Kurs abweichen und hinter den deutschen Linien landen.«

Einer der älteren Piloten gab zu bedenken: »Bei seiner Rückkehr würde er die Abweichung rechtfertigen müssen ...«

»Er könnte überhaupt nicht zurückkommen«, sagte Imam. Seine vorher lebhafte Miene hatte sich plötzlich verfinstert.

»Er könnte mit Rommel zurückkommen«, warf Sadat ruhig ein.

Imams Augen leuchteten auf, und Sadat wußte, daß der junge Pilot sich vorstellte, mit Rommel an der Spitze einer Befreiungsarmee in Kairo einzumarschieren. Sadat beschloß, daß Imam die Botschaft überbringen sollte.

»Wir wollen uns über den Text der Botschaft einigen«, erklärte Sadat scheinbar demokratisch. Niemand bemerkte, daß eine Entscheidung darüber, ob man überhaupt eine Nachricht senden solle, nicht zur Debatte gestanden hatte. »Meiner Meinung nach sollten wir vier Punkte herausstellen: Erstens: Wir sind ehrliche Ägypter, die eine Organisation innerhalb der Armee besitzen. Zweitens: Wie ihr kämpfen wir gegen die Briten. Drittens: Wir sind in der Lage, eine Rebellenarmee aufzustellen, die an eurer Seite kämpft. Viertens: Wir werden einen Aufstand gegen die Briten in Kairo organisieren, wenn ihr eurerseits die Unabhängigkeit und Souveränität Ägyptens nach der Niederlage der Briten garantiert.« Er unterbrach sich. Dann runzelte er die Stirn und fuhr fort: »Ich glaube, daß wir ihnen vielleicht ein Zeichen unserer Zuverlässigkeit schicken sollten.«

Schweigen. Kemel kannte auch die Antwort auf diese Frage, aber es würde besser aussehen, wenn sie von einem der anderen käme.

Imam wurde den Erwartungen gerecht. »Wir könnten der Botschaft ein paar nützliche militärische Informationen beilegen.«

Kemel gab nun vor, gegen die Idee zu sein. »Was für Informationen könnten *wir* schon bekommen! Ich kann mir nicht vorstellen ...«

»Luftaufnahmen von den britischen Positionen.«

»Wie wäre das möglich?«

»Wir können es bei einer Routinepatrouille mit einer gewöhnlichen Kamera tun.«

Kemel schien skeptisch. »Und wer entwickelt den Film?«

»Nicht nötig«, erwiderte Imam aufgeregt. »Wir können einfach die Negative schicken.«

»Nur einen Film?«

»So viele, wie wir wollen.«

»Ich glaube, Imam hat recht«, sagte Sadat. Wieder diskutierten sie die Durchführbarkeit einer Idee statt ihrer Risiken. Nun war nur noch ein Hindernis zu überwinden. Sadat wußte aus bitterer Erfahrung, daß diese Rebellen so lange mutig waren, bis es um Kopf und Kragen ging. »Damit bleibt nur noch die Frage, wer von uns die Maschine fliegt.« Er blickte sich im Zimmer um und ließ die Augen schließlich auf Imam ruhen.

Nach einem Moment des Zögerns stand Imam auf.

Sadats Augen blitzten triumphierend.

*

Zwei Tage später legte Kemel die drei Meilen von der Kairoer Innenstadt bis zu dem Vorort, in dem Sadat wohnte, zu Fuß zurück. Als Detektivinspektor konnte

Kemel jederzeit einen Dienstwagen benutzen, aber aus Sicherheitsgründen machte er selten davon Gebrauch, wenn er Rebellenversammlungen besuchte. Aller Wahrscheinlichkeit nach würden seine Kollegen von der Polizei mit der Bewegung der Freien Offiziere sympathisieren, doch er hatte es nicht eilig, sie auf die Probe zu stellen.

Kemel war fünfzehn Jahre älter als Sadat, aber er brachte dem Jüngeren fast so etwas wie Heldenverehrung entgegen. Er teilte Sadats Zynismus und dessen realistische Einschätzung der politischen Macht. Doch Sadat besaß noch mehr: einen brennenden Idealismus, der ihm Energie und Hoffnung gab. Wie sollte Kemel ihm die Nachricht beibringen?

Die Botschaft an Rommel war getippt, von Sadat und allen führenden Freien Offizieren – außer dem abwesenden Nasser – unterzeichnet und in einem großen braunen Umschlag versiegelt worden. Die Luftaufnahmen von britischen Positionen waren fertig. Imam war mit seiner Gladiator gestartet und Baghdadi in einer zweiten Maschine gefolgt. Sie waren in der Wüste gelandet, um mit Kemel zusammenzutreffen, der dann Imam den braunen Umschlag überreicht hatte und in Baghdadis Flugzeug geklettert war. Imams Gesicht hatte vor jugendlichem Idealismus gestrahlt.

Kemel dachte: Wie soll ich es Sadat beibringen?

Er war zum erstenmal geflogen. Die Wüste, die vom Boden aus so monoton wirkte, war ein endloses Mosaik von Formen und Mustern gewesen: Kiesflächen, vereinzelter Pflanzenbewuchs und vulkanische Hügel.

Baghdadi sagte: »Du wirst frieren.« Kemel glaubte an einen Scherz – die Wüste war wie ein Hochofen –, aber während die kleine Maschine stieg, fiel die Temperatur stetig, und bald fröstelte er in seinem dünnen Baumwollhemd.

Nach einer Weile schwenkten beide Maschinen nach

Osten ab. Darauf teilte Baghdadi dem Stützpunkt über Funk mit, daß Imam vom Kurs abgekommen sei und nicht auf Funksprüche reagiere. Wie erwartet, wurde Baghdadi vom Stützpunkt befohlen, Imam zu folgen. Diese Farce war nötig, damit Baghdadi bei seiner Rückkehr nicht in Verdacht geriet.

Sie flogen über ein Armeelager. Kemel sah Panzer, Lastwagen, Feldgeschütze und Jeeps. Eine Gruppe von Soldaten winkte. Es müssen Briten sein, dachte Kemel. Beide Flugzeuge stiegen hoch. Direkt vor sich sahen sie Zeichen einer Schlacht: große Staub- und Explosionswolken. Sie umrundeten das Schlachtfeld im Süden.

Kemel überlegte: Wir sind über einen britischen Stützpunkt geflogen, dann über ein Schlachtfeld, als nächstes müßte ein deutscher Stützpunkt kommen.

Vor ihnen verlor Imams Maschine an Höhe. Statt ihm zu folgen, kletterte Baghdadi ein wenig höher und scherte nach Süden aus. Kemel blickte nach rechts und sah, was die Piloten entdeckt hatten: ein kleines Lager mit einem geebneten Streifen, der als Landebahn markiert war.

Auf dem Weg zu Sadats Haus fiel Kemel ein, wie freudig erregt er sich dort oben über der Wüste gefühlt hatte, als ihm klar wurde, daß sie hinter den deutschen Linien waren und Rommel den Vertrag schon fast in der Hand hatte.

Er klopfte an die Tür. Noch immer wußte er nicht, was er Sadat erzählen sollte.

Es war ein gewöhnliches Einfamilienhaus, um einiges ärmlicher als Kemels Heim. Einen Moment später kam Sadat zur Tür; er trug eine Galabiya und rauchte eine Pfeife. Nach einem Blick in Kemels Gesicht sagte er sofort: »Es ist schiefgegangen.«

»Ja.« Kemel trat ein. Sie gingen in den kleinen Raum, der Sadat als Arbeitszimmer diente. Er enthielt einen

Schreibtisch und ein Bücherregal; ein paar Kissen lagen auf dem Fußboden. Auf einem Papierstapel ruhte eine Pistole.

Sie setzten sich. Kemel berichtete: »Wir fanden ein deutsches Lager mit einer Landebahn. Imam setzte zur Landung an. Da begannen die Deutschen, seine Maschine zu beschießen. Es war ja ein englisches Flugzeug, daran hatten wir nicht gedacht.«

»Aber sie mußten doch gesehen haben, daß er kein Feind war, er feuerte nicht, warf keine Bomben ab ...«

»Er ließ sich immer weiter sinken«, fuhr Kemel fort. »Er wackelte mit den Tragflächen, und ich nehme an, er versuchte, sie über Funk zu erreichen. Aber sie hörten nicht auf zu schießen, bis das Leitwerk getroffen wurde.«

»Mein Gott.«

»Er schien sehr schnell abzusacken. Irgendwie gelang es ihm, auf dem Fahrwerk zu landen. Die Maschine hüpfte auf und ab. Ich glaube nicht, daß Imam sie noch unter Kontrolle hatte. Jedenfalls konnte er das Tempo nicht vermindern. Er kam von der harten Oberfläche ab und geriet auf Sandboden. Die linke Tragfläche schlug auf und brach ab, der Bug senkte sich und pflügte durch den Sand. Dadurch fiel der Rumpf auf die zerbrochene Tragfläche.«

Sadat starrte Kemel an; seine Miene war ausdruckslos, die Pfeife in seiner Hand wurde kalt. Vor seinem inneren Auge sah Kemel das im Sand liegende, zerbrochene Flugzeug. Ein deutsches Feuerwehrfahrzeug und ein Unfallwagen rasten, gefolgt von zehn oder fünfzehn Soldaten, über die Landebahn auf das Wrack zu. Er würde nie vergessen, wie der Flugzeugrumpf – ähnlich einer Blume, die ihre Blütenblätter öffnet in einem Schwall roter und gelber Flammen explodiert war. »Es flog in die Luft«, erklärte er Sadat.

»Und Imam?«

»Er hätte das Feuer nie überleben können.«

»Wir müssen einen neuen Versuch machen«, sagte Sadat. »Es muß einen Weg geben, um eine Botschaft durchzubekommen.«

Kemel musterte ihn und merkte, daß sein brüsker Tonfall gekünstelt war. Sadat versuchte, seine Pfeife anzustecken, doch die Hand, die das Streichholz hielt, zitterte. Kemel sah, daß Sadat Tränen in den Augen hatte.

»Der arme Junge«, flüsterte Sadat.

7

WOLFF WAR WIEDER da, wo er angefangen hatte: Er wußte, wo die Geheimnisse lagen, aber er konnte sie nicht in die Finger bekommen.

Er hätte nach derselben Methode noch eine weitere Aktentasche stehlen können, aber das hätte den Briten wie eine Verschwörung erscheinen müssen. Selbst wenn er auf andere Weise eine Aktentasche an sich brachte, würden die Sicherheitsmaßnahmen vielleicht verschärft werden. Und eine einzelne Tasche nützte ihm ohnehin nicht viel. Er benötigte regelmäßigen, ungehinderten Zugang zu geheimen Papieren. Deshalb rasierte er Sonjas Schamhaar.

Ihr Haar war schwarz und kräftig und wuchs sehr schnell. Da sie es regelmäßig rasierte, konnte sie ihre durchscheinende Hose ohne die übliche, mit Flittern besetzte Schnur darüber tragen. Die zusätzliche Bewegungsfreiheit – wie auch das hartnäckige und zutreffende Gerücht, daß sie unter der Hose nichts anhatte – trug dazu bei, daß sie momentan als die führende Bauchtänzerin galt.

Wolff tauchte den Pinsel in die Schüssel und begann, sie einzuseifen.

Sie lag auf dem Bett, den Rücken auf einen Haufen Kissen gestützt, und beobachtete ihn mißtrauisch. Über diese neueste Perversion war sie nicht begeistert. Sie war sicher, daß sie keinen Spaß daran haben würde.

Wolff wußte es besser.

Er war mit ihren Gedanken vertraut, er kannte ihren Körper besser als sie selbst, und er wollte etwas von ihr.

Während er sie mit dem weichen Rasierpinsel streichelte, sagte er: »Mir ist etwas anderes eingefallen, wie man an die Aktentaschen kommen könnte.«

»Was?«

Er antwortete nicht sofort, sondern legte den Pinsel hin und hob das Rasiermesser auf. Er prüfte die scharfe Klinge mit dem Daumen und sah sie an. Sie beobachtete ihn voll ängstlicher Faszination. Wolff beugte sich näher zu ihr, spreizte ihre Beine ein wenig mehr, setzte das Rasiermesser an und zog es mit einer leichten, vorsichtigen Bewegung nach oben.

»Ich werde mich mit einem britischen Offizier anfreunden«, erklärte er.

Sonja schwieg; sie hörte ihm nur mit halbem Ohr zu. Er wischte das Rasiermesser an einem Handtuch ab. Mit dem Zeigefinger der linken Hand berührte er die rasierte Stelle, straffte die Haut und setzte das Messer erneut an.

»Dann werde ich den Offizier hierher bringen.«

Sonja sagte: »Oh nein.«

Er berührte sie mit der Klinge des Rasiermessers und schabte sanft nach oben.

Sie begann, schwerer zu atmen.

Wolff wischte das Rasiermesser ab und strich einmal, zweimal, dreimal über ihre Haut.

»Ich werde irgendwie dafür sorgen, daß der Offizier seine Aktentasche bei sich hat.«

Er legte den Finger auf ihre empfindlichste Stelle und rasierte um sie herum. Sie schloß die Augen.

Wolff goß heißes Wasser aus einem Kessel in eine Schüssel, die neben ihm auf dem Boden stand. Er tauchte einen Waschlappen ins Wasser und wrang ihn aus.

»Dann werde ich die Aktentasche durchsuchen, während der Offizier mit dir im Bett ist.«

Er preßte den heißen Waschlappen gegen ihre rasierte Haut.

Sie schrie heftig auf: »Aaah, mein Gott.«

Wolff ließ seinen Bademantel fallen und stand nackt da. Er nahm ein Tübchen lindernder Hautcreme, drückte ein wenig davon auf seine rechte Handfläche und kniete sich neben Sonja auf das Bett. Dann cremte er ihre Scham ein.

»Ich tu's nicht«, sagte sie und fing an, sich zu krümmen.

Er massierte noch mehr Creme in alle Fältchen. Mit der linken Hand packte er ihre Kehle und hielt sie fest. »Du wirst es tun.«

Seine Finger strichen und preßten, nicht mehr so sanft wie vorher.

»Nein«, keuchte sie.

»Doch.«

Sonja warf den Kopf hin und her. Ihr Körper krümmte sich hilflos, von heftiger Lust gepackt. Sie schauderte und stöhnte: »Oh, oh, oh, oh, oh!« Dann entspannte sie sich.

Wolff ließ sie nicht zur Ruhe kommen. Er streichelte weiterhin ihre glatte, unbehaarte Haut, während er mit der linken Hand ihre braunen Brustwarzen massierte. Unfähig, ihm zu widerstehen, bewegte sie sich von neuem.

Sonja öffnete die Augen und sah, daß auch er erregt war. »Du Lump, komm her.«

Wolff grinste. Das Gefühl der Macht war wie eine Droge. Er legte sich über sie und zögerte absichtlich.

»Schnell!« rief sie.

»Wirst du es tun?«
»Schnell!«
Er berührte sie mit seinem Körper und hielt wieder ein.
»Wirst du es tun?«
»Ja! Bitte!«
»Aaah«, stieß Wolff hervor und senkte sich zu ihr.

*

Danach wollte sie ihr Wort natürlich brechen.

»So ein Versprechen zählt nicht«, sagte sie.

Wolff kam, in ein großes Handtuch gehüllt, aus dem Badezimmer. Er betrachtete sie. Sie lag, immer noch nackt, auf dem Bett und aß Pralinen aus einer Schachtel. Es gab Momente, in denen er sie beinahe liebte.

»Ein Versprechen ist ein Versprechen.«

»Du hast versprochen, eine neue Fawzi für uns zu finden.« Sie schmollte, wie sie es nach Sex immer tat.

»Ich habe das Mädchen von Madame Fahmy mitgebracht.«

»Sie war keine neue Fawzi. Fawzi hat nicht jedesmal zehn Pfund verlangt, und sie ging morgens nicht nach Hause.«

»Schon gut. Ich suche ja noch.«

»Du hast nicht versprochen, nach ihr zu suchen, sondern sie zu *finden*.«

Wolff ging in das andere Zimmer und holte eine Flasche Champagner aus dem Kühlschrank. Er nahm zwei Gläser und brachte sie mit ins Schlafzimmer. »Möchtest du etwas?«

»Nein«, sagte sie. »Ja.«

Er schenkte ein Glas ein und reichte es ihr. Sie nahm einen Schluck und steckte sich eine neue Praline in den Mund. Wolff brachte einen Trinkspruch aus. »Auf den unbekannten britischen Offizier, dem die schönste Überraschung seines Lebens bevorsteht.«

»Ich werde nicht mit einem Engländer ins Bett gehen«, widersprach Sonja. »Sie riechen schlecht und haben klebrige Haut. Ich hasse sie.«

»Deshalb wirst du es tun, weil du sie haßt. Stell dir nur vor: Während er es mit dir treibt und sein Glück gar nicht fassen kann, werde ich seine Geheimpapiere lesen.«

Wolff begann, sich anzuziehen. Er schlüpfte in ein Hemd, das in einem der winzigen Schneiderläden in Alt-Kairo für ihn angefertigt worden war, ein britisches Uniformhemd mit den Sternen eines Captains auf den Schultern.

»Was ziehst du da an?« fragte Sonja.

»Die Uniform eines britischen Offiziers. Mit Ausländern sprechen die nämlich nicht.«

»Willst du dich für einen Briten ausgeben?«

»Für einen Südafrikaner, glaube ich.«

»Und wenn du einen Fehler machst?«

Er betrachtete sie. »Dann werde ich wahrscheinlich als Spion erschossen.«

Sie schaute zur Seite.

»Wenn ich einen geeigneten finde, bringe ich ihn mit ins Cha-Cha.« Er schob die Hand unter sein Hemd und zog das Messer aus der Scheide unter dem Arm. Dann trat er dicht an sie heran und berührte ihre nackte Schulter mit der Spitze.

»Wenn du mich im Stich läßt, schneide ich dir die Lippen ab.« Sonja musterte sein Gesicht. Sie schwieg, aber in ihren Augen stand Furcht. Wolff ging hinaus.

*

Shepheard's Hotel war überfüllt wie immer.

Wolff bezahlte den Taxifahrer, drängte sich durch die Menge von Straßenhändlern und Dragomanen, stieg die Treppe hoch und betrat das Foyer. Es quoll über von Menschen: levantinischen Kaufleuten, die lärmende Besprechungen abhielten, Europäern, die das Postamt und die Banken benutzten, ägyptischen Mädchen in ihren billigen Fähnchen und britischen Offizieren – den unteren Rängen war der Zutritt verboten. Wolff schritt zwischen den beiden überlebensgroßen Bronzedamen hindurch, die Lampen hochhielten, und erreichte den Salon. Die kleine Band spielte eine kaum einzuordnende Musik, während die Gäste, nun meist Europäer, unaufhörlich nach den Kellnern riefen. Wolff wich den Diwanen und Marmortischen aus und bahnte sich einen Weg zu der langen Bar am anderen Ende.

Hier war es ein wenig ruhiger. Frauen waren nicht zugelassen, und man trank mit voller Konzentration. Dies war der Ort, zu dem die einsamen Offiziere kamen.

Wolff setzte sich an die Bar. Er wollte schon Champagner bestellen, dann fiel ihm seine Verkleidung ein und er bat um Whisky und Wasser.

Er hatte seine Kleidung sorgfältig ausgewählt. Die braunen Schuhe entsprachen dem Offiziersmuster und waren auf Hochglanz poliert; die Khaki-Socken hatte er genau an der richtigen Stelle umgekrempelt; die weiten, braunen Shorts zeigten eine scharfe Bügelfalte; das Buschhemd mit den Sternen eines Captains trug er über den Shorts; die flache Mütze war nur ein wenig zur Seite geschoben.

Sein Akzent machte ihm etwas Kopfzerbrechen. Er hatte eine Erklärung parat, dieselbe Geschichte, die er Captain Newman in Assiut erzählt hatte, nämlich daß er im niederländisch sprechenden Südafrika aufgewachsen sei. Was aber, wenn der Offizier, den er sich aussuchte, Südafrikaner war? Wolff konnte englische Akzente nicht gut genug auseinanderhalten, um einen Südafrikaner zu erkennen.

Sein Mangel an militärischen Kenntnissen machte ihm noch mehr zu schaffen. Er suchte einen Offizier vom Großen Hauptquartier, deshalb würde er behaupten, selbst zu BTE – British Troops in Egypt – zu gehören, einer völlig anderen und unabhängigen Einheit. Leider wußte er kaum etwas darüber. Ihm war unklar, was BTE tat und wie es organisiert war, und er konnte nicht den Namen eines einzigen Offiziers nennen. Wolff stellte sich eine Unterhaltung vor:

»Wie geht's dem alten Buffy Jenkins?«

»Dem alten Buffy? In meiner Abteilung habe ich nicht viel mit ihm zu tun.«

»Nicht viel mit ihm zu tun? Er leitet den Verein! Sprechen wir von demselben BTE?«

Und weiter:

»Und Simon Frobisher?«

»Oh, Simon geht's so wie immer.«

»Einen Moment – jemand hat mir erzählt, er sei nach Hause zurückgekehrt. Ja, ich bin ganz sicher. Wieso wußten Sie das nicht?«

Dann die Anschuldigungen, der Anruf bei der Militärpolizei, der Kampf und schließlich das Gefängnis.

Das Gefängnis war das einzige, was Wolff wirklich Angst einjagte. Er verdrängte den Gedanken und bestellte noch einen Whisky.

Ein schwitzender Oberst kam herein und stellte sich neben Wolffs Hocker an die Bar. Er rief dem Barkellner zu: *»Ezma!«* Es bedeutete »Hör zu!«, aber alle Briten glaubten, es heiße »Kellner«. Der Oberst blickte Wolff an.

Wolff nickte höflich und sagte: »Sir.«

»Mütze ab in der Bar, Captain«, knurrte der Oberst. »Was fällt Ihnen bloß ein?«

Wolff nahm die Mütze ab und verfluchte seinen Fehler im stillen. Der Oberst bestellte sich ein Bier. Wolff schaute fort. In der Bar waren fünfzehn oder zwanzig Offiziere, doch er erkannte keinen von ihnen. Er hielt nach einem der acht Adjutanten Ausschau, die das Große Hauptquartier jeden Mittag mit ihren Aktentaschen verließen. Da er sich die Gesichter jedes einzelnen eingeprägt hatte, würde er sie sofort erkennen. Er hatte sich schon erfolglos im Metropolitan Hotel und im Turf Club umgesehen; nach einer halben Stunde in Shepheard's Hotel würde er es im Offiziersclub, im Gezira Sporting Club und sogar in der Anglo-Ägyptischen Union versuchen. Wenn es heute nacht nicht gelang, würde er morgen einen neuen Versuch machen. Früher oder später mußte er einem von ihnen begegnen.

Dann würde alles von seinem Geschick abhängen.

Sein Plan war vielversprechend. Die Uniform ließ ihn zu einem der ihren werden, zu einem vertrauenswürdigen Kameraden. Wie die meisten Soldaten in einem fremden Land waren sie vermutlich einsam und ausgehungert nach Sex. Sonja war zweifellos eine sehr begehrenswerte Frau, und der durchschnittliche englische Offizier würde gegen die Lockungen einer orientalischen Verführerin kaum gefeit sein.

Und wenn er das Pech hatte, an einen Adjutanten zu geraten, der klug genug war, der Versuchung zu widerstehen, könnte er den Mann immer noch fallenlassen und sich einen anderen suchen.

Er hoffte, daß es nicht allzu lange dauern würde. Tatsächlich dauerte es nur noch fünf Minuten.

Der Major, der die Bar betrat, war klein, sehr schmächtig und etwa zehn Jahre älter als Wolff. Auf seinen Wangen zeigten sich die geplatzten Äderchen des schweren Trinkers. Er hatte hervorquellende blaue Augen, und sein dünnes sandfarbenes Haar klebte ihm am Kopf.

Jeden Mittag verließ er das Große Hauptquartier und ging zu einem nicht gekennzeichneten Gebäude in der Sharia Suleiman Pascha. Dabei hatte er immer eine Aktentasche bei sich. Wolffs Herz machte einen Sprung.

Der Major trat an die Bar, nahm seine Mütze ab und sagte: »*Ezma!* Scotch, ohne Eis. Bißchen schnell.« Er wandte sich Wolff zu. »Verfluchtes Wetter«, begann er im Konversationston.

»Ist das nicht immer so, Sir?« entgegnete Wolff.

»Und ob. Heiße Smith, Großes Hauptquartier.«

»Freut mich, Sir.« Wolff wußte, daß Smith nicht zum Großen Hauptquartier gehören konnte, da er jeden Tag von dort aus ein anderes Gebäude aufsuchte. Wieso log der Mann? Er schob den Gedanken zunächst beiseite und sagte: »Mein Name ist Slavenburg, BTE.«

»Prächtig. Noch einen?«

Mit einem Offizier ins Gespräch zu kommen, war noch leichter, als er erwartet hatte. »Sehr freundlich von Ihnen, Sir.«

»Hören Sie auf mit dem ›Sir‹. An der Bar kommen wir ohne den Quatsch aus, oder?«

»Natürlich.« Noch ein Schnitzer.

»Was soll's sein?«

»Whisky mit Wasser, bitte.«

»An ihrer Stelle würde ich kein Wasser nehmen. Soll direkt aus dem Nil kommen.«

Wolff lächelte. »Ich bin wohl daran gewöhnt.«

»Keine Magenbeschwerden? Sie müssen der einzige Weiße in Ägypten sein, der keine hat.«

»In Afrika geboren, seit zehn Jahren in Kairo.« Wolff paßte sich Smith' abgekürzter Sprechweise an. Ich hätte Schauspieler werden sollen, dachte er.

»Afrika, was?« meinte Smith. »Sie schienen mir einen leichten Akzent zu haben.«

»Holländischer Vater, englische Mutter. Wir haben eine Farm in Südafrika.«

Smith setzte eine mitfühlende Miene auf. »Schlimm für Ihren Vater, wo doch die Deutschen ganz Holland besetzt haben.« Daran hatte Wolff nicht gedacht. »Er starb, als ich noch ein Kind war«, erklärte er.

»Traurig.« Smith leerte sein Glas.

»Noch einmal das gleiche?« bot Wolff an.

»Danke.«

Wolff bestellte weitere Drinks. Smith hielt ihm eine Zigarettenschachtel hin, doch Wolff lehnte ab.

Smith beklagte sich über das schlechte Essen, die hohe Miete für seine Wohnung, die Grobheit arabischer Kellner und darüber, daß die Bars oft nichts zu trinken hätten. Es juckte Wolff zu erklären, daß das Essen schlecht sei, weil Smith englische Gerichte ägyptischen vorzog, daß die Getränke wegen des Krieges knapp seien und die Mieten wegen der vielen tausend Ausländer so hoch kletterten. Er wollte noch hinzufügen, daß die Kellner ihn grob behandelten, weil er zu träge oder zu arrogant sei, um der Höflichkeit halber ein paar Sätze ihrer Sprache zu lernen. Doch Wolff biß sich nur auf die Zunge und nickte, als sei er derselben Meinung wie Smith.

Während Smith immer noch seine Beschwerden aufzählte, blickte Wolff an seiner Schulter vorbei und sah, daß sechs Militärpolizisten die Bar betraten.

Smith bemerkte seinen veränderten Gesichtsausdruck und fragte: »Was ist los – ein Gespenst gesehen?«

Es waren ein Militärpolizist des Heeres, einer der Marine mit weißen Gamaschen, ein Australier, ein Neuseeländer, ein Südafrikaner und ein Gurkha mit Turban. Wolff spürte den Drang davonzulaufen. Was würden sie ihn fragen? Was würde er antworten?

Smith schaute sich um, entdeckte die Militärpolizisten und sagte: »Die übliche Nachtstreife, sucht nach betrunkenen Offizieren und deutschen Spionen. Dies ist eine Offiziersbar, sie werden uns nicht stören. Was ist denn, sind Sie hier etwa nicht zugelassen?«

»Nein, nein.« Wolff improvisierte hastig: »Der Mann von der Marine sieht genauso aus wie ein Bekannter von mir, der in Halfaya gefallen ist.« Er starrte die Streife immer noch an. Die Männer erschienen mit ihren Stahlhelmen und Pistolenhalftern sehr geschäftsmäßig. Würden sie ihn nach seinen Papieren fragen?

Smith hatte sie schon vergessen. Er fuhr fort: »Und was die Diener betrifft ... Scheißkerle. Bin ganz sicher, daß meiner den Gin verdünnt. Aber ich werde ihn überführen. Habe eine leere Ginflasche mit Sibib gefüllt, Sie wissen doch, das Zeug, das trübe wird, wenn man Wasser dazu gibt? Was meinen Sie, was passiert, wenn er das verdünnen will? Er wird eine ganze neue Flasche kaufen und so tun müssen, als sei nichts geschehen. Haha! Geschieht ihm recht.«

Der Führer der Streife, ein Offizier, ging zu dem Oberst, der Wolff befohlen hatte, die Mütze abzunehmen. »Alles in Ordnung, Sir?« erkundigte sich der Militärpolizist.

»Nichts Ungewöhnliches«, antwortete der Oberst.

»Was ist nur los mit Ihnen?« fragte Smith. »Sie sind doch wohl berechtigt, diese Sterne zu tragen?«

»Natürlich«, erwiderte Wolff. Ein Schweißtropfen lief ihm ins Auge, und er wischte ihn mit einer zu schnellen Geste fort.

»Wollte Sie nicht beleidigen«, sagte Smith. »Aber da Shepheard's Hotel für untere Ränge verboten ist, kann's schon passieren, daß jemand sich ein paar Sterne aufs Hemd näht, um hier reinzukommen.«

Wolff riß sich zusammen. »Hören Sie, Sir, wenn Sie überprüfen wollen, ob ich ...«

»Nein, nein, nein«, unterbrach Smith hastig.

»Die Ähnlichkeit war ein ziemlicher Schock für mich.«

»Klar, kann ich verstehen. Lassen Sie uns noch was trinken. *Ezma*!«

Der Militärpolizist, der mit dem Oberst gesprochen hatte, blickte sich gründlich in der Bar um. Seine Armbinde wies darauf hin, daß er stellvertretender Kommandeur der Militärpolizei war. Er blickte Wolff an. Wolff überlegte, ob sich der Mann an die Beschreibung des Messermörders von Assiut erinnern könnte. Wohl kaum. Außerdem würde man nicht nach einem britischen Offizier Ausschau halten, auf den diese Beschreibung zutraf. Um die Sache noch schwieriger zu machen, hatte Wolff sich einen Schnurrbart wachsen lassen. Er zwang sich, dem Blick des Militärpolizisten standzuhalten, und schaute dann unbeteiligt zur Seite. Er setzte seinen Drink an die Lippen und war sicher, daß der Mann ihn immer noch anstarrte.

Dann polterten Stiefel, und die Streife ging hinaus.

Wolff hätte vor Erleichterung aufatmen mögen, beherrschte sich aber. Mit ruhiger Hand hob er noch einmal sein Glas und sagte: »Prost.«

Sie tranken. »Sie kennen sich hier aus«, meinte Smith. »Was kann man noch unternehmen, außer im Shepheard's Hotel zu trinken?«

Wolff tat so, als ob er über die Frage nachdachte. »Waren Sie mal beim Bauchtanz?«

Smith schnaubte verächtlich. »Einmal. Irgendeine fette Ägypterin wackelte mit den Hüften.«

»Ah, dann müßten Sie sehen, wie's wirklich gemacht wird.«

»Glauben Sie?«

»Echter Bauchtanz ist erotischer als alles, was Sie je erlebt haben.«

In Smith' Augen erschien ein seltsames Leuchten. »Tatsächlich?«

Wolff dachte: Major Smith, Sie sind genau das, was ich brauche. »Sonja ist am besten. Sie sollten sich ihre Vorführung ansehen.«

Smith nickte. »Vielleicht.«

»Wissen Sie, ich hatte mit dem Gedanken gespielt, noch in den Cha-Cha-Club zu gehen. Wenn Sie mitkommen wollen?«

»Lassen Sie uns zuerst noch etwas trinken.«

Während er Smith beim Trinken beobachtete, überlegte Wolff, daß der Major, zumindest dem ersten Eindruck nach, sehr bestechlich wirkte. Er schien gelangweilt, charakterschwach und dem Alkohol zugeneigt. Wenn er normale sexuelle Gelüste hatte, würde Sonja ihn mühelos verführen können. Sie mußten zunächst herausfinden, ob er etwas Nützlicheres als Speisepläne in seiner Aktentasche hatte. Dann brauchten sie eine Methode, um ihm seine Geheimnisse zu entlocken. Es gab viele Ungewißheiten, und die Zeit war kurz. Wolff war klar, daß er nur Schritt für Schritt vorgehen konnte, und zunächst mußte er Smith in seine Gewalt bekommen.

Sie leerten ihre Gläser und machten sich zum Cha-Cha auf. Da sie kein Taxi finden konnten, nahmen sie ein Gharry, eine offene Pferdekutsche. Der Fahrer peitschte sein altes Pferd gnadenlos.

»Der Kerl geht etwas brutal mit dem Tier um«, meinte Smith.

»Das stimmt«, erwiderte Wolff und dachte: Du solltest mal sehen, was wir mit unseren Kamelen machen.

Im Club war es heiß; wieder war er überfüllt. Wolff mußte einen Kellner bestechen, um einen Tisch zu bekommen.

Sonjas Darbietung begann unmittelbar nachdem sie sich gesetzt hatten. Smith beobachtete Sonja, während Wolff Smith beobachtete. Nach wenigen Minuten war der Major gebannt.

»Gut, was?« fragte Wolff.

»Phantastisch«, antwortete Smith, ohne sich umzusehen.

»Ich bin übrigens oberflächlich mit ihr bekannt«, sagte Wolff. »Soll ich sie bitten, sich nachher zu uns zu setzen?« Diesmal blickte Smith sich um. »Meine Güte! Würden Sie das tun?«

*

Der Rhythmus wurde schneller. Sonja überschaute den überfüllten Club mit einem Blick. Hunderte von Männern starrten ihren großartigen Körper gierig an. Sie schloß die Augen.

Die Bewegungen wurden automatisch: Ihre Gefühle schoben sich in den Vordergrund. Sie spürte, wie ihre Brüste bebten, ihr Bauch sich wand und ihre Hüften zuckten, und es kam ihr vor, als wäre sie eine Marionette, als berührten all die lüsternen Männer im Publikum ihren Körper. Ihr Tanz hatte nichts Künstliches mehr an sich, nun tanzte sie für sich selbst. Sie folgte nicht einmal der Musik, die Musik folgte ihr. Sie genoß die Erregung, tanzte, bis sie am Rand der Ekstase war und wußte, daß sie nur noch zu springen brauchte, um zu fliegen. Sonja zögerte und breitete die Arme aus. Die Musik kam donnernd zum Höhepunkt. Sie stieß einen Schrei der Enttäuschung aus und fiel zurück, die Beine untergeschlagen, die Schenkel zum Publikum geöffnet, bis ihr Kopf auf die Bühne schlug. Dann gingen die Lichter aus.

So war es immer.

Während des Beifallssturms stand sie auf, überquerte die verdunkelte Bühne und verschwand in den Kulissen. Rasch näherte sie sich ihrer Garderobe, den Kopf gesenkt, ohne jemandem einen Blick zu schenken. Sie kam ohne die Worte, ohne das Lächeln der anderen aus. Niemand verstand sie, niemand wußte, was es für sie bedeutete, was sie jeden Abend beim Tanzen durchmachte.

Sonja zog ihre Schuhe und die durchsichtige Hose aus, legte den mit Flittern besetzten Büstenhalter ab und schlüpfte in eine Seidenrobe. Sie setzte sich vor den Spiegel, um ihr Make-up zu entfernen. Das tat sie immer sofort, da sie wußte, daß das Make-up der Haut schadete. Sie mußte ihren Körper pflegen. Ihr war aufgefallen, wie fleischig ihr Gesicht und ihre Kehle wieder wurden. Sie mußte damit aufhören, Pralinen zu essen. Das Alter, in dem Frauen dick zu werden beginnen, hatte sie längst hinter sich. Ihr Alter war ein Geheimnis, das ihr Publikum nicht erfahren durfte. Sie war fast genauso alt wie ihr Vater bei seinem Tode. Ihr Vater.

Er war ein großer, stolzer Mann gewesen, dessen Taten immer hinter seinen Hoffnungen zurückstanden. Sonja und ihre Eltern hatten zusammen in einem engen, harten Bett in einer Kairoer Mietwohnung geschlafen. Nie wieder hatte sie sich so sicher und warm gefühlt wie in jener Zeit. Sie hatte sich immer an den breiten Rücken ihres Vaters gekuschelt; noch heute konnte sie sich an seinen vertrauten Geruch erinnern. Dann, wenn sie schon hätte schlafen sollen, war da ein anderer Geruch gewesen, etwas, das sie auf unerklärliche Weise erregte. Ihre Mutter und ihr Vater, Seite an Seite liegend, begannen, sich in der Dunkelheit zu bewegen, und Sonja bewegte sich mit ihnen. Ein paarmal merkte ihre Mutter, was geschah. Dann verprügelte ihr Vater sie. Schließlich zwangen ihre Eltern sie, auf dem Boden zu schlafen. Nun konnte Sonja sie hören, aber ihr Vergnügen nicht teilen. Es schien so grausam. Sie machte ihre Mutter dafür verantwortlich. Ihr Vater war bestimmt bereit, das Bett mit ihr zu teilen; er hatte von Anfang an gewußt, was sie tat. Auf dem Boden liegend, frierend, ausgeschlossen, hatte sie versucht, zuzuhören und von weitem an der Lust teilzuhaben, doch es war ihr nicht gelungen. Nie wieder war es ihr gelungen, bis Alex Wolff kam ...

Sie hatte nie mit Wolff über das enge Bett in der Mietwohnung gesprochen, aber irgendwie verstand er sie. Er hatte einen Instinkt für die geheimen Bedürfnisse. Er und das Mädchen Fawzi hatten die Szene ihrer Kindheit für Sonja wiedererschaffen, und es war sehr schön gewesen.

Sonja wußte, daß er es nicht aus Liebe tat. Er hatte nie etwas anderes im Sinn, als Menschen auszunutzen. Nun wollte er sie ausnutzen, um bei den Briten zu spionieren. Sie wäre beinahe zu allem bereit gewesen, um den Briten zu schaden außer mit ihnen ins Bett zu gehen.

Jemand klopfte an ihre Garderobentür. Sie rief: »Herein.«

Einer der Kellner brachte ihr einen Zettel. Sie entließ den Jungen mit einem Nicken und entfaltete das Stück Papier. Darauf stand einfach: »Tisch 41. Alex.«

Sie zerknüllte den Zettel und ließ ihn auf den Boden fallen. Er hatte also einen der Offiziere gefunden. Es hatte nicht lange gedauert. Sein Instinkt für die Schwächen anderer war ihm auch diesmal nützlich gewesen.

Sonja durchschaute ihn, weil sie ihm ähnelte. Auch sie nutzte die Menschen aus, wenn auch weniger geschickt. Sie nutzte sogar ihn aus. Er hatte Stil, Geschmack, hochgestellte Freunde und Geld; und eines Tages würde er sie mit nach Berlin nehmen. In Ägypten ein Star zu sein, war etwas anderes, als in Europa bewundert zu werden. Sie wollte vor den aristokratischen alten Generälen und den gutaussehenden jungen SA-Männern tanzen; sie wollte mächtige Männer und schöne weiße Mädchen verführen, sie wollte die Kabarettkönigin in der verruchtesten Stadt der Welt sein. Wolff würde ihr dazu verhelfen. Ja, sie nutzte ihn aus.

Wie ungewöhnlich, dachte sie, daß sich zwei Menschen so nahestehen und so wenig Liebe füreinander empfinden.

Er würde ihr tatsächlich die Lippen abschneiden.

Sonja schauderte und begann, sich anzuziehen. Sie wählte ein weißes Kleid mit weiten Ärmeln und tiefem Ausschnitt. Es hob ihre Brüste hervor und ließ ihre Hüften schlanker wirken. Sie schlüpfte in weiße, hochhakkige Sandalen, befestigte an jedem Handgelenk ein schweres Goldarmband und legte sich eine goldene Halskette mit einem tränenförmigen Anhänger um, der sich zwischen ihre Brüste schmiegte. Das würde dem Engländer gefallen – sie hatten unglaublich schlechten Geschmack.

Sie betrachtete sich noch einmal im Spiegel, bevor sie in den Club ging.

Schweigen umgab sie, während sie den Raum durchquerte. Alle verstummten, wenn sie sich näherte, und sprachen über sie, wenn sie wieder außer Hörweite war. Ihr schien, als lade sie zu einer massenhaften Vergewaltigung ein. Auf der Bühne war es etwas anderes: Dort trennte eine unsichtbare Wand sie vom Publikum. Hier unten aber konnte man sie berühren, und alle wollten es. Sie taten es nie, doch die Gefahr elektrisierte sie. Sie erreichte den Tisch 41, und beide Männer erhoben sich. Wolff sagte: »Sonja, meine Liebe, Sie waren einmalig, wie immer.«

Sie nahm sein Kompliment mit einem Nicken entgegen.

»Erlauben Sie mir, Ihnen Major Smith vorzustellen.«

Sonja schüttelte ihm die Hand. Er war ein magerer Mann mit fliehendem Kinn, einem blonden Schnurrbart und häßlichen, knochigen Händen. Er musterte sie, als sei sie ein köstliches Dessert, das man ihm gerade vorgesetzt hatte.

»Entzückt, vollkommen entzückt«, sagte Smith.

Sie setzten sich, und Wolff goß Champagner ein. Smith erklärte: »Ihr Tanz war herrlich, Mademoiselle, einfach herrlich. Sehr ... kunstvoll.«

»Vielen Dank.«

Er beugte sich über den Tisch und tätschelte ihre Hand. »Sie sind sehr schön.«

Und du bist ein Trottel, dachte sie. Sonja fing einen warnenden Blick von Wolff auf: Er wußte, was in ihr vorging. »Sie sind sehr freundlich, Major«, antwortete sie.

Sonja merkte, daß Wolff nervös war. Er war sich nicht sicher, ob sie seinen Wünschen gehorchen würde. Sie hatte sich noch nicht entschieden.

Wolff sagte zu Smith: »Ich kannte Sonjas verstorbenen Vater.«

Es war eine Lüge, aber Sonja wußte, weshalb er sie ausgesprochen hatte. Er wollte sie an etwas erinnern.

Ihr Vater war ein Gelegenheitsdieb gewesen. Wenn er keine Arbeit fand, stahl er. Eines Tages hatte er versucht, einer europäischen Frau auf der Sharia el-Koubri die Handtasche zu entreißen. Der Begleiter der Frau hatte Sonjas Vater gepackt, und in dem Gemenge war die Frau niedergeschlagen worden und hatte sich das Handgelenk verstaucht. Sie war einflußreich, und man hatte Sonjas Vater ausgepeitscht. Dabei war er gestorben.

Natürlich hatte man ihn nicht umbringen wollen. Wahrscheinlich hatte er ein schwaches Herz gehabt. Das war den Briten, die für die Gesetze verantwortlich waren, gleichgültig. Der Mann hatte ein Verbrechen begangen, die gebührende Strafe erhalten, und die Strafe hatte ihn getötet. Sonja, damals zwölf Jahre alt, war untröstlich gewesen. Seitdem haßte sie die Briten aus ganzem Herzen.

Ihrer Meinung nach hatte Hitler die richtigen Ideen, aber das falsche Ziel. Nicht die Juden infizierten die Welt, sondern die Briten. Die Juden in Ägypten waren mehr oder weniger wie alle anderen: manche reich, andere arm, manche gut, andere schlecht. Aber die Briten waren alle arrogant, gierig und böse. Sie lachte bitter über die hochherzige Art, mit der die Briten versuchten, Polen vor der deutschen Unterdrückung zu schützen, während sie selbst weiterhin Ägypten unterdrückten.

Doch, aus welchen Gründen auch immer, die Deutschen kämpften gegen die Briten, und das genügte, um Sonja auf die deutsche Seite zu ziehen.

Sie wünschte sich, daß Hitler Großbritannien besiegen, erniedrigen und ruinieren würde. Jedes Mittel war ihr recht, dazu beizutragen. Sie würde sogar einen Engländer verführen.

Sonja beugte sich vor. »Major Smith, Sie sind ein sehr attraktiver Mann.«

Wolff entspannte sich merklich.

Smith war verblüfft. Seine Augen schienen aus den Höhlen zu quellen. »Mein Gott! Meinen Sie das wirklich?«

»Ja, Major.«

»Bitte, sagen Sie doch Sandy zu mir.«

Wolff stand auf. »Ich muß jetzt leider gehen. Sonja, darf ich Sie nach Hause begleiten?«

Smith schaltete sich ein: »Das können Sie mir überlassen, Captain.«

»Ja, Sir.«

»Das heißt, wenn Sonja ...«

Sonja zwinkerte. »Natürlich, Sandy.«

»Ich möchte nicht unhöflich sein, aber ich muß morgen früh aus den Federn.«

»Kein Grund zur Aufregung«, sagte Smith. »Lassen Sie sich nicht aufhalten.«

Als Wolff hinausging, brachte ein Kellner das Abendessen. Es war eine europäische Mahlzeit, Steak und Kartoffeln; Sonja stocherte darin herum, während Smith redete. Er erzählte ihr von seinen Erfolgen in der Schüler-Cricketmannschaft. Seitdem schien er nichts Bemerkenswertes geleistet zu haben. Er war über alle Maßen langweilig.

Sonja erinnerte sich immer wieder an die Auspeitschung.

Smith trank während des Essens ständig. Als sie den Club verließen, schwankte er leicht. Sie reichte ihm den Arm, wohl mehr, um ihn zu stützen. In der kühlen Nachtluft schlenderten sie bis zum Hausboot. Smith blickte zum Himmel und sagte: »Diese Sterne ... wunderbar.« Seine Zunge war schwer.

Sie blieben vor dem Boot stehen. »Hübsch«, brachte Smith hervor.

»Es ist sehr nett. Möchten Sie sich das Innere ansehen?«

»Gern.«

Sie führte ihn über den Steg, über das Deck und die Treppe hinunter.

Er schaute sich mit großen Augen um. »Ich muß schon sagen, es ist sehr luxuriös.«

»Möchten Sie etwas trinken?«

»Sehr gern.«

Sonja mißfiel die Art, wie er ständig »sehr« sagte. »Champagner oder etwas Stärkeres?«

»Ein Schluck Whisky wäre nicht schlecht.«

»Setzen Sie sich doch.«

Sie reichte ihm seinen Drink und setzte sich dicht neben ihn. Er berührte ihre Schulter, küßte sie auf die Wange und legte grob die Hand auf ihre Brust. Sie fuhr zusammen. Er hielt es für ein Zeichen von Leidenschaft und drückte noch fester zu.

Sonja zog ihn zu sich herab. Smith war sehr ungeschickt: Seine Ellbogen und Knie taten ihr weh. Er tastete tolpatschig unter ihr Kleid.

»Oh, Sandy, du bist so stark«, stöhnte sie.

Sie blickte über seine Schulter hinweg und erkannte Wolffs Gesicht. Er kniete auf Deck, beobachtete sie durch die Luke und lachte lautlos.

8

WILLIAM VANDAM BEGANN zu zweifeln, ob er Alex Wolff je finden werde. Der Mord von Assiut lag schon fast drei Wochen zurück, und Vandam war seiner Beute immer noch nicht näher. Die Spur wurde kälter und kälter. Er wünschte sich beinahe, daß noch eine Aktentasche gestohlen würde, damit er wenigstens erraten könnte, was Wolff vorhatte.

Er wußte, daß der Mann langsam zu einer fixen Idee wurde. Oft wachte er mitten in der Nacht auf, wenn der Alkohol nicht mehr wirkte, und machte sich bis zum

Tagesanbruch Sorgen. Am stärksten beschäftigte ihn Wolffs Stil: die Art, wie er sich in Ägypten eingeschlichen hatte, der plötzliche Mord an Corporal Cox, die Leichtigkeit, mit der Wolff in der Stadt untergetaucht war. Vandam ging diese Details immer wieder von neuem durch und fragte sich, wieso er diesen Fall so faszinierend fand.

Zwar hatte er keinen echten Fortschritt gemacht, aber er besaß ein paar Informationen, die ihn ermutigten.

Die Villa les Oliviers gehörte einem Mann namens Achmed Rahmha. Die Rahmhas waren eine reiche Kairoer Familie. Achmed hatte das Haus von seinem Vater Gamal Rahmha, einem Anwalt, geerbt. Einer von Vandams Untergebenen hatte einen Vermerk über die Ehe zwischen Gamal Rahmha und einer gewissen Eva Wolff, Witwe von Hans Wolff, beide deutscher Nationalität, ausfindig gemacht. Außerdem war er auf Adoptionspapiere gestoßen, denen zufolge Hans' und Evas Sohn Alex das legale Kind von Gamal Rahmha geworden war ...

Achmed Rahmha war also Deutscher und konnte gleichzeitig gültige ägyptische Papiere für den Namen Alex Wolff besitzen.

Unter den Urkunden war auch ein Testament, das Achmed oder Alex den größten Teil von Gamals Vermögen und das Haus zusprach.

Nachforschungen bei allen überlebenden Rahmhas waren ergebnislos geblieben. Achmed war zwei Jahre zuvor verschwunden, und man hatte seitdem nichts mehr von ihm gehört. Der Ermittler war mit dem Eindruck zurückgekehrt, daß man den Adoptivsohn der Familie nicht sehr vermißte. Vandam war überzeugt, daß Achmed sich nach seinem Verschwinden in Deutschland aufgehalten hatte.

Es gab noch einen weiteren Zweig der Familie Rahmha,

doch es waren Nomaden, und niemand wußte, wo sie sich befanden. Nach Vandams Meinung mußten sie Wolff bei seiner Rückkehr nach Ägypten irgendwie geholfen haben.

Vandam sah nun ein, daß Wolff nicht über Alexandria ins Land gekommen sein konnte. Die Sicherheitsmaßnahmen in der Hafenstadt waren streng. Man hätte seine Einreise bemerkt, Nachforschungen angestellt und früher oder später seine deutsche Herkunft aufgedeckt, wonach er interniert worden wäre. Dadurch aber, daß er von Süden zurückkehrte, konnte er unbeobachtet bleiben und seinen früheren Status als geborener Ägypter wiederaufnehmen. Es war ein glücklicher Zufall für die Briten gewesen, daß Wolff in Assiut Schwierigkeiten bekommen hatte.

Dies war, wie Vandam schien, der letzte glückliche Zufall gewesen.

Er saß in seinem Büro, rauchte eine Zigarette nach der anderen und machte sich über Wolff Gedanken.

Der Mann war kein gewöhnlicher Sammler von Klatsch und Gerüchten. Er war nicht wie andere Agenten damit zufrieden, Berichte über die Zahl der Soldaten in Kairos Straßen und den Mangel an Autoersatzteilen abzugeben. Der Diebstahl der Aktentasche bewies, daß er es auf streng geheime Informationen abgesehen hatte und geschickte Methoden ersinnen konnte, um sie sich zu verschaffen. Wenn er lange genug in Freiheit blieb, würde er früher oder später Erfolg haben.

Vandam marschierte in seinem Zimmer hin und her: vom Kleiderständer zum Schreibtisch, um den Schreibtisch herum, ein kurzer Blick aus dem Fenster, dann um die andere Seite des Schreibtisches und zurück zum Kleiderständer.

Auch der Spion hatte seine Probleme. Er mußte neugierigen Nachbarn Erklärungen liefern, sein Funkgerät irgendwo verbergen, sich in der Stadt umsehen und Informanten finden. Ihm konnte das Geld knapp werden, sein Funkgerät konnte versagen, seine Informanten konnten ihn verraten, oder jemand konnte ganz zufällig sein Geheimnis entlarven. Jedenfalls mußten die Spuren des Spions irgendwann sichtbar werden.

Je klüger er war, desto länger würde es dauern.

Vandam hatte keinen Zweifel, daß Abdullah, der Dieb, eine Verbindung zu Wolff unterhielt. Nachdem Bogge die Verhaftung Abdullahs abgelehnt hatte, hatte Vandam eine große Summe für Hinweise auf Wolffs Aufenthaltsort ausgesetzt. Abdullah behauptete immer noch, niemanden namens Wolff zu kennen, aber er konnte die Habgier in seinen Augen nicht verbergen.

Es mochte stimmen, daß Abdullah nicht wußte, wo Wolff sich aufhielt. Wolff war bestimmt nicht so unvorsichtig, sich einem notorisch unehrlichen Mann auszuliefern. Aber vielleicht konnte Abdullah es herausfinden. Vandam hatte deutlich gemacht, daß das Geld immer noch zur Verfügung stand. Andererseits konnte Abdullah, wenn er Bescheid wußte, einfach zu Wolff gehen, ihm von Vandams Belohnung erzählen und eine höhere Summe fordern.

Vandam ging im Zimmer auf und ab.

Es hatte irgend etwas mit der Methode zu tun. Wolff hatte sich angeschlichen, mit einem Messer gemordet, war untergetaucht und ... Noch etwas gehörte dazu, etwas, von dem Vandam wußte, daß er es in einem Bericht gelesen oder in einer Lagebesprechung gehört hatte. Wolff war vielleicht ein Mann, den Vandam vor langer Zeit gekannt hatte, an den er sich aber nun nicht mehr erinnern konnte. Das Telefon klingelte.

Er nahm den Hörer ab. »Major Vandam.«

»Oh, hallo, hier spricht Major Calder im Büro des Zahlmeisters.«

Vandam straffte sich. »Ja?«

»Sie haben uns vor ein paar Wochen gebeten, nach gefälschten Pfund Sterling Ausschau zu halten. Wir haben welche gefunden.«

Das war sie – das war die Spur. »Sehr gut!«

»Eine ganze Menge sogar«, fuhr die Stimme fort.

»Ich muß sie so bald wie möglich sehen.«

»Sie sind schon unterwegs. Ich habe jemanden geschickt, er müßte bald bei Ihnen sein.«

»Wissen Sie, wer sie eingezahlt hat?«

»Es gibt verschiedene Quellen, aber wir haben einige Namen für Sie.«

»Prächtig. Ich rufe später zurück, wenn ich die Noten gesehen habe. Sagten Sie Calder?«

»Ja.« Der Mann gab seine Telefonnummer durch.

»Wir unterhalten uns also später.« Vandam hängte ein. Gefälschte Pfund Sterling, es paßte genau: Dies könnte der Durchbruch sein. Sterling war in Ägypten nicht mehr gültig. Offiziell wurde Ägypten als souveränes Land angesehen. Aber man konnte Sterling jederzeit im Büro des britischen Generalzahlmeisters gegen ägyptisches Geld eintauschen. Deshalb nahmen Leute, die geschäftlich viel mit Ausländern umgingen, Pfundnoten meist als Bezahlung an.

Vandam öffnete seine Tür und rief durch den Flur: »Jakes!«

»Sir!« brüllte Jakes genauso laut zurück.

»Bringen Sie mir die Akte über gefälschte Banknoten.«

»Ja, Sir!«

Vandam betrat das angrenzende Büro und wandte sich an seinen Sekretär: »Ich erwarte ein Päckchen vom Zahlmeister. Bitte, bringen Sie mir's sofort herein.«

»Jawohl, Sir.«

Er kehrte in sein Büro zurück. Jakes erschien einen Moment später mit einer Akte. Er war der Ranghöchste in Vandams Team, ein eifriger, zuverlässiger junger Mann, der Befehle buchstabengetreu befolgte und dann selbst die Initiative ergriff. Er war noch größer als Vandam, schmal und schwarzhaarig, mit seltsam kummervoller Miene. Gegenüber Vandam achtete er auf lässige Formalität: Er grüßte sorgfältig und redete Vandam oft mit »Sir« an, aber sie sprachen wie Gleichberechtigte über ihre Arbeit, und Jakes fluchte dabei mit großer Meisterschaft. Er hatte sehr gute Beziehungen und würde es in der Armee höchstwahrscheinlich weiter bringen als Vandam.

Vandam knipste seine Schreibtischlampe an und sagte: »Zeigen Sie mir ein Bild von den Nazi-Blüten.«

Jakes legte die Akte nieder und blätterte sie durch. Er zog ein Bündel Glanzfotos hervor und breitete sie auf dem Schreibtisch aus. Jeder Abzug zeigte die Vorder- und die Rückseite einer Banknote, etwas größer als im Original.

»Pfundnoten, Fünfer, Zehner und Zwanziger.« Jakes hatte die Bilder sortiert.

Schwarze Pfeile auf den Fotos verwiesen auf die Fehler, durch die die Fälschungen identifiziert werden konnten.

Als Informationsquelle diente Falschgeld, das man in England gefangenen deutschen Spionen abgenommen hatte. Jakes kommentierte: »Man sollte glauben, daß sie nicht so dumm wären, ihren Spionen Blüten zu geben.«

Vandam antwortete, ohne von den Bildern aufzublikken: »Spionage ist ein teures Geschäft, und der größte Teil des Geldes ist sowieso verschwendet. Weshalb sollten sie in der Schweiz englische Währung kaufen, wenn sie sie selbst machen können? Ein Spion hat gefälschte Papiere, also kann er genausogut auch Falschgeld haben. Außerdem schadet es der britischen Wirtschaft ein bißchen, wenn es in Umlauf kommt. Es heizt die Inflation an.«

»Aber inzwischen müßten sie doch gemerkt haben, daß wir die Kerle fangen.«

»Nein, wenn wir sie fangen, sorgen wir dafür, daß die Deutschen es nicht erfahren.«

»Trotzdem hoffe ich, daß unsere Spione nicht gefälschte Reichsmark benutzen.«

»Das glaube ich kaum. Wir nehmen die Spionage viel ernster als die Deutschen. Ich wünschte, daß wir das gleiche von der Panzertaktik sagen könnten.«

Vandams Sekretär klopfte an und trat ein. Er war ein zweiundzwanzigjähriger Corporal mit Brille. »Sendung vom Zahlmeister, Sir.«

»Sehr schön!«

»Wenn Sie hier unterschreiben könnten, Sir.«

Vandam unterzeichnete die Quittung und riß den Umschlag auf. Er enthielt mehrere hundert Pfundnoten.

»Verdammt noch mal!« keuchte Jakes.

»Ich hatte gehört, daß es eine Menge sein sollte«, sagte Vandam. »Holen Sie ein Vergrößerungsglas, Corporal. Im Laufschritt.«

»Jawohl, Sir.«

Vandam legte eine Pfundnote aus dem Umschlag neben eine der Fotografien und suchte nach dem Fehler.

Er benötigte das Vergrößerungsglas nicht.

»Hier, Jakes.«

Jakes schaute genau hin.

Die Note zeigte den gleichen Fehler wie die auf dem Foto.

»Das ist es, Sir«, sagte Jakes.

»Nazi-Geld, made in Germany. Jetzt sind wir ihm auf der Spur.«

*

Oberstleutnant Reggie Bogge wußte, daß Major Vandam ein cleverer Bursche war. Er besaß die Art von Gerissenheit, die man manchmal bei der Arbeiterklasse fand, aber der Major war jemandem wie Bogge nicht gewachsen.

An jenem Abend spielte Bogge im Sporting Club von

Gezira Billard mit Brigadegeneral Povey, dem Direktor des Militärischen Geheimdienstes. Der Brigadegeneral war ausgekocht und hielt nicht allzuviel von seinem Untergebenen, aber Bogge glaubte, mit ihm fertig werden zu können.

Sie spielten um einen Schilling pro Punkt, und der Brigadegeneral begann.

Während des Spiels sagte Bogge: »Hoffe, es macht Ihnen nichts aus, im Club über Dienstliches zu sprechen, Sir.«

»Oberhaupt nichts.«

»Es liegt daran, daß ich tagsüber fast nie Gelegenheit habe, meinen Schreibtisch zu verlassen.«

»Was haben Sie auf dem Herzen?« Der General rieb sein Queue mit Kreide ein.

Bogge brachte eine rote Kugel im Loch unter und zielte auf die rosarote. »Ich bin ziemlich sicher, daß ein ernst zu nehmender Spion in Kairo am Werk ist.« Er verfehlte die rosarote Kugel. Der Brigadegeneral beugte sich über den Tisch. »Fahren Sie fort.«

Bogge betrachtete den breiten Rücken des Generals. Ein wenig Finesse war am Platze. Natürlich war der Abteilungsleiter für die Erfolge seiner Leute verantwortlich, denn nur gut geführte Abteilungen hatten Erfolge, wie jeder wußte. Trotzdem galt es, behutsam vorzugehen, wenn man die Lorbeeren für sich einheimsen wollte. Er begann: »Sie erinnern sich, daß ein Corporal vor ein paar Wochen in Assiut erstochen wurde?«

»Vage.«

»Ich hatte irgendeine Ahnung und bin der Sache nachgegangen. Letzte Woche ist einem Mitarbeiter des Generalstabs während einer Straßenkeilerei die Aktentasche gestohlen worden. Daran war natürlich nichts Besonderes, aber ich zählte zwei und zwei zusammen.«

Der Brigadegeneral stieß die weiße Kugel aus Versehen ins Loch. »Verdammt«, sagte er. »Sie sind dran.«

»Ich bat den Generalzahlmeister, nach gefälschtem englischen Geld Ausschau zu halten. Und siehe da, er fand einiges. Ich habe es von meinen Jungs untersuchen lassen: Wie sich herausstellt, ist es in Deutschland hergestellt worden.«

Bogge traf eine rote, eine blaue und noch eine rote Kugel, dann verpaßte er die rosarote wieder.

»Sie geben mir keine schlechte Chance«, sagte der Brigadegeneral, der den Tisch mit zusammengekniffenen Augen musterte. »Kann der Bursche mit Hilfe des Geldes aufgespürt werden?«

»Die Möglichkeit besteht. Wir arbeiten schon daran.«

»Reichen Sie mir doch bitte die Brücke.«

»Aber sicher.«

Der General legte die Brücke auf das grüne Tuch und nahm Maß.

»Jemand hat vorgeschlagen, daß der Generalzahlmeister die Fälschungen weiterhin annehmen soll, damit wir neue Anhaltspunkte bekommen«, sagte Bogge. Der Vorschlag stammte von Vandam, und Bogge hatte ihn abgelehnt. Vandam hatte ihm widersprochen und Bogge hatte ihn zusammenstauchen müssen. Aber der Fall war keineswegs eindeutig, und wenn er eine schlimme Wendung nahm, wollte Bogge sich damit entschuldigen, daß er seine Vorgesetzten konsultiert habe.

Der General straffte sich und überlegte. »Hängt davon ab, um wieviel Geld, es geht, nicht wahr?«

»Bis jetzt um mehrere hundert Pfund.«

»Das ist eine Menge.«

»Nach meiner Meinung ist es wirklich nicht nötig, die Fälschungen noch anzunehmen, Sir.«

»In Ordnung.« Der Brigadegeneral versenkte die letzte der roten Kugeln und begann mit den anderen Farben.

Bogge markierte die Punkte. Der General lag in Führung, aber Bogge hatte erreicht, was er erreichen wollte.

»Wen haben Sie auf diese Spionagegeschichte angesetzt?« fragte Povey.

»Eigentlich kümmere ich mich selbst darum ...«

»Ja, aber welchen Ihrer Majore haben Sie beauftragt?«

»Vandam.«

»Ah, Vandam. Tüchtiger Bursche.«

Bogge hielt wenig von der Richtung, die das Gespräch nahm. Der Brigadegeneral war sich nicht darüber im Klaren, wie vorsichtig man mit Leuten wie Vandam sein mußte. Schlimm genug, daß die Armee solche Männer auf höhere Posten beförderte, als ihnen zustand. Bogges Alptraum war, eines Tages Befehle von dem Sohn eines Briefträgers mit Dorset-Akzent zu empfangen. »Vandam hat leider eine kleine Schwäche für die Einheimischen. Aber er ist, wie Sie sagen, ganz tüchtig – auf seine schwerfällige Art.«

»Ja.« Der General hatte eine lange Glückssträhne und ließ eine farbige Kugel nach der anderen verschwinden. »Er hat dieselbe Schule besucht wie ich – zwanzig Jahre später natürlich.«

Bogge lächelte. »Aber wissen Sie, Sir, er war doch nur Stipendiat.«

»Ja«, antwortete der Brigadegeneral. »Genauso wie ich.« Er brachte die schwarze Kugel im Loch unter.

»Sie scheinen gewonnen zu haben, Sir«, sagte Bogge.

*

Der Manager des Cha-Cha-Clubs sagte aus, daß mehr als die Hälfte seiner Gäste ihre Rechnungen mit Sterling bezahle; er könne natürlich keine Angabe darüber machen, wer welche Währung benutze, und außerdem kenne er nur wenige Stammgäste mit Namen.

Der Hauptkassierer des Shepheard's Hotel machte eine ähnliche Aussage, desgleichen zwei Taxifahrer, der Eigentümer einer Soldatenbar und die Bordellwirtin Madame Fahmy.

Vandam erwartete deshalb nicht viel mehr von der nächsten Person auf seiner Liste, einem gewissen Mikis Aristopoulos, dem ein Laden gehörte.

Aristopoulos hatte eine große Summe Sterling gewechselt, von der der größte Teil gefälscht war. Vandam hatte sich einen Laden von beträchtlichen Ausmaßen vorgestellt, doch Aristopoulos hatte nur ein kleines Lebensmittelgeschäft. Es roch nach Gewürzen und Kaffee, aber die Regale waren nur karg bestückt. Aristopoulos war ein kleiner Grieche von etwa 25 Jahren mit einem breiten Lächeln und weißen Zähnen. Er trug eine gestreifte Schürze über seiner Baumwollhose und seinem weißen Hemd.

»Guten Morgen, Sir. Was kann ich für Sie tun?«

»Sie scheinen nicht viel zum Verkauf anzubieten«, sagte Vandam.

Aristopoulos lächelte. »Wenn Sie etwas Bestimmtes suchen, habe ich es vielleicht im Lagerraum. Waren Sie schon einmal hier, Sir?«

Das also war das System: seltene Delikatessen im Hinterzimmer, nur für regelmäßige Käufer. Also mußte Aristopoulos seine Kundschaft kennen. Mit dem Falschgeld war wahrscheinlich eine große Bestellung bezahlt worden, an die er sich erinnern würde.

»Ich bin nicht hier, um einzukaufen«, erklärte Vandam. »Vor zwei Tagen haben Sie 127 englische Pfund zum britischen Generalzahlmeister gebracht und gegen ägyptische Währung eingewechselt.«

Aristopoulos runzelte die Stirn; er wirkte besorgt. »Ja ...«

»Die 127 Pfund waren gefälscht, wertlos.«

Der Ladenbesitzer lächelte, zuckte die Achseln und breitete die Arme aus. »Das tut mir leid für den Zahlmeister. Ich bekomme das Geld von den Engländern und gebe es den Engländern zurück ... Was soll ich sonst tun?«

»Sie könnten ins Gefängnis kommen, weil Sie Falschgeld weitergegeben haben.«

Aristopoulos lächelte nicht mehr. »Bitte, es ist nicht gerecht. Woher sollte ich das wissen?«

»Haben Sie das ganze Geld von einer Person erhalten?«

»Ich weiß nicht ...«

»Denken Sie nach!« drängte Vandam mit scharfer Stimme. »Hat Ihnen jemand 127 Pfund bezahlt?«

»Ah ... ja! Ja!« Aristopoulos sah plötzlich beleidigt aus. »Ein sehr ehrenhafter Kunde. 126 Pfund und 10 Schilling.«

»Sein Name?« Vandam hielt den Atem an.

»Mr. Wolff ...«

»Aha.«

»Ich bin so erstaunt. Mr. Wolff ist seit vielen Jahren ein guter Kunde, und er hat immer prompt bezahlt.«

»Hören Sie zu. Haben Sie die Lebensmittel abgeliefert?«

»Nein.«

»Verdammt.«

»Wir boten an, sie wie gewöhnlich abzuliefern, aber diesmal war Mr. Wolff ...«

»Sie bringen Mr. Wolff sonst alles ins Haus?«

»Ja, aber diesmal ...«

»Was ist seine Adresse?«

»Warten Sie – Villa Les Oliviers, Garden City.«

Vandam trommelte enttäuscht mit der Faust auf den Tresen. Aristopoulos schien ein wenig verängstigt. »Aber in letzter Zeit haben Sie nichts dorthin gebracht?«

»Nicht, seitdem Mr. Wolff zurückgekehrt ist. Sir, es tut mir sehr leid, daß dieses Falschgeld durch meine unschuldigen Hände gegangen ist. Vielleicht läßt sich etwas arrangieren ...?«

»Vielleicht«, sagte Vandam nachdenklich.

»Lassen Sie uns zusammen Kaffee trinken.«

Vandam nickte. Aristopoulos führte ihn ins Hinterzimmer. Hier waren die Regale voll von – meist importierten – Flaschen und Dosen. Vandam bemerkte russischen

Kaviar, amerikanischen Schinken und englische Marmelade. Aristopoulos goß dickflüssigen, starken Kaffee in winzige Tassen. Er lächelte wieder.

»Diese kleinen Probleme lassen sich unter Freunden leicht lösen«, murmelte der Händler.

Sie tranken Kaffee.

Aristopoulos sagte: »Vielleicht könnte ich Ihnen – als Geste der Freundschaft – etwas aus meinem Lager anbieten. Ich habe einen kleinen Vorrat französischer Weine ...«

»Nein, nein.«

»Gewöhnlich kann ich noch etwas schottischen Whisky auftreiben, wenn in Kairo niemand welchen anbietet ...«

»An einem *solchen* Arrangement bin ich nicht interessiert«, unterbrach Vandam ungeduldig.

»Oh!« Aristopoulos war fest davon überzeugt gewesen, daß Vandam bestochen werden wollte.

»Ich möchte Wolff finden«, fuhr Vandam fort. »Ich muß wissen, wo er jetzt wohnt. Sie sagten, er sei Stammkunde?«

»Ja.«

»Was für Sachen kauft er denn?«

»Viel Champagner, auch etwas Kaviar, eine Menge Kaffee, alkoholische Getränke aus dem Ausland, eingelegte Walnüsse, Knoblauchwurst, Aprikosen in Brandy ...«

»Hm.« Vandam nahm diese beiläufige Information begierig auf. Was für ein Spion gab seine Mittel für importierte Delikatessen aus? Antwort: einer, der es nicht ernst meinte. Aber Wolff meinte es ernst. Es war eine Frage des Stils. »Wann wird er wiederkommen?«

»Sobald er keinen Champagner mehr hat.«

»Gut. Wenn er auftaucht, muß ich erfahren, wo er wohnt.«

»Aber, Sir, wenn er sich die Ware wieder nicht ins Haus bringen lassen will?«

»Darüber habe ich nachgedacht. Ich werde Ihnen eine Hilfe geben.«

Der Gedanke sagte Aristopoulos nicht zu. »Ich möchte Ihnen helfen, Sir, aber mein Geschäft ist privat ...«

»Sie haben keine Wahl. Entweder arbeiten Sie mit mir zusammen, oder Sie gehen ins Gefängnis.«

»Aber wenn ein englischer Offizier hier in meinem Geschäft ist ...«

»Keine Sorge, es wird kein englischer Offizier sein.« Ein Soldat würde sofort auffallen und Wolff wahrscheinlich abschrecken. Vandam lächelte. »Ich glaube, ich habe die ideale Person für diese Aufgabe.«

*

An jenem Abend suchte Vandam nach dem Dinner Elenes Wohnung auf. Er hatte einen riesigen Blumenstrauß in der Hand und kam sich albern vor.

Sie wohnte in einem anmutigen, alten Mietshaus unweit der Place de l'Opera. Ein nubischer Concierge wies Vandam auf die dritte Etage. Er stieg die gewundene Marmortreppe hinauf, welche die Mitte des geräumigen Gebäudes einnahm, und klopfte an die Tür von 3A.

Sie erwartete ihn nicht, und plötzlich fiel ihm ein, daß sie einen Freund bei sich haben könnte.

Ungeduldig wartete er auf dem Flur und überlegte, wie sie sich in ihrer eigenen Wohnung geben mochte. Er war zum erstenmal hier. Vielleicht war sie nicht zu Hause. Sie hatte abends bestimmt viele Möglichkeiten, sich zu unterhalten.

Die Tür öffnete sich.

Elene trug ein gelbes Baumwollkleid mit gebauschtem Rock, ziemlich einfach, aber fast durchsichtig. Ihre hellbraune Haut hob sich vorteilhaft gegen die Farbe ab. Sie starrte ihn einen Moment verständnislos an, dann erkannte sie ihn und lächelte schelmisch.

»Hallo«, grüßte sie.

»Guten Abend.«

Sie trat vor und küßte ihn auf die Wange. »Nur herein.«

Er ging hinein, und sie schloß die Tür.

»Den Kuß hatte ich nicht erwartet.«

»Das gehört alles zur Rolle. Warten Sie, ich nehme Ihnen Ihre Verkleidung ab.«

Vandam reichte ihr die Blumen. Er hatte das Gefühl, daß sie sich über ihn lustig machte.

»Dort hinein. Ich stelle sie nur eben ins Wasser.«

Er ging in das Wohnzimmer und blickte sich um. Der Raum war bequem, und seine Atmosphäre wirkte fast sinnlich. Die Tapeten waren hellrot und golden, und zum Mobiliar gehörten tiefe, weiche Sessel und ein heller Eichentisch. Es war ein Eckzimmer mit Fenstern an beiden Seiten, und die Abendsonne, die hereinschien, ließ alles schwach erglühen. Auf dem Boden lag ein dicker Läufer aus braunem Fell, ein Bärenfell vermutlich. Vandam bückte sich und berührte es. Plötzlich stellte er sich vor, wie Elene sich nackt auf dem Läufer wand. Er zwinkerte und richtete sich wieder auf. Auf dem Sessel neben ihm lag ein Buch, das sie vermutlich gelesen hatte, als er anklopfte. Er nahm es und ließ sich in den Sessel fallen, der noch warm war von ihrem Körper. Das Buch trug den Titel »Stambul Train«; es schien ein Spionageroman zu sein. An der Wand ihm gegenüber hing ein modern wirkendes Gemälde einer Abendgesellschaft: Alle Frauen trugen Abendkleider, und alle Männer waren nackt. Vandam setzte sich auf die Couch unter dem Bild, damit er es nicht anschauen mußte. Er fand es absonderlich.

Elene brachte die Blumen, und der Duft von Glyzinien erfüllte das Zimmer. »Möchten Sie einen Drink?«

»Können Sie Martinis machen?«

»Ja. Rauchen Sie, wenn Sie möchten.«

»Vielen Dank.« Sie versteht es, sich gastfreundlich zu geben, dachte Vandam. Kein Wunder bei der Art und Weise, wie sie ihren Lebensunterhalt verdiente. Er zog seine Zigaretten hervor. »Ich hatte Angst, daß Sie nicht zu Hause sein würden.«

»Heute abend schon.« Ihre Stimme hatte einen seltsamen Unterton, den Vandam sich nicht erklären konnte. Er sah zu, wie sie mit dem Cocktailshaker hantierte. Eigentlich hatte er das Treffen geschäftsmäßig durchführen wollen, doch dazu war er nicht in der Lage, da sie den Verlauf bestimmte. Er kam sich vor wie ein heimlicher Liebhaber.

»Gefällt Ihnen das Zeug?« Er deutete auf das Buch.

»In letzter Zeit lese ich Thriller.«

»Warum?«

»Um herauszufinden, wie ein Spion sich zu benehmen hat.«

»Ich glaube nicht, daß Sie ...« Er merkte, daß sie lächelte. Sie machte sich also wieder über ihn lustig. »Ich weiß nie, ob Sie etwas ernst meinen.«

»Ganz selten.« Sie reichte ihm seinen Drink, setzte sich ans andere Ende der Couch und schaute ihn an.

Er nippte an seinem Martini: vollendet – genau wie sie. Die milde Sonne ließ ihre Haut schimmern, ihre Arme und Beine waren glatt und sanft. Wahrscheinlich war sie im Bett nicht anders als jetzt: entspannt, amüsant und zu allem bereit. Zum Teufel. Sie hatte schon beim letztenmal diese Wirkung auf ihn gehabt, und er war auf eine seiner seltenen Sauftouren gezogen und hatte sich in einem elenden Bordell wiedergefunden.

»Woran denken Sie?« fragte Elene.

»An Spionage.«

Sie lachte. Irgendwie schien sie zu ahnen, daß er gelogen hatte. »Sie müssen Ihren Beruf lieben.«

Vandam dachte: Wie macht sie das nur? Mit ihrem Spott

und ihrem Scharfsinn, dem unschuldigen Gesicht und den langen braunen Gliedern brachte sie ihn ständig aus dem Gleichgewicht. »Ich liebe meinen Beruf nicht, aber Spione zu fangen, kann sehr befriedigend sein.«

»Was geschieht mit ihnen, wenn Sie sie gefangen haben?«

»Gewöhnlich werden sie aufgehängt.«

»Oh.«

Endlich war es ihm einmal gelungen, sie aus dem Gleichgewicht zu bringen. Sie schauderte.

»Verlierer überleben einen Krieg nur selten.«

»Lieben Sie Ihren Beruf deshalb nicht – weil sie aufgehängt werden?«

»Nein. Ich liebe ihn nicht, weil ich sie nicht immer fange.«

»Sind Sie stolz darauf, so hart zu sein?«

»Ich glaube nicht, daß ich hart bin. Wir versuchen, mehr von ihnen zu töten als sie von uns.« Er dachte: Wieso muß ich mich plötzlich verteidigen?

Sie stand auf, um ihm einen weiteren Drink einzuschenken. Vandam beobachtete sie, während sie das Zimmer durchquerte. Sie bewegte sich anmutig wie eine Katze, nein, wie ein Kätzchen. Er betrachtete ihren Rücken, als sie sich vorbeugte, um nach dem Cocktailshaker zu greifen, und fragte sich, was sie unter dem gelben Kleid anhatte. Während sie das Getränk eingoß, fielen ihm ihre Hände auf: Sie waren schlank und kräftig. Elene selbst verzichtete auf einen weiteren Martini. Aus was für einer Familie mochte sie stammen? Er fragte: »Leben Ihre Eltern noch?«

»Nein«, erwiderte sie schroff.

»Tut mir leid.« Er wußte, daß sie gelogen hatte.

»Weshalb haben Sie mich danach gefragt.«

»Reine Neugier. Bitte, entschuldigen Sie.«

Sie lehnte sich zu ihm und berührte seinen Arm; ihre Fingerspitzen strichen sanft über seine Haut. »Sie entschuldigen sich zuviel.« Elene wandte den Blick ab, als zögere sie; dann schien sie sich zu überwinden und begann, ihm von ihrer Familie zu erzählen.

Sie war das älteste von fünf Kindern in einer bitterarmen Familie gewesen. Ihre Eltern waren kultiviert und liebevoll. »Mein Großvater hat mir Englisch beigebracht, und meine Mutter hat mich gelehrt, saubere Kleidung zu tragen«, sagte sie. Ihr Vater, Schneider von Beruf und ein äußerst orthodoxer Jude, lag mit der jüdischen Gemeinde von Alexandria im Streit. Als Elene fünfzehn Jahre alt war, begann er zu erblinden. Er konnte nicht mehr als Schneider arbeiten, aber er weigerte sich, die, wie er sagte »abtrünnigen« Juden von Alexandria um Hilfe zu bitten. Elene zog als Zimmermädchen in einen britischen Haushalt und schickte den Lohn an ihre Familie.

Von diesem Punkt an – das wußte Vandam – entsprach ihre Geschichte dem, was sich im Laufe der letzten hundert Jahre in den Häusern der britischen Oberschicht ständig wiederholt hatte: Sie verliebte sich in den Sohn des Hauses, und er verführte sie. Elene hatte Glück, weil jemand die beiden ertappte, bevor sie schwanger wurde. Der Sohn wurde auf die Universität geschickt und Elene ausbezahlt. Sie fürchtete sich, nach Hause zurückzukehren und ihrem Vater zu gestehen, daß sie wegen unzüchtiger Beziehungen – dazu noch mit einem Nichtjuden – entlassen worden war. Also lebte sie von ihrer Abfindung und sandte jede Woche den gewohnten Betrag nach Hause, bis das Geld verbraucht war. Dann richtete ein lüsterner Geschäftsmann, dem sie bei den Briten begegnet war, ihr eine Wohnung ein, und ihre Karriere begann. Kurz darauf erfuhr ihr Vater von ihrem Lebenswandel und ließ die Familie Shiva für sie abhalten.

»Was ist Shiva?« fragte Vandam.

»Die Trauerfeier.«

Seitdem hatte sie nichts mehr von ihrer Familie gehört,

aber eine Bekannte hatte ihr mitgeteilt, daß ihre Mutter gestorben war.

»Hassen Sie Ihren Vater?«

Elene zuckte die Achseln. »Ich glaube, daß sich die Dinge nicht schlecht entwickelt haben.« Sie breitete die Arme aus und deutete auf die Wohnung.

»Aber sind Sie glücklich?«

Sie sah ihn an. Zweimal schien sie sprechen zu wollen, brachte aber kein Wort heraus. Schließlich schaute sie zur Seite. Vandam merkte, daß sie ihre impulsive Lebensbeichte bedauerte. Sie wechselte das Thema. »Was führt Sie heute abend zu mir, Major?«

Vandam sammelte sich. Sein Interesse an ihr, an ihren Händen, ihren Augen, war so stark gewesen, daß er den Zweck seines Kommens vorübergehend vergessen hatte. »Ich suche immer noch nach Alex Wolff«, begann er. »Bis jetzt habe ich nur seinen Lebensmittelhändler gefunden.«

»Wie haben Sie das gemacht?«

Er beschloß, sie nicht einzuweihen. Es war besser, wenn außerhalb des Geheimdienstes niemand wußte, daß sich deutsche Spione durch ihr Falschgeld verrieten. »Das ist eine lange Geschichte. Wichtig ist nur, daß ich jemanden in dem Laden unterbringen möchte, falls er zurückkommt.«

»Mich.«

»Daran hatte ich gedacht.«

»Und dann, wenn er hereinkommt, schlage ich ihm eine Zuckertüte über den Schädel und bewache den bewußtlosen Spion, bis Sie da sind.«

Vandam lachte. »Dazu wären Sie imstande«, sagte er. »Ich kann mir gut vorstellen, wie Sie über den Tresen springen würden.« Er merkte, wie sehr seine Konzentration nachließ, und versuchte, sich zusammenzureißen.

»Im Ernst, was soll ich tun?«

»Im Ernst, Sie sollen herausfinden, wo er wohnt.«

»Wie?«

»Ich weiß es noch nicht genau.« Vandam zögerte. »Ich dachte, Sie könnten sich vielleicht mit ihm anfreunden. Sie sind eine sehr attraktive Frau, es wäre leicht für Sie.«

»Was meinen Sie mit ›anfreunden‹?«

»Das ist Ihre Sache. Hauptsache, Sie erfahren seine Adresse.«

»Aha.« Plötzlich hatte ihre Stimmung sich geändert, ihr Tonfall verriet Bitterkeit. Der Umschwung verblüffte Vandam. Eine Frau wie Elene würde sich durch seinen Vorschlag doch nicht beleidigt fühlen? Sie sagte: »Wieso lassen Sie ihn nicht durch einen Ihrer Soldaten beschatten?«

»Das wird vielleicht nötig sein, wenn Sie sein Vertrauen nicht gewinnen können. Das Problem ist, daß er den Verfolger womöglich bemerkt und abschüttelt. Dann wird er nie mehr zu seinem Händler zurückkehren. Aber wenn Sie ihn dazu bringen, daß er Sie zum Dinner nach Hause einlädt, bekommen wir unsere Information, ohne unsere Karten aufdecken zu müssen. Natürlich kann die Sache fehlschlagen. Beide Methoden sind riskant, aber ich bin für die subtilere.«

»Das leuchtet mir ein.«

Natürlich leuchtet es ihr ein, dachte Vandam; das Ganze ist doch sonnenklar. Was, zum Teufel, ist nur los mit ihr? Sie war eine merkwürdige Frau. In einer Sekunde bezauberte sie ihn, in der nächsten machte sie ihn wütend. Zum erstenmal kam ihm der Gedanke, daß sie seine Bitte abschlagen könnte. Gespannt fragte er: »Werden Sie mir helfen?«

Sie stand auf und füllte sein Glas von neuem. Diesmal goß sie auch sich selbst etwas ein. Sie war sehr nervös, wollte ihm die Ursache dafür aber offensichtlich nicht verraten. Vandam spürte, wie er langsam ärgerlich wurde. Es wäre verdammt unangenehm, wenn sie sich jetzt weigerte, mit ihm zusammenzuarbeiten.

Schließlich sagte sie: »Wahrscheinlich ist es nicht schlimmer als das, was ich schon immer getan habe.«

»Eben«, meinte Vandam erleichtert.

Sie warf ihm einen finsteren Blick zu.

»Sie fangen morgen an.« Er reichte ihr einen Zettel, auf dem die Adresse des Ladens stand. Sie nahm das Stück Papier entgegen, ohne es anzusehen. »Das Geschäft gehört Mikis Aristopoulos«, setzte er hinzu.

»Wie lange, glauben Sie, wird es dauern?«

»Ich weiß nicht.« Er stand auf. »Ich werde alle paar Tage mit Ihnen Kontakt aufnehmen, um sicherzugehen, daß alles in Ordnung ist. Aber Sie werden mich doch benachrichtigen, sobald er auftaucht?«

»Ja.«

Vandam fiel etwas ein. »Übrigens, der Ladenbesitzer nimmt an, daß wir Wolff wegen Geldfälscherei suchen. Reden Sie mit ihm nicht über Spionage.«

»Gut.«

Ihr Stimmungswechsel war nicht rückgängig zu machen. Beide fühlten sich unbehaglich. »Ich werde Sie Ihrem Roman überlassen«, sagte Vandam.

»Ich begleite Sie hinaus.«

Sie gingen zur Tür. Als Vandam hinaustrat, begegnete ihm der Mieter der Nachbarwohnung. Vandam hatte sich mehrmals am Abend mit dieser Situation beschäftigt, und nun tat er, was er unbedingt hatte vermeiden wollen. Er nahm Elenes Arm, senkte den Kopf und küßte sie auf den Mund.

Ihre Lippen reagierten flüchtig. Er hob den Kopf. Der Nachbar ging weiter. Vandam betrachtete Elene. Der Nachbar schloß seine Tür auf, ging in die Wohnung und schlug die Tür hinter sich zu. Vandam ließ Elenes Arm los.

»Sie sind ein guter Schauspieler.«

»Ja«, erwiderte er. »Auf Wiedersehen.«

Vandam drehte sich um und durchquerte den Flur mit zügigen Schritten. Im Grunde hätte er mit dem Ergebnis dieses Abends zufrieden sein können, doch statt dessen kam es ihm vor, als habe er etwas Unanständiges getan. Er hörte, wie die Tür ihrer Wohnung laut zufiel.

*

Elene lehnte sich mit dem Rücken gegen die geschlossene Tür und verfluchte William Vandam.

Er war, voll englischer Höflichkeit, in ihr Leben getreten, hatte sie aufgefordert, etwas Neues zu tun und zum Gewinn des Krieges beizutragen; und nun schickte er sie wieder auf den Strich.

Sie hatte wirklich geglaubt, daß er ihr Leben ändern werde. Nie wieder reiche Geschäftsleute, nie wieder heimliche Affären, nie wieder Arbeit als Tänzerin oder Kellnerin. Sie hatte eine lohnende Aufgabe, etwas, von dem sie überzeugt war, etwas, auf das es ankam. Nun stellte sich heraus, daß es dasselbe alte Spiel war.

Seit sieben Jahren hatte sie von ihrem Gesicht und ihrem Körper gelebt, und jetzt wollte sie damit aufhören.

Elene ging in ihr Wohnzimmer, um etwas zu trinken. Sein Glas stand halbleer auf dem Tisch. Sie setzte es an die Lippen. Das Getränk war warm und bitter.

Zuerst hatte Vandam ihr nicht gefallen; er hatte steif, ernst und langweilig gewirkt. Dann hatte sie ihre Meinung über ihn geändert. Wann war ihr zum erstenmal der Gedanke gekommen, daß sich unter dem strengen Äußeren ein ganz anderer Mann verbarg? Es fiel ihr ein: als er lachte. Dieses Lachen hatte sie fasziniert. Das gleiche war heute abend geschehen, nachdem sie bemerkt hatte, daß sie Wolff eine Zuckertüte über den Kopf schlagen werde. Tief in seinem Inneren versteckte sich ungekünstelte Heiterkeit, die, wenn sie geweckt wurde, für einen Moment seine ganze Persönlichkeit beherrschen konnte. Sie vermutete, daß er sehr lebenslustig war; doch er schien diese Lebenslust gut unter

Kontrolle zu haben, zu gut. Elene wollte Vandam aufrütteln, dafür sorgen, daß er zu sich selbst fand. Deshalb hatte sie versucht, ihn wieder zum Lachen zu bringen.

Sie war seltsam glücklich gewesen, als er auf ihrer Couch saß, rauchte und mit ihr redete. Sie hatte sogar daran gedacht, wie schön es wäre, mit diesem starken, ernsthaften Mann ins Bett zu gehen und ihm Dinge zu zeigen, von denen er vielleicht nur geträumt hatte. Weshalb gefiel er ihr? Lag es daran, daß er sie ernst nahm und nicht wie ein kleines Mädchen behandelte? Sie wußte, daß er nie ihre Hüften tätscheln und sagen würde: »Zerbrich dir nicht deinen hübschen kleinen Kopf ...«

Aber nun hatte er alles verdorben. Warum machte diese Sache mit Wolff ihr so zu schaffen? Eine Affäre mehr oder weniger würde ihr nicht schaden. Das hatte auch Vandam ziemlich deutlich zum Ausdruck gebracht. Kein Zweifel: Er betrachtete sie als Hure. Deshalb war sie so wütend. Sie wollte seine Achtung, und als er sie bat, sich mit Wolff »anzufreunden«, hatte sie gewußt, daß sie dieses Ziel nie erreichen konnte. Überhaupt war alles aussichtslos: Die Beziehung zwischen einer Frau wie ihr, und einem englischen Offizier war dazu verurteilt, sich wie alle ihre Affären zu entwickeln – einerseits Manipulation, andererseits Abhängigkeit und nirgendwo Achtung. Vandam würde sie immer als Hure ansehen. Eine Zeitlang hatte sie geglaubt, daß er sich von den anderen unterscheiden könne, aber sie hatte sich geirrt. Sie dachte: Aber weshalb macht es mir so viel aus?

*

Vandam saß mitten in der Nacht an seinem Schlafzimmerfenster, rauchte Zigaretten und blickte auf den vom Mond beleuchteten Nil hinaus, als ihm plötzlich eine deutliche Erinnerung an seine Kindheit durch den Kopf ging.

Er ist elf Jahre alt, von sexueller Unschuld, körperlich immer noch ein Kind. Der Schauplatz ist das graue terrassenförmige Ziegelhaus, in dem er seit seiner Geburt gewohnt hat. Das Haus hat ein Badezimmer, dessen Wasser durch das Kohlefeuer in der Küche darunter geheizt wird. Man hat ihm gesagt, daß dies ein Glück für seine Familie sei und er nicht damit prahlen dürfe; wenn er die neue Schule, die piekfeine Schule in Bournemouth, besucht, soll er so tun, als sei es vollkommen normal, ein Badezimmer und fließendes heißes Wasser zu haben. In dem Badezimmer ist auch ein Wasserklosett. Dorthin geht er jetzt, um Pipi zu machen. Seine Mutter badet gerade seine Schwester, die sieben Jahre alt ist, aber sie werden nichts dagegen haben, wenn er hereinkommt; es ist auch vorher schon geschehen, und die andere Toilette ist nur nach einem langen Spaziergang durch den kalten Garten zu erreichen. Doch er hat vergessen, daß seine Cousine ebenfalls gebadet wird. Sie ist acht Jahre alt. Er betritt das Badezimmer. Seine Schwester sitzt in der Wanne, seine Cousine ist aufgestanden und will heraussteigen. Seine Mutter hält ein Handtuch. Er sieht seine Cousine an.

Sie ist natürlich nackt. Es ist das erste Mal, daß er, außer seiner Schwester, ein nacktes Mädchen sieht. Seine Cousine hat einen etwas drallen Körper, und ihre Haut ist durch die Hitze des Wassers gerötet. Sie ist das Schönste, was er je gesehen hat. Er steht in der Badezimmertür und betrachtet sie mit unverhülltem Interesse und voll Bewunderung. Er sieht den Schlag nicht kommen. Die große Hand seiner Mutter scheint aus dem Nichts aufzutauchen. Sie trifft seine Wange mit einem lauten Klatschen. Seine Mutter versteht es zuzuschlagen, und dies ist eine besonders gelungene Ohrfeige. Sie tut sehr weh, aber der Schock ist noch schlimmer als der Schmerz. Am schlimmsten aber ist, daß das wohlige Gefühl, von dem er eingehüllt wurde, sich aufgelöst hat.

»Raus!« schreit seine Mutter, und er geht hinaus, beleidigt und gedemütigt.

Vandam erinnerte sich daran, während er allein dasaß und in die ägyptische Nacht hinausschaute, und er dachte, wie er damals gedacht hatte: Weshalb hat sie das bloß getan?

9

DER MIT FLIESEN ausgelegte Boden der Moschee fühlte sich am frühen Morgen unter Alex Wolffs nackten Füßen kalt an. Die wenigen Betenden verloren sich in der Weite der Säulenhalle. Es war still, eine friedliche Atmosphäre lag über dem Raum, die Dämmerung war trübe und grau. Ein Sonnenstrahl brach durch einen der hohen, engen Schlitze der Wand herein, und in diesem Moment begann der Muezzin zu rufen:

»Allahu akbar! Allahu akbar! Allahu akbar! Allahu akbar!«

Wolff dreht sich mit dem Gesicht nach Mekka.

Er trug ein langes Gewand und einen Turban, und die Schuhe in seiner Hand waren einfache arabische Sandalen. Wolff wußte selbst nicht, warum er dies tat. Er gehörte nur formal dem islamischen Glauben an. Zwar hatte man ihn beschnitten und er war nach Mekka gepilgert, doch er trank Alkohol, aß Schweinefleisch und bezahlte keine Zakat-Steuer. Auch hatte er nie den Fastenmonat Ramadan eingehalten, und er weigerte sich, täglich zu beten, geschweige denn fünfmal pro Tag. Aber bisweilen verspürte er das Bedürfnis, sich, wenn auch nur für ein paar Minuten, in das vertraute Ritual der Religion seines Stiefvaters zu versenken. Dann stand er auf, während es noch dunkel war, zog traditionelle Kleidung an und ging durch die kalten, stillen Straßen zu der Moschee, die sein Vater immer besucht hatte.

Hier vollzog er die zeremoniellen Waschungen im Vorhof und trat rechtzeitig zu den ersten Gebeten des neuen Tages ein.

Er berührte seine Ohren mit den Händen und verschränkte die Hände vor sich, die linke in der rechten. Dann verneigte er sich und kniete nieder. Er rezitierte die El-Fatha, wobei er den Boden zu den vorgeschriebenen Momenten mit der Stirn berührte:

»Im Namen Gottes, des gnadenreichen und mitleidsvollen. Gelobt sei Gott, der Herr der Welten, der gnadenreiche und mitleidsvolle, der Fürst des Jüngsten Gerichtes; dir dienen wir, und zu dir beten wir um Hilfe; führe uns auf den richtigen Weg, den Weg jener, denen du Gnade gezeigt hast, auf denen kein Zorn ruht und die sich nicht verirren.«

Wolff blickte über seine rechte Schulter, dann über seine linke, um die beiden Engel zu grüßen, die seine guten und schlechten Taten aufzeichneten.

Während er über seine linke Schulter schaute, sah er Abdullah.

Ohne sein Gebet zu unterbrechen, lächelte der Dieb breit und zeigte seinen Metallzahn.

Wolff stand auf und ging hinaus. Draußen bückte er sich, um seine Sandalen anzuziehen, während Abdullah ihm nachwatschelte. Sie schüttelten sich die Hände.

»Sie sind ein frommer Mann, genau wie ich«, sagte Abdullah. »Ich wußte, daß Sie früher oder später zur Moschee Ihres Vaters kommen würden.«

»Sie haben mich gesucht?«

»Viele Leute suchen Sie.«

Sie ließen die Moschee hinter sich. Abdullah erklärte: »Da ich Sie als wahren Gläubigen kenne, konnte ich Sie nicht an die Briten verraten, nicht einmal für eine so große Summe. Deshalb habe ich bei Major Vandam ausgesagt, daß ich niemanden namens Alex Wolff oder Achmed Rahmha kenne.«

Wolff blieb abrupt stehen. Man jagte ihn also immer noch. Er hatte sich schon sicher gefühlt – zu früh. Rasch nahm er Abdullahs Arm und zog den erstaunten Araber in ein Cafe. Sie setzten sich.

»Er kennt meinen arabischen Namen«, sagte Wolff.

»Er weiß alles über Sie, bloß nicht, wo er Sie finden kann.«

Wolff war beunruhigt und zugleich sehr neugierig. »Was ist dieser Major für ein Mensch?« fragte er.

Abdullah zog die Schultern hoch. »Ein Engländer. Keine Raffinesse, keine Manieren, Khaki-Shorts und ein Gesicht von der Farbe einer Tomate.«

»Es geht doch bestimmt genauer.«

Abdullah nickte. »Der Mann ist geduldig und entschlossen. An Ihrer Stelle würde ich Angst vor ihm haben.«

Plötzlich *hatte* Wolff Angst.

»Was hat er unternommen?«

»Er hat sich nach Ihrer Familie erkundigt und mit jedem Ihrer Brüder gesprochen. Ihre Brüder haben behauptet, nichts von Ihnen zu wissen.«

Der Cafébesitzer brachte einen Brei aus Favabohnen und einen flachen Laib grobkörniges Brot. Wolff brach ein Stück von seinem Brot ab und tunkte es in die Bohnen. Fliegen sammelten sich um die Teller. Beide Männer achteten nicht auf sie.

Abdullah sagte mit vollem Mund: »Vandam bietet hundert Pfund für Ihre Adresse. Ha! Als wenn wir einen der unseren für Geld verraten würden.«

Wolff schluckte. »Aber Sie kennen meine Adresse ja gar nicht.«

Abdullah zuckte die Achseln. »Das ließe sich leicht herausfinden.«

»Ich weiß. Deshalb werde ich sie Ihnen verraten – als Zeichen meines Vertrauens. Ich wohne im Shepheard's Hotel.«

Der Dieb schien gekränkt. »Mein Freund, das stimmt nicht. Dort würden die Briten zuerst suchen ...«

»Sie mißverstehen mich.« Wolff lächelte. »Ich bin dort kein Gast, sondern arbeite in der Küche und wasche Geschirr ab. Abends lege ich mich mit einem Dutzend anderer auf den Fußboden und schlafe im Hotel.«

»Wie gerissen!« Abdullah grinste. Die Idee gefiel ihm, und er freute sich, die Information zu besitzen. »Sie verstecken sich direkt vor der Nase der Briten!«

»Ich weiß, daß Sie das Geheimnis bewahren werden«, sagte Wolff. »Und ich hoffe, daß Sie als Zeichen der Dankbarkeit für Ihre Freundschaft ein Geschenk von hundert Pfund annehmen werden.«

»Aber das ist nicht nötig ...«

»Ich bestehe darauf.«

Abdullah seufzte und gab scheinbar widerwillig nach. »Also gut.«

»Ich werde Ihnen das Geld schicken lassen.«

Der Dieb wischte mit seinem Brotrest über den leeren Teller.

»Ich muß jetzt gehen. Gestatten Sie mir, daß ich unser Frühstück bezahle.«

»Vielen Dank.«

»Oh! Ich habe kein Geld mitgebracht. Vergeben Sie mir tausendmal.«

»Keine Ursache. *Alallah* mit Gottes Segen ...«

Abdullah erwiderte wie üblich: »*Allah yisallimak* – möge Gott Sie schützen.« Er verließ das Café.

Wolff bestellte Kaffee und dachte über Abdullah nach. Der Dieb würde ihn vermutlich für weit weniger als hundert Pfund verraten. Bis jetzt hatte ihn nur die Tatsache daran gehindert, daß er Wolffs Adresse nicht kannte. Er war bemüht, sie herauszufinden, deshalb hatte er die Moschee besucht. Nun würde er überprüfen, ob Wolff tatsächlich in der Küche des Shepheard's Hotel wohnte. Dies könnte schwierig sein, denn natürlich würde niemand zugeben, daß Angehörige des Personals auf dem Küchenfußboden schliefen, und Wolff selbst war nicht einmal sicher, ob das überhaupt stimmte. Jedenfalls mußte er damit rechnen, daß Abdullah früher oder später seine Lüge aufdeckte. Die Geschichte diente, genau wie die Bestechungssumme, nur der Verzögerung. Wenn Abdullah allerdings herausfand, daß Wolff sich auf Sonjas Hausboot versteckt hielt, würde er wahrscheinlich eher von Wolff mehr Geld verlangen, als zu Vandam zu gehen.

Die Lage war unter Kontrolle, jedenfalls für den Augenblick. Wolff ließ ein paar Millièmes auf dem Tisch liegen und ging hinaus.

Die Stadt war zum Leben erwacht. Die Straßen hatte bereits der Verkehr verstopft, auf den Bürgersteigen wimmelte es von Händlern und Bettlern, in der Luft mischten sich gute und schlechte Gerüche. Wolff bahnte sich einen Weg zum Hauptpostamt, um zu telefonieren. Er rief das Große Hauptquartier an und fragte nach Major Smith.

»Davon haben wir siebzehn«, antwortete die Vermittlung. »Wissen Sie seinen Vornamen?«

»Sandy.«

»Das muß Major Alexander Smith sein. Er ist im Moment nicht hier. Soll ich ihm etwas ausrichten?«

Wolff hatte gewußt, daß der Major nicht im Großen Hauptquartier sein würde. Es war noch zu früh. »Folgendes: 12.00 Uhr mittags in Samalek. Unterschrift: S. Haben Sie das?«

»Ja, aber dürfte ich Ihren vollen ...«

Wolff hängte ein. Er verließ das Postamt und machte sich nach Samalek auf.

Seitdem Smith von Sonja verführt worden war, hatte der Major ihr ein Dutzend Rosen, eine Schachtel Pralinen, einen Liebesbrief und zwei Botschaften geschickt, in denen er um ein weiteres Treffen bat. Wolff hatte ihr verboten, darauf zu antworten. Smith sollte sich fragen, ob er sie je wiedersehen würde. Wolff war überzeugt, daß

Sonja die erste schöne Frau war, mit der Smith geschlafen hatte. Nach ein paar Tagen der Spannung würde Smith sie unbedingt wiedertreffen wollen und jede Chance dazu nutzen.

Auf dem Heimweg kaufte Wolff sich eine Zeitung, doch er fand nichts darin als den üblichen Unsinn. Als er das Hausboot erreichte, schlief Sonja noch. Er warf die zusammengerollte Zeitung auf ihr Bett, um sie zu wecken. Sie seufzte und drehte sich um.

Wolff kehrte durch die Vorhänge ins Wohnzimmer zurück. Am entlegenen Ende, im Bug des Bootes, war eine winzige offene Küche. Sie hatte einen verhältnismäßig großen Schrank, in dem Besen und Säuberungsmaterial untergebracht waren. Wolff öffnete die Schranktür. Er paßte gerade hinein, wenn er die Knie beugte und den Kopf einzog. Der Türriegel konnte nur von außen betätigt werden. Er durchsuchte die Küchenschubladen und fand ein Messer mit biegsamer Klinge. Wahrscheinlich konnte er den unter Federdruck stehenden Riegel von innen öffnen und schließen, wenn er das Messer durch den Türspalt steckte. Er zwängte sich in den Schrank, schloß die Tür hinter sich und versuchte es. Es gelang.

Aber er konnte nicht durch den Türpfosten sehen.

Wolff nahm einen Nagel und ein Bügeleisen und schlug den Nagel in Augenhöhe durch das dünne Holz der Tür. Er benutzte eine Küchengabel, um das Loch zu vergrößern. Dann kroch er wieder in den Schrank und schloß die Tür. Er legte das Auge an das Loch.

Bald sah er, wie sich die Vorhänge öffneten, und Sonja ins Wohnzimmer kam. Sie blickte sich um, überrascht, ihn nicht zu entdecken. Schließlich zuckte sie die Achseln, hob ihr Nachthemd und kratzte sich am Bauch. Wolff unterdrückte ein Lachen. Sie kam herüber zur Küche, ergriff den Wasserkessel und öffnete den Hahn.

Wolff schob das Messer durch den Türspalt, ließ den Riegel aufschnappen und sagte: »Guten Morgen.«

Sonja schrie auf.

Er lachte.

Sie schleuderte den Kessel nach ihm, doch er wich aus. »Ein gutes Versteck, was?«

»Du hast mir einen Riesenschreck eingejagt, du Schuft.«

Er hob den Kessel auf und reichte ihn ihr. »Mach Kaffee.« Dann legte er das Messer in den Schrank, schloß die Tür und setzte sich hin.

»Wofür brauchst du ein Versteck?«

»Um dich und Major Smith zu beobachten. Es ist sehr lustig: Er sieht aus wie eine leidenschaftliche Schildkröte.«

»Wann kommt er?«

»Heute um 12.00 Uhr.«

»Oh nein. Warum so früh?«

»Hör zu. Wenn er überhaupt etwas Wertvolles in seiner Aktentasche hat, wird man ihm bestimmt nicht erlauben, es den ganzen Tag durch die Stadt zu schleppen. Er hat wahrscheinlich Anweisung, es sofort zu seinem Büro zu bringen und dort im Safe zu verschließen. Dazu dürfen wir ihm keine Zeit lassen – denn die ganze Sache ist nutzlos, wenn er seine Tasche nicht hierherbringt. Wir müssen dafür sorgen, daß er direkt vom Großen Hauptquartier angerannt kommt. Wenn er sich verspätet und seine Aktentasche nicht bei sich hat, werden wir die Tür abschließen und so tun, als wärest du nicht da – dann wird er beim nächstenmal wissen, daß er sich beeilen muß.«

»Du hast dir wohl alles genau überlegt?«

Wolff lachte. »Du solltest dich langsam vorbereiten. Ich möchte, daß du unwiderstehlich aussiehst.«

»Ich bin immer unwiderstehlich.« Sie ging ins Schlafzimmer. Er rief hinter ihr her: »Wasch dir die Haare.« Sonja antwortete nicht.

Wolff blickte auf seine Uhr. Es wurde Zeit. Er überprüfte das Hausboot, verwischte alle Spuren am Küchenschrank und ließ seine Schuhe, sein Rasiermesser, die Zahnbürste und den Fes verschwinden. Sonja kletterte, mit einem Morgenmantel bekleidet, an Deck, um ihr Haar in der Sonne zu trocknen. Wolff machte den Kaffee und brachte ihr eine Tasse. Nachdem er seine eigene Tasse ausgetrunken hatte, wusch er sie ab und ließ sie im Schrank verschwinden. Dann nahm er eine Flasche Champagner aus dem Kühlschrank, legte sie in einen Eiskübel und stellte diesen mit zwei Gläsern neben das Bett. Er dachte daran, die Laken zu wechseln, beschloß dann aber, es erst nach Smith' Besuch zu tun. Sonja kam vom Deck herunter. Sie tupfte sich Parfüm auf die Schenkel und zwischen die Brüste. Wolff blickte sich zum letztenmal um. Alles war bereit. Er setzte sich auf einen Diwan neben ein Bullauge, um den Treidelpfad zu beobachten.

Es war ein paar Minuten nach 12.00, als Major Smith erschien. Er beeilte sich, als fürchte er, zu spät zu kommen. Zwar trug er sein Uniformhemd, Khaki-Shorts, Socken und Sandalen, aber er hatte seine Offiziersmütze abgenommen. Er schwitzte in der Mittagssonne.

Smith hatte seine Aktentasche bei sich.

Wolff grinste befriedigt. »Er kommt. Bist du fertig?«

»Nein.«

Sie versuchte, ihn nervös zu machen. Doch sie würde fertig sein. Er stieg in den Schrank, schloß die Tür und legte das Auge an das Guckloch.

Schon hörte er Smith' Schritte auf dem Steg und dann auf Deck. Der Major rief: »Hallo?«

Sonja antwortete nicht.

Wolff sah durch das Guckloch, wie Smith die Treppe herunterkam.

»Ist jemand hier?«

Smith musterte die Vorhänge, die das Schlafzimmer

abteilten. Seine Stimme war voll enttäuschter Erwartung. »Sonja?« Die Vorhänge teilten sich. Sonja hatte die Arme gehoben, um sie zu öffnen. Wie für ihren Auftritt hatte sie ihr Haar zu einer komplizierten Pyramide aufgeschichtet. Sie trug die bauschige Hose aus dünner Gaze, doch aus dieser Entfernung war ihr Körper durch den Stoff zu erkennen. Von der Hüfte aufwärts war sie nackt, abgesehen von einem juwelenbesetzten Band um den Hals. Ihre braunen Brüste waren voll und rund. Sie hatte Lippenstift auf die Brustwarzen aufgetragen. Wolff dachte: Braves Mädchen!

Major Smith starrte sie an. Er hatte die Fassung verloren und stammelte: »Oh, meine Güte. Oh, mein Gott. Oh, Himmel.«

Wolff mußte sich zusammennehmen, um nicht zu lachen.

Smith ließ seine Aktentasche fallen und ging auf sie zu. Während er Sonja umarmte, trat sie zurück und schloß die Vorhänge hinter seinem Rücken.

Wolff öffnete die Schranktür und stieg hinaus.

Die Aktentasche lag knapp vor den Vorhängen auf dem Boden. Wolff raffte seine Glabiya, kniete nieder und drehte die Tasche um. Er probierte die Verschlüsse aus. Die Tasche war abgeschlossen.

»Lieber Gott«, flüsterte Wolff.

Er sah sich nach einer Stecknadel, einer Büroklammer, einer Nähnadel um, nach irgend etwas, womit er die Schlösser öffnen konnte. Leise schlich er in die Küche und zog vorsichtig eine Schublade auf. Fleischmesser, zu dick; Borste einer Drahtbürste, zu dünn; Gemüsemesser, zu breit ... In einem kleinen Gefäß neben dem Ausguß fand er eine von Sonjas Haarspangen.

Wolff kehrte zu der Aktentasche zurück und steckte das Spangenende in eines der Schlüssellöcher. Er drehte es versuchsweise hin und her, traf auf eine Art elastischen Widerstand und drückte kräftiger.

Wolff fluchte verhalten.

Er blickte unwillkürlich auf seine Armbanduhr. Beim letztenmal war Smith mit Sonja in ungefähr fünf Minuten fertig gewesen. Er hätte ihr einschärfen sollen, die Sache in die Länge zu ziehen.

Er nahm das biegsame Messer, das er benutzt hatte, um die Schranktür von innen aufzumachen. Behutsam schob er es in eines der Schlösser. Als er zudrückte, gab das Messer nach. Die Schlösser hätten sich innerhalb weniger Sekunden aufbrechen lassen, aber darauf wollte er verzichten. Smith sollte nicht merken, daß seine Aktentasche geöffnet worden war. Nicht daß er Angst vor Smith gehabt hätte, aber der Major sollte über den wahren Grund seiner Verführung im unklaren bleiben: Wenn die Tasche wertvolles Material enthielt, wollte Wolff sie regelmäßig öffnen.

Aber wenn er die Tasche nun nicht öffnen konnte? Alles wäre umsonst.

Was würde geschehen, wenn er die Schlösser einfach aufbräche? Smith würde mit Sonja zu Ende kommen, seine Hose anziehen, die Tasche holen und merken, daß sie geöffnet worden war. Er würde Sonja bezichtigen, und Wolff würde sich nicht mehr auf dem Hausboot verstecken können. Was aber, wenn er Smith umbrächte? Ein weiterer britischer Soldat wäre ermordet, diesmal in Kairo. Man würde eine umfassende Fahndung einleiten. Würde man den Mord mit Wolff in Verbindung bringen? Hatte Smith irgend jemandem von Sonja erzählt? Wer hatte sie zusammen im Cha-Cha-Club gesehen? Und würden die Nachforschungen die Briten zu dem Hausboot führen?

Es wäre riskant, doch das Schlimmste wäre wohl, daß Wolff dann keine Informationsquelle mehr hätte und wieder von vorn anfangen müßte.

Undenkbar, wo doch seine Freunde, die draußen in der Wüste Krieg führten, die Informationen so dringend benötigten.

Wolff stand schweigend in der Mitte des Wohnzimmers und zermarterte sich das Hirn. Er war auf etwas gestoßen, das die Antwort lieferte, aber es war ihm entfallen. Auf der anderen Seite des Vorhangs murmelte und stöhnte Smith. Wolff fragte sich, ob er seine Hose schon ausgezogen hatte.

Die Hose, das war es.

Er mußte den Schlüssel in seiner Hosentasche haben.

Wolff lugte zwischen den Vorhängen hindurch. Smith und Sonja lagen auf dem Bett. Sie hatte sich auf den Rükken gedreht und die Augen geschlossen. Er lag, auf einen Ellbogen gestützt, neben ihr und streichelte sie. Sie bewegte den Rücken auf und ab, als mache es ihr Spaß. Während Wolff zusah, rollte sich Smith halb über sie und schmiegte das Gesicht an ihre Brüste.

Smith hatte seine Shorts immer noch an.

Wolff steckte den Kopf durch die Vorhänge und winkte mit dem Arme um Sonjas Aufmerksamkeit zu erregen. Er dachte: Sieh her! Smith schob den Kopf von einer Brust zur anderen. Sonja öffnete die Augen, schaute auf Smith' Scheitel, strich über sein pomadisiertes Haar und fing Wolffs Blick auf.

Er formte mit den Lippen: Zieh ihm die Hose aus.

Sie runzelte verständnislos die Stirn.

Wolff trat durch die Vorhänge und zog sich pantomimisch die Hose aus.

Sonjas Miene hellte sich auf.

Wolff zog sich durch die Vorhänge zurück, schloß sie leise und ließ nur einen winzigen Spalt offen, um hindurchzuschauen.

Er sah, wie Sonjas Hand zu Smith' Shorts glitt und sich mit seinen Hosenknöpfen abmühte. Smith keuchte. Sonja rollte voll Verachtung die Augen nach oben. Wolff dachte: Ich hoffe, sie ist klug genug, die Shorts hierher zu werfen.

Nach einer Minute wurde Smith ungeduldig, setzte sich

auf und riß sich selbst die Hose herunter. Er ließ sie übers Bettende fallen und wandte sich wieder Sonja zu.

Das Bettende war rund eineinhalb Meter von den Vorhängen entfernt.

Wolff legte sich flach auf den Fußboden. Er teilte die Vorhänge mit den Händen und schob sich Zentimeter um Zentimeter vor, wie ein Indianer.

Smith sagte: »Oh Gott, du bist so schön.«

Wolff erreichte die Shorts. Mit einer Hand drehte er den Stoff behutsam um, bis er eine Tasche sah. Er steckte die Hand hinein und tastete nach einem Schlüssel.

Die Tasche war leer.

Vom Bett her kam das Geräusch einer Bewegung. Smith grunzte. Sonja befahl: »Nein, lieg still.«

Gut gemacht, dachte Wolff.

Er hantierte mit den Shorts, bis er die andere Tasche fand. Auch sie war leer.

Vielleicht hatte sie noch mehr Taschen. Wolff wurde leichtsinnig. Er betastete das Kleidungsstück und suchte nach Metall. Nichts. Er hob die Shorts auf.

Ein Schlüsselbund lag darunter.

Wolff unterdrückte einen Seufzer der Erleichterung. Die Schlüssel müssen aus der Tasche gerutscht sein, als Smith die Shorts auf den Boden fallen ließ.

Wolff packte die Schlüssel und die Shorts und begann, sich durch die Vorhänge zurückzuschieben.

Da hörte er Fußtritte auf Deck.

»Himmel, was ist das denn!« sagte Smith mit schriller Stimme.

»Still!« erwiderte Sonja. »Nur der Briefträger. Weiter, gefällt dir das ...«

»Oh ja.«

Wolff war durch die Vorhänge geglitten und blickte auf. Der Briefträger legte einen Brief auf die oberste Treppenstufe, neben die Luke. Zu Wolffs Entsetzen bemerkte der Briefträger ihn und rief: »*Sabah el-kheir* – guten Morgen!«

Wolff drückte seinen Zeigefinger auf die Lippen, hielt die Wange gegen die Hand, um Schlaf anzudeuten, und wies auf das Schlafzimmer.

»Entschuldigen Sie!« flüsterte der Briefträger und verschwand.

Aus dem Schlafzimmer war kein Laut zu hören.

Hatte der Gruß des Briefträgers Smith' Mißtrauen geweckt? Wahrscheinlich nicht; ein Briefträger konnte durchaus einen guten Morgen wünschen, selbst wenn er niemanden sah, denn die offene Luke zeigte an, daß jemand zu Hause war.

Die Geräusche des Liebesspiels im Nebenzimmer setzten sich fort, und Wolff atmete leichter.

Er ordnete die Schlüssel, fand den kleinsten und steckte ihn in eines der Aktentaschenschlösser.

Es öffnete sich.

Er machte das zweite Schloß auf und hob den Dekkel. Innen lag ein Bündel Papiere in einem steifen Pappordner. Wolff dachte: Bitte, nicht noch mehr Speisepläne. Er schlug den Ordner auf und musterte die erste Seite. Darauf stand:

UNTERNEHMEN ABERDEEN

1. Alliierte Streitkräfte werden am 5. Juni im Morgengrauen einen entscheidenden Gegenangriff führen.
2. Der Angriff wird zwei Stoßrichtungen haben ...

Wolff blickte von den Papieren auf. »Mein Gott«, flüsterte er. »Das ist es!«

Er lauschte. Die Geräusche aus dem Schlafzimmer waren lauter geworden. Er hörte die Bettfedern quietschen, und ihm schien, daß sogar das Boot ein wenig schaukelte. Also hatte er nicht mehr viel Zeit.

Der Bericht, den Smith bei sich hatte, war detailliert. Wolff wußte nicht genau, wie die britische Kommandokette funktionierte, aber vermutlich wurden die Schlachten in allen Einzelheiten von General Ritchie im Wüstenhauptquartier geplant und dann zur Billigung durch Auchinleck zum Großen Hauptquartier in Kairo geschickt. Pläne für wichtigere Schlachten diskutierte man wohl auf den morgendlichen Konferenzen, an denen Smith offensichtlich teilnahm. Wolff überlegte wieder, welche Abteilung in dem nicht gekennzeichneten Gebäude in der Sharia Suleiman Pascha untergebracht sein mochte, zu dem Smith jeden Nachmittag zurückkehrte. Doch dann schob er den Gedanken beiseite. Er mußte sich Aufzeichnungen machen.

Wolff hielt nach Papier und Bleistift Ausschau und dachte: Das hätte ich schon vorher tun sollen. Schließlich fand er in einer Schublade einen Schreibblock und einen Rotstift. Er hockte sich neben die Aktentasche und las weiter.

Die Hauptkräfte der Alliierten waren in einem Gebiet eingeschlossen, das sie den Kessel nannten. Der Gegenangriff am 5. Juni sollte den Durchbruch bringen. Er würde um 02.50 Uhr mit dem Beschuß des Aslagh-Kammes, an Rommels Ostflanke, durch vier Artillerieregimenter beginnen. Die Artillerie sollte den Gegner mürbe machen und den direkten Angriff durch die Infanterie der 10. Indischen Brigade vorbereiten. Wenn die Inder die Front am Aslagh-Kamm aufgerissen hatten, sollten die Tanks der 22. Panzerbrigade durch die Lücke preschen und Sidi Muftah einnehmen, während die 9. Indische Brigade ihnen folgen und die Lage konsolidieren sollte.

Mittlerweile könnte die 32. Heerespanzerbrigade Rommels Nordflanke am Sidra-Kamm mit Infanterieunterstützung angreifen.

Als er das Ende des Berichtes erreichte, merkte Wolff, daß er gar nicht registriert hatte, wie Major Smith zum

Höhepunkt kam. Jetzt quietschte das Bett, und ein Paar Füße traten auf den Boden.

Wolff spannte sich.

»Liebling, gieß uns etwas Champagner ein«, sagte Sonja.

»Nur einen Moment ...«

»Ich möchte ihn sofort.«

»Ich komme mir ohne meine Hose ein bißchen albern vor, mein Kind.«

Wolff dachte: Teufel, er will seine Hose.

»Du gefällst mir, wenn du ausgezogen bist«, erwiderte Sonja. »Trink ein Glas mit mir, bevor du dich anziehst.«

»Dein Wunsch ist mir Befehl.«

Wolff beruhigte sich. Sie meckert zwar, dachte er, aber sie tut, was ich will!

Schnell überflog er die übrigen Papiere, entschlossen, sich nicht ein zweites Mal überraschen zu lassen. Smith war eine wunderbare Entdeckung, und es wäre eine Tragödie, die Gans schon nach dem ersten goldenen Ei schlachten zu müssen. Er notierte sich, daß bei dem Angriff vierhundert Panzer eingesetzt werden würden, dreihundertdreißig bei dem östlichen Vorstoß und nur siebzig bei dem nördlichen; daß die Generale Fesservy und Briggs ein gemeinsames Hauptquartier einrichten sollten; daß Auchinleck – etwas verärgert, wie es schien – gründliche Aufklärung und enge Zusammenarbeit zwischen Infanterie und Panzern verlangte.

Ein Korken knallte, während er schrieb. Wolff leckte sich die Lippen und dachte: Das täte mir auch gut. Wie lange würde Smith wohl brauchen, um ein Glas Champagner auszutrinken. Er beschloß, kein Risiko einzugehen.

Er legte die Papiere in den Ordner zurück und steckte ihn wieder in die Tasche. Nachdem er sie sorgfältig abgeschlossen hatte, brachte er den Schlüsselbund in einer der

Hosentaschen unter, stand auf und spähte durch den Vorhang.

Smith saß in seiner Armeeunterwäsche auf dem Bett, hielt ein Glas in der einen und eine Zigarette in der anderen Hand und sah selbstzufrieden aus. Die Zigaretten mußten in seiner Hemdentasche gewesen sein; hätte er sie in einer Hosentasche aufbewahrt, wäre es unangenehm geworden.

Im Moment war Wolff in Smith' Gesichtsfeld. Er zog sich von dem winzigen Spalt zwischen den Vorhängen zurück und wartete. Sonja sagte: »Gieß mir noch etwas ein, bitte.« Er blickte von neuem hindurch. Smith nahm ihr Glas und drehte sich zu der Flasche um. Nun hatte er Wolff den Rücken zugewandt. Wolff streckte die Shorts durch die Vorhänge und legte sie auf den Boden. Sonja bemerkte ihn und hob erschrocken die Augenbrauen. Wolff zog den Arm zurück. Smith reichte Sonja das Glas.

Wolff stieg in den Schrank, schloß die Tür und ließ sich zu Boden sinken. Wie lange würde er warten müssen, bis Smith verschwand? Es spielte keine Rolle, denn seine Stimmung war so gut, als wäre er auf eine Goldader gestoßen.

Erst eine halbe Stunde später sah er durch sein Guckloch, wie Smith, wieder bekleidet, ins Wohnzimmer kam. Inzwischen schmerzten Wolff alle Muskeln. Sonja folgte Smith und fragte: »Mußt du schon gehen?«

»Leider ja. Es ist eine sehr ungünstige Zeit für mich, weißt du.« Er zögerte. »Um ganz ehrlich zu sein, ich sollte diese Aktentasche eigentlich nicht dauernd bei mir haben. Es war verdammt schwierig, dich hier um 12.00 Uhr zu besuchen. Eigentlich müßte ich vom Großen Hauptquartier direkt zu meinem Büro gehen. Heute habe ich das nicht getan – ich hatte einfach Angst, dich zu verpassen. Deshalb habe ich im Büro gesagt, daß ich im Großen Hauptquartier Mittag essen würde, und die Jungs im

Großen Hauptquartier glaubten, ich äße im Büro. Aber nächstes Mal laufe ich sofort in mein Büro, liefere die Aktentasche ab und komme hierher – wenn du damit einverstanden bist, Schätzchen.«

Wolff dachte: Um Gottes willen, Sonja, sag etwas!

»Oh, aber, Sandy, meine Haushälterin kommt jeden Nachmittag zum Saubermachen ... wir wären nicht allein.«

Smith runzelte die Stirn. »Mist. Tja, dann müssen wir uns eben abends treffen.«

»Aber ich muß arbeiten, und nach meinem Auftritt muß ich im Club bleiben und mich mit den Kunden unterhalten. Jeden Abend könnte ich nicht an deinem Tisch sitzen: Die Leute würden klatschen.«

Im Schrank war es heiß und stickig. Wolff schwitzte heftig.

»Kannst du nicht auf deine Haushälterin verzichten?«

»Aber Liebling, ich könnte hier doch nicht selbst saubermachen; damit kenne ich mich nicht aus.«

Wolff sah, wie sie lächelte, Smith' Hand nahm und sie sich zwischen die Beine legte. »Oh, Sandy, bitte, komm doch mittags.«

Smith konnte ihr nicht länger widerstehen. »Natürlich, mein Liebling.«

Sie küßten sich, und Smith verabschiedete sich endlich. Wolff lauschte, bis die Schritte leiser wurden, dann stieg er aus dem Schrank.

Sonja beobachtete schadenfroh, wie er seine schmerzenden Glieder rieb. »Tut es weh?« fragte sie mit gespielter Anteilnahme.

»Die Sache war es wert. Du warst großartig.«

»Hast du bekommen, was du wolltest?«

»Mehr, als ich mir erträumt hatte.«

Wolff schnitt Brot und Würste zum Lunch, während Sonja ein Bad nahm. Nach dem Lunch suchte er den englischen Roman und den Codeschlüssel heraus und faßte seine Meldung an Rommel ab. Sonja fuhr mit einer Gruppe ägyptischer Freunde zur Rennbahn. Wolff gab ihr fünfzig Pfund zum Wetten.

Am Abend ging sie in den Cha-Cha-Club, und Wolff saß zu Hause, trank Whisky und las arabische Gedichte. Kurz vor Mitternacht stellte er das Funkgerät auf.

Genau um 24.00 Uhr morste er sein Rufzeichen, Sphinx. Ein paar Sekunden später antwortete Rommels Horchkompanie in der Wüste. Wolff sendete eine Serie des Buchstaben V, damit sie sich genau auf ihn einstellen konnten, dann fragte er, wie hoch seine Sendestärke sei. In der Mitte des Satzes machte er einen Fehler und sendete eine Serie des großen I – für Irrtum –, bevor er von neuem begann. Sie erwiderten, daß seine Signale maximale Kraft hätten, und baten ihn fortzufahren. Er gab KA, um den Anfang seiner Botschaft zu kennzeichnen; dann begann er im Code: »Unternehmen Aberdeen ...«

Am Ende gab er AR für »Meldung beendet« und K für »Over«. Sie antworteten mit einer Serie R, was bedeutete: »Ihr Bericht ist empfangen und verstanden worden.«

Wolff verpackte das Funkgerät, das Buch und den Codeschlüssel; dann schenkte er sich einen weiteren Drink ein.

Alles in allem hatte er unglaublich viel geleistet.

10

DIE BOTSCHAFT DES Spions war nur einer von zwanzig oder dreißig Berichten auf dem Schreibtisch von Mellenthins. Mehrere andere Berichte von Lauscheinheiten lagen an diesem 4. Juni um 7.00 Uhr morgens vor: Infanterie hatte *au clair* Kontakt zu Panzern gehabt; Feldhauptquartiere hatten Befehle in einfachen Codes ausgegeben, die über Nacht entschlüsselt worden waren; und es gab anderen feindlichen Funkverkehr, der, obwohl nicht zu entschlüsseln, trotzdem durch Standort und Frequenz Hinweise auf die Absichten des Gegners bot. Neben den Berichten der Funkaufklärung fanden sich Meldungen der Ic im Feld, die Informationen aus erbeuteten Waffen, den Uniformen toter Feinde, dem Verhör von Gefangenen und der Beobachtung des Gegners mit bloßem Auge bezogen hatten. Hinzu kamen Luftaufklärung, ein Situationsbericht von einem Aufmarschexperten und eine – nahezu nutzlose – Zusammenfassung, wie Berlin Pläne und Stärke der Alliierten gegenwärtig einschätzte.

Wie alle Nachrichtenoffiziere im Felde verachtete von Mellenthin die Berichte von Spionen. Auf Diplomatenklatsch, Zeitungsartikel und sogar Rätselraten gegründet, trafen sie in der Hälfte aller Fälle nicht zu.

Er mußte zugeben, daß dieser Bericht ganz anders wirkte.

Ein durchschnittlicher Geheimagent meldete etwa folgendes: »9. Indische Brigade hat erfahren, daß sie in der nahen Zukunft an einer wichtigen Schlacht teilnehmen wird« oder »Alliierte planen Durchbruch aus dem Kessel im frühen Juni« oder »Gerüchte, daß Auchinleck als Oberkommandierender abgelöst werden soll«.

Der Spion mit dem Rufzeichen Sphinx hingegen begann seinen Bericht ganz präzise: »Unternehmen Aberdeen.« Er meldete das Angriffsdatum, die betroffenen Brigaden und ihre spezifischen Aufgaben, die Orte, an denen sie zuschlagen würden, und die taktischen Überlegungen der Planer.

Von Mellenthin war nicht überzeugt, aber er war interessiert. Während das Thermometer in seinem Zelt über 40 Grad Celsius stieg, begann er seine üblichen Morgengespräche. Er unterhielt sich persönlich, über Feldtelefon und – seltener – über Sprechfunk mit den Ic der Divisionen, dem Luftwaffenverbindungsoffizier von der Luftaufklärung, dem Horchkompanieverbindungsoffizier und einigen der fähigeren Brigade-Ic. All diesen Männern gegenüber erwähnte er die 9. und 10. Indische Brigade, die 22. Panzerbrigade und die 32. Heerespanzerbrigade. Er wies sie an, nach diesen Brigaden Ausschau zu halten. Zudem befahl er, auf Schlachtvorbereitungen in den Gebieten zu achten, aus denen, nach dem Bericht des Spions, der Gegenschlag kommen würde. Außerdem sollten sie die Beobachter des Feindes im Auge behalten: Wenn der Spion recht hatte, würden die Alliierten ihre Luftaufklärung dort verstärken, wo sie angreifen wollten, nämlich am Aslagh-Kamm, am Sidra-Kamm und in Sidi Muftah. An diesen Positionen konnte die Bombardierung verstärkt werden, um die Deutschen zu zermürben; allerdings wäre das ziemlich verräterisch, so daß die meisten Kommandeure vermutlich darauf verzichten würden.

Die Gespräche ermöglichten nicht zuletzt den Ic an der Front, ihre während der Nacht übermittelten Berichte zu ergänzen. Als sie beendet waren, schrieb von Mellenthin seine eigene Meldung für Rommel und brachte sie zum Befehlsfahrzeug. Er diskutierte sie mit dem Stabschef, der sie dann Rommel übergab.

Die morgendliche Besprechung war kurz, denn Rommel hatte schon am Abend zuvor seine wichtigsten Entscheidungen getroffen und die Tagesbefehle erteilt. Außerdem war Rommel morgens nicht in nachdenklicher Stimmung: Ihn dürstete nach Aktion. Er raste durch die Wüste, suchte mit seinem Stabswagen oder seinem Fieseler Storch eine Frontposition nach der anderen auf, gab neue Befehle, scherzte mit den Männern und übernahm bei kleineren Gefechten das Kommando. Doch obwohl er sich ständig dem feindlichen Feuer aussetzte, war er seit 1914 nicht mehr verwundet worden. Von Mellenthin begleitete ihn heute, nahm die Gelegenheit wahr, sich sein eigenes Bild von der Frontsituation zu machen und zu einem persönlichen Urteil über die Ic zu kommen, die ihm sein Ausgangsmaterial schickten. Manche waren übervorsichtig und verzichteten auf alle unbestätigten Informationen, andere übertrieben, um zusätzliche Vorräte und Verstärkungen für ihre Einheiten zu erhalten.

Am frühen Abend, als das Thermometer endlich zu fallen begann, trafen weitere schriftliche Berichte und mündliche Meldungen ein. Von Mellenthin suchte aus der Fülle von Einzelheiten jene Informationen heraus, die sich auf den von Sphinx vorhergesagten Gegenangriff bezogen.

Die Panzerdivision Ariete, eine italienische Division, die den Aslagh-Kamm besetzte, meldete erhöhte feindliche Luftaktivität. Von Mellenthin fragte, ob es sich um Bombenabwürfe oder Aufklärung handele, und erfuhr, daß von Aufklärung die Rede war; die Bombardierung war sogar ganz eingestellt worden.

Die Luftwaffe meldete Aktivitäten im Niemandsland; es könnte eine Vorhut sein, die einen Sammelpunkt markierte. Ein verstümmelter, leicht zu entschlüsselnder Funkspruch war aufgefangen worden, in dem die Indische Brigade (?) dringend um Klärung der morgendlichen ... (Befehle?) besonders im Hinblick auf den Zeitpunkt des Artilleriebeschusses von ... (?) bat. Von Mellenthin wußte, daß Artilleriebeschuß nach britischer Taktik im allgemeinen einem Angriff vorausging. Die Indizien verdichteten sich.

Von Mellenthin suchte die 32. Heerespanzerbrigade in seinem Kartenregister heraus und entdeckte, daß sie vor kurzem am Rigel-Kamm gesichtet worden war – eine logische Position, um den Sidra-Kamm anzugreifen.

Die Aufgabe eines Ic war nicht zu lösen: Er sollte die Schritte des Feindes auf der Basis unzureichender Informationen vorhersagen. Er zog alle Hinweise in Betracht, benutzte seine Intuition und setzte auf das Glück.

Von Mellenthin beschloß, auf Sphinx zu setzen.

Um 18.30 Uhr brachte er seinen Bericht zum Kommandofahrzeug. Rommel war mit seinem Stabschef Oberst Bayerlein und Kesselring dort. Sie standen um einen großen Feldtisch und musterten die Lagekarte. Ein Leutnant saß nicht weit entfernt und wartete darauf, Notizen zu machen.

Rommel hatte die Mütze abgesetzt. Sein mächtiger, kahl werdender Schädel schien zu groß für seinen kleinen Körper. Er wirkte müde und hager. Von Mellenthin wußte, daß er immer wieder an Magenbeschwerden litt und oft tagelang nichts essen konnte. Sein gewöhnlich rundes Gesicht war mager geworden, und die Ohren schienen stärker als sonst abzustehen. Doch seine schmalen dunklen Augen glänzten vor Begeisterung und Siegesgewißheit.

Von Mellenthin schlug die Hacken zusammen, übergab seinen Bericht formell und erklärte seine Schlußfolgerungen anhand der Karte. Als er fertig war, fragte Kesselring: »Und all das basiert nur auf der Meldung eines Spions?«

»Nein, Herr Feldmarschall«, entgegnete von Mellenthin mit fester Stimme. »Es gibt bestätigende Hinweise.«

»Man kann bestätigende Hinweise für alles mögliche finden«, meinte Kesselring.

Aus den Augenwinkeln konnte von Mellenthin erkennen, daß Rommel sich zu ärgern begann.

Kesselring fuhr fort: »Wir können doch keine Schlachten auf der Basis von Informationen planen, die uns irgendein schäbiger kleiner Geheimagent in Kairo geschickt hat.«

»Ich bin geneigt, dieser Meldung zu glauben«, sagte

Rommel. Von Mellenthin beobachtete die beiden Männer. Ihre Macht war seltsam ausbalanciert – seltsam für ein Heer, in dem die Hierarchien normalerweise genau festgelegt waren. Kesselring war Oberbefehlshaber Süd und hatte einen höheren Rang als Rommel, aber Rommel stand, durch irgendeine Laune Hitlers, nicht unter seinem Befehl. Beide hatten Gönner in Berlin: Kesselring, der Mann der Luftwaffe, war Görings Liebling, und Rommel lieferte so gute Reklame, daß Goebbels ihn gewöhnlich unterstützte. Kesselring war bei den Italienern beliebt, während Rommel sie ständig beleidigte. Letzten Endes war Kesselring einflußreicher, denn als Feldmarschall hatte er direkten Zugang zu Hitler, während Rommel sich zuerst an Jodl wenden mußte; aber dies war ein Trumpf, den Kesselring nicht zu oft ausspielen durfte. Deshalb stritten sich die beiden Männer dauernd; und obwohl Rommel hier in der Wüste das letzte Wort hatte, zog Kesselring in Europa – wie von Mellenthin wußte – alle Register, um sich seiner zu entledigen.

Rommel wandte sich der Karte zu. »Wir wollen uns also auf einen Angriff mit zwei Stoßrichtungen einstellen. Sehen wir uns zuerst den schwächeren Vorstoß im Norden an. Der Sidra-Kamm wird von der 22. Panzerdivision mit Panzerabwehrkanonen gehalten. Hier, wo die Briten vorrücken, ist ein Minenfeld. Die Panzer werden die Briten in das Minenfeld locken und sie mit Panzerabwehrfeuer vernichten. Wenn der Spion recht hat und die Briten nur siebzig Panzer in den Angriff werfen, sollte die 21. rasch mit ihnen fertig werden und später am Tag einsatzbereit für weitere Aktionen sein.« Er fuhr mit einem dicken Zeigefinger über die Karte nach unten. »Und nun zum zweiten Vorstoß, dem Hauptangriff, an unserer östlichen Flanke. Sie wird von der italienischen Armee gehalten. Der Angriff soll von einer Indischen Brigade geführt werden. Da ich diese Inder und unsere Italiener kenne, nehme ich an, daß der Angriff erfolgreich sein wird. Deshalb befehle ich einen heftigen Gegenschlag. Erstens: Die Italiener werden den Angriff von Westen erwidern. Zweitens: Die Panzer, die den anderen Vorstoß am Sidra-Kamm abgeschlagen haben, werden eine Kehrtwendung machen und die Inder von Norden her angreifen. Drittens: Heute nacht werden unsere Pioniere im Minenfeld bei Bir el-Harmat eine Lücke schaffen, damit die 15. Panzerdivision nach Süden schwenken, aus der Lücke auftauchen und die britischen Streitkräfte von hinten angreifen kann.«

Von Mellenthin nickte anerkennend, während er lauschte und zusah. Es war ein für Rommel typischer Plan: rasche Bewegung der Kräfte und damit maximale Steigerung ihrer Wirkung; Einkreisung; überraschendes Erscheinen einer starken Division dort, wo sie am wenigsten erwartet wurde, im Rücken des Feindes. Wenn alles planmäßig verlief, würden die angreifenden Brigaden der Alliierten umzingelt, abgeschnitten und ausgelöscht werden.

Wenn alles planmäßig verlief.

Wenn der Spion recht hatte.

Kesselring sagte: »Ich glaube, Sie machen einen großen Fehler.«

»Das steht Ihnen frei«, antwortete Rommel ruhig.

Von Mellenthin war alles andere als ruhig. Wenn der Plan mißlang, würde Berlin bald von Rommels leichtsinnigem Vertrauen auf schlechte Geheimdienstarbeit erfahren; und man würde von Mellenthin dafür verantwortlich machen, daß er die Informationen geliefert hatte. Rommel war zu Untergebenen, die ihn enttäuschten, rücksichtslos.

Rommel warf dem Leutnant, der die Aufzeichnungen machte, einen Blick zu. »Das sind also meine Befehle für morgen.« Er sah Kesselring trotzig an.

*

Von Mellenthin erinnerte sich an diesen Moment, als er sechzehn Tage später zusammen mit Rommel den Sonnenaufgang über Tobruk beobachtete.

Sie standen auf der Böschung nordöstlich von El Adem und warteten auf den Beginn der Schlacht. Rommel trug die Staubbrille, die er dem in Gefangenschaft geratenen General O'Connor abgenommen hatte, und die seitdem zu einer Art Gütezeichen für ihn geworden war. Er schien in bester Verfassung: lebhaft, tatendurstig und selbstbewußt. Man glaubte, sein Gehirn ticken zu hören, während er die Landschaft musterte und den Schlachtverlauf berechnete.

»Der Spion hatte recht«, sagte von Mellenthin.

Rommel lächelte. »Genau das habe ich auch gedacht.«

Der Gegenangriff der Alliierten war, wie vorausgesagt, am 5. Juni eingeleitet worden, und Rommels Verteidigung so erfolgreich gewesen, daß sie sich in einen Gegen-Gegenangriff verwandelt hatte. Drei der vier alliierten Brigaden waren vernichtet und vier Artillerieregimenter gefangengenommen worden. Rommel hatte unerbittlich nachgesetzt. Am 14. Juni hatten seine Truppen die Ghasala-Front durchbrochen, und heute, am 20. Juni, würden sie die lebenswichtige Küstengarnison Tobruk belagern.

Von Mellenthin schauderte zusammen. Es war erstaunlich, wie kalt die Wüste um 5.00 Uhr morgens sein konnte.

Er beobachtete den Himmel.

Um 5.20 Uhr begann der Angriff.

Ein Geräusch wie ferner Donner wuchs zu einem fürchterlichen Getöse, während sich die Stukas näherten. Die erste Formation flog vorbei, stieß zu den britischen Positionen hinab und ließ ihre Bomben fallen. Eine riesige Wolke aus Staub und Rauch erhob sich, und gleichzeitig eröffnete Rommels gesamte Artillerie mit ohrenbetäubendem Krachen das Feuer. Noch eine Welle von Stukas flog vorbei, dann eine weitere: Es waren Hunderte von Bombern.

»Phantastisch. Kesselring hat es wirklich geschafft«, kommentierte von Mellenthin.

Das war die falsche Bemerkung. Rommel entgegnete heftig: »Das ist nicht Kesselrings Verdienst. Heute dirigieren wir selbst die Flugzeuge.«

Trotzdem war die Leistung der Luftwaffe beeindrukkend, dachte von Mellenthin, aber er sagte nichts.

Tobruk war eine konzentrische Festung. Die Garnison selbst lag innerhalb der Stadt, und die Stadt befand sich im Mittelpunkt eines größeren, von den Briten gehaltenen Gebietes, das von einem 35 Meilen langen Begrenzungsdraht mit zahlreichen Befestigungsstellen umgeben war. Die Deutschen mußten den Draht überwinden, dann durch die Stadt vordringen und schließlich die Garnison einnehmen.

Eine orangefarbene Rauchwolke stieg in der Mitte des Schlachtfeldes auf. Von Mellenthin sagte: »Das ist ein Signal der Pioniere. Die Artillerie soll ihre Reichweite vergrößern.« Rommel nickte »Gut. Wir machen Fortschritte.«

Plötzlich wurde von Mellenthin optimistisch. In Tobruk gab es Beute: Treibstoff, Dynamit, Zelte und Lastwagen – schon mehr als die Hälfte von Rommels motorisiertem Transport bestand aus erbeuteten britischen Fahrzeugen. Außerdem würde man die Lebensmittelvorräte auffrischen. Von Mellenthin lächelte und fragte: »Frischen Fisch zum Abendessen?«

Rommel begriff. »Leber«, antwortete er. »Bratkartoffeln, frisches Brot.«

»Ein richtiges Bett mit einem Federkissen.«

»In einem Haus mit Steinwänden, die die Hitze und die Insekten fernhalten.«

Ein Kurier traf mit einer Botschaft ein. Von Mellenthin nahm sie entgegen und überflog sie. Er versuchte, seine

Aufregung zu unterdrücken, während er erklärte: »Sie haben den Draht bei Befestigungsstelle 69 durchtrennt. Gruppe Menny greift mit der Infanterie des Afrikakorps an.«

»Das ist es. Wir haben eine Bresche geschlagen. Lassen Sie uns gehen.«

*

Es war 10.30 Uhr, als Oberstleutnant Reggie Bogge den Kopf in Vandams Büro steckte und sagte: »Tobruk wird belagert.«

Danach schien es sinnlos weiterzuarbeiten. Vandam fuhr mechanisch fort, las Berichte von Informanten, dachte über den Fall eines trägen Leutnants nach, der zur Beförderung anstand, sie aber nicht verdiente, und versuchte, eine neue Methode für den Fall Alex Wolff zu entwickeln. Aber alles schien hoffnungslos unwichtig. Die Nachrichten wurden immer deprimierender, während der Tag verging. Die Deutschen durchbrachen den Begrenzungsdraht; sie überbrückten den Panzerabwehrgraben; sie durchquerten das innere Minenfeld; sie erreichten die strategische Straßenkreuzung, die King's Cross genannt wurde.

Vandam fuhr um 19.00 Uhr nach Hause und aß mit Billy zu Abend. Er konnte dem Jungen nicht von Tobruk erzählen, da die Nachricht noch nicht freigegeben war. Während sie ihre Lammkoteletts aßen, berichtete Billy, sein Englischlehrer, ein junger Mann, der wegen seiner schwachen Lunge dienstuntauglich sei, rede immer davon, wie gerne er in die Wüste ziehen und es den verdammten Deutschen geben würde. »Aber ich glaube ihm nicht«, meinte Billy. »Du etwa?«

»Ich nehme an, er meint es ehrlich«, sagte Vandam. »Er fühlt sich eben schuldbewußt.«

Billy war in einem Alter, in dem Kinder gern widersprechen.

»Schuldbewußt? Er kann sich nicht schuldbewußt fühlen – es liegt nicht an ihm.«

»Unbewußt doch.«

»Und wo ist der Unterschied?«

In die Falle gegangen, dachte Vandam. Er überlegte ein paar Sekunden. »Wenn du etwas Schlechtes getan hast und weißt, daß es schlecht war, dann Gewissensbisse hast und auch weißt, warum, dann ist es ein bewußtes Schuldgefühl. Mr. Simkisson hat nichts Schlechtes getan, aber er hat trotzdem Gewissensbisse, und er weiß nicht, warum. Das ist ein unbewußtes Schuldgefühl. Deshalb ist er erleichtert, wenn er darüber sprechen kann, wie gern er kämpfen würde.«

»Oh«, machte Billy.

Vandam wußte nicht, ob der Junge ihn verstanden hatte.

Billy ging mit einem neuen Buch ins Bett. Er sagte, es sei eine Detektivgeschichte. Sie hieß *Death on the Nile*.

Vandam kehrte ins Große Hauptquartier zurück. Die Nachrichten waren immer noch schlecht. Die 21. Panzerdivision war in die Stadt Tobruk vorgedrungen und hatte vom Kai aus auf mehrere britische Schiffe gefeuert, die zu spät versuchten, aufs offene Meer zu entkommen. Einige waren versenkt worden.

Vandam verbrachte die Nacht in der Offiziersmesse und wartete auf Nachrichten. Er trank stetig und rauchte so viel, daß er Kopfschmerzen bekam. Ab und zu trafen Mitteilungen aus der Befehlszentrale ein. In der Nacht beschloß Ritchie, der Kommandeur der 8. Armee, sich von der Front zurückzuziehen und nach Marsa Matruch zurückzuweichen. Man erzählte sich, daß Auchinleck, der Oberbefehlshaber, mit finsterer Miene aus dem Zimmer schritt, als er diese Nachricht hörte.

Kurz vor dem Morgengrauen dachte Vandam plötzlich an seine Eltern. Einige Häfen an der Südküste Englands hatten so sehr wie London unter den Bombenabwürfen gelitten, aber seine Eltern lebten landeinwärts, in einem Dorf in Dorset. Sein Vater war Vorsteher eines kleinen Postamtes. Vandam blickte auf seine Uhr: In England war es jetzt 4.00 Uhr morgens, der Alte würde seine Fahrradklammern anlegen und im Dunkeln mit dem Rad zur Arbeit fahren. Trotz seiner sechzig Jahre hatte er eine beneidenswerte Konstitution. Vandams religiöse Mutter verbot Rauchen, Trinken und alle Arten »ausschweifenden« Benehmens; doch sie kränkelte dauernd.

Schließlich ließen Alkohol, Erschöpfung und Langeweile Vandam eindämmern. Er träumte, mit Billy, Elene und seiner Mutter in der Garnison von Tobruk zu sein. Er lief hastig umher, um alle Fenster zu schließen. Draußen lehnten die Deutschen – die sich in Feuerwehrleute verwandelt hatten – Leitern gegen die Mauer und kletterten herauf. Plötzlich hörte Vandams Mutter auf, ihr Falschgeld zu zählen. Sie öffnete ein Fenster, deutete auf Elene und schrie: »Da ist die Hure!« Rommel, mit einem Feuerwehrhelm auf dem Kopf, kletterte durch das Fenster und richtete einen Schlauch auf Billy. Die Kraft des Wasserstrahls trieb den Jungen über eine Brüstung, und er fiel ins Meer. Schweißgebadet wachte Vandam auf. Er zündete sich eine Zigarette an. Sie schmeckte abscheulich.

Die Sonne ging auf. Vandam knipste alle Lichter in der Messe aus, nur um etwas zu tun zu haben. Ein Frühstückskoch kam mit einer Kanne Kaffee. Während Vandam trank, traf ein Captain mit einer neuen Mitteilung ein. Er stand in der Mitte der Messe und wartete, bis alles still wurde.

Dann sagte er: »General Klopper hat Rommel heute bei Tagesanbruch die Garnison Tobruk übergeben.«

Vandam verließ die Messe und ging zu seinem Haus am Nil. Er kam sich ohnmächtig und nutzlos vor, weil er in Kairo saß und Spione fing, während sein Land dort draußen in der Wüste den Krieg verlor. Ihm fiel ein, daß Alex Wolff etwas mit Rommels letzten Siegen zu tun haben könnte, aber er verdrängte den Gedanken. Vandam war so deprimiert, daß er sich fragte, ob sich die Lage überhaupt noch verschlimmern könne.

Als er zu Hause ankam, ging er sofort ins Bett.

TEIL ZWEI

Marsa Matruch

11

DER GRIECHE BETASTETE sie ständig.

Elene mochte Männer wie ihn nicht. Sie hatte nichts gegen unverhüllte Lust; davon hielt sie sogar sehr viel. Aber sie war gegen diese verstohlene, unerwünschte Tätschelei.

Schon nach zwei Stunden in seinem Geschäft war Mikis Aristopoulos ihr unsympathisch gewesen. Nach zwei Wochen hätte sie ihn am liebsten erwürgt.

An dem Laden hatte sie nichts auszusetzen. Ihr gefielen die würzigen Düfte und die Reihen bunter Kartons und Dosen auf den Regalen im Hinterzimmer. Die Arbeit war leicht, und die Zeit verging recht schnell. Sie erstaunte die Kunden, wenn sie die Rechnungen sehr rasch im Kopf addierte. Von Zeit zu Zeit kaufte sie sich eine der importierten Delikatessen, um sie zu Hause auszuprobieren: ein Glas Leberpastete, einen Schokoladenriegel, eine Flasche mit Suppenkonzentrat, eine Dose gebackener Bohnen. Allerdings war es ihr neu, einer gewöhnlichen, langweiligen, acht Stunden dauernden Arbeit nachzugehen.

Aber wirklich unerträglich waren nur die Zudringlichkeiten des Chefs. Bei jeder Gelegenheit berührte er ihren Arm, ihre Schulter oder ihre Hüfte; jedesmal wenn er, hinter dem Tresen oder im Lagerraum, an ihr vorbeikam, streift er ihre Brust oder ihre Schenkel. Zuerst hatte sie an einen Zufall geglaubt, weil er gar nicht der Typ zu sein schien: Er war zwischen zwanzig und dreißig und sah recht gut aus. Aristopoulos mußte ihr Schweigen für Duldung gehalten haben; sie würde ihn ein wenig zusammenstauchen müssen.

Elene konnte keine neuen Probleme gebrauchen. Ihre Gefühle waren ohnehin verwirrt. Sie empfand gleichzeitig Sympathie und Abneigung für William Vandam, der mit ihr sprach, als sei sie gleichberechtigt, und sie dann behandelte wie eine Hure; sie sollte Alex Wolff verführen, dem sie nie begegnet war, und sie wurde von Mikis Aristopoulos betätschelt, für den sie nichts als Verachtung übrig hatte.

Alle nutzen mich aus, dachte sie, das ist mein Leben.

Was für ein Mensch Wolff wohl sein mochte? Vandam hatte leicht reden, wenn er sie aufforderte, sich mit ihm anzufreunden. Als ob nicht auch eine Menge von dem Mann abhing. Manchen Männern gefiel sie vom ersten Moment an, bei anderen kostete es einige Mühe. Dann und wann war es sogar unmöglich. Ein wenig hoffte sie, daß es auch bei Wolff so sein könne. Dann aber fiel ihr ein, daß er ein deutscher Spion war und Rommel mit jedem Tag näher kam.

Aristopoulos brachte einen Karton Nudeln aus dem Lager. Elene schaute auf ihre Uhr: Bald konnte sie nach Hause gehen. Aristopoulos stellte den Karton ab und öffnete ihn. Auf dem Rückweg schob er die Hände unter ihre Arme und berührte ihre Brüste, während er sich an ihr vorbeidrückte. Elene wich zur Seite. Sie hörte, wie jemand den Laden betrat, und dachte: Ich werde dem Griechen eine Lektion erteilen. Als er im Lagerraum verschwand, rief sie laut auf arabisch hinter ihm her: »Wenn du mich noch einmal anfaßt, schneide ich dir den Schwanz ab!«

Der Kunde brach in lautes Gelächter aus. Sie drehte sich um und betrachtete ihn. Er war Europäer, doch er mußte arabisch verstehen. Elene sagte: »Guten Tag.«

Er blickte zum Vorratsraum und rief: »Was haben Sie angestellt, Aristopoulos, Sie junger Bock?«

Aristopoulos steckte den Kopf durch die Tür. »Guten Tag, Sir. Das ist meine Nichte Elene.« Sein Gesicht verriet Verlegenheit und etwas anderes, was Elene nicht enträtseln konnte. Er zog sich wieder in den Lagerraum zurück.

»Seine Nichte!« wiederholte der Kunde und musterte Elene. »Sehr überzeugend.«

Er war ein großer Mann, Mitte Dreißig, mit dunklem Haar, dunkler Haut und dunklen Augen. Er hatte eine gebogene Nase, die typisch arabisch oder typisch für die europäische Aristokratie sein mochte. Sein Mund war dünnlippig, und wenn er lächelte, zeigte er kleine ebenmäßige Zähne; wie die einer Katze, dachte Elene. Sie kannte die Zeichen des Reichtums und bemerkte sie an ihm: ein Seidenhemd, eine goldene Armbanduhr, eine maßgeschneiderte Baumwollhose mit Krokodilledergürtel, handgemachte Schuhe und ein schwach duftendes, männliches Parfüm.

»Was kann ich für Sie tun?« fragte Elene.

Er betrachtete sie, als habe er mehrere Antworten im Sinn, dann sagte er: »Lassen Sie uns mit englischer Marmelade anfangen.«

»Ja.« Die Marmelade war im Lagerraum. Sie ging dort hinein, um ein Glas zu holen.

»Das ist er!« zischte Aristopoulos.

»Wovon reden Sie?« fragte sie in normaler Lautstärke. Sie war immer noch wütend auf ihn.

»Der Mann mit dem Falschgeld – Mr. Wolff –, das ist er!«

»Oh Gott!« Sie hatte einen Moment vergessen, weshalb sie hier war. Aristopoulos' Panik steckte sie an, und ihre Geistesgegenwart verließ sie. »Was soll ich zu ihm sagen? Was soll ich tun?«

»Ich weiß nicht – geben Sie ihm die Marmelade – ich weiß nicht ...«

»Ja, die Marmelade, richtig ...« Elene nahm ein Glas Cooper's Oxford von einem Regal und kehrte in den Laden zurück. Sie zwang sich, Wolff fröhlich anzulächeln, während sie das Glas auf den Tresen stellte. »Noch etwas?«

»Zwei Pfund dunklen Kaffee, feingemahlen.«

Er beobachtete sie, als sie den Kaffee abwog und mahlte. Plötzlich hatte sie Angst vor ihm. Er war nicht wie Charles, Johnnie und Claud, die Männer, die sie ausgehalten hatten. Sie waren weich, bequem, komplexbeladen und mühelos zu beeinflussen gewesen. Wolff wirkte ausgeglichen und selbstbewußt. Sie vermutete, daß es schwer sein würde, ihn zu täuschen, und unmöglich, seine Pläne zu vereiteln.

»Noch etwas?«

»Eine Dose Schinken.«

Sie holte alles, was er wollte, und stellte die Waren auf den Tresen. Seine Augen folgten ihr überallhin. Sie dachte: Ich muß mit ihm reden, ich kann nicht dauernd nur sagen: Noch etwas?, ich soll mich mit ihm anfreunden. »Noch etwas?« fragte sie.

»Eine halbe Kiste Champagner.«

Der Pappkarton mit sechs vollen Flaschen war sehr schwer. Sie zerrte ihn aus dem Lagerraum. »Ich nehme an, daß wir die Sachen bei Ihnen abliefern sollen.« Elene versuchte, ihre Worte beiläufig klingen zu lassen. Sie war etwas außer Atem, nachdem sie den Karton herangeschleppt hatte, und hoffte, dadurch ihre Nervosität zu verdecken.

Seine dunklen Augen schienen sie zu durchbohren. »Liefern?« fragte er. »Nein, danke.«

Elene betrachtete den schweren Karton. »Ich hoffe, daß Sie in der Nähe wohnen.«

»Nahe genug.«

»Sie müssen sehr stark sein.«

»Stark genug.«

»Wir haben einen sehr zuverlässigen Zusteller ...«

»Keine Zustellung«, sagte er entschieden.

Sie nickte. »Wie Sie wünschen.« Eigentlich hätte sie nicht damit gerechnet, daß es gelingen werde, aber sie war trotzdem enttäuscht. »Noch etwas?«

»Ich glaube, das ist alles.« Sie begann, die Preise zusammenzurechnen.

»Aristopoulos muß gut zurechtkommen, wenn er eine Verkäuferin anstellen kann.«

»Fünf Pfund, zwölf Schilling, sechs Pence – das würden Sie nicht sagen, wenn Sie wüßten, wieviel er mir bezahlt –, fünf Pfund, dreizehn Schilling, sechs Pence, sechs Pfund ...«

»Gefällt Ihnen die Arbeit nicht?«

Sie blickte ihn gerade an. »Ich würde alles tun, um hier herauszukommen.«

»Woran hatten Sie gedacht?« Er schaltete sehr schnell.

Elene zuckte die Achseln und rechnete weiter. Schließlich sagte sie: »Dreizehn Pfund, zehn Schilling, vier Pence.«

»Und woher wußten Sie, daß ich mit Sterling bezahlen will?« Er schaltete wirklich schnell. Elene hatte Angst, sich verraten zu haben. Sie merkte, wie sie errötete. Plötzlich hatte sie einen Einfall. »Sie sind doch britischer Offizier, oder nicht?« Der Mann lachte laut, zog ein Bündel Pfundnoten hervor und reichte ihr vierzehn Scheine. Elene gab ihm sein Wechselgeld in ägyptischen Münzen. Sie fragte sich: Was kann ich bloß tun? Langsam packte sie die Lebensmittel in eine Einkaufstasche aus braunem Papier.

»Geben Sie eine Party? Ich liebe Partys.«

»Weshalb fragen Sie?«

»Wegen des Champagners.«

»Ach so. Nun, das Leben ist eine einzige Party.«

Elene dachte: Ich habe es nicht geschafft. Jetzt geht er fort, und vielleicht kommt er wochenlang nicht wieder, vielleicht nie mehr. Ich habe ihn in Reichweite gehabt, mit ihm gesprochen, und nun muß ich ihn in der Stadt verschwinden lassen. Sie hätte erleichtert sein sollen, doch statt dessen fühlte sie sich tief enttäuscht.

Er hob sich die Champagnerkiste auf die linke Schulter und nahm die Einkaufstasche in die rechte Hand. »Auf Wiedersehen.«

»Auf Wiedersehen.«

An der Tür drehte er sich um. »Treffen Sie sich mit mir am Mittwochabend um halb acht im Oasenrestaurant.«

»Einverstanden!« sagte sie voller Freude. Aber er war schon fort.

Sie brauchten den größten Teil des Morgens, um den Jesushügel zu erreichen. Jakes saß vorn neben dem Fahrer; Vandam und Bogge hatten hinten Platz genommen. Vandam triumphierte. Eine australische Kompanie hatte den Hügel während der Nacht eingenommen und einen deutschen Funkhorchposten erobert, der noch fast intakt war. Es war die erste gute Nachricht, die Vandam seit Monaten gehört hatte.

Jakes drehte sich um und rief, den Lärm des Motors übertönend: »Anscheinend haben die Australier auf Socken angegriffen, um sie zu überraschen. Die meisten Italiener sind in ihren Pyjamas gefangengenommen worden.«

Vandam hatte die Geschichte auch gehört. »Aber die Deutschen schliefen nicht. Es war eine ziemlich böse Sache.«

Sie schlugen die Hauptstraße nach Alexandria ein und dann die Küstenstraße nach El Alamein. Schließlich bogen sie auf einen »Faßweg« ab – einen Pfad durch die Wüste, der mit Fässern markiert war.

Fast der ganze übrige Verkehr bewegte sich, auf dem Rückzug, in die entgegengesetzte Richtung. Niemand hörte, was sich abspielte. Sie hielten an einem Materiallager an, um aufzutanken. Bogge mußte dem zuständigen Offizier gegenüber einen höheren Rang hervorkehren, um einen Gutschein zu bekommen.

Ihr Fahrer erkundigte sich nach der Route zum Hügel. »Faßweg«, sagte der Offizier schroff. Die Wege, von der Armee angelegt, hießen Flasche, Stiefel, Mond und Stern; entsprechende Symbole waren in die leeren Fässer und Benzinkanister an den Pfaden eingeritzt. Nachts stellte man kleine Kerzen in die Fässer, um die Symbole zu beleuchten.

Bogge fragte den Offizier: »Was geht hier draußen vor? Alles scheint zurück nach Osten zu fahren.«

»Keine Ahnung«, antwortete der Offizier.

Sie holten sich eine Tasse Tee und ein Sandwich mit Pökelfleisch vom Betreuungswagen. Auf der Weiterfahrt kamen sie durch ein Gebiet, in dem vor kurzem gekämpft worden war: Sie sahen ausgebrannte Panzer und einen Beerdigungstrupp, der lustlos Leichen einsammelte. Die Fässer verschwanden, aber der Fahrer entdeckte sie an der entlegenen Seite einer Kiesebene wieder.

Gegen Mittag fanden sie den Hügel. Nicht weit entfernt tobte eine Schlacht. Sie konnten die Kanonen hören und Staubwolken sehen, die im Westen aufstiegen. Vandam wurde klar, daß er der Front noch nie so nah gewesen war. Er hatte einen Eindruck von Schmutz, Panik und Verwirrung. Sie meldeten sich am Befehlsfahrzeug und wurden zu den erbeuteten deutschen Funklastwagen geschickt.

Männer des Frontabwehrdienstes waren schon an der Arbeit. Gefangene wurden einzeln in einem kleinen Zelt verhört, während die anderen in der glühenden Sonne warteten. Experten für feindliche Geschütze untersuchten Waffen und Fahrzeuge und notierten sich die Seriennummern der Hersteller. Die Funkaufklärung suchte nach

Hinweisen auf Wellenlängen und Codes. Bogges kleiner Trupp sollte herausfinden, wieviel die Deutschen über die Bewegung der Alliierten erfahren hatten.

Jeder nahm sich einen Lastwagen vor. Wie die meisten Angehörigen des Geheimdienstes verfügte Vandam über ein paar Deutschkenntnisse. Er kannte mehrere hundert Wörter, meist militärische Begriffe, so daß er zwar nicht zwischen einem Liebesbrief und einem Wäscheverzeichnis unterscheiden, wohl aber Armeebefehle und -meldungen lesen konnte. Es gab eine Menge zu untersuchen: Der eroberte Posten war äußerst wertvoll für den Nachrichtendienst. Die meisten Unterlagen würden, in Kisten verpackt, nach Kairo transportiert und dort gründlich von einem großen Team studiert werden müssen. Heute würde man das Material nur vorläufig sichten.

Vandams Lastwagen war übel zugerichtet. Die Deutschen hatten versucht, ihre Papiere zu vernichten, als sie merkten, daß die Schlacht verloren war. Man hatte Kartons geleert und ein kleines Feuer angezündet, doch der Schaden hielt sich in Grenzen. An einem Aktenordner aus Pappe klebte Blut: Jemand war bei der Verteidigung seiner Geheimnisse gestorben.

Vandam machte sich an die Arbeit. Da der Feind wahrscheinlich versucht hatte, die wichtigsten Papiere zuerst zu vernichten, begann er mit den halbverbrannten Unterlagen. Darunter befanden sich viele Funksprüche der Alliierten, die man abgefangen und in manchen Fällen entschlüsselt hatte. Es waren meist Routineangelegenheiten, aber Vandam wurde klar, daß der deutsche Funkabhördienst sehr viele nützliche Informationen auffing. Er war besser, als Vandam sich vorgestellt hatte, und die alliierte Funksicherung war mangelhaft.

Ganz unten in dem halbverbrannten Stoß lag ein Buch, ein Roman in englischer Sprache. Vandam runzelte die

Stirn. Er öffnete das Buch und las die erste Zeile: »Gestern nacht träumte mir, ich sei wieder in Manderley.« Das Buch hieß »Rebecca« und war von Daphne du Maurier. Der Titel schien Vandam nicht völlig unbekannt. Vielleicht hatte seine Frau den Roman gelesen. Er handelte offenbar von einer jungen Frau, die in einem englischen Landhaus lebte.

Vandam kratzte sich den Kopf. Es war, gelinde gesagt, eine merkwürdige Lektüre für das Afrikakorps.

Und wieso in englischer Sprache?

Man konnte es einem gefangenen englischen Soldaten abgenommen haben, doch das hielt Vandam für unwahrscheinlich. Seiner Erfahrung nach lasen Soldaten Pornographie, harte Detektivgeschichten und die Bibel. Irgendwie fiel ihm schwer, sich auszumalen, daß sich die Wüstenratten für die Probleme der Herren von Manderley interessierten.

Nein, das Buch war aus einem bestimmten Grund hier. Aus welchem? Vandam fiel nur ein einzige Möglichkeit ein: Es diente als Code.

Ein Buchcode war eine Variante des Tauschverfahrens. Beim Tauschverfahren wurden Buchstaben und Ziffern in jeweils fünf beliebigen Symbolgruppen auf einen Block gedruckt. Nur zwei Exemplare jedes Blocks existierten; einen hatte der Absender, den anderen der Empfänger der Signale. Jede Seite wurde für eine einzige Botschaft benutzt, dann abgerissen und vernichtet. Da jede Seite nur einmal verwendet wurde, konnte der Code nicht gebrochen werden. Ein Buchcode benutzte die Seiten eines Druckwerkes auf dieselbe Weise – mit der Ausnahme, daß die Seiten nach der Verwendung nicht unbedingt vernichtet wurden.

Es gab einen großen Vorteil, den ein Buch einem Block gegenüber hatte. Der Block war unmißverständlich für Verschlüsselungszwecke bestimmt, während das Buch ganz unverfänglich wirkte. Auf dem Schlachtfeld spielt dies keine Rolle, aber es war wichtig für einen Agenten hinter den feindlichen Linien.

So mochte sich auch erklären, weshalb es sich um ein englisches Buch handelte. Deutsche Soldaten, die einander Funksprüche schickten, würden, wenn überhaupt, ein deutsches Buch benutzen, aber ein Spion auf britischem Gebiet müßte ein englisches Buch bei sich haben.

Vandam untersuchte das Buch eingehender. Der Preis war mit Bleistift auf die Innenseite des Einbandes geschrieben und dann ausradiert worden. Das Buch könnte also aus zweiter Hand gekauft worden sein. Vandam hielt es gegen das Licht und versuchte, die Bleistiftspuren zu entziffern. Er erkannte die Zahl 50, gefolgt von mehreren Buchstaben. War es *eic*? Es könnte auch *erc* oder *esc* sein. Natürlich: *esc* – fünfzig Escudos. Das Buch war in Portugal gekauft worden. Portugal war ein neutrales Gebiet, hatte eine deutsche und eine britische Botschaft und galt als Zentrum zweitrangiger Spionage.

Sobald er nach Kairo zurückkehrte, würde er der Geheimdienstniederlassung in Lissabon einen Bericht schikken. Man könnte die englischen Buchläden in Portugal überprüfen – es waren bestimmt nicht viele – und zu ermitteln versuchen, wo das Buch gekauft worden war und, wenn möglich, von wem.

Wenigstens zwei Exemplare mußten verkauft worden sein, und ein Buchhändler könnte sich an einen solchen Vorfall erinnern. Die interessante Frage war: Wo befand sich das andere Exemplar? Vandam war ziemlich sicher, daß es in Kairo war, und er glaubte auch zu wissen, wer es benutzte. Er beschloß, Oberstleutnant Bogge seinen Fund zu zeigen, hob das Buch auf und stieg aus dem Lastwagen.

Bogge kam ihm entgegen.

Vandam starrte ihn an. Bogges Gesicht war weiß und

wütend, fast hysterisch. Mit einem Blatt Papier in der Hand stapfte er durch den feinen Sand.

Was, zum Teufel, ist mit ihm los? dachte Vandam.

Bogge brüllte: »Was tun Sie eigentlich den ganzen Tag?«

Vandam antwortete nicht. Bogge reichte ihm das Blatt Papier. Es war ein chiffrierter Funkspruch, mit dem entschlüsselten Text zwischen den Zeilen. Die Nachricht war am 3. Juni um Mitternacht abgeschickt worden. Der Absender benutzte das Rufzeichen Sphinx. Nach den üblichen Einleitungen über die Signalstärke folgte die Überschrift UNTERNEHMEN ABERDEEN.

Vandam war wie vom Donner gerührt. Unternehmen Aberdeen hatte am 5. Juni stattgefunden, und die Deutschen hatten am 3. Juni eine Nachricht darüber erhalten.

»Allmächtiger Herrgott«, sagte Vandam, »das ist eine Katastrophe.«

»Natürlich ist's eine verdammte Katastrophe!« schrie Bogge. »Es bedeutet, daß Rommel alle Einzelheiten über unsere Angriffe erfährt, bevor sie überhaupt beginnen!«

Vandam las den Rest der Mitteilung. »Alle Einzelheiten« traf zu. Die Nachricht nannte die betroffenen Brigaden, den Zeitpunkt der verschiedenen Angriffsstadien und beschrieb die Gesamtstrategie.

»Kein Wunder, daß Rommel gewinnt«, murmelte Vandam.

»Hören Sie auf mit Ihren verfluchten Witzen!« kreischte Bogge.

Jakes, begleitet von einem Oberst der australischen Brigade, die den Hügel erobert hatte, erschien an Vandams Seite und sagte: »Entschuldigen Sie, Sir ...«

»Nicht jetzt, Jakes«, unterbrach Vandam.

»Bleiben Sie hier, Jakes«, befahl Bogge. »Dies geht auch Sie an.«

Vandam gab das Blatt an Jakes weiter. Er fühlte sich, als habe ihm jemand einen körperlichen Schlag versetzt. Die Information war so gut, daß sie aus dem Großen Hauptquartier stammen mußte.

»Verdammte Scheiße«, flüsterte Jakes.

Bogge fragte: »Ihnen ist doch klar, daß sie dieses Zeug von einem englischen Offizier kriegen müssen?«

»Ja«, erwiderte Vandam.

»Was soll das heißen: *Ja*? Personalsicherheit ist Ihre Aufgabe, Sie sind für diesen Mist verantwortlich!«

»Das sehe ich ein, Sir.«

»Sehen Sie auch ein, daß der Oberbefehlshaber von einer undichten Stelle dieser Größe erfahren muß?«

Der australische Oberst, der das Ausmaß der Katastrophe nicht einschätzen konnte, war peinlich berührt, weil ein Offizier in der Öffentlichkeit abgekanzelt wurde. Er sagte: »Wir wollen uns die Vorwürfe für später aufheben, Bogge. Ich bezweifle, daß nur ein einzelner schuld hat. Sie müssen zuerst den Umfang des Schadens feststellen und Ihren Vorgesetzten einen vorläufigen Bericht liefern.«

Bogge hatte offensichtlich noch weiter toben wollen, aber er stand dem anderen im Rang nach. Er unterdrückte seinen Zorn mit erkennbarer Mühe und knurrte: »Also gut, an die Arbeit, Vandam.« Dann stolzierte er davon, und der Oberst wandte sich in die entgegengesetzte Richtung.

Vandam ließ sich auf das Trittbrett des Lastwagens sinken. Er zündete sich mit bebenden Fingern eine Zigarette an. Je länger er sie kannte, desto schlimmer erschien ihm die Nachricht. Alex Wolff war nicht nur nach Kairo vorgedrungen und Vandams Netz entgangen, sondern er hatte sogar Einblick in wichtigste Geheimnisse gewonnen.

Wer ist dieser Mann nur? dachte Vandam.

Im Laufe von ein paar Tagen hatte er sein Ziel ausgewählt, seine Vorbereitungen getroffen und die Zielperson dann zum Verrat erpreßt oder bestochen.

Wer war die Zielperson, wer ließ Wolff die Informationen zukommen? Buchstäblich Hunderte von Menschen kannten solche Geheimnisse: die Generäle, ihre Adjutanten, die Sekretärinnen, die schriftliche Nachrichten tippten, die Männer, die Funksprüche verschlüsselten, die Offiziere, die mündliche Botschaften überbrachten, alle Geheimdienstleute, alle Verbindungsoffiziere zwischen den Waffengattungen ...

Irgendwie mußte Wolff einen unter diesen Hunderten von Menschen gefunden haben, der bereit war, sein Land gegen Geld oder aus politischer Überzeugung oder unter dem Druck von Erpressung zu verraten. Natürlich bestand die Möglichkeit, daß Wolff nichts damit zu tun hatte, doch Vandam hielt es für unwahrscheinlich, denn ein Verräter benötigte eine Kommunikationsmöglichkeit mit dem Feind. Wolff hatte eine solche Möglichkeit, und es war schwer zu glauben, daß sich zwei Agenten von Wolffs Kaliber in Kairo befanden.

Jakes stand neben Vandam und wirkte benommen. Der Major sagte: »Diese Informationen erreichen Rommel nicht nur, sondern er setzt sie auch ein. Wenn Sie sich an die Kämpfe am 5. Juni erinnern ...«

»Ja, es war ein Massaker.«

Und es war meine Schuld, dachte Vandam. Bogge hatte recht gehabt: Es war Vandams Aufgabe, die Verbreitung von Geheimnissen zu verhindern, und wenn sie trotzdem verraten wurden, war er verantwortlich.

Ein Mann allein konnte den Krieg nicht gewinnen, aber ein Mann allein konnte ihn verlieren. Vandam wollte nicht zu diesem Mann werden.

Er stand auf. »Also los, Jakes, Sie haben Bogge gehört. An die Arbeit.«

Jakes schnalzte mit den Fingern. »Ich hatte vergessen, weshalb ich mit Ihnen sprechen wollte: Sie werden am

Feldtelefon verlangt. Das Große Hauptquartier ist dran. Anscheinend ist eine Ägypterin in Ihrem Büro, die nicht gehen will, bevor sie mit Ihnen gesprochen hat. Sie behauptet, eine dringende Nachricht zu haben, und läßt sich nicht abwimmeln.«

Elene!

Vielleicht hatte sie Kontakt mit Wolff aufgenommen. Das mußte es sein, denn warum sonst würde sie so sehr auf einem Gespräch mit Vandam bestehen? Er rannte zum Befehlsfahrzeug, Jakes dicht auf den Fersen.

Der Fernmeldemajor reichte ihm den Hörer. »Ein bißchen fix, Vandam, wir brauchen das Ding.«

Vandam hatte für heute genug geschluckt. Er riß den Hörer an sich, musterte den Major aus nächster Nähe und entgegnete mit lauter Stimme: »Ich werde es so lange benutzen wie nötig.« Dann wandte er dem Major den Rücken zu und sprach in die Muschel. »Ja?«

»William?«

»Elene!« Er hätte ihr am liebsten gestanden, wie gern er ihre Stimme hörte, doch statt dessen fragte er: »Was ist geschehen?«

»Er ist in den Laden gekommen.«

»Sie haben ihn gesehen! Haben Sie seine Adresse?«

»Nein – aber ich bin mit ihm verabredet.«

»Gut gemacht!« Vandam war von wilder Freude erfüllt: nun würde er den Hund schnappen. »Wann und wo?«

»Morgen abend, halb acht, im Oasenrestaurant.«

Vandam nahm einen Bleistift und einen Zettel. »Oasenrestaurant, halb acht«, wiederholte er. »Ich werde dort sein.«

»Gut.«

»Elene.«

»Ja?«

»Ich kann Ihnen gar nicht sagen, wie dankbar ich bin.«

»Bis morgen.«

»Auf Wiederhören.« Vandam legte den Hörer auf.

Bogge stand mit dem Fernmeldemajor hinter ihm. »Was fällt Ihnen ein, das Feldtelefon zu benutzen, um sich mit Ihren blöden Freundinnen zu verabreden?«

Vandam lächelte ihm heiter zu. »Das war nicht meine Freundin, sondern eine Informantin. Sie hat Kontakt mit dem Spion aufgenommen. Ich denke, ich kann ihn morgen abend verhaften.«

12

WOLFF BEOBACHTETE SONJA beim Essen. Die Leber war schwach gebraten, hellrot und weich. Sie aß mit Genuß, wie üblich. Ihm ging durch den Kopf, wie sehr sie sich ähnelten. In ihrer Arbeit waren sie beide professionell und höchst erfolgreich. Jeder von ihnen war mit einer schrecklichen Kindheitserfahrung belastet: sie mit dem Tod ihres Vaters, er mit der Wiederverheiratung seiner Mutter in eine arabische Familie. Keiner hatte je an Heirat gedacht, denn sie waren zu sehr von sich selbst eingenommen, um eine andere Person zu lieben. Was sie vereinte, war nicht Liebe, nicht einmal Zuneigung, sondern geteilte Lust. Das wichtigste im Leben war für beide, ihre Instinkte zu befriedigen. Sie wußten, daß Wolff ein geringes, aber unnötiges Risiko auf sich nahm, weil er in einem Restaurant aß, aber beide waren der Meinung, daß das Risiko gerechtfertigt sei, denn ohne gutes Essen wäre für sie das Leben kaum lebenswert gewesen.

Sie aß die Leber auf, und der Kellner brachte Eiskrem als Nachtisch. Sonja hatte nach ihren Vorstellungen im Cha-Cha-Club immer großen Hunger. Das war verständlich, denn sie verbrauchte auf der Bühne sehr viel Energie. Sicher würde sie, wenn sie einmal aufhörte zu tanzen, sehr dick werden. Wolff stellte sich vor, wie sie in zwanzig Jahren aussehen würde: dreifaches Kinn, riesiger Busen, brüchiges, graues Haar. Sie würde sich plattfüßig fortbewegen und außer Atem geraten, wenn sie die Treppe hinaufstieg.

»Worüber lächelst du?« fragte Sonja.

»Ich habe dich als alte Frau vor mir gesehen, mit einem plumpen schwarzen Kleid und einem Schleier.«

»So etwas wird mir nie passieren. Ich werde sehr reich sein und in einem Palast wohnen, umgeben von nackten jungen Männern und Frauen, die sich danach sehnen, meine kleinste Laune zu befriedigen. Und du?«

Wolff grinste. »Ich werde vermutlich Hitlers Botschafter in Ägypten sein und beim Gang in die Moschee eine SS-Uniform tragen.«

»Du würdest deine Stiefel ausziehen müssen.«

»Soll ich dich in deinem Palast besuchen?«

»Ja, aber in Uniform.«

»Müßte ich die Stiefel in deiner Gegenwart ausziehen?«

»Alles andere, aber die Stiefel nicht.«

Sonja war in so guter Stimmung wie selten. Er rief den Kellner, bestellte Kaffee und Brandy und bat um die Rechnung. Dann sagte er zu Sonja: »Es gibt eine gute Nachricht. Ich habe sie mir bis jetzt aufbewahrt. Es könnte sein, daß ich eine neue Fawzi gefunden habe.«

Sie war plötzlich sehr still geworden und blickte ihn konzentriert an. »Wer ist es?« frage sie leise.

»Ich war gestern im Lebensmittelgeschäft: Aristopoulos' Nichte. Sie arbeitet bei ihm.«

»Ein Ladenmädchen!«

»Eine Schönheit. Sie hat ein hübsches, unschuldiges Gesicht und ein ironisches Lächeln.«

»Wie alt?«

»Schwer zu sagen. Um die Zwanzig, denke ich. Sie hat einen so mädchenhaften Körper.«

Sonja leckte sich die Lippen. »Und du glaubst, daß sie ...?«

»Bestimmt. Sie will unbedingt von Aristopoulos loskommen und hat sich mir praktisch an den Hals geworfen.«

»Wann?«

»Ich habe sie für morgen abend zum Dinner eingeladen.«

»Bringst du sie mit nach Hause?«

»Vielleicht. Ich muß erst einmal vorfühlen. Ich möchte nicht durch Eile alles verderben.«

»Du meinst, du willst sie als erster haben.«

»Möglich.«

»Glaubst du, daß sie Jungfrau ist?«

»Kann sein.«

»Wenn sie es ist ...«

»Dann werde ich sie dir zuerst überlassen. Du hast dich so gut um Major Smith gekümmert, daß du eine kleine Belohnung verdienst.«

Wolff lehnte sich zurück und musterte Sonja. Ihr Gesicht zeigte einen deutlichen Ausdruck sexueller Gier. Sie schien sich auszumalen, wie sie das schöne und unschuldige Mädchen verführte. Wolff nahm einen Schluck von seinem Brandy. Wärme breitete sich in seinem Magen aus. Ein großartiges Gefühl: Er war gesättigt von Essen und Wein, seine Mission entwickelte sich erstaunlich gut, und ein neues sexuelles Abenteuer zeichnete sich ab.

Die Rechnung wurde gebracht, und er bezahlte sie mit englischen Pfundnoten.

*

Es war ein kleines, florierendes Restaurant. Ibrahim kümmerte sich um die Verwaltung, und sein Bruder kochte. Sie hatten das Gewerbe in einem französischen Hotel in ihrer Heimat Tunesien erlernt; als ihr Vater gestorben war, hatten sie die Schafe verkauft und waren nach Kairo gekommen, um dort »ein Vermögen« zu machen. Ibrahims Philosophie war unkompliziert: Sie kannten sich nur in der französisch-arabischen Küche aus, deshalb boten sie nichts anderes an. Vielleicht hätten sie mehr Kunden angezogen, wenn die Speisekarte im Fenster auch Spaghetti Bolognese und Roastbeef und Yorkshire Pudding angeboten hätte. Aber diese Gäste wären nicht zurückgekehrt, und außerdem hatte Ibrahim seinen Stolz.

Es war das richtige Rezept. Sie verdienten sehr gut, mehr Geld, als ihr Vater je gesehen hatte. Der Krieg hatte das Geschäft noch verbessert. Doch Ibrahim war durch den Wohlstand nicht unvorsichtig geworden.

Zwei Tage zuvor hatte er mit einem Freund Kaffee getrunken, der als Kassierer im Metropolitan Hotel arbeitete. Der Freund hatte ihm berichtet, daß der britische Generalzahlmeister sich geweigert habe, vier englische Pfundnoten einzuwechseln, die in der Hotelbar eingenommen worden waren. Die Briten hätten behauptet, die Scheine seien gefälscht. Und unfairerweise hätten sie das Geld auch noch konfisziert.

So etwas würde Ibrahim nicht passieren.

Etwa die Hälfte seiner Gäste waren Briten, und viele bezahlten mit Sterling. Seit er die Neuigkeit gehört hatte, untersuchte er jede Pfundnote sorgfältig, bevor er sie in die Kasse legte. Sein Freund vom Metropolitan Hotel hatte ihm beschrieben, woran die Fälschungen zu erkennen seien.

Es war typisch für die Briten. Sie gaben keine öffentliche Erklärung heraus, um die Geschäftsleute von Kairo vor einem Betrug zu bewahren, sondern warteten einfach ab und beschlagnahmten das Falschgeld. Die Geschäftsleute von Kairo waren diese Art Behandlung gewöhnt und hielten zusammen. Ihr Nachrichtensystem funktionierte ausgezeichnet.

Als Ibrahim die gefälschten Scheine von dem hochgewachsenen Europäer erhielt, der zusammen mit der berühmten Bauchtänzerin aß, war er nicht sicher, was er unternehmen sollte. Alle Scheine waren unzerknittert und neu und hatten den gleichen Fehler. Ibrahim verglich sie mit den echten Noten in seiner Kasse: Es gab keinen Zweifel. Sollte er dem Kunden die Sache vielleicht in aller Ruhe erklären? Der Mann konnte beleidigt sein oder zumindest Verärgerung vorschützen, und wahrscheinlich würde er hinausgehen, ohne zu zahlen. Seine Rechnung war hoch – er hatte die teuersten Gerichte und einen Portwein bestellt –, und Ibrahim wollte einen solchen Verlust nicht riskieren.

Er beschloß, die Polizei anzurufen. Sie würde den Gast zurückhalten und ihn vielleicht auffordern, mit einem Scheck zu zahlen oder wenigstens einen Schuldschein zu hinterlassen.

Aber welche Polizei? Die ägyptische Polizei würde wahrscheinlich behaupten, nicht zuständig zu sein. Und sie würde erst in einer Stunde auftauchen und dann eine Bestechungssumme verlangen. Der Gast war vermutlich Engländer – woher hätte er sonst Sterling? Wahrscheinlich ein Offizier. Ibrahim entschied sich, die Militärpolizei anzurufen.

Er trat mit der Brandyflasche an den Tisch der Gäste und lächelte ihnen zu. »Monsieur, Madame, ich hoffe, daß Ihnen die Mahlzeit geschmeckt hat.«

»Es war ausgezeichnet«, sagte der Mann. Er sprach wie ein britischer Offizier.

Ibrahim wandte sich an die Frau. »Es ist eine Ehre, die größte Tänzerin der Welt zu bedienen.«

Sie nickte majestätisch.

»Ich hoffe, daß ich Ihnen auf Kosten des Hauses ein Glas Brandy einschenken darf.«

»Sehr freundlich«, erwiderte der Mann.

Ibrahim füllte ihre Brandygläser und entfernte sich

unter zahlreichen Verbeugungen. Jetzt müßten sie noch eine Weile sitzen bleiben, dachte er. Er schlich sich durch die Hintertür hinaus und lief zu dem Haus eines Nachbarn, der ein Telefon hatte.

*

Wenn ich ein Restaurant besäße, dachte Wolff, würde ich es genauso machen. Die zwei Gläser Brandy kosteten den Wirt im Vergleich zu Wolffs Rechnung verhältnismäßig wenig, doch sie bedeuteten eine freundliche Geste für den Kunden. Wolff hatte oft mit dem Gedanken gespielt, ein Restaurant zu eröffnen, aber er wußte, daß er nicht zu dieser Arbeit taugte. Auch Sonja genoß die besondere Aufmerksamkeit. Sie strahlte über so viel Schmeichelei. Heute nacht im Bett würde sie schlafen wie ein Murmeltier.

Der Wirt war für ein paar Minuten verschwunden und dann zurückgekehrt. Aus dem Augenwinkel sah Wolff, daß der Mann mit dem Kellner flüsterte. Vermutlich unterhielten sie sich über Sonja. Wolff verspürte einen Anflug von Eifersucht. Es gab Restaurants in Kairo, in denen man ihn, wegen seiner hohen Rechnungen und üppigen Trinkgelder, mit Namen kannte und wie einen König begrüßte; aber er hatte es für klüger gehalten, diese Lokale zu meiden – jedenfalls so lange, wie die Briten ihn suchten. Nun überlegte er, ob er es sich leisten konnte, seine Wachsamkeit noch ein wenig mehr zu lockern. Sonja gähnte. Es war Zeit, sie ins Bett zu bringen. Wolff winkte dem Kellner und sagte: »Bitte, holen Sie Madames Umhang.« Der Mann entfernte sich, blieb stehen, um dem Wirt etwas zuzumurmeln, und ging dann zur Garderobe.

Irgendwo in Wolffs Unterbewußtsein erklang eine Alarmglocke, fern und schwach.

Er spielte mit einem Löffel, während sie auf Sonjas

Umhang warteten. Sonja aß noch ein Petit four. Der Wirt ging durch das ganze Restaurant, trat durch die Vordertür auf die Straße und kam wieder herein. Er näherte sich ihrem Tisch und fragte: »Soll ich Ihnen ein Taxi rufen?«

Wolff blickte Sonja an. Sie sagte: »Ist mir egal.«

»Ich könnte etwas frische Luft gebrauchen. Laß uns ein kurzes Stück zu Fuß gehen.«

»Einverstanden.«

Wolff wandte sich an den Wirt. »Kein Taxi.«

»Sehr wohl, Sir.«

Der Kellner brachte Sonjas Umhang. Sein Chef schaute immer wieder zur Tür. Wolff hörte eine zweite, lautere Alarmglocke.

»Ist etwas?« erkundigte er sich.

Der Mann schien bedrückt. »Ich muß ein sehr peinliches Problem ansprechen, Sir.«

Wolff wurde langsam ärgerlich. »Also, was ist denn? Wir wollen nach Hause.«

Ein Fahrzeug hielt draußen vor dem Restaurant.

Wolff packte die Jackenaufschläge des Wirts. »Was soll das alles heißen?«

»Das Geld, mit dem Sie Ihre Rechnung bezahlt haben, Sir, ist nicht in Ordnung.«

»Sie nehmen die Sterling nicht an? Weshalb haben Sie dann nicht ...«

»Daran liegt es nicht, Sir. Das Geld ist gefälscht.«

Die Restauranttür wurde aufgestoßen, und drei Militärpolizisten marschierten herein.

Wolff starrte sie mit offenem Mund an. Alles war so plötzlich geschehen, er konnte kaum Atem schöpfen ... Militärpolizei. Falschgeld. Mit einem Mal hatte er Angst. Man könnte ihn ins Gefängnis stecken. Diese Idioten in Berlin hatten ihm Falschgeld gegeben. Es war zu dumm!

Er schüttelte den Kopf. Im Moment konnte er sich

keinen Gefühlsausbruch leisten. Er mußte ruhig bleiben und versuchen, sich irgendwie aus der Affäre zu ziehen.

Die Militärpolizisten marschierten an seinen Tisch. Zwei waren Briten, der dritte Australier. Sie trugen schwere Stiefel und Stahlhelme, und jeder hatte eine kleine Pistole in seinem Halfter. Einer der Briten fragte: »Ist das der Mann?«

»Einen Moment, bitte«, sagte Wolff und war selbst erstaunt, wie kühl und überlegen seine Stimme klang. »Der Wirt hat mir gerade mitgeteilt, daß mein Geld nicht echt sei. Ich glaube ihm nicht, aber ich bin bereit, ihm entgegenzukommen. Wir können bestimmt eine Regelung finden, mit der er zufrieden ist.« Er warf dem Wirt einen vorwurfsvollen Blick zu. »Es war wirklich nicht nötig, die Polizei zu rufen.«

Der ranghöhere Militärpolizist erklärte: »Es ist strafbar, Falschgeld zu verbreiten.«

»Wissentlich«, korrigierte Wolff. »Es ist strafbar, wissentlich Falschgeld zu verbreiten.« Während er seiner eigenen Stimme zuhörte, wuchs sein Selbstvertrauen. »Also, ich schlage folgendes vor: Hier habe ich mein Scheckbuch und etwas ägyptisches Geld. Ich werde einen Scheck ausschreiben, um die Rechnung zu bezahlen, und meine ägyptischen Scheine als Trinkgeld geben. Morgen werde ich dem britischen Zahlmeister diese angeblichen Fälschungen vorlegen, und wenn sie wirklich nicht echt sind, werde ich sie gern abliefern.« Er lächelte die Militärpolizisten an. »Damit dürften alle zufrieden sein.«

Der Wirt sagte: »Es wäre mir lieber, wenn Sie alles bar bezahlen könnten, Sir.«

Wolff hätte ihm am liebsten ins Gesicht geschlagen. »Ich habe vielleicht genug ägyptisches Geld«, warf Sonja ein.

Gott sei Dank, dachte Wolff.

Sie öffnete ihre Handtasche.

Der Streifenführer sagte: »Trotzdem muß ich Sie bitten, uns zu begleiten, Sir.«

Wolffs Zuversicht verließ ihn wieder. »Weshalb?«

»Wir müssen Ihnen ein paar Fragen stellen.«

»Schön. Besuchen Sie mich doch morgen früh. Ich wohne ...«

»Sie sollen mitkommen. So lautet mein Befehl.«

»Von wem?«

»Vom stellvertretenden Kommandeur der Militärpolizei.«

»Also gut, wie Sie wollen.« Wolff erhob sich. Er merkte, wie die Furcht seinen Armen Kraft verlieh. »Aber morgen früh werden entweder Sie oder Ihr Kommandeur Riesenprobleme haben.« Dann packte er den Tisch und schleuderte ihn auf den Polizisten.

Er hatte seinen Plan in wenigen Sekunden gefaßt und abgewogen. Es war ein kleiner runder Tisch aus massivem Holz. Sein Rand traf den Militärpolizisten am Nasenrücken; der Mann stürzte nach hinten, und der Tisch landete auf ihm.

Tisch und Polizist lagen links von Wolff; zu seiner Rechten stand der Wirt. Sonja saß ihm gegenüber, und die beiden anderen Militärpolizisten standen hinter ihr.

Wolff packte den Wirt und stieß ihn gegen einen der Polizisten. Dann sprang er auf den anderen, den Australier, zu und schlug ihm ins Gesicht. Er wollte an den beiden vorbeikommen und weglaufen. Es ging nicht. Die Militärpolizisten wurden nach Größe, Geschicklichkeit und Roheit ausgewählt. Sie hatten sich daran gewöhnt, es mit Soldaten zu tun zu haben, die durch die Wüste abgehärtet und durch den Alkohol aggressiv waren. Der Australier steckte den Schlag ein, taumelte einen Schritt zurück, ging aber nicht zu Boden. Wolff trat ihm gegen das Knie und schlug ihm nochmals ins Gesicht. Da schob der andere Militärpolizist, einer der Engländer, den Wirt aus dem Weg und zog Wolff mit einem Tritt die Beine weg.

Wolff landete schwer. Sein Brustkasten und seine Wange schlugen auf den Fliesenboden. Das Gesicht schmerzte, er bekam kaum Luft und sah Sterne. Wieder wurde er getreten, diesmal in die Seite; der Schmerz ließ ihn krampfhaft zusammenzucken. Der Militärpolizist sprang auf ihn und trommelte auf seinen Kopf ein. Wolff bemühte sich, den Mann abzuwerfen. Ein anderer setzte sich ihm auf die Füße. Dann sah er, hinter dem Engländer, Sonjas Gesicht, das vor Wut verzerrt war. Sie erinnerte sich wohl an eine andere Prügelszene mit britischen Soldaten. Plötzlich hob sie den Stuhl, auf dem sie gesessen hatte, hoch in die Luft. Der Polizist auf Wolffs Brust merkte etwas und hob die Arme, um den Schlag abzuwehren. Doch sie ließ den schweren Stuhl mit aller Gewalt nach unten krachen. Eine Ecke der Sitzfläche traf den Mund des Polizisten; er schrie laut auf, während Blut von seinen Lippen sprudelte.

Der Australier sprang von Wolffs Füßen hoch, packte Sonja von hinten und hielt ihre Arme fest. Wolff spannte die Muskeln, schleuderte den verletzten Engländer zur Seite und rappelte sich auf.

Er schob die Hand unters Hemd und zog sein Messer. Der Australier stieß Sonja weg, machte einen Schritt nach vorn, sah das Messer und blieb stehen. Er und Wolff starrten einander in die Augen. Wolff sah, wie der Blick des Mannes rasch von seiner Seite zur anderen glitt. Die Hand des Australiers fuhr an die Pistolentasche.

Wolff wirbelte herum und rannte zur Tür. Sein Auge schwoll an; er konnte kaum sehen. Die Tür war geschlossen. Er wollte den Griff packen, verfehlte ihn aber. Er hätte aufschreien mögen. Dann ertastete er den Griff und riß die Tür weit auf. Sie schlug krachend gegen die Wand. Ein Schuß knallte.

Vandam steuerte sein Motorrad mit halsbrecherischer Geschwindigkeit durch die Straßen. Er hatte die Verdunklungsmaske vom Scheinwerfer gerissen – in Kairo wurde die Verdunklung ohnehin kaum ernst genommen – und drückte den Daumen auf die Hupe. Die Straßen waren immer noch voll von Taxis, Gharrys, Armeelastwagen, Eseln und Kamelen. Fußgänger drängten sich auf den Bürgersteigen; die Läden waren durch elektrisches Licht, Öllampen oder Kerzen erleuchtet. Vandam schlängelte sich verwegen durch den Verkehr, achtete nicht auf das wütende Hupen der Autos, die erhobenen Fäuste der Gharry-Fahrer und die Trillerpfeife eines ägyptischen Polizisten.

Der stellvertretende Kommandeur der Militärpolizei hatte ihn zu Hause angerufen. »Ah, Vandam, hatten Sie nicht wegen dieser Blüten Alarm gegeben? Wir sind nämlich gerade von einem Restaurant benachrichtigt worden, in dem ein Europäer versucht ...«

»Wo?«

Der Mann hatte ihm die Adresse genannt, und Vandam war aus dem Haus gestürzt.

Er raste um eine Ecke und ließ seinen Absatz über die staubige Straße schleifen, um Halt zu bekommen. Ihm fiel ein, daß auch andere Europäer etwas von dem Falschgeld besitzen konnten und daß der Mann im Restaurant vielleicht unschuldig war. Vandam hoffte, daß es nicht so war. Er wollte Alex Wolff unbedingt in die Hände bekommen. Wolff hatte ihn überlistet und gedemütigt, ja, er drohte sogar, den Deutschen die Eroberung Ägyptens zu ermöglichen. Aber das war nicht alles. Vandam brannte vor Neugier. Er wollte diesen Wolff sehen, um herauszufinden, wie er sprach und sich benahm. War er gerissen, oder hatte er nur Glück? War er mutig oder tollkühn, entschlossen oder halsstarrig? Hatte er ein gutgeschnittenes Gesicht und ein freundliches Lächeln oder Knopfaugen und ein öliges Grinsen?

Würde er sich zur Wehr setzen oder widerstandslos mitkommen? Vandam wollte all das wissen. Und er hatte eine unbändige Wut.

Er wich einem Schlagloch aus, gab Gas und donnerte eine ruhige Straße entlang. Die angegebene Adresse lag nicht genau im Stadtzentrum, sondern schon in der Nähe der Altstadt. Vandam kannte die Straße, aber nicht das Restaurant. Er bog um zwei weitere Ecken und wäre beinahe auf einen alten Mann geprallt, der auf einem Esel ritt. Dann fand er die Straße, die er gesucht hatte.

Sie war schmal und dunkel, mit hohen Gebäuden zu beiden Seiten. In den Erdgeschossen waren mehrere Schaufenster und einige Hauseingänge. Vandam hielt neben zwei kleinen Jungen an, die in der Gosse spielten, und nannte den Namen des Restaurants. Sie zeigten ihm vage die Richtung.

Vandam fuhr weiter und stoppte kurz, wenn er ein erleuchtetes Fenster sah. Er hatte die Hälfte der Straße hinter sich, als er einen leicht gedämpften Pistolenschuß und das Geräusch von klirrendem Glas hörte. Sein Kopf zuckte herum. Das Licht aus einem zerbrochenen Fenster glitzerte in den Glasscherben, und ein hochgewachsener Mann rannte plötzlich auf die Straße.

Das mußte Wolff sein.

Er lief in die andere Richtung.

Vandam spürte ungezügelte Wildheit in sich aufsteigen. Er gab Gas und raste hinter dem Mann her. Als er an dem Restaurant vorbeikam, tauchte ein Militärpolizist auf und feuerte drei Schüsse ab. Die Schritte des Flüchtenden wurden nicht langsamer.

Vandam fing ihn mit dem Strahl des Scheinwerfers ein. Wolff rannte mit athletischen, gleichmäßigen Bewegungen; seine Arme und Beine pumpten rhythmisch auf und ab. Als der Lichtkegel ihn traf, blickt er über die Schulter zurück, und Vandam sah flüchtig eine Hakennase, ein kräftiges Kinn und einen Schnurrbart über dem keuchenden Mund.

Er hätte den Flüchtling mühelos erschießen können, aber Offiziere des Großen Hauptquartiers trugen keine Waffen.

Das Motorrad holte rasch auf. Als sie fast auf gleicher Höhe waren, bog Wolff plötzlich um eine Ecke. Vandam bremste, und sein Hinterrad rutschte zur Seite; er hatte Mühe, mit der Maschine die Balance zu halten.

Er sah, wie Wolffs Rücken in einer schmalen Gasse verschwand. Ohne das Tempo zu vermindern, bog Vandam um die Ecke. Das Motorrad raste ins Leere. Vandam drehte sich der Magen um. Er glaubte, in eine Grube zu stürzen. Plötzlich erhellte der Scheinwerfer eine Treppe. Das Motorrad schnellte hoch und landete wieder. Vandam bemühte sich verzweifelt, das Vorderrad gerade zu halten. Die Maschine holperte die Stufen mit einer Serie von Stößen hinunter, und bei jedem Stoß war Vandam sicher, die Kontrolle zu verlieren und zu stürzen. Er entdeckte Wolff am Fuß der Treppe.

Vandam ließ die letzte Stufe hinter sich und hatte das Gefühl, unglaubliches Glück gehabt zu haben. Wolff bog um eine andere Ecke, und er folgte ihm. Sie waren in einem Labyrinth von Gassen. Wolff hetzt eine kurze Treppe hinauf.

Verdammt, dachte Vandam.

Er hatte keine Wahl, also beschleunigte er und hielt direkt auf die Stufen zu. Eine Sekunde bevor er die unterste Stufe erreichte, riß er den Lenker mit aller Kraft hoch. Das Vorderrad hüpfte, die Maschine schlug gegen die Stufen und bäumte sich auf, aber er klammerte sich mit aller Kraft fest. Das Motorrad holperte mit wahnsinniger Geschwindigkeit nach oben. Vandam blieb im Sattel und erreichte die oberste Stufe. Er fand sich in einer langen Passage mit hohen Wänden wieder. Wolff war vor ihm und rannte noch immer. Vandam glaubte, ihn einholen zu können, bevor er das Ende der Passage erreichte. Er schoß nach vorn.

Wolff warf einen Blick über die Schulter, lief weiter und sah sich noch einmal um. Vandam merkte, daß er langsamer wurde. Seine Schritte waren nicht mehr stetig und rhythmisch, seine Arme schaukelten, seine Bewegungen wirkten mühsam. Vandam sah an Wolffs Gesicht, wie es vor Anstrengung verzerrt war.

Noch einmal gab Wolff sich einen Ruck, doch es reichte nicht. Vandam holte ihn ein, schob sich vor, bremste scharf und riß den Lenker herum. Das Hinterrad schleuderte, und das Vorderrad krachte gegen die Wand. Vandam sprang aus dem Sattel, bevor die Maschine umstürzte. Er landete auf den Füßen, direkt vor Wolff. Der wußte, daß es sinnlos war weiterzulaufen, denn Vandam war frisch und konnte ihn leicht einholen. Also sprang Wolff über die Maschine und prallte auf Vandam. Dieser, immer noch unsicher auf den Beinen, stolperte zurück und fiel zu Boden. Wolff trippelte und machte einen weiteren Schritt nach vorn. Vandam griff blindlings ins Dunkel, packte Wolffs Ferse und riß sie heftig zurück. Wolff krachte zu Boden.

Der zerbrochene Scheinwerfer tauchte den letzten Teil der Gasse in ein schwaches Licht. Der Motor war abgewürgt, und in der Stille hörte Vandam Wolffs heiseren, abgerissenen Atem. Er konnte sein Gegenüber auch riechen, den Alkohol und den Schweiß, aber das Gesicht konnte er nicht erkennen.

Für den Bruchteil einer Sekunde lagen beide auf dem Pflaster, der eine erschöpft, der andere benommen. Dann rappelten sie sich auf. Vandam warf sich auf Wolff, und sie umklammerten sich.

Wolff war stark. Vandam versuchte, seine Arme festzuhalten, aber es gelang ihm nicht. Plötzlich ließ er los und schlug zu. Seine Faust landete an einer weichen Stelle, und Wolff keuchte auf. Vandam schlug wieder zu und zielte diesmal auf das Gesicht. Wolff wich aus, und die Faust traf ins Leere. Da glänzte in dem trüben Licht etwas auf.

Vandam dachte: ein Messer! Die Klinge schnellte blitzend auf seine Kehle zu. Er zuckte reflexartig zurück. Ein brennender Schmerz überzog seine Wange. Seine Hand fuhr hoch, und er fühlte klebriges, warmes Blut. Plötzlich wurde der Schmerz unerträglich. Er preßte die Finger auf die Wunde und spürte etwas Hartes. Ihm wurde klar, daß er seine eigenen Zähne berührte: Das Messer hatte seine Wange durchschnitten. Dann sackte er zusammen, hörte noch, wie Wolff davonlief, und alles wurde schwarz.

13

WOLFF ZOG SEIN Taschentuch und wischte das Blut von der Klinge. Er musterte das Messer in dem trüben Licht und wischte es noch einmal ab. Während er weiterging, polierte er den schmalen Stahl mit heftigen Bewegungen. Dann warf er das Taschentuch weg und schob das Messer wieder in die Scheide unter seinem Arm. Er bog von der Gasse in eine Straße, orientierte sich und steuerte auf die Altstadt zu.

Unwillkürlich stellte er sich eine Gefängniszelle vor. Sie war einen Meter achtzig lang, einen Meter zwanzig breit, und die Hälfte wurde von einem Bett eingenommen. Unter dem Bett stand ein Nachttopf. Die Wände waren aus glattem, grauem Stein. Eine kleine elektrische Birne hing an einem Draht von der Decke. An einem Ende der Zelle war eine Tür, an dem anderen, knapp über Augenhöhe, ein kleines quadratisches Fenster. Dort konnte er den hellen, blauen Himmel erkennen. Er malte sich aus, morgens aufzuwachen und all dies zu sehen. Was würde er empfinden, wenn er in dieser Zelle säße? Wolff schüttelte den Kopf, um den Alptraum zu verscheuchen. Schließlich war er noch einmal davongekommen. Er merkte, daß einige Leute auf der Straße ihn anstarrten. In einem Schaufenster sah er einen Spiegel und musterte sich. Sein Haar war zerzaust, eine Seite seines Gesichts geschwollen, sein Ärmel zerrissen, und an seinem Kragen klebte Blut. Immer noch keuchte er von der Anstrengung des Laufes und des Kampfes. Wolff dachte: Ich sehe gefährlich aus. Er ging weiter und bog an der nächsten Ecke, ab, um eine indirekte Route einzuschlagen, an den Hauptstraßen vorbei.

Die Trottel in Berlin hatten ihm Falschgeld gegeben! Kein Wunder, daß sie so großzügig waren, schließlich druckten sie es selbst. Es war dermaßen dumm, daß Wolff sich fragte, ob nicht mehr als Dummheit dahintersteckte. Die Abwehr wurde vom Militär, nicht von der Partei geleitet; Canaris, ihr Chef, gehörte nicht zu Hitlers treuesten Anhängern.

Wenn ich wieder in Berlin bin, wird es eine gewaltige Säuberung geben ...

Aber wie war man ihm hier in Kairo auf die Spur gekommen? Er hatte mit vollen Händen Geld ausgegeben. Die Blüten waren verbreitet worden, und die Banken hatten sie entdeckt – nein, nicht die Banken, der Generalzahlmeister. Jedenfalls hatte man begonnen, das Geld zurückzuweisen, und die Sache hatte sich in Kairo herumgesprochen. Der Restaurantbesitzer hatte gemerkt, daß Wolffs Geld gefälscht war, und die Militärpolizei gerufen. Wolff grinste bitter, als ihm einfiel, wie geschmeichelt er über den spendierten Brandy gewesen war.

Der Mann auf dem Motorrad kam ihm in den Sinn. Der Schuft mußte äußerst entschlossen gewesen sein, sonst wäre er mit der Maschine nicht durch all die Gassen und über die Treppen gefahren. Wolff vermutete, daß er unbewaffnet gewesen war, da er sonst bestimmt geschossen hätte. Er hatte auch keinen Stahlhelm getragen, gehörte also nicht zur Militärpolizei. Jemand vom Geheimdienst vielleicht? Möglicherweise sogar Major Vandam?

Wolff hoffte es.

Ich habe den Mann verletzt, dachte er. Wahrscheinlich ist er böse zugerichtet.

Er dachte an das Wichtigste: Die Polizisten hatten Sonja in ihrer Gewalt. Sie würde behaupten Wolff kaum zu kennen, ihn gerade im Cha-Cha-Club getroffen zu haben. Man würde sie nicht lange festhalten können, da sie berühmt war – ein Star, eine Art Heldin für die Ägypter. Aber sie würde ihre Adresse nennen müssen, was bedeutete, daß Wolff nicht zum Hausboot zurückkehren konnte. Er war aber erschöpft, aufgelöst und mit Prellungen übersät. Er mußte sich säubern und ein paar Stunden ausruhen – irgendwo.

Schon einmal war er, von den Engländern gejagt, müde und ziellos durch die Stadt gewandert.

Diesmal würde er bei Abdullah Unterschlupf suchen müssen. Er hatte sich der Altstadt genähert, da er instinktiv ahnte, daß Abdullah seine letzte Hoffnung war. Nun stand er ein paar Schritte von dem Haus des alten Diebes entfernt. Er senkte den Kopf, ging unter dem Torbogen her, einen kurzen dunklen Gang entlang und kletterte die steinerne Wendeltreppe zu Abdullahs Behausung hinauf.

Abdullah saß zusammen mit einem anderen Mann auf dem Boden. Zwischen den beiden stand eine Nargileh, und die Luft war mit würzigem Haschischgeruch geschwängert. Der Dieb blickte zu Wolff auf und verzog das Gesicht zu einem schläfrigen Lächeln. Er sagte auf arabisch: »Yasef, mein Bruder, da ist mein Freund Achmed, auch Alex genannt. Willkommen, Achmed-Alex.« Beide kicherten.

Wolff setzte sich zu ihnen auf den Boden und begrüßte sie auf arabisch.

Abdullah fuhr fort: »Mein Freund Achmed-Alex ist schlau. Fast so schlau wie ein Araber, weil er fast einer ist. Er ist der einzige Europäer, der mich je hereingelegt hat.«

»Das halte ich für unwahr«, sagte Wolff und paßte sich ihrer rauschhaften Sprechweise an. »Ich würde nie versuchen, meinen Freund Abdullah zu betrügen, denn wer kann den Teufel überlisten?«

Yasef lächelte und nickte beifällig über den Scherz. »Hör mir zu, mein Bruder, ich will es dir erklären.« Abdullah runzelte die Stirn: das Rauschgift hemmte seine Konzentration. »Achmed-Alex bat mich, etwas für ihn zu stehlen. Auf diese Weise sollte ich das Risiko auf mich nehmen, und er wollte den Vorteil haben. Natürlich hat er mich nicht so einfach überlistet. Ich stahl den Gegenstand – es war eine Aktentasche – und hatte natürlich vor, ihren Inhalt für mich zu behalten, denn nach den Gesetzen Gottes hat der Dieb ein Recht auf den Erlös seines Verbrechens. Deshalb hätte ich ihn übers Ohr hauen müssen, nicht wahr?«

»Ganz richtig«, entgegnete Yasef, »obwohl ich mich nicht an die Stelle in der Heiligen Schrift erinnern kann, an der steht, daß ein Dieb ein Recht auf den Erlös seines Verbrechens hat. Aber ...«

»Mag sein«, unterbrach Abdullah. »Wovon hatte ich gesprochen?«

Wolff, der noch bei klarem Verstand war, half ihm. »Du hättest mich überlisten müssen, weil du die Tasche selbst geöffnet hast.«

»Stimmt! Aber warte: Die Tasche enthielt nichts von

Wert, also hatte Achmed-Alex mich hereingelegt. Aber warte: Ich ließ mich für den Dienst bezahlen, den ich ihm geleistet hatte; also bekam ich hundert Pfund, und er stand mit leeren Händen da.«

Yasef zog die Brauen hoch. »Dann hast du ihn also wirklich reingelegt.«

»Nein.« Abdullah schüttelte traurig den Kopf. »Er bezahlte mich mit gefälschten Banknoten.«

Yasef und Abdullah starrten einander an und brachen in Gelächter aus. Sie schlugen sich gegenseitig auf die Schulter, stampften mit den Füßen auf den Boden, rollten auf den Kissen umher und lachten, bis ihnen Tränen in die Augen traten.

Wolff zwang sich zu einem Lächeln. Es war genau die Art von Anekdote, die arabischen Geschäftsleuten zusagte. Abdullah würde sie noch jahrelang erzählen. Aber Wolff lief ein Schauder über den Rücken. Auch Abdullah wußte also von den Blüten. Wer noch? Wolff kam es vor, als ob die Meute der Jäger ihn schon umkreist hätte. Und der Kreis wurde mit jedem Tag enger.

Abdullah schien Wolffs Äußeres erst jetzt wahrzunehmen. Sofort zeigte er sich sehr besorgt. »Was ist dir zugestoßen? Hat man dich ausgeraubt?« Er griff nach einer winzigen Silberglocke und läutete. Fast im selben Moment kam eine schläfrige Frau aus dem Nachbarzimmer. »Hol heißes Wasser«, befahl Abdullah. »Bade die Wunden meines Freundes. Gib ihm ein europäisches Hemd und bring ihm einen Kamm. Er braucht Kaffee. Schnell!«

In einem europäischen Haus hätte Wolff protestiert, wenn die Frauen seinetwegen nach Mitternacht geweckt worden wären. Doch hier galt ein solcher Protest als unhöflich. Die Frauen waren dazu da, den Männern zu dienen, und sie würden über Abdullahs gebieterische Forderungen weder überrascht noch verärgert sein.

Wolff erklärte: »Die Briten haben versucht, mich festzunehmen, und ich war gezwungen, mit ihnen zu kämpfen, bevor ich entkommen konnte. Leider wissen sie jetzt, wo ich gewohnt habe, und das ist ein Problem.«

»Ah.« Abdullah zog an der Nargileh und ließ sie herumgehen. Bald spürte Wolff die Wirkung des Haschischs: Er war entspannt, ein wenig schläfrig und konnte nur mühsam nachdenken. Die Zeit schien sich zu dehnen. Zwei von Abdullahs Frauen versorgten ihn, wuschen ihm das Gesicht und kämmten sein Haar. Er genoß ihre Dienste.

Abdullah döste eine Weile, dann öffnete er die Augen und sagte: »Du mußt hierbleiben. Mein Haus gehört dir. Ich werde dich vor den Briten verstecken.«

»Du bist ein wahrer Freund.« Wolff hatte beabsichtigt, Abdullah Geld für sein Versteck anzubieten. Doch Abdullah wußte, daß das Geld nichts taugte, und Wolff hatte überlegt, was er unternehmen könne. Nun würde der Dieb ihn ohne Bezahlung verbergen. Ein wahrer Freund. Aber Abdullah hatte keine Freunde. In seiner Welt gab es nur die Familie, für die er alles tun würde, und die übrigen, für die er nichts tun würde. Wolff fragte sich schläfrig: Wie habe ich diese Sonderbehandlung verdient?

Wieder erklang seine Alarmglocke. Er zwang sich nachzudenken, was wegen des Haschischs nicht leicht war. Abdullah fordert mich auf hierzubleiben. Warum? Weil ich in Schwierigkeiten bin; weil ich sein Freund bin; weil ich ihn überlistet habe.

Weil ich ihn überlistet habe. Die Geschichte war noch nicht beendet. Abdullah wollte die Kette durch einen weiteren Betrug verlängern. Wie? Indem er Wolff an die Briten verriet. Das war es. Sobald Wolff eingeschlafen war, würde Abdullah Major Vandam benachrichtigen. Die Briten würden Wolff verhaften, dem Dieb die Information bezahlen, und die Geschichte würde Abdullah endlich Ehre machen.

Verdammt. Eine der Frauen brachte ein weißes europäisches Hemd. Wolff stand auf und zog sein eigenes zerrissenes und blutiges Hemd aus. Die Frau wandte die Augen von seiner nackten Brust ab.

»Er braucht es noch nicht«, sagte Abdullah. »Gib es ihm morgen früh.«

Wolff nahm der Frau das Hemd ab und schlüpfte hinein.

»Vielleicht wäre es unter deiner Würde, im Haus eines Arabers zu schlafen, mein Freund Achmed?«

»Die Briten haben ein Sprichwort: Wer mit dem Teufel ißt, muß einen langen Löffel benutzen.«

Abdullah grinste und entblößte seinen Metallzahn. Er wußte, daß Wolff seinen Plan erraten hatte. »Fast ein Araber.«

»Auf Wiedersehen, meine Freunde«, sagte Wolff.

»Bis zum nächstenmal«, antwortete Abdullah.

Wolff ging hinaus. Die Nacht war kalt und er fragte sich, wohin er noch gehen könne.

*

Im Lazarett vereiste eine Krankenschwester Vandams Gesicht mit einem Betäubungsmittel, dann nähte Dr. Abuthnot seine Wange mit ihren langen gefühlvollen Fingern. Sie legte einen Schutzverband an und befestigte ihn mit einer langen Bandage, die sie ihm um den Kopf legte.

»Ich muß aussehen wie die Karikatur eines Mannes mit Zahnschmerzen«, sagte er.

Dr. Abuthnot verzog keine Miene. Sie hatte wenig Humor. »Sie werden nicht mehr so fröhlich sein, wenn die Betäubung nachläßt. Ihr Gesicht wird sehr weh tun. Ich werde Ihnen eine Schmerztablette geben.«

»Nein, danke.«

»Spielen Sie nicht den Helden, Major. Sie werden es bedauern.« Er betrachtete sie in ihrem weißen Kittel und den flachen Schuhen und rätselte, wie er sie auch nur ein wenig begehrenswert hatte finden können. Sie war recht angenehm, sogar hübsch, doch gleichzeitig kalt, überlegen und antiseptisch. Nicht ...

Nicht wie Elene.

»Eine Schmerztablette würde mich einschlafen lassen«, sagte er.

»Um so besser. Wenn Sie schlafen, können wir sicher sein, daß die Verletzungen ein paar Stunden lang ungestört heilen.«

»Ich würde gern schlafen, aber ich habe eine wichtige Aufgabe, die sich nicht verschieben läßt.«

»Sie können nicht arbeiten. Eigentlich sollten Sie sich nicht bewegen und so wenig sprechen wie möglich. Der Blutverlust hat Sie geschwächt, und eine Wunde wie diese zieht meistens ein Trauma nach sich. In ein paar Stunden werden Sie die Wirkung spüren. Sie werden schwindelig, erschöpft und verwirrt sein und unter Brechreiz leiden.«

»Mir wird's noch schlechter gehen, wenn die Deutschen Kairo erobern«, murmelte Vandam und erhob sich.

Dr. Abuthnot schien verärgert. Doch sie war sich nicht sicher, wie sie offenem Ungehorsam begegnen sollte. »Sie sind albern.«

»Schon möglich. Kann ich essen?«

»Nein. Nehmen Sie Traubenzucker zu sich, in warmem Wasser aufgelöst.«

Vielleicht versuche ich es mit warmem Gin, dachte Vandam. Er schüttelte ihr die Hand. Sie war kalt und trocken.

Jakes wartete vor dem Lazarett mit einem Wagen. »Ich wußte, daß man Sie nicht lange festhalten könnte, Sir. Soll ich Sie nach Hause fahren?«

»Nein.« Vandams Armbanduhr war stehengeblieben. »Wie spät ist es?«

»Fünf nach zwei.«

»Ich nehme an, daß Wolff nicht allein gegessen hat.«

»Nein, Sir. Seine Begleiterin wurde festgenommen und ist im Großen Hauptquartier.«

»Fahren Sie mich dorthin.«

»Wenn Sie sicher sind ...«

»Ja.«

Der Wagen setzte sich in Bewegung. Vandam fragte: »Haben Sie unsere Vorgesetzten verständigt?«

»Über die Ereignisse dieses Abends? Nein, Sir.«

»Gut. Morgen ist es noch früh genug.« Vandam sprach nicht aus, was sie beide wußten: daß ihre Abteilung, die schon in Ungnade gefallen war, weil sie Wolffs Arbeit zugelassen hatte, sich nun, da er ihr entschlüpft war, vollends mit Schande bedeckt hatte.

»Wer war Wolffs Begleiterin?« erkundigte sich Vandam.

»Etwas ganz Besonderes. Sie heißt Sonja.«

»Die Tänzerin?«

»Keine geringere.«

Sie fuhren schweigend weiter. Wolff mußte ein kaltblütiger Bursche sein, wenn er mit der berühmtesten Bauchtänzerin Ägyptens ausging und zwischendurch britische Militärgeheimnisse stahl. Aber nun durfte er etwas nervöser geworden sein. Doch das war nicht unbedingt ein Vorteil für die Briten. Der Vorfall hatte ihn gewarnt, daß man ihm auf der Spur war, und er würde von nun an vorsichtiger sein. Es kam nicht darauf an, Spione zu erschrekken, sondern nur darauf, sie zu fangen. Sie erreichten das Große Hauptquartier und stiegen aus dem Wagen. Vandam fragte: »Was ist seit ihrer Ankunft mit ihr angestellt worden?«

»Wir haben ihr die kalte Schulter gezeigt«, sagte Jakes. »Eine nackte Zelle, nichts zu essen, nichts zu trinken, keine Fragen.«

»Gut.« Trotzdem war es schade, daß man ihr Zeit gegeben hatte, sich zu sammeln. Vandam wußte von den

Verhören Kriegsgefangener, daß die besten Ergebnisse unmittelbar nach der Gefangennahme erzielt wurden, wenn die Feinde noch Angst hatten, getötet zu werden.

Vandam hätte Sonja sofort nach dem Kampf in dem Restaurant verhören sollen. Da dies unmöglich gewesen war, schien es die zweitbeste Lösung, sie zu isolieren und nicht mit ihr zu reden, bis er eintraf.

Jakes ging über einen Flur voran zum Vernehmungszimmer. Vandam blickte durch den Spion. Es war ein quadratischer Raum ohne Fenster, aber hell von elektrischem Licht erleuchtet. Ein Tisch mit einem Aschenbecher darauf, zwei Stühle mit gerader Lehne. An einer Seite war eine türlose Nische mit einer Toilette.

Sonja saß, der Tür gegenüber, auf einem Stuhl. Jakes hat recht, dachte Vandam, sie ist etwas Besonderes. Aber sie war durchaus nicht hübsch, sondern erinnerte mit ihrem üppigen Körper und den kräftigen, wohlproportionierten Zügen an eine Amazone. Junge Ägypterinnen waren im allgemeinen schlank, langbeinig und anmutig. Sonja glich eher – Vandam runzelte die Stirn und überlegte – einer Tigerin. Sie trug ein langes hellgelbes Kleid, das Vandam zu grell schien, im Cha-Cha-Club aber durchaus *à la mode* sein dürfte. Er beobachtete sie ein, zwei Minuten lang. Sie saß ganz ruhig da, ohne zu zappeln oder die kahle Zelle mit nervösen Blicken zu mustern, ohne zu rauchen oder auf den Nägeln zu kauen. Vandam dachte: Das wird eine harte Nuß. Plötzlich änderte sich ihre Miene, sie erhob sich und ging auf und ab. Doch nicht so hart, sagte sich Vandam.

Er öffnete die Tür und trat ein.

Wortlos setzte er sich an den Tisch. Sie blieb stehen, so als ob sie Angst habe. Den ersten Punkt für mich, dachte Vandam. Er hörte, wie Jakes hinter ihm hereinkam und die Tür schloß. Dann blickte er zu Sonja auf. »Setzen Sie sich.«

Sie starrte ihn an, und ein Lächeln glitt über ihr Gesicht. Sie zeigte auf seinen Verband. »Hat er das getan?«

Den zweiten Punkt für sie.

»Setzen Sie sich.«

»Vielen Dank.« Sie nahm Platz.

»Wer ist ›er‹?«

»Alex Wolff, der Mann, den Sie heute abend verprügeln wollten.«

»Und wer ist Alex Wolff?«

»Ein reicher Besucher des Cha-Cha-Clubs.«

»Wie lange kennen Sie ihn schon?«

Sonja blickte auf ihre Armbanduhr. »Fünf Stunden.«

»Wie haben Sie ihn kennengelernt?«

»Auf die übliche Art. Nach meinem Auftritt brachte ein Kellner mir eine Einladung, mich an Mr. Wolffs Tisch zu setzen.«

»Welcher war es?«

»Welcher Tisch?«

»Welcher Kellner.«

»Ich entsinne mich nicht.«

»Erzählen Sie weiter.«

»Mr. Wolff gab mir ein Glas Champagner und bat mich, mit ihm zu Abend zu essen. Ich war einverstanden, wir fuhren zu dem Restaurant, und den Rest kennen Sie.«

»Setzen Sie sich nach Ihrem Auftritt immer an den Tisch von Zuschauern.«

»Ja, das ist so Brauch.«

»Gehen Sie gewöhnlich mit ihnen zum Abendessen?«

»Manchmal.«

»Weshalb waren Sie diesmal einverstanden?«

»Mr. Wolff schien ein außergewöhnlicher Mann zu sein.« Sie betrachtete Vandams Verband von neuem und grinste. »Das war er tatsächlich.«

»Wie lautet Ihr voller Name?«

»Sonja el-Aram.«
»Adresse?«
»*Jihan,* Samalek. Es ist ein Hausboot.«
»Alter?«
»Wie unhöflich.«
»Alter.«
»Ich weigere mich zu antworten.«
»Sie begeben sich auf gefährliches Gebiet ...«

»Nein, *Sie* begeben sich auf gefährliches Gebiet.« Sie überraschte Vandam, indem sie plötzlich ihre Gefühle zeigte, und ihm wurde klar, daß sie bis dahin ihre Wut nur unterdrückt hatte. Sonja schüttelte einen Finger vor seinem Gesicht hin und her. »Wenigstens zehn Menschen haben gesehen, wie ihre uniformierten Schläger mich in dem Restaurant festgenommen haben. Bis morgen Mittag wird halb Kairo wissen, daß die Briten Sonja ins Gefängnis gesteckt haben. Wenn ich morgen abend nicht im Cha-Cha auftrete, gibt es einen Aufstand. Mein Volk wird die Stadt niederbrennen. Sie werden Truppen aus der Wüste zurückziehen müssen, um die Kontrolle zu behalten. Und wenn ich hier mit einer einzigen Quetschung oder einem Kratzer herauskomme, werde ich sie der Welt morgen abend auf der Bühne zeigen, und das Ergebnis wird das gleiche sein. Nein, Mister, nicht ich bin auf gefährlichem Gebiet.«

Vandam betrachtete sie während der Tirade, ohne eine Miene zu verziehen, und sprach weiter, als habe sie nichts Wichtiges gesagt. Er mußte ihre Worte ignorieren, weil sie recht hatte.

»Fangen wir noch einmal von vorn an«, schlug er mit ruhiger Stimme vor. »Sie behaupten, Wolff im Cha-Cha-Club kennengelernt ...«

»Nein«, unterbrach sie. »Wir fangen nicht noch einmal von vorn an. Ich werde kooperieren und Ihre Fragen beantworten, aber ich lasse mich nicht verhören.« Sie stand auf, drehte ihren Stuhl um und setzte sich mit dem Rükken zu Vandam. Er starrte ihren Hinterkopf ein paar Sekunden lang an. Sie hatte ihn sehr geschickt ausmanövriert. Er ärgerte sich, doch gleichzeitig bewunderte er sie im stillen. Er stand auf und verließ das Zimmer. Jakes folgte ihm.

Auf dem Flur fragte Jakes: »Was meinen Sie?«

»Wir müssen sie gehen lassen.«

Jakes entfernte sich, um die entsprechenden Anweisungen zu geben. Während er wartete, dachte Vandam über Sonja nach. Woher hatte sie die Kraft gehabt, sich ihm zu widersetzen? Ob ihre Geschichte stimmte oder nicht, sie hätte erschrocken, eingeschüchtert und letztes Endes gefügig sein müssen.

Er überdachte das Gespräch noch einmal. Die Frage nach ihrem Alter hatte sie rebellieren lassen. Ihr Talent hatte ihr offenbar ermöglicht, länger aufzutreten als eine durchschnittliche Tänzerin; vielleicht fürchtete sie sich deshalb vor den verstreichenden Jahren. Hier bot sich kein Anhaltspunkt. Ihre Miene war ruhig und ausdruckslos gewesen, abgesehen davon, daß sie über seine Verletzung gelächelt hatte. Am Ende hatte sie sich einen Gefühlsausbruch gestattet. Aber sogar dann hatte sie ihren Zorn gesteuert, war nicht von ihm beherrscht worden. Er erinnerte sich an ihr Gesicht, während sie tobte. Was hatte *er* dort gesehen? Nicht nur Zorn, schließlich begriff er: Es war Haß gewesen.

Sie haßte ihn. Dabei war er für sie nur ein unbekannter britischer Offizier. Also mußte sie die Briten hassen. Und ihr Haß hatte ihr Kraft verliehen.

Plötzlich war Vandam müde. Er setzte sich schwer auf eine Bank im Flur. Woher sollte er Kraft bekommen? Kühl überlegte er, was auf dem Spiel stand. Er stellte sich die Deutschen vor, wie sie nach Kairo einmarschierten, die Gestapo auf den Straßen, die ägyptischen Juden, die in Konzentrationslager getrieben wurden, die faschistische Propaganda im Rundfunk ...

Die Betäubung seines Gesichts ließ nach. Er spürte eine scharfe Linie des Schmerzes wie eine Verbrennung auf der Wange. Außerdem hatte er Kopfschmerzen. Er hoffte, daß Jakes nicht so bald zurückkehren werde, damit er noch ein bißchen länger auf der Bank sitzen konnte.

Vandam dachte an Billy. Er wollte nicht, daß der Junge ihn beim Frühstück vermißte. Vielleicht bleibe ich bis zum Morgen wach, bringe ihn zur Schule, fahre nach Hause und schlafe mich aus, überlegte er. Wie würde Billys Leben unter den Nazis aussehen? Sie würden ihm beibringen, die Araber zu verachten. Seine jetzigen Lehrer waren keine großen Bewunderer der afrikanischen Kultur, aber wenigstens konnte Vandam seinem Sohn zu der Erkenntnis verhelfen, daß Menschen, die anders waren, nicht notwendig dumm sein mußten. Ihm fiel Elene ein. Sie ließ sich aushalten, aber wenigstens konnte sie ihre Liebhaber wählen, und wenn ihr nicht gefiel, was sie im Bett anstellen wollten, konnte sie sie hinauswerfen. In dem Bordell eines Konzentrationslagers würde sie diese Wahl nicht haben ... Es schauderte ihn.

Ja, wir sind nicht gerade großartig, schon gar nicht in unseren Kolonien, aber die Nazis sind noch schlimmer, ob die Ägypter es wissen oder nicht. Dafür lohnt es sich zu kämpfen. In England macht die Menschlichkeit allmählich Fortschritte, in Deutschland wird sie zurückgedrängt.

Er stand auf.

Jakes kam zurück.

»Sie ist anglophob«, sagte Vandam.

»Bitte, Sir?«

»Sonja. Sie haßt die Briten. Ich glaube nicht, daß Wolff eine Zufallsbekanntschaft ist. Los.«

Sie verließen zusammen das Gebäude. Draußen war es immer noch dunkel. Jakes meinte: »Sir, Sie sind sehr müde ...«

»Ja, ich bin sehr müde, aber ich kann noch klar denken, Jakes. Fahren Sie mich zur Hauptpolizeiwache.«

»Jawohl, Sir.«

Sie starteten. Vandam gab Jakes sein Zigarettenetui und sein Feuerzeug; der Mann steuerte mit einer Hand, während er die Zigarette anzündete. Jakes reichte ihm die brennende Zigarette. Am liebsten hätte ich auch einen Martini, dachte Vandam.

Jakes bremste vor dem Polizeihauptquartier. Vandam sagte: »Wir brauchen den Chef der Kriminalpolizei.«

»Ich glaube nicht, daß er jetzt da ist ...«

»Nein. Lassen Sie sich seine Adresse geben. Wir werden ihn aufwecken.«

Jakes betrat das Gebäude. Vandam starrte durch die Windschutzscheibe. Die Morgendämmerung zog herauf. Der Himmel war nun eher grau als schwarz. Ein paar Menschen waren schon auf den Straßen. Er sah einen Mann, der zwei mit Gemüse beladene Esel führte, wahrscheinlich zum Markt. Die Muezzins hatten noch nicht zum ersten Gebet des Tages gerufen.

Dann kehrte Jakes zurück. »Gezira«, murmelte er, während er den Gang einlegte und Gas gab.

Vandam dachte über seinen Untergebenen nach. Jemand hatte ihm erzählt, daß Jakes einen prächtigen Humor habe. Vandam hatte ihn immer als zuvorkommend und munter eingeschätzt, aber er hatte nie ein Zeichen echten Humors bemerkt. Bin ich ein solcher Tyrann, daß meine Leute in meiner Gegenwart Angst haben, einen Witz zu machen? Niemand bringt mich je zum Lachen. Außer Elene.

»*Mir* erzählen sie nie Witze, Jakes.«

»Sir?«

»Sie sollen einen prächtigen Humor haben, aber mir erzählen Sie nie Witze.«

»Nein, Sir.«

»Könnten Sie ganz ehrlich sein und mir sagen, weshalb nicht?«

Nach einer Pause erwiderte Jakes: »Sie laden nicht zu Vertraulichkeiten ein, Sir.«

Vandam nickte. »Sehr taktvoll ausgedrückt, Jakes. Das Thema ist beendet.«

Die Sache mit Wolff geht mir zu nahe, dachte er. Vielleicht tauge ich gar nicht zu meiner Arbeit, und vielleicht tauge ich zu gar nichts. Außerdem schmerzt mein Gesicht.

Sie überquerten die Brücke zur Insel. Der Himmel war nicht mehr schiefergrau, sondern perlfarbig. Jakes räusperte sich. »Ich möchte Ihnen gern sagen, Sir, daß Sie – wenn Sie mir das Urteil gestatten – bei weitem der beste Vorgesetzte sind, den ich je hatte.«

»Oh.« Vandam war verblüfft. »Du lieber Himmel. Tja, vielen Dank, Jakes. Vielen Dank.«

»Keine Ursache, Sir. Wir sind da.«

Er parkte den Wagen vor einem hübschen kleinen Haus mit einem gutbewässerten Garten. Vandam vermutete, daß der Chef der Kriminalpolizei von seinen Bestechungsgeldern ganz gut leben konnte.

Sie gingen den Pfad hinauf und hämmerten an die Tür. Nach ein bis zwei Minuten erschien ein Kopf am Fenster und sagte etwas auf arabisch.

Jakes setzte seine Feldwebelstimme auf. »Militärischer Geheimdienst – öffnen Sie die verdammte Tür!«

Eine Minute später machte ein kleiner gutaussehender Araber die Tür auf. Während er immer noch an seinem Hosengürtel hantierte, fragte er auf englisch: »Was ist los?«

Vandam nahm die Sache in die Hand. »Ein dringender Fall. Würden Sie uns bitte einlassen?«

»Natürlich.« Der Beamte gab die Tür frei, und sie traten ein. Er führte sie in ein schmales Wohnzimmer. »Was ist passiert?« Er schien verängstigt, und Vandam dachte:

Wer wäre das nicht, wenn mitten in der Nacht an die Tür geklopft wird ...

»Kein Grund zur Panik«, beruhigte Vandam. »Aber wir möchten, daß Sie jemanden überwachen lassen, und zwar sofort.«

»Sicher. Bitte, nehmen Sie Platz.« Der Beamte, ein Detektiv, suchte sich sein Notizbuch und einen Bleistift. »Um wen geht's?«

»Sonja el-Aram.«

»Die Tänzerin?«

»Ja. Ich möchte, daß ihr Heim, das Hausboot *Jihan* in Samalek, rund um die Uhr beobachtet wird.«

Während der Beamte die Einzelheiten niederschrieb, wünschte sich Vandam, auf die ägyptische Polizei verzichten zu können. Aber er hatte keine Wahl: In einem afrikanischen Land war es unmöglich, weiße, englischsprechende Männer bei Überwachungen einzusetzen.

»Um was für ein Verbrechen handelt es sich?« wollte der Detektiv wissen.

Das werde ich dir bestimmt nicht erzählen, dachte Vandam. »Wir glauben, daß sie mit jemandem unter einer Decke steckt, der gefälschte Pfundnoten in Kairo verbreitet.«

»Sie möchten also erfahren, wer kommt und geht, ob die Besucher etwas bei sich haben, ob Treffen an Bord des Hausbootes abgehalten werden ...«

»Ja. Und an einem Mann sind wir besonders interessiert. Er heißt Alex Wolff und wird als der Messermörder von Assiut verdächtigt. Sie müßten seine Beschreibung schon haben.«

»Natürlich. Tägliche Berichte?«

»Ja, aber wenn Wolff gesehen wird, möchte ich sofort unterrichtet werden. Sie können Captain Jakes oder mich tagsüber im Großen Hauptquartier erreichen. Geben Sie ihm unsere privaten Telefonnummern, Jakes.«

»Ich kenne diese Hausboote«, meinte der Detektiv. »Der Treidelpfad wird gern zu Abendspaziergängen benutzt, besonders von Liebespaaren.«

»Das stimmt«, warf Jakes ein.

Vandam zog eine Augenbraue hoch.

Der Beamte fuhr fort: »Kein schlechter Platz für einen Bettler. Niemand würde einen Bettler zur Kenntnis nehmen. Nachts ... nun, es gibt dort Büsche, auch sehr beliebt bei jungen Paaren.«

»Stimmt das, Jakes?« fragte Vandam.

»Keine Ahnung, Sir.« Jakes merkte, daß Vandam sich über ihn lustig machte, und lächelte. Er reichte dem Araber ein Stück Papier mit den Telefonnummern. Ein kleiner Junge trat ins Zimmer und rieb sich die Augen. Er blickte sich schläfrig um und ging dann auf den Detektiv zu.

»Mein Sohn«, sagte der Beamte stolz.

»Ich glaube, wir können jetzt weiterfahren«, erklärte Vandam. »Oder möchten Sie, daß wir Sie in der Stadt absetzen?«

»Nein, danke, ich habe einen Wagen.«

»In Ordnung, aber beeilen Sie sich.« Vandam stand auf. Plötzlich verschwamm ihm alles vor den Augen. Er merkte, daß er das Gleichgewicht verlor. Sofort war Jakes neben ihm und packte seinen Arm.

»Fühlen Sie sich nicht wohl, Sir?«

Langsam kehrte sein Sehvermögen zurück. »Es geht schon besser.«

»Sie haben eine schlimme Verletzung«, kommentierte der Kriminalbeamte mitfühlend.

Sie gingen zur Tür. Der Detektiv sagte: »Meine Herren, ich versichere Ihnen, daß ich mich persönlich um diese Überwachung kümmern werde. Niemand wird auch nur eine Maus an Bord des Bootes schmuggeln, ohne daß Sie davon erfahren.« Er hatte den kleinen Jungen auf den Arm genommen.

»Auf Wiedersehen.« Vandam schüttelte ihm die Hand. »Übrigens, ich bin Major Vandam.«

Der Detektiv machte eine kleine Verbeugung. »Inspektor Kemel, zu Ihren Diensten, Sir.«

14

SONJA GRÜBELTE. EIGENTLICH hatte sie erwartet, Wolff im Hausboot vorzufinden, als sie kurz vor dem Morgengrauen zurückkehrte. Doch das Boot war kalt und leer gewesen. Sie wußte nicht, was sie davon halten sollte. Als sie festgenommen wurde, war sie auf Wolff wütend gewesen, weil er geflüchtet war und sie den britischen Schlägern ausgeliefert hatte. Sie hatte große Angst vor dem gehabt, was man ihr antun könnte. Wolff hätte bleiben müssen, um sie zu verteidigen, hatte sie gedacht. Doch dann hatte sie eingesehen, daß dies unklug gewesen wäre. Denn dadurch, daß er sie im Stich ließ, hatte er den Verdacht von ihr abgelenkt. Es war nicht leicht, sich damit abzufinden, aber es war die beste Lösung. Während sie in dem kahlen kleinen Raum im Großen Hauptquartier saß, hatte sich ihre Wut von Wolff abgewendet und auf die Briten gerichtet.

Sie hatte sich nicht einschüchtern lassen, und die Briten hatten einen Rückzieher gemacht.

Zunächst war sie nicht sicher gewesen, daß es sich bei dem Mann, der sie verhörte, um Major Vandam handelte, aber später, als man sie freiließ, war dem Beamten der Name entschlüpft. Die Bestätigung hatte ihr Spaß gemacht. Sie lächelte wieder, als sie an den grotesken Verband auf Vandams Gesicht dachte. Wolff mußte ihn mit dem Messer verletzt haben. Er hätte ihn töten sollen.

Wo mochte Wolff jetzt sein? Wahrscheinlich hatte er irgendwo in der Stadt Unterschlupf gefunden. Er würde auftauchen, wenn die Luft rein war. Sie konnte nichts für ihn tun, aber sie hätte sich gefreut, ihn bei sich zu haben und den Triumph mit ihm zu teilen.

Sonja zog ihr Nachthemd an. Sie hätte sich hinlegen sollen, doch sie war nicht müde. Vielleicht würde ein Drink ihr helfen. Sie nahm eine Flasche Scotch, goß etwas Whisky in ein Glas und gab Wasser hinzu. Als sie den ersten Schluck nahm, hörte sie Schritte auf dem Steg. Ohne zu überlegen, rief sie: »Achmed ...?« Dann merkte sie, daß die Schritte zu leicht und schnell waren. Sie stand im Nachthemd, mit dem Getränk in der Hand, am Fuß der Leiter. Die Luke wurde hochgehoben, und ein arabisches Gesicht blickte herein.

»Sonja?«

»Ja ...«

»Sie haben wohl jemand anderen erwartet.« Der Mann kletterte die Leiter herunter. Sonja beobachtete ihn. Er setzte den Fuß von der Leiter und stand vor ihr: ein kleiner Mann mit einem gutgeschnittenen Gesicht. Er trug europäische Kleidung; eine dunkle Hose, glänzende schwarze Schuhe und ein weißes Hemd mit kurzen Ärmeln. »Ich bin Kriminalinspektor Kemel. Es ist mir eine Ehre, Sie kennenzulernen.« Der Mann hielt ihr die Hand hin.

Sonja drehte sich um, schritt hinüber zum Diwan und setzte sich. Sie hatte geglaubt, die Polizei abgewimmelt zu haben. Nun mischten sich auch noch die Ägypter ein. Aber wahrscheinlich würde sich mit einer Bestechungssumme alles regeln lassen. Sie nahm einen Schluck von ihrem Whisky und starrte Kemel an. Schließlich fragte sie: »Was wollen Sie?«

Kemel nahm unaufgefordert Platz. »Ich interessiere mich für Ihren Freund Alex Wolff.«

»Er ist nicht mein Freund.«

Der Beamte achtete nicht auf ihren Einwand. »Die Briten haben mir zwei Dinge über Mr. Wolff berichtet: erstens, daß er einen Soldaten in Assiut erstochen hat; zweitens, daß er versucht hat, mit gefälschten englischen Banknoten in einem Restaurant in Kairo zu bezahlen. Die Geschichte klingt etwas seltsam. Weshalb war er in Assiut? Warum hat er den Soldaten ermordet? Und woher hat er das Falschgeld?«

»Ich weiß überhaupt nichts von dem Mann«, sagte Sonja und hoffte, daß Wolff noch nicht zurückkehrte.

»Aber ich«, erklärte Kemel. »Ich habe Informationen, über die die Briten vielleicht noch nicht verfügen. Ich weiß, wer Alex Wolff ist. Sein Stiefvater war Anwalt hier in Kairo, seine Mutter war Deutsche. Außerdem weiß ich, daß Wolff Nationalist ist, daß er Ihr Liebhaber war und daß Sie Nationalistin sind.«

Sonja lief es kalt über den Rücken. Sie saß still da, rührte ihr Getränk nicht an und lauschte dem durchtriebenen Detektiv, während er die Beweise gegen sie vorbrachte.

»Woher hat er das Falschgeld?« fuhr Kemel fort. »Nicht aus Ägypten. Ich glaube nicht, daß es einen Drukker in Ägypten gibt, der das herstellen könnte; und wenn es einen gäbe, würde er ägyptische Scheine drucken. Also stammt das Geld aus Europa. Nun ist Wolff, auch als Achmed Rahmha bekannt, vor zwei Jahren still und leise verschwunden. Wohin? Nach Europa? Er ist zurückgekehrt – über Assiut. Warum? Wollte er sich unbemerkt in das Land einschleichen? Vielleicht tat er sich mit einer englischen Fälscherbande zusammen und ist nun mit seinem Anteil zurückgekommen. Aber das kann ich mir nicht vorstellen, denn er ist kein armer Mann und kein Verbrecher. Worin besteht also sein Geheimnis?«

Er weiß es, dachte Sonja. Lieber Gott, er weiß es.

»Die Briten haben mich aufgefordert, dieses Hausboot

überwachen zu lassen und ihnen über jeden Bericht zu erstatten, der kommt oder geht. Sie hoffen, daß Wolff hierherkommt. Dann werden sie ihn verhaften und sich alle ihre Fragen beantworten lassen.«

Das Boot wird überwacht! Er konnte nie mehr zurückkehren. Aber – aber weshalb erzählt Kemel mir das alles?

»Der Schlüssel liegt, glaube ich, in Wolffs Herkunft: Er ist gleichzeitig Deutscher und Ägypter.« Kemel stand auf, durchquerte das Boot, setzte sich neben Sonja und schaute ihr ins Gesicht: »Ich glaube, daß er in diesem Krieg kämpft, für Deutschland und für Ägypten. Das Falschgeld dürfte von den Deutschen kommen, und Wolff ist ein Spion.«

Sonja dachte: Aber du weißt nicht, wo du ihn finden kannst. Deshalb bist du hier. Kemel starrte sie an. Sie wandte den Blick ab, weil sie Angst hatte, er könnte ihre Gedanken lesen.

»Wenn er ein Spion ist, kann ich ihn fangen«, sagte Kemel. »Oder ich kann ihn retten.«

Sie warf den Kopf herum. »Was soll das heißen?«

»Ich möchte ihn treffen. Heimlich.«

»Aber warum?«

Kemel setzte sein schlaues, wissendes Lächeln auf. »Sonja, Sie sind nicht die einzige, die will, daß Ägypten frei ist. Es gibt noch viele andere. Wir wollen, daß die Briten besiegt werden, und für uns ist unwichtig, wer sie besiegt. Wir möchten mit den Deutschen zusammenarbeiten. Deshalb müssen wir mit ihnen Kontakt aufnehmen und mit Rommel sprechen.«

»Und Sie meinen, daß Achmed Ihnen helfen kann?«

»Wenn er ein Spion ist, muß er eine Möglichkeit haben, den Deutschen Nachrichten zu übermitteln.«

Sonja war nicht fähig, ihre Gedanken zu ordnen. Kemel hatte sich von einem Ankläger in einen Mitverschwörer verwandelt. Aber wenn es nun eine Falle war? Sie wußte nicht, ob sie ihm trauen konnte, und sie hatte keine Zeit, darüber nachzudenken. Da sie zu keinem Schluß kommen konnte, antwortete sie nicht.

Kemel hakte vorsichtig nach: »Können Sie eine Begegnung arrangieren?«

Eine solche Entscheidung ließ sich nicht spontan fällen. »Nein.«

»Vergessen Sie nicht, daß das Hausboot überwacht wird. Die Berichte treffen bei mir ein, bevor sie an Major Vandam weitergegeben werden. Wenn Sie also diese Begegnung arrangieren könnten, würde ich meinerseits dafür sorgen, daß die Berichte an Vandam gründlich überprüft werden und nichts ... Peinliches enthalten.«

Daran hatte Sonja nicht mehr gedacht. Wenn Wolff irgendwann zurückkam, würden die Beobachter Meldung machen und Vandam würde es erfahren, falls Kemel sich nicht einschaltete. Das änderte die Situation. Sie hatte keine Wahl. »Ich werde ein Treffen arrangieren.«

»Gut.« Er erhob sich. »Rufen Sie die Hauptpolizeiwache an und hinterlassen Sie, daß Sirhan mich sehen möchte. Wenn ich diese Nachricht bekomme, werde ich Kontakt mit Ihnen aufnehmen, um Ort und Zeit mit Ihnen abzusprechen.«

»In Ordnung.«

Kemel trat an die Leiter, kehrte jedoch noch einmal zurück. Er zog ein Portemonnaie aus der Hosentasche, entnahm ihm ein kleines Foto und reichte es Sonja. Es war ein Bild von ihr. »Würden Sie dies für meine Frau unterzeichnen? Sie ist eine große Bewunderin von Ihnen.« Er gab ihr einen Federhalter. »Sie heißt Hesther.«

Sonja schrieb: »Für Hesther mit den besten Wünschen, Sonja.« Sie hielt ihm das Foto hin und dachte: Es ist unglaublich.

»Vielen Dank. Sie wird sich sehr freuen.«

»Ich werde so bald wie möglich von mir hören lassen«, sagte Sonja.

»Danke.« Er streckte die Hand aus. Diesmal schüttelte Sonja sie. Dann stieg er die Leiter hoch und schloß die Luke hinter sich.

Sonjas Nervosität legte sich. Sie hatte das Richtige getan. Zwar war sie immer noch nicht ganz von Kemels Aufrichtigkeit überzeugt, aber sie vermochte keine Falle zu erkennen.

Sie war müde. Nachdem sie den Whisky ausgetrunken hatte, teilte sie den Vorhang und ging in ihr Schlafzimmer. Ihr war in ihrem Nachthemd kalt geworden. Sie trat ans Bett und zog die Decke zurück. Plötzlich hörte sie ein Klopfen. Ihr stockte der Atem. Sie stürzte zu dem Bullauge, das auf den Fluß hinausging. Hinter dem Glas sah sie ein Gesicht.

Sie schrie auf.

Das Gesicht verschwand.

Es war Wolff gewesen.

Sonja stieg rasch die Leiter hinauf und rannte an Deck. Sie sah Wolff im Wasser; er schien nackt zu sein. Er hielt sich an den Bullaugen fest und kletterte an dem kleinen Boot hoch. Sie packte seinen Arm und zog ihn an Deck. Er kniete einen Moment lang auf allen vieren und warf hastige Blicke über den Fluß wie eine in die Enge getriebene Wasserratte. Dann sprang er durch die Luke. Sie folgte ihm.

Wolff stand, tropfend und zitternd, auf dem Teppich. Er war tatsächlich nackt. Sie fragte: »Was ist geschehen?«

»Laß mir ein Bad ein.«

Sie ging durch das Schlafzimmer ins Badezimmer. Dort stand eine kleine Wanne mit einem elektrischen Boiler. Sie drehte die Hähne auf und warf eine Handvoll Badesalz ins Wasser. Wolff stieg in die Wanne und ließ das Wasser über seinen Körper laufen.

»Was ist geschehen?« wiederholte Sonja.

Er unterdrückte sein Zittern. »Es war mir zu riskant, über den Treidelpfad zu kommen. Deshalb zog ich mich am entgegengesetzten Ufer aus und schwamm hierher. Ich blickte ins Boot und sah einen Mann bei dir – ich vermute, es war ein Polizist?«

»Ja.«

»Darum wartete ich im Wasser, bis er wegging.«

Sie lachte. »Armer Kerl.«

»Das ist kein Spaß. Mein Gott, ich friere. Die Scheißabwehr hat mir Blüten gegeben. Wenn ich wieder in Deutschland bin, werde ich jemandem den Hals umdrehen.«

»Warum haben sie's getan?«

»Ich weiß nicht, ob es Unfähigkeit oder Verrat ist. Canaris hat nie viel von Hitler gehalten. Bitte, dreh das Wasser ab.« Er begann, sich den Flußschlamm von den Beinen zu waschen.

»Du wirst dein eigenes Geld benötigen.«

»Daraus wird nichts. Du kannst sicher sein, daß die Bank angewiesen ist, die Polizei zu rufen, sobald ich mich zeige. Ich könnte ab und zu eine Rechnung mit Schecks bezahlen, aber sogar das könnte ihnen helfen, mich aufzuspüren. Auch wenn ich einige meiner Aktien oder sogar die Villa verkaufte, müßte das Geld von einer Bank abgehoben werden ...«

Also brauchst du mein Geld, dachte Sonja. Du wirst mich nicht einmal darum bitten, du wirst es dir einfach nehmen. Sie schob den Gedanken zunächst beiseite. »Der Kriminalbeamte läßt das Boot überwachen – auf Vandams Anweisung.«

Wolff grinste. »Es war also Vandam.«

»Hast du ihn mit dem Messer verletzt?«

»Ja, aber ich weiß nicht, wo. Es war dunkel.«

»Im Gesicht. Er trug einen riesigen Verband.«

Wolff lachte laut. »Ich wünschte, ich könnte ihn sehen.« Er fragte, wieder ernst geworden: »Hat er dich verhört?«

»Ja.«

»Was hast du ihm erzählt?«

»Daß ich dich kaum kenne.«

»Gut gemacht.« Er musterte sie, und Sonja wußte, daß er erfreut und ein wenig überrascht war, weil sie nicht den Kopf verloren hatte. »Hat er dir geglaubt?«

»Vermutlich nicht, da er die Überwachung angeordnet hat.«

Wolff runzelte die Stirn. »Das wird schwierig. Ich kann nicht jedes Mal, wenn ich nach Hause möchte, über den Fluß schwimmen ...«

»Keine Sorge, ich habe alles geregelt.«

»*Du* hast es geregelt?«

Es stimmte nicht ganz, doch es klang gut. »Der Detektiv ist einer von uns.«

»Ein Nationalist?«

»Ja. Er möchte dein Funkgerät benutzen.«

»Woher weiß er, daß ich eins habe?« Wolffs Stimme hatte einen drohenden Unterton.

»Er weiß es gar nicht«, antwortete Sonja ruhig. »Aus dem, was die Briten ihm erzählt haben, schließt er, daß du ein Spion bist. Und vermutet, daß ein Spion eine Möglichkeit hat, mit den Deutschen Kontakt aufzunehmen. Die Nationalisten wollen Rommel eine Botschaft schikken.«

Wolff schüttelte den Kopf. »Damit möchte ich lieber nichts zu tun haben.«

Sie konnte nicht zulassen, daß er ihre Absprache ignorierte. »Du hast keine andere Wahl«, sagte sie eindringlich.

»Wahrscheinlich nicht«, gab er müde zurück.

Sonja verspürte ein seltsames Gefühl der Macht. Es war, als habe sie die Oberhand gewonnen. Ein anregendes Gefühl.

»Sie kreisen mich ein«, sagte Wolff. »Ich kann auf Überraschungen wie gestern abend verzichten. Am liebsten würde ich nicht mehr auf dem Boot bleiben, aber ich weiß nicht, wohin ich gehen soll. Abdullah hat erfahren, daß mein Geld nichts taugt; er möchte mich den Briten ausliefern. Verdammt.«

»Hier bist du sicher, solange du dich mit dem Detektiv einigst.«

»Mir bleibt nichts anderes übrig.«

Sie setzte sich auf den Rand der Badewanne und betrachtete seinen nackten Körper. Er schien ... noch nicht besiegt, aber zumindest in Bedrängnis. Sein Gesicht war von Linien der Erschöpfung durchzogen, und seine Stimme enthielt einen Anflug von Panik. Wahrscheinlich fragte er sich zum erstenmal, ob er bis zu Rommels Ankunft durchhalten würde. Und zum erstenmal war er von ihr abhängig. Er brauchte ihr Geld, ihr Hausboot, gestern abend war ihr Schweigen beim Verhör lebenswichtig für ihn gewesen, und nun glaubte er, durch ihre Absprache mit dem nationalistischen Detektiv gerettet worden zu sein. Langsam geriet er unter ihre Kontrolle.

»Ich weiß nicht, ob ich meine Verabredung mit dieser Elene heute abend einhalten soll«, sagte Wolff.

»Wieso nicht? Sie hat nichts mit den Briten zu tun. Du hast sie in einem Laden kennengelernt!«

»Trotzdem könnte es sicherer sein, hier zu bleiben.«

»Nein«, widersprach Sonja mit fester Stimme. »Ich will sie haben.«

Er sah mit verengten Augen zu ihr auf. »Also gut«, murmelte er schließlich. »Ich muß eben vorsichtig sein.«

Er hatte nachgegeben. Sonja hatte ihre Kraft auf die Probe gestellt und gewonnen. Ein Zittern durchlief ihren Körper.

»Ich friere immer noch. Stell das heiße Wasser wieder an«, befahl Wolff.

»Nein.« Ohne ihr Nachthemd auszuziehen, stieg Sonja in die Wanne. Sie kniete sich über ihn, so daß ihre Beine gegen die Seiten der schmalen Wanne gepreßt waren, und hob den nassen Saum des Nachthemdes bis zur Hüfte. Dann sagte sie: »Fang an.«

Er tat es.

*

Vandam war guter Laune, während er mit Jakes im Oasenrestaurant saß und einen kalten Martini trank. Er hatte den ganzen Tag geschlafen und war zerschlagen, doch kampfbereit aufgewacht. Dann war er ins Lazarett gefahren, wo Dr. Abuthnot ihn zu einem Narren erklärt hatte, weil er schon wieder unterwegs sei, aber zu einem glücklichen Narren, da seine Wunde begonnen habe zu heilen. Sie hatte seinen Verband gegen einen kleineren, weniger unförmigen ausgetauscht. Jetzt war es 19.15 Uhr, und in ein paar Minuten würde er Alex Wolff fangen.

Vandam und Jakes saßen im hinteren Teil des Restaurants, von wo aus sie alle Gäste beobachten konnten. Der Tisch am Eingang war von zwei bulligen Sergeants besetzt, die auf Kosten des Nachrichtendienstes Brathuhn aßen. Draußen in einem unauffälligen Wagen an der anderen Straßenseite, warteten zwei Militärpolizisten in Zivil; sie hatten ihre Pistolen in die Jakkentaschen gesteckt. Die Falle war vorbereitet, nur der Köder fehlte noch. Elene mußte in jeder Sekunde eintreffen.

Billy war am Morgen beim Frühstück über den Verband erschrocken gewesen. Vandam hatte den Jungen zum Schweigen ermahnt und ihm dann die Wahrheit erzählt. »Ich habe mit einem deutschen Spion gekämpft. Er hatte ein Messer und ist entkommen, aber ich glaube, daß ich ihn heute abend fangen kann.«

Es war gegen die Sicherheitsbestimmungen, doch der Junge mußte schließlich wissen, wieso sein Vater verletzt war. Nachdem er die Geschichte gehört hatte, war Billy nicht mehr beunruhigt, sondern fasziniert gewesen. Gaafar hatte sich vor Ehrfurcht nur ganz leise bewegt und im Flüsterton gesprochen, als habe es in der Familie einen Todesfall gegeben.

Vandams impulsive Offenheit, die er am Vortag Jakes gegenüber gezeigt hatte, schien keine Spur hinterlassen zu haben. Sie waren wieder zu ihrer förmlichen Beziehung zurückgekehrt: Jakes nahm Befehle entgegen, nannte ihn »Sir« und äußerte keine Meinung, ohne gefragt worden zu sein. Vielleicht ist es so am besten, dachte Vandam. Sie waren ein gutes Team, und es war besser, nichts zu verändern.

Er blickte auf seine Armbanduhr. Es war 19.30 Uhr. Er zündete sich eine neue Zigarette an. Bald würde Alex Wolff eintreten. Vandam war sicher, daß er ihn erkennen würde: ein hochgewachsener, hakennasiger Europäer mit braunem Haar und braunen Augen, ein kräftiger, gesunder Mann. Aber Vandam würde nichts unternehmen, bis Elene hereinkam und sich zu Wolff setzte. Dann würden er und Jakes an seinen Tisch treten. Wenn Wolff zu flüchten versuchte, würden die beiden Sergeants die Tür blockieren, und für den unwahrscheinlichen Fall, daß er an den beiden vorbeikam, würden Militärpolizisten auf der Straße das Feuer eröffnen.

19.35 Uhr. Vandam freute sich darauf, Wolff zu verhören. Er würde ihn schon zu einem Geständnis zwingen, denn alle Vorteile waren auf seiner Seite. Er würde Wolff abtasten, seine schwachen Stellen finden und dann Druck ausüben, bis der Gefangene keinen Widerstand mehr leistete.

19.39 Uhr. Wolff hatte sich verspätet. Natürlich war es denkbar, daß er überhaupt nicht erschien. Das hätte noch gefehlt. Vandam lief ein Schauder über den Rükken, wenn er sich überlegte, wie hochmütig er zu Bogge gesagt hatte: »Ich rechne damit, ihn morgen abend festzunehmen.« Vandams Abteilung hatte im Moment einen sehr schlechten Ruf, und nur Wolffs sofortige Festnahme konnte ihr wieder zu Ansehen verhelfen. Wenn aber Wolff nach dem Schock von gestern abend beschlossen hatte, sein Versteck für eine Weile nicht zu verlassen? Vandam hatte das Gefühl, daß es nicht Wolffs Stil entsprach, sich dauernd zu verstecken. Er hoffte es jedenfalls.

Um 19.40 Uhr öffnete sich die Tür des Restaurants, und Elene trat ein. Vandam hörte, wie Jakes leise vor sich hin pfiff. Sie sah in ihrem cremefarbenen Seidenkleid phantastisch aus. Der einfache Schnitt unterstrich ihre schlanke Gestalt, die Farbe und der Stoff schmeichelten ihrer glatten braunen Haut. Vandam hatte plötzlich das Bedürfnis, sie zu streicheln.

Sie blickte sich im Restaurant um, entdeckte Wolff aber nicht. Ihre Augen trafen die Vandams und glitten ohne Zögern weiter. Der Oberkellner ging auf sie zu, und sie sprach mit ihm. Er gab ihr einen Tisch für zwei Personen nicht weit von der Tür.

Vandam schaute zu einem der Sergeants hinüber und senkte den Kopf in Elenes Richtung. Der Sergeant antwortete mit einem leichten Nicken und sah auf die Uhr.

Wo war Wolff?

Vandam steckte sich eine Zigarette an und begann, sich Sorgen zu machen. Wolff als Gentleman hätte etwas früher und Elene etwas später eintreffen müssen. Dann wäre Wolff in dem Moment, in dem sie Platz nahm, verhaftet worden. Es klappt nicht, dachte er, verflucht, es klappt nicht.

Ein Kellner brachte Elene etwas zu trinken. Es war 19.45 Uhr. Sie blickte zu Vandam herüber und hob ihre schlanken Schultern fast unmerklich.

Die Tür wurde geöffnet. Vandam erstarrte, wurde aber enttäuscht: Es war nur ein kleiner Junge. Er reichte einem Kellner ein Stück Papier und ging wieder hinaus.

Vandam beschloß, noch einen Drink zu bestellen. Er sah, wie der Kellner an Elenes Tisch trat und ihr den Zettel gab.

Was hatte das zu bedeuten? Entschuldigte sich Wolff etwa, weil er die Verabredung nicht einhalten konnte? Elenes Gesicht spiegelte leichte Verwirrung. Sie blickte zu Vandam und zog wieder die Schultern hoch.

Vandam überlegte, ob er sie fragen solle, was passiert sei aber das hätte den Hinterhalt vereitelt, falls Wolff im selben Moment hereinkam. Wolff könnte sich in der Tür umdrehen und fortlaufen; er würde nur die Militärpolizisten gegen sich haben – zwei Männer statt sechs.

»Warten Sie«, murmelte Vandam Jakes zu.

Elene nahm ihre Handtasche von dem Stuhl neben sich und stand auf. Sie warf Vandam wieder einen Blick zu und drehte sich um. Er glaubte, sie wolle zur Toilette gehen. Statt dessen wandte sie sich zum Ausgang.

Vandam und Jakes sprangen gleichzeitig auf. Einer der Sergeants erhob sich halb von seinem Stuhl und sah Vandam fragend an. Dieser bedeutete ihm, sitzen zu bleiben: Schließlich hatte es keinen Zweck, Elene festzunehmen. Vandam und Jakes eilten durch das Restaurant auf die Tür zu.

Als sie an den Sergeants vorbeikamen, befahl Vandam: »Mir nach.«

Sie traten hinaus auf die Straße. Vandam schaute sich um. An der Wand saß ein blinder Bettler, der einen gesprungenen Teller mit ein paar Piastern ausstreckte. Drei Soldaten in Uniform, schon betrunken und die Arme umeinandergelegt, taumelten über den Bürgersteig und sangen ein vulgäres Lied. Ein paar Ägypter hatten sich gerade vor dem Restaurant getroffen und schüttelten einander kräftig die Hände. Ein Straßenverkäufer bot Vandam billige Rasierklingen an. Ein paar Meter von ihm entfernt stieg Elene in ein Taxi.

Vandam rannte los.

Der Schlag des Taxis fiel zu, und es startete.

An der anderen Straßenseite heulte der Wagen der Militärpolizisten auf, schoß nach vorn und stieß mit einem Bus zusammen.

Vandam holte das Taxi ein und sprang auf das Trittbrett. Das Auto schleuderte plötzlich. Er verlor den Halt, stieß mit den Füßen auf das Pflaster und stürzte zu Boden.

Er rappelte sich auf. Sein Gesicht brannte vor Schmerz: Seine Wunde blutete wieder, und er spürte die klebrige Wärme unter dem Verband. Jakes und die beiden Sergeants umringten ihn. Auf der anderen Straßenseite stritten sich die Militärpolizisten mit dem Busfahrer.

Das Taxi war verschwunden.

15

ELENE HATTE ANGST. Alles war fehlgeschlagen. Wolff hätte im Restaurant festgenommen werden sollen, aber nun saß er in einem Taxi neben ihr und lächelte sein wildes Lächeln. Sie saß still und versuchte sich zu sammeln.

»Wer war das?« fragte Wolff immer noch lächelnd.

Ihr fiel keine Antwort ein. Sie sah Wolff an, blickte zur Seite und sagte: »Was?«

»Der Mann, der hinter uns herlief. Er sprang auf das Trittbrett. Ich konnte ihn nicht erkennen, aber ich glaube, er war Europäer. Wer war das?«

Elene unterdrückte ihre Furcht. *Es war William Vandam, und er sollte dich festnehmen.* Sie mußte eine Geschichte erfinden. Weshalb würde ihr jemand aus einem Restaurant folgen und versuchen, zu ihr ins Taxi zu steigen? »Er ... ich kenne ihn nicht. Er war im Restaurant.« Plötzlich hatte sie einen Einfall. »Er hat mich belästigt. Ich war allein. Es ist Ihre Schuld, weil Sie zu spät kamen.«

»Tut mir leid.«

Elenes Selbstvertrauen wuchs, nachdem er ihre Geschichte bereitwillig hingenommen hatte. »Und wieso sind wir in einem Taxi?« erkundigte sie sich. »Was soll das alles? Was wird aus unserem Dinner?« Sie hörte ein leichtes Zittern in ihrer Stimme und haßte sich selbst dafür.

»Ich hatte eine wunderbare Idee.« Er lächelte wieder, und Elene wäre fast zusammengefahren. »Wir werden ein Picknick machen. Im Kofferraum steht ein Korb.«

Sie wußte nicht, ob sie ihm glauben konnte. Warum hatte er einen Jungen mit der Botschaft »Kommen Sie nach draußen. – A. W.« ins Restaurant geschickt, wenn er nicht auf eine Falle gefaßt war? Was würde er jetzt tun – sie in die Wüste bringen und erstechen? Elene verspürte plötzlich den Drang, aus dem fahrenden Auto zu springen. Sie schloß die Augen und zwang sich, ruhig zu überlegen. Wenn er eine Falle geahnt hatte, weshalb war er dann überhaupt gekommen? Nein, es war nicht so einfach. Er schien ihr die Geschichte über den Mann auf dem Trittbrett geglaubt zu haben, aber sie wußte nicht, was sich hinter seinem Lächeln verbarg.

»Wohin fahren wir?« fragte sie.

»Ein paar Meilen hinter die Stadtgrenze, zu einer idyllischen Stelle am Flußufer, wo wir den Sonnenuntergang beobachten können. Es wird ein schöner Abend werden.«

»Ich will nicht mit.«

»Was ist los?«

»Ich kenne Sie kaum.«

»Seien Sie nicht albern. Der Fahrer wird immer bei uns sein, und ich bin ein Gentleman.«

»Ich sollte aussteigen.«

»Bitte, tun Sie das nicht.« Er berührte leicht ihren Arm. »Ich habe etwas geräucherten Lachs, ein kaltes Huhn und eine Flasche Champagner. Restaurants langweilen mich.«

Elene grübelte. Noch konnte sie gehen, dann würde sie sicher sein und ihn nie wiedersehen. Das wünschte sie sich: nie wieder mit dem Mann zu tun zu haben. Sie dachte: Aber ich bin Vandams einzige Hoffnung. Was geht er mich an? Ich wäre froh, ihm nie wieder zu begegnen und zu meinem alten friedlichen Leben zurückzukehren ...

Das alte Leben.

Sie merkte, daß Vandam ihr nicht gleichgültig war. Jedenfalls wollte sie ihn nicht enttäuschen. Sie *mußte* bei Wolff bleiben, eine neue Verabredung treffen, herausfinden, wo er wohnte. Impulsiv sagte sie: »Lassen Sie uns in Ihre Wohnung fahren.« Er zog die Augenbrauen hoch. »Das ist ein plötzlicher Sinneswandel.«

Sie hatte einen Fehler gemacht. »Ich bin verwirrt. Sie haben mich überrascht. Warum haben Sie nicht gleich von einem Picknick gesprochen?«

»Es fiel mir erst vor einer Stunde ein. Ich hatte keine Ahnung, daß die Idee Sie erschrecken könnte.«

Elene wurde bewußt, daß sie – ohne es eigentlich zu wollen – die Rolle des dümmlichen Mädchens spielte. Sie beschloß, es nicht zu übertreiben. »Gut.«

Wolff musterte sie. »Sie sind doch nicht so verletzlich, wie Sie tun, oder?«

»Ich weiß nicht.«

»Aber ich habe nicht vergessen, was Sie zu Aristopoulos sagten, als ich Sie zum erstenmal in seinem Geschäft sah.«

Elene erinnerte sich: Sie hatte gedroht, Mikis' Schwanz abzuschneiden, wenn er sie noch einmal anfaßte. Eigentlich hätte sie erröten müssen, doch dazu reichte ihre Schauspielkunst nicht aus. »Ich war so wütend.«

Wolff lachte glucksend. »So hörte es sich auch an. Versuchen Sie, daran zu denken, daß ich nicht Aristopoulos bin.«

Sie lächelte schwach. »Gern.«

Er wandte seine Aufmerksamkeit dem Fahrer zu. Sie hatten die Stadt hinter sich gelassen, und Wolff begann, Anweisungen zu geben. Elene fragte sich, wo er wohl dieses Taxi gefunden hatte. Nach ägyptischen Maßstäben war es luxuriös: ein amerikanischer Wagen mit großen weichen Sitzen und viel Platz, dazu erst ein paar Jahre alt.

Sie kamen durch mehrere Dörfer und bogen dann in eine nicht ausgebaute Straße ein. Das Auto folgte dem verschlungenen Pfad einen kleinen Hügel hinauf und erreichte eine Ebene auf dem Felsenufer. Der Fluß war genau unter ihnen, und auf der anderen Seite konnte Elene das säuberliche Muster der bestellten Äcker sehen, die sich in die Ferne erstreckten, bis sie auf die scharfe gelbbraune Linie des Wüstenrandes trafen.

»Ist es nicht ein wunderbarer Ort?« fragte Wolff.

Elene mußte ihm zustimmen. Schwalben stiegen am anderen Ufer in die Luft, und sie bemerkte, daß die Abendwolken schon rosig umsäumt waren. Ein junges Mädchen balancierte einen riesigen Wasserkrug auf dem Kopf. Eine einsame Feluke segelte stromaufwärts, getrieben von einer leichten Brise.

Der Fahrer stieg aus dem Wagen und ging fünfzig Meter weiter. Er setzte sich, wandte ihnen demonstrativ den Rücken zu, steckte sich eine Zigarette an und entfaltete eine Zeitung. Wolff holte den Picknickkorb aus dem Kofferraum. Während er die Lebensmittel auspackte, sagte Elene: »Wie haben Sie diese Stelle entdeckt?«

»Meine Mutter brachte mich hierher, als ich noch ein Kind war.« Er reichte ihr ein Glas Wein. »Nach dem Tod meines Vaters heiratete meine Mutter einen Ägypter. Von

Zeit zu Zeit konnte Sie den islamischen Haushalt nicht mehr ertragen, dann brachte sie mich in einem Gharry her und erzählte mir von ... Europa.«

»Hat es Ihnen gefallen?«

Er zögerte. »Ich weiß nicht – es lag wohl an meiner Mutter, sie sagte dauernd: ›Du bist so egoistisch, genau wie dein Vater.‹ Damals zog ich meine arabische Familie vor. Meine Stiefbrüder waren übermütig, und niemand versuchte, sie zu zügeln. Wir stahlen Orangen aus den Gärten anderer Leute, bewarfen Pferde mit Steinen, um sie durchgehen zu lassen, durchstachen Fahrradreifen ... Meine Mutter warnte mich immer vor der Strafe. Sie wiederholte oft: ›Eines Tages wird man dich fangen, Alex.‹«

Die Mutter hatte recht, dachte Elene: Eines Tages würde man Alex fangen.

Ihre Nervosität hatte nachgelassen. Sie überlegte, ob Wolff wohl das Messer bei sich trug, das er in Assiut benutzt hatte, und wurde wieder unruhig. Die Situation dieses Picknicks war so normal, daß sie für einen Moment vergessen hatte, weshalb sie hier war.

»Wo wohnen Sie jetzt?«

»Mein Haus ist ... von den Briten requiriert worden. Ich wohne bei Freunden.« Er reichte ihr eine Scheibe Räucherlachs auf einem Porzellanteller; dann schnitt er eine Zitrone mit einem Küchenmesser durch. Elene beobachtete seine geschickten Hände. Was wollte dieser Mann von ihr? Warum gab er sich so viel Mühe?

Vandam war niedergeschlagen. Sein Gesicht schmerzte, und sein Stolz war angekratzt. Die große Festnahme war ein Fiasko gewesen. Er hatte in seinem Beruf versagt, war schmählich überlistet worden und hatte Elene unbekannten Gefahren ausgesetzt.

Er saß zu Hause und trank Gin, um den Schmerz zu lindern. Seine Wange hatte man neu bandagiert. Vandam war überzeugt, daß Wolff nichts von dem Hinterhalt geahnt hatte, sonst wäre er überhaupt nicht aufgetaucht. Nein, er hatte nur Vorsichtsmaßnahmen ergriffen; und die Vorsichtsmaßnahmen hatten ausgezeichnet funktioniert.

Sie besaßen eine gute Beschreibung des Taxis. Es war ein auffallender Wagen, fast neu, und Jakes hatte sich die Nummer gemerkt. Jeder Polizist und Militärpolizist in der Stadt hielt nach ihm Ausschau. Alle hatten Order, ihn sofort anzuhalten und die Insassen festzunehmen. Sie würden das Taxi früher oder später finden, aber vermutlich zu spät, fürchtete Vandam. Trotzdem saß er neben dem Telefon.

Was Elene jetzt wohl tat? Vielleicht saß sie in einem kleinen Restaurant, trank Wein und lachte über Wolffs Scherze. Vandam stellte sie sich vor in dem cremefarbenen Kleid, wie sie ein Glas in der Hand hielt und spitzbübisch lächelte. Er blickte auf die Uhr. Vielleicht hatten sie ihr Dinner schon beendet. Was würden sie danach unternehmen? Nach altem Brauch sah man sich die Pyramiden im Mondlicht an: den schwarzen Himmel, die Sterne, die endlose flache Wüste und die sauberen dreieckigen Flächen der Pharaonengräber. Die Gegend würde verlassen sein, abgesehen vielleicht von einigen anderen Liebespaaren. Sie könnten ein paar Stufen hinaufsteigen; er würde vorankletter und dann den Arm ausstrecken, um ihr zu helfen. Vielleicht setzten sie sich auch auf die großen Steine und genossen die milde Nachtluft.

Auf dem Rückweg zum Taxi würde sie in ihrem ärmellosen Abendkleid zittern, und er den Arm um ihre Schultern legen, um sie zu wärmen. Würde er sie im Taxi küssen? Nein, dafür war er zu alt. Wenn er einen Annäherungsversuch machte, dann auf raffiniertere Weise. Würde er vorschlagen, in seine Wohnung zu fahren, oder in ihre? Vandam wußte nicht, was ihm lieber war. Wenn sie zu ihm fuhren, würde Elene am Morgen Bericht erstatten, und er würde Wolff zu fassen kriegen samt Funkgerät, Codebuch und vielleicht sogar den Aufzeichnungen früherer Gespräche. Vom professionellen Standpunkt die bessere Möglichkeit – aber es würde bedeuten, daß Elene eine Nacht mit Wolff verbrachte. Dieser Gedanke erbitterte Vandam mehr, als er sich eingestand. Andererseits, wenn sie zu ihrer Wohnung fuhren, wo Jakes mit zehn Männern und drei Autos wartete, würde man Wolff schnappen, bevor er eine Chance hatte, mit ihr ...

Vandam stand auf und lief im Zimmer hin und her. Geistesabwesend nahm er das Buch »Rebecca« in die Hand, das Wolff wahrscheinlich als Vorlage für seinen Code benutzte. Er las die erste Zeile: »Gestern nacht träumte mir, ich sei wieder in Manderley.« Er legte das Buch auf den Tisch, nahm es dann doch wieder und las weiter. Die Geschichte des empfindsamen, eingeschüchterten Mädchens war eine willkommene Ablenkung von seinen Sorgen. Als im klar wurde, daß das Mädchen den attraktiven älteren Witwer heiraten und die Ehe durch das gespenstische Vorleben des Mannes ruiniert werden würde, schloß er das Buch. Wie war der Altersunterschied zwischen ihm und Elene? Wie lange würde sie ihrem bisherigen Leben nachtrauern? Er zündete sich eine Zigarette an. Wieso verging die Zeit so langsam? Warum klingelte das Telefon nicht? Ob etwas mit Elene passiert war?

Wo war sie?

Schon einmal hatte er eine Frau einer ähnlichen Gefahr ausgesetzt. Es war nach seiner anderen großen Niederlage gewesen, als Raschid Ali direkt vor Vandams Nase aus der Türkei geflüchtet war. Er hatte eine Agentin auf den deutschen Spion angesetzt, der die Kleidung mit Ali getauscht und dessen Flucht ermöglicht hatte. Vandam hatte gehofft, wenigstens etwas über den deutschen Spion herauszufinden. Aber am nächsten Tag lag die Frau tot in ihrem Hotelbett. Es war eine Parallele, die ihm das Blut gefrieren ließ.

Es war sinnlos, zu Hause zu bleiben. Er konnte hier nichts mehr tun, und an Schlaf war nicht zu denken. Dr. Abuthnots Anweisungen zum Trotz würde er sich Jakes und den anderen anschließen. Er zog einen Mantel an, setzte seine Uniformmütze auf und schob sein Motorrad aus der Garage.

*

Elene und Wolff standen dicht am Rand des Felsenufers. Sie betrachteten die fernen Lichter von Kairo und die flackernden Feuer der Bauern in den dunklen Dörfern. Elene stellte sich einen dieser armen Bauern vor, wie er seine Strohmatratze auf den Erdboden legte, sich in eine grobe Decke wickelte und Trost in den Armen seiner Frau suchte. Elene hatte die Armut hinter sich gelassen, für immer, wie sie hoffte; aber manchmal schien ihr, daß sie auch etwas anderes hinter sich gelassen hatte, etwas, auf das sie nicht verzichten konnte. In ihrer Kindheit in Alexandria markierte man die roten Schlammwände mit blauen Handabdrücken, um das Böse abzuwehren. Elene war nicht abergläubisch; aber trotz der Ratten, der nächtlichen Schreie, wenn der Geldverleiher seine beiden Frauen verprügelte, der Zecken, die niemanden verschonten, und des frühen Todes vieler Babys glaubte sie, daß es irgend etwas gab, was das Böse abwehrte. Sie hatte danach gesucht, wenn sie Männer mit nach Hause nahm, mit ihnen ins Bett ging, ihre Geschenke und Liebkosungen und ihr Geld akzeptierte, aber sie hatte es nie gefunden.

Elene wollte dieses Leben aufgeben. Sie hatte zuviel Zeit damit verbracht, an den falschen Stellen nach Liebe zu suchen. Vor allem wollte sie nicht bei Alex Wolff danach suchen. Mehrere Male hatte sie sich selbst gefragt: Warum nicht noch ein einziges Mal? Das war Vandams kühler, logischer Standpunkt. Aber immer, wenn sie daran dachte, mit Wolff zu schlafen, fiel ihr wieder der Tagtraum ein, der sie in den letzten Wochen gequält hatte – der Tagtraum von der Verführung William Vandams. Sie wußte ganz genau, wie Vandam sein würde: Er würde sie mit unschuldigem Erstaunen ansehen und mit naiver Freude berühren. Wenn sie es sich ausmalte, war sie fast hilflos vor Sehnsucht. Sie wußte auch, wie Wolff sein würde. Er würde erfahren, egoistisch, geschickt und unerschütterlich sein.

Ohne ein Wort wandte sie sich von dem Panorama ab und ging zurück zum Auto. Es wurde Zeit, daß er seinen Annäherungsversuch machte. Sie hatten die Mahlzeit beendet, den Champagner und die Thermosflasche mit Kaffee ausgetrunken und die Weintrauben aufgegessen. Nun würde er die ihm zukommende Belohnung erwarten. Sie beobachtete ihn vom Rücksitz des Wagens aus. Er blieb noch einen Moment am Rand der Klippe stehen, kam dann auf sie zu und rief den Fahrer. Er besaß die selbstbewußte Anmut, über die hochgewachsene Männer oft verfügen. Wolff war attraktiv, viel attraktiver als alle Liebhaber Elenes, doch sie hatte Angst vor ihm. Irgendwie ahnte sie, daß sein Charme nicht spontan war. Sie wußte, daß er sie manipulieren wollte.

Wolff stieg in den Wagen. »Hat Ihnen das Picknick gefallen?« Elene bemühte sich, munter zu wirken. »Ja, es war großartig. Vielen Dank.«

Der Wagen startete. Entweder würde er sie jetzt zu sich einladen oder sie zu ihrer Wohnung bringen und um einen Drink bitten. Sie würde einen Weg finden müssen, seine Bitte abzuschlagen, ohne ihn zu verärgern. Es war lächerlich: Sie benahm sich wie eine erschrockene Jungfrau.

Sie war zu lange stumm gewesen. Schließlich sollte sie

witzig sein und ihn für sich einnehmen. »Haben Sie die Kriegsnachrichten gehört?« fragte sie und merkte sofort, daß es nicht das unbeschwerteste Thema war.

»Die Deutschen siegen immer noch«, sagte er. »Natürlich.«

»Wieso ›natürlich‹?«

Er lächelte herablassend. »Die Welt teilt sich in Herren und Sklaven, Elene.« Er sprach, als erkläre er einem Schuljungen einfachste Tatsachen. »Die Briten sind zu lange Herren gewesen. Sie sind weich geworden, und nun ist jemand anders an der Reihe.«

»Und die Ägypter – sind sie Herren oder Sklaven?« Elene wußte, daß sie sich auf dünnem Eis bewegte, aber seine Selbstgefälligkeit machte sie wütend.

»Die Beduinen sind Herren, aber der durchschnittliche Ägypter ist ein geborener Sklave.«

Er meint es so, wie er es sagt, dachte Elene. Ein Schauder überlief sie.

Sie erreichten die Außenbezirke der Stadt. Es war nach Mitternacht, und die Vororte waren ruhig.

»Wo wohnen Sie?« fragte Wolff.

Sie nannte ihre Adresse. Er hatte sich also für ihre Wohnung entschieden.

Wolff sagte: »Wir müssen das mal wieder machen.«

»Sehr gern.«

Sie kamen an der Sharia Abbas an, und er befahl dem Fahrer anzuhalten. Elene überlegte, was nun geschehen würde. Wolff drehte sich zu ihr. »Vielen Dank für den schönen Abend. Wir werden uns bald sehen.« Damit stieg er aus dem Auto.

Sie starrte ihn erstaunt an. Er beugte sich zum Fenster des Fahrers, gab dem Mann etwas Geld und nannte ihm Elenes Adresse. Der Fahrer nickte. Wolff pochte auf das Dach des Wagens, und der Chauffeur startete. Elene blickte sich um und sah ihn winken. Als das Auto um eine Ecke bog, begann Wolff, auf den Fluß zuzugehen.

Was sollte sie davon halten?

Kein Annäherungsversuch, keine Einladung in seine Wohnung, keinen Drink zum Abschied, nicht einmal ein Gutenachtkuß – versuchte er, den keuschen Junggesellen zu spielen?

Sie grübelte weiter, während das Taxi sie nach Hause brachte. Vielleicht war dies Wolffs Technik, um eine Frau für sich zu gewinnen; vielleicht war er einfach exzentrisch. Was auch der Grund sein mochte, Elene war sehr dankbar. Sie lehnte sich zurück und entspannte sich. Nun mußte sie nicht entscheiden, ob sie ihn abweisen oder mit ihm ins Bett gehen sollte. Das Taxi hielt vor ihrem Wohnhaus an. Plötzlich rasten drei Autos heran. Eines stoppte direkt vor dem Taxi, das zweite dahinter, und das dritte daneben. Männer tauchten aus dem Schatten auf. Alle vier Türen des Taxis wurde aufgerissen, und vier Pistolen ins Innere gerichtet. Elene stieß einen Schrei aus.

Dann steckte jemand den Kopf in den Wagen, und Elene erkannte Vandam.

»Ist er weg?«

Sie begriff, was sich abspielte. »Ich dachte, Sie wollten mich erschießen.«

»Wo ist er ausgestiegen?«

»In der Sharia Abbas.«

»Wann?«

»Vor fünf oder zehn Minuten. Darf ich jetzt aussteigen?«

Er reichte ihr seine Hand. »Tut mir leid, daß wir Sie erschreckt haben«, sagte Vandam.

»Sie schlagen die Stalltür zu, nachdem das Pferd durchgegangen ist.«

»Stimmt.« Er schien vollkommen deprimiert.

Elene wurde von plötzlicher Zuneigung überwältigt. Sie berührte seinen Arm. »Sie können sich nicht vorstellen, wie froh ich bin, Ihr Gesicht zu sehen.«

Er warf ihr einen merkwürdigen Blick zu, als sei er nicht sicher, ob er ihr glauben solle.

»Warum schicken Sie Ihre Männer nicht nach Hause, und wir reden in meiner Wohnung weiter?«

Vandam zögerte. »In Ordnung.« Er wandte sich an einen seiner Männer, einen Captain. »Jakes, ich möchte, daß Sie den Taxichauffeur verhören. Sehen Sie zu, was Sie aus ihm herausholen können. Lassen Sie die Männer gehen. Wir treffen uns in etwa einer Stunde im Großen Hauptquartier.«

»Jawohl, Sir.«

Elene ging voran. Es war so schön, die eigene Wohnung zu betreten, sich aufs Sofa fallen zu lassen und die Schuhe fortzuschleudern. Sie hatte die Prüfung überstanden, Wolff war verschwunden und Vandam bei ihr. »Nehmen Sie sich einen Drink.«

»Nein, danke.«

»Was ist eigentlich schiefgegangen?«

Vandam setzte sich ihr gegenüber und zog seine Zigaretten hervor. »Wir rechneten damit, daß er ganz arglos in die Falle gehen würde. Aber er war mißtrauisch oder wenigstens vorsichtig und ist uns entkommen. Was geschah dann?«

Sie lehnte den Kopf an das Polster des Sofas, schloß die Augen und erzählte ihm mit wenigen Worten von dem Picknick. Sie sprach nicht von ihren Gedanken über eine Affäre mit Wolff und erwähnte auch nicht, daß Wolff sie während des ganzen Abends kaum berührt hatte. Elene faßte sich kurz: Sie wollte sich nicht erinnern, sondern vergessen. Als sie ihre Geschichte beendet hatte, sagte sie: »Machen Sie mir einen Drink, auch wenn Sie selbst keinen wollen.«

Er trat an den Schrank. Elene merkte, daß er wütend war. Sie betrachtete seinen Verband, den sie schon im Restaurant und noch einmal vor ein paar Minuten gesehen hatte. »Was ist mit Ihrem Gesicht passiert?«

»Wir hätten Wolff gestern abend beinahe gefangen.«

»Wirklich?« Er hatte also zweimal innerhalb von 24

Stunden versagt. Kein Wunder, wenn er so deprimiert aussah. Sie wollte ihn trösten, ihn umarmen, seinen Kopf auf ihren Schoß legen und sein Haar streicheln. Die Sehnsucht war wie ein Schmerz. Sie beschloß – impulsiv, wie sie es immer tat –, heute nacht mit ihm ins Bett zu gehen.

Vandam reichte ihr einen Drink. Er hatte nun doch einen für sich selbst gemixt. Während er sich vorbeugte, um ihr das Glas zu geben, streckte sie die Hand aus, berührte sein Kinn mit den Fingerspitzen und drehte seinen Kopf, so daß sie seine Wange sehen konnte. Er ließ es eine Sekunde lang zu, dann wandte er den Kopf ab.

Sie hatte ihn noch nie so verkrampft gesehen. Vandam durchquerte das Zimmer und nahm ihr gegenüber steif auf dem Stuhlrand Platz. Er wirkte zerknirscht, aber als sie in seine Augen blickte, sah sie nicht Wut, sondern Schmerz.

»Welchen Eindruck haben Sie von Wolff?« fragte er.

Elene begriff nicht, worauf er hinauswollte. »Er ist charmant, intelligent, gefährlich.«

»Sein Äußeres?«

»Saubere Hände, ein Seidenhemd, ein Schnurrbart, der ihm nicht steht. Warum fragen Sie?«

Er schüttelte gereizt den Kopf und zündete sich noch eine Zigarette an.

Elene konnte nicht zu ihm durchdringen, wenn er in dieser Stimmung war. Sie wollte, daß er sich neben sie setzte, ihr bestätigte, daß sie schön und mutig sei und gute Arbeit geleistet habe. Obwohl sie wußte, daß es keinen Zweck hatte, ihn zu fragen, versuchte sie es: »Wie bin ich gewesen?«

»Keine Ahnung. Was haben Sie getan?«

»Sie wissen, was ich getan habe.«

»Ja, ich bin sehr dankbar.«

Er lächelte und sie merkte, daß sein Lächeln unaufrichtig war. Was hatte er nur? Sein Ton verbarg irgend etwas, was sie noch nicht richtig einschätzen konnte. Es hatte nicht nur mit dem Gefühl seines Versagens zu tun, sondern mit seinem Verhalten ihr gegenüber, mit der Art und Weise, wie er sprach, wie er sich weit von ihr gesetzt hatte, und besonders damit, wie er sie ansah. Seine Miene drückte ... beinahe Abscheu aus.

»Will er Sie wiedersehen?«

»Ja.«

»Hoffentlich wird etwas daraus.« Er stützte das Kinn auf die Hände. Sein Gesicht war verzerrt vor Spannung. Rauchkringel stiegen von seiner Zigarette auf. »Wirklich, ich hoffe, daß etwas daraus wird.«

»Er sagte: ›Wir müssen das mal wieder machen‹ oder so ähnlich.«

»Ach so. ›Wir müssen das mal wieder machen‹.«

»So ähnlich.«

»Was genau kann er denn gemeint haben?«

Sie zuckte die Achseln. »Ein neues Picknick, eine neue Verabredung, zum Teufel, William, was ist in Sie gefahren?«

»Ich bin nur neugierig.« Er grinste krampfhaft, wie sie es noch nie an ihm gesehen hatte. »Ich würde gern wissen, was Sie – neben dem Essen und Trinken – auf dem Rücksitz des großen Taxis und am Flußufer getan haben. Wenn zwei Menschen so lange im Dunkeln zusammen sind, ein Mann und eine Frau ...«

»Halten Sie den Mund.« Sie schloß die Augen. Nun wußte sie Bescheid. Ohne die Augen zu öffnen, sagte sie: »Ich lege mich schlafen. Sie können allein hinausgehen.«

Ein paar Sekunden später wurde die Wohnungstür zugeschlagen.

Elene trat ans Fenster und schaute auf die Straße. Sie sah, wie er das Gebäude verließ und auf sein Motorrad stieg. Er startete den Motor, donnerte mit halsbrecherischer Geschwindigkeit los und bog um die Ecke, als nähme er an einem Rennen teil. Elene war sehr müde und ein wenig traurig, weil sie nun die Nacht doch allein verbringen mußte, aber sie war nicht unglücklich, denn sie verstand seinen Zorn, und das gab ihr Hoffnung. Während er aus dem Blickfeld verschwand, lächelte sie schwach und sagte leise: »William Vandam, ich glaube, du bist wirklich eifersüchtig.«

16

ALS MAJOR SMITH dem Hausboot seinen dritten Mittagsbesuch abstattete, waren Wolff und Sonja schon gut eingespielt. Wolff versteckte sich in dem Schrank, wenn der Major kam. Sonja empfing ihn im Wohnzimmer und hielt schon einen Drink bereit. Sie lud ihn ein, sich hinzusetzen, und sorgte dafür, daß er seine Aktentasche niederlegte, und nach ein oder zwei Minuten begann sie, ihn zu küssen. Nun konnte sie ihn schon um den Finger wickeln, denn er war willenlos vor Begierde. Sie half ihm, seine Shorts auszuziehen, und führte ihn kurz darauf ins Schlafzimmer.

Wolff war klar, daß der Major noch nie etwas Ähnliches erlebt hatte. Er war Sonjas Sklave, solange sie ihm gestattete, mit ihr zu schlafen. Wolff war dankbar, denn ein willensstärkerer Mann hätte ihnen größere Schwierigkeiten bereitet.

Sobald Wolff das Bett quietschen hörte, kam er aus seinem Versteck hervor. Er nahm den Schlüssel aus den Shorts und öffnete die Aktentasche. Sein Notizbuch und sein Bleistift lagen neben ihm.

Smith' zweiter Besuch war enttäuschend gewesen und hatte Wolff rätseln lassen, ob der Major vielleicht nur gelegentlich Schlachtpläne zu sehen bekam. Doch diesmal hatte er wieder Glück.

General Sir Claude Auchinleck, der Oberbefehlshaber im Nahen Osten, hatte den direkten Befehl über die 8. Armee von General Ritchie übernommen. Als Zeichen für die Panik der Alliierten wäre schon dies allein eine willkommene Nachricht für Rommel gewesen. Und es bedeutete auch für Wolff eine Hilfe, denn die Schlachten würden jetzt in Kairo und nicht in der Wüste geplant werden, wodurch Smith wahrscheinlich öfter Kopien in seiner Tasche hatte.

Die Alliierten hatten sich zu einer neuen Verteidigungslinie bei Marsa Matruch zurückgezogen, und das wichtigste Papier in Smith' Aktentasche war eine Zusammenfassung der neuen Dispositionen.

Die neue Linie begann an dem Küstendorf Matruch und erstreckte sich nach Süden bis zu einer Rundumstellung namens Sidi Hamza in die Wüste. Das 10. Korps lag in Matruch; ein schweres, fünfzehn Meilen langes Minenfeld schloß sich an; darauf folgte ein leichteres, zehn Meilen langes Minenfeld; dann kam die Rundumstellung; und südlich davon lag das 13. Korps.

Wolff lauschte mit halbem Ohr auf die Geräusche aus dem Schlafzimmer und überdachte die Lage. Das Bild war ziemlich klar: Die Linie der Alliierten war stark zu beiden Seiten und schwach in der Mitte.

Rommels wahrscheinlichster Schachzug – nach alliierten Vorstellungen – war ein schneller Vormarsch um das Südende der Linie, ein für Rommel typisches Umgehungsmanöver, das durch die Erbeutung von etwa fünfhundert Tonnen Treibstoff in Tobruk erleichtert wurde. Ein solcher Vorstoß würde vom 13. Korps zurückgeschlagen werden, das aus der starken 1. Panzerdivision und der 2. Neuseeländischen Division bestand; die letztere war, wie die Zusammenfassung hilfreich mitteilte, frisch aus Syrien eingetroffen.

Mit Wolffs Information könnte Rommel jedoch gegen das weiche Zentrum der Linie vorgehen und seine Truppen durch die Lücke treiben. Es wäre wie ein Strom, der einen Damm an der schwächsten Stelle durchbricht.

Wolff lächelte vor sich hin. Er hatte den Eindruck, eine entscheidende Rolle im Kampf um die deutsche Vorherrschaft in Nordafrika zu spielen.

Im Schlafzimmer knallte ein Korken.

Smith überraschte Wolff immer wieder durch die Schnelligkeit seines Liebesaktes. Das Knallen des Korkens zeigte an, daß alles vorüber war. Wolff hatte noch ein paar Minuten, um aufzuräumen, dann würde Smith herauskommen, um sich seine Shorts anzuziehen.

Er legte die Papiere zurück in die Tasche, verschloß sie und ließ den Schlüssel zurück in die Shorts gleiten. Danach zwängte er sich nicht wieder in den Schrank – einmal hatte ihm gereicht. Er schob sich die Schuhe in die Hosentaschen, kletterte auf Socken die Leiter hinauf, überquerte das Deck und erreichte den Treidelpfad über die Planke. Dann zog er sich die Schuhe an und ging zum Mittagessen.

*

Kemel schüttelte ihm höflich die Hand und sagte: »Ich hoffe, daß Ihre Wunde schnell verheilt, Major.«

»Nehmen Sie Platz«, forderte Vandam ihn auf. »Der Verband ist lästiger als die Wunde. Was haben Sie für uns?«

Der Araber setzte sich, schlug die Beine übereinander und zog die Falte seiner schwarzen Baumwollhose gerade. »Ich wollte Ihnen den Überwachungsbericht selbst bringen, obwohl er leider nichts Interessantes enthält.«

Vandam nahm den Umschlag entgegen und öffnete ihn.

Er enthielt ein einzelnes mit Schreibmaschine beschriebenes Blatt. Vandam begann zu lesen.

Sonja war in der vorletzten Nacht, vermutlich aus dem Cha-Cha-Club, um 23.00 Uhr allein nach Hause gekommen. Sie war am Morgen um 10.00 Uhr aufgetaucht und auf Deck in einer Robe gesehen worden. Der Briefträger hatte ihr um 13.00 Uhr die Post gebracht. Sonja war um 16.00 Uhr ausgegangen und um 18.00 Uhr mit einer Tasche zurückgekehrt, die den Namen eines der teuren Modegeschäfte in Kairo trug. Zu diesem Zeitpunkt war der Beobachter von seinem Kollegen der Nachtschicht abgelöst worden.

Gestern hatte Vandam durch einen Boten von Kemel einen ähnlichen Bericht erhalten, der die ersten zwölf Stunden der Überwachung betraf. Seit zwei Tagen war Sonjas Verhalten also ganz normal und völlig unverdächtig gewesen, und weder Wolff noch sonst jemand hatte sie auf dem Hausboot besucht. Vandam war enttäuscht.

»Meine Männer sind vollkommen zuverlässig, und sie liefern ihre Berichte direkt an mich«, sagte Kemel.

Vandam grunzte, dann zwang er sich, höflich zu sein. »Ja, davon bin ich überzeugt. Vielen Dank für Ihren Besuch.«

Der Inspektor stand auf. »Keine Ursache. Auf Wiedersehen.« Er ging hinaus.

Grübelnd blieb Vandam sitzen. Er las Kemels Bericht noch einmal, als könnte es zwischen den Zeilen Anhaltspunkte geben. Wenn Sonja etwas mit Wolff zu tun hatte – und Vandam glaubte es immer noch –, war die Verbindung offenbar nicht eng. Wenn sie jemanden traf, mußten die Begegnungen anderswo, nicht auf dem Hausboot, stattfinden.

Vandam trat zur Tür und rief: »Jakes!«

»Sir!«

Jakes kam herein. Vandam hatte sich wieder hingesetzt.

»Ich möchte, daß Sie von jetzt an Ihre Abende im Cha-Cha-Club verbringen. Beobachten Sie Sonja und achten Sie darauf, an wessen Tisch sie nach ihrem Auftritt Platz nimmt. Bestechen Sie außerdem einen Kellner, um zu erfahren, ob irgend jemand ihre Garderobe aufsucht.«

»Jawohl, Sir.«

Er entließ Jakes mit einem Nicken und fügte lächelnd hinzu: »Sie haben die Erlaubnis, sich zu amüsieren.«

Das Lächeln war ein Fehler gewesen: Es schmerzte. Wenigstens brauchte er nicht mehr von Traubenzuckerlösungen zu leben. Gaafar gab ihm Kartoffelbrei und Sauce, ein »Spezialgericht«, das er mit dem Löffel essen und ohne zu kauen schlucken konnte. Es war das einzige, was er zu sich nahm, abgesehen vom Gin. Dr. Abuthnot hatte ihn gewarnt, er trinke und rauche zuviel, und er hatte versprochen, sich einzuschränken – nach dem Krieg. Insgeheim dachte er: wenn ich Wolff gefangen habe.

Wenn Sonja ihn nicht zu Wolff führte, dann konnte es nur Elene. Vandam schämte sich für sein Benehmen in Elenes Wohnung. Er hatte sich über sein Versagen geärgert, und war erbittert gewesen bei dem Gedanken an ihren Ausflug mit Wolff. Dabei wäre Höflichkeit das mindeste gewesen, was er ihr schuldete.

Wolff hatte geäußert, daß er Elene wiedersehen wolle. Vandam verspürte immer noch Zorn, wenn er sich die beiden zusammen vorstellte. Aber nun, da die Überwachung des Hausbootes sich als nutzlos erwiesen hatte, war Elene seine einzige Hoffnung. Er saß an seinem Schreibtisch, wartete darauf, daß das Telefon klingelte, und fürchtete sich vor dem, was er so sehr wünschte.

*

Elene ging am späten Nachmittag einkaufen. Ihre Wohnung erdrückte sie, nachdem sie den größten Teil des Tages auf und ab gegangen war, unfähig, sich auf etwas zu konzentrieren. Also zog sie ein gestreiftes Kleid an und ging hinaus in den Sonnenschein.

Der Obst- und Gemüsemarkt gefiel ihr besonders. Hier ging es lebhaft zu, vor allem zu dieser Tageszeit, wenn die Händler versuchten, den Rest ihrer Waren loszuschlagen. Sie blieb stehen, um Tomaten zu kaufen. Der Mann, der sie bediente, hob eine leicht angestoßene auf und warf sie mit theatralischer Geste zur Seite, bevor er eine Papiertüte mit unversehrten Tomaten füllte. Elene lachte, denn sie wußte, daß er die angestoßene Tomate zurückholen und wieder zu den anderen legen würde, sobald sie außer Sicht war. Dann würde er die Vorstellung für den nächsten Käufer wiederholen. Sie feilschte kurz um den Preis, doch der Händler merkte, daß sie nicht bei der Sache war, und sie zahlte fast so viel, wie er ursprünglich verlangt hatte.

Elene kaufte auch Eier, denn sie wollte sich ein Omelett zum Abendessen machen. Es war immer gut, mehr Lebensmittel im Hause zu haben, als man für eine Mahlzeit brauchte. Das gab ein Gefühl der Sicherheit. Sie konnte sich an Tage erinnern, an denen sie kein Abendessen bekommen hatte.

Sie verließ den Markt und sah sich die Kleider in den Schaufenstern an. Die meisten Kleidungsstücke kaufte sie sich impulsiv, denn sie hatte genaue Vorstellungen von dem, was ihr gefiel, und wenn sie plante, etwas Bestimmtes zu kaufen, konnte sie es nie finden. Eines Tages würde sie ihre eigene Schneiderin haben.

Ob William Vandam sich das für seine Frau leisten könnte? Wenn sie an Vandam dachte, war sie glücklich, bis ihr Wolff wieder einfiel.

Elene wußte, daß sie sich nur zu weigern brauchte, Wolff wiederzusehen.

Nichts zwang sie, den Lockvogel für einen Messermörder zu spielen.

Plötzlich verlor sie das Interesse an Kleidern und ging

nach Hause. Sie wünschte sich, ein Omelett für zwei Personen machen zu können, aber man mußte auch für eine Portion dankbar sein. Sie erinnerte sich an das Gefühl, wenn Sie als Kind ohne Abendessen ins Bett ging und morgens aufwachte, ohne ein Frühstück erwarten zu können. Die zehnjährige Elene hatte sich manchmal gefragt, wie lange Menschen brauchten, um zu verhungern. Sie war sicher, daß Vandam in seiner Kindheit solche Sorgen nicht gekannt hatte.

Als sie in den Eingang ihres Mietshauses einbog, sagte eine Stimme: »Abigail.«

Sie erstarrte vor Schreck. Es war die Stimme eines Geistes. Sie wagte nicht hinzusehen. Die Stimme meldete sich wieder. »Abigail.«

Sie drehte sich um. Eine Gestalt kam aus dem Schatten: ein alter Jude, schäbig gekleidet, mit verfilztem Bart, rot geäderten Füßen in Gummisandalen ...

Elene flüsterte: »Vater.«

Er stand vor ihr, als habe er Angst, sie zu berühren, und blickte sie an. »Immer noch so schön, und nicht arm ...«

Sie machte einen Schritt nach vorn, küßte ihn auf die Wange und trat wieder zurück. Sie wußte nicht, was sie sagen sollte.

»Dein Großvater, mein Vater, ist gestorben.«

Sie nahm seinen Arm und führte ihn die Treppe hinauf.

In der Wohnung sagte sie: »Du solltest etwas essen«, und schob ihn in die Küche. Sie erhitzte eine Pfanne und begann, die Eier zu schlagen. Mit dem Rücken zu ihrem Vater fragte sie: »Wie hast du mich gefunden?«

»Ich habe immer gewußt, wo du warst. Deine Freundin Esme schreibt an ihren Vater, den ich manchmal treffe.«

Esme war keine Freundin, eher eine Bekannte, und Elene begegnete ihr alle zwei oder drei Monate. Sie hatte nie erwähnt, daß sie Briefe nach Hause schickte. »Ich wollte nicht von dir gebeten werden, nach Hause zu kommen.«

»Was hätte ich dir schon sagen können? ›Komm zurück, du hast die Pflicht, zusammen mit deiner Familie zu hungern.‹ Nein.«

Sie zerschnitt die Tomaten und mischte sie unter das Omelett. »Du hättest gesagt, daß es besser ist zu hungern, als unmoralisch zu leben.«

»Ja, das hätte ich gesagt. Und wäre ich im Unrecht gewesen?« Elene wandte sich zu ihm. Der grüne Star, der sein linkes Auge vor Jahren hatte erblinden lassen, legte sich nun auch auf das rechte. Er mußte fünfundfünfzig Jahre alt sein, aber er sah aus wie siebzig.

»Ja, du wärest im Unrecht gewesen. Es ist immer besser, zu überleben.«

»Vielleicht.«

Ihre Überraschung mußte sich in ihrem Gesicht widergespiegelt haben, denn er fuhr fort: »Ich bin mir dieser Dinge nicht mehr so sicher wie früher. Ich werde alt.«

Elene halbierte das Omelett und ließ es auf zwei Teller gleiten. Sie stellte Brot auf den Tisch. Ihr Vater wusch sich die Hände und segnete das Brot. »Gesegnet seist du, oh Herr unser Gott, König der Welt ...« Elene war überrascht darüber, daß das Gebet sie nicht in Wut brachte. In den schwärzesten Momenten ihres einsamen Lebens hatte sie ihren Vater und seine Religion verflucht, weil sie für ihre jetzige Existenz verantwortlich waren. Sie hatte versucht, Gleichmut, vielleicht sogar milde Verachtung aufzubringen, aber es war ihr nicht ganz gelungen. Während sie ihm jetzt beim Beten zusah, dachte sie: Und was tue ich, wenn dieser Mann, den ich hasse, an meiner Schwelle auftaucht? Ich küsse ihn auf die Wange, lade ihn zu mir ein und gebe ihm ein Abendessen.

Sie begannen zu essen. Ihr Vater war sehr hungrig und

schlang seine Mahlzeit hinunter. Weshalb mochte er gekommen sein? Nur um vom Tod ihres Großvaters zu berichten? Nein.

Sie erkundigte sich nach ihren Schwestern. Nach dem Tod ihrer Mutter hatte jede der vier auf ihre Art mit ihrem Vater gebrochen. Zwei waren nach Amerika gegangen, eine hatte den Sohn des größten Feindes ihres Vaters geheiratet, und die jüngste, Naomi, hatte den sichersten Ausweg gewählt und war gestorben. Elene begann zu begreifen, daß ihr Vater alles verloren hatte.

Er fragte nach ihrer Beschäftigung. Sie beschloß, ihm die Wahrheit zu sagen. »Die Briten versuchen, einen Deutschen zu fangen; sie halten ihn für einen Spion. Meine Aufgabe ist, mit ihm Freundschaft zu schließen ... Ich bin der Köder in der Falle. Aber ... es könnte sein, daß ich ihnen nicht mehr helfen werde.«

Ihr Vater hörte auf zu essen. »Hast du Angst?«

Sie nickte. »Er ist sehr gefährlich und hat einen Soldaten erstochen. Gestern abend ... sollte ich ihn in einem Restaurant treffen, wo die Briten ihn verhaften wollten, aber etwas ging schief, und ich verbrachte den ganzen Abend mit ihm. Ich fürchtete mich so, und als es vorbei war, hat der Engländer ...« Sie schöpfte tief Atem. »Jedenfalls mache ich vielleicht nicht mehr mit.«

Ihr Vater aß weiter. »Liebst du diesen Engländer?«

»Er ist kein Jude«, sagte sie herausfordernd.

»Ich versuche nicht mehr, über jeden ein Urteil zu fällen.« Elene war erstaunt. Hatte ihr Vater sich völlig geändert?

Sie beendeten ihre Mahlzeit, und Elene stand auf, um ihm ein Glas Tee zu bringen. Er sagte: »Die Deutschen kommen. Es wird sehr schlimm für die Juden werden. Ich verschwinde.« Sie runzelte die Stirn. »Wohin?«

»Nach Jerusalem.«

»Wie denn? Die Züge sind überfüllt, es gibt eine Quote für Juden ...«

»Ich werde zu Fuß gehen.«

Sie starrte ihn an. Er konnte es nicht ernst gemeint haben, aber über so etwas würde er nicht scherzen. »Zu Fuß?«

Er lächelte. »Es wäre nicht das erste Mal.«

Elene merkte, daß er entschlossen war, und wurde wütend. »Wenn ich mich recht erinnere, hat Moses es nicht geschafft.«

»Vielleicht nimmt mich jemand ein Stück mit.«

»Das ist verrückt!«

»Bin ich nicht immer ein bißchen verrückt gewesen?«

»Ja!« rief sie. Plötzlich flaute ihr Zorn ab. »Ja, du bist immer ein bißchen verrückt gewesen, und ich sollte wissen, daß ich dich nicht umstimmen kann.«

»Ich werde zu Gott beten, daß er dich verschont. Du hast eine Chance, denn du bist jung und schön, vielleicht werden sie nicht erfahren, daß du Jüdin bist. Aber ich, ein nutzloser alter Mann, der hebräische Gebete murmelt ... mich würden sie in ein Lager schicken, wo ich bestimmt umkäme. Es ist immer besser zu überleben. Das sind deine eigenen Worte.«

Sie redete ihm zu, bei ihr zu bleiben, wenigstens für eine Nacht, doch er ließ sich nicht erweichen. Elene gab ihm einen Pullover, einen Schal und alles Bargeld, das sie im Hause hatte. Sie erklärte ihm, daß sie mehr Geld von der Bank holen und ihm einen guten Mantel kaufen könne, wenn er nur einen Tag warte. Aber er war nicht aufzuhalten. Sie weinte, trocknete sich die Augen und weinte von neuem. Schließlich blickte sie aus dem Fenster und sah, wie er die Straße entlangging: ein alter Mann, der in die Fußstapfen der Kinder Israel trat, Ägypten verließ und in die Wildnis zog. Etwas von dem Mann, den sie gekannt hatte, war doch noch übriggeblieben: Obwohl er nicht mehr so orthodox war wie früher, besaß er immer noch einen eisernen Willen. Er verschwand in der Menge, und Elene trat vom Fenster zurück. Wenn sie an den Mut ihres Vaters dachte, wußte sie, daß sie Vandam nicht im Stich lassen konnte.

*

»Ein rätselhaftes Mädchen«, sagte Wolff. »Ich weiß nicht ganz, was ich von ihr halten soll.« Er saß auf dem Bett und beobachtete Sonja, die sich anzog. »Sie ist etwas nervös. Nachdem sie erfahren hatte, daß wir ein Picknick machen würden, schien sie ziemlich verängstigt, als brauche sie eine Anstandsdame.«

»Die hätte sie bei dir auch gebraucht.«

»Aber sie kann auch sehr derb und direkt sein.«

»Bring sie einfach mit nach Hause. Ich werde sie schon enträtseln.«

»Es beunruhigt mich.« Wolff zog die Brauen zusammen, er dachte laut nach. »Jemand versuchte, zu uns ins Taxi zu springen.«

»Ein Bettler.«

»Nein, es war ein Europäer.«

»Ein europäischer Bettler.« Sonja hörte auf, ihr Haar zu bürsten, und sah Wolff im Spiegel an. »Diese Stadt ist voll von Verrückten, das weißt du doch. Wenn du Bedenken hast, stell dir einfach vor, wie sie sich dort auf dem Bett krümmt und wir beide rechts und links neben ihr liegen.«

Wolff grinste. Es war ein lockendes, aber kein unwiderstehliches Bild, denn es war Sonjas Wunschtraum, nicht seiner. Sein Instinkt riet ihm, sich jetzt zurückzuziehen und sich mit niemandem zu verabreden. Aber Sonja würde nicht nachgeben – und er brauchte sie noch immer.

»Und wann soll ich Kontakt mit Kemel aufnehmen?« fragte Sonja. »Inzwischen weiß er bestimmt, daß du hier wohnst.« Wolff seufzte. Noch eine Verabredung, noch jemand, der Ansprüche an ihn stellte, noch eine Gefahr –

doch wiederum jemand, dessen Schutz er benötigte. »Ruf ihn heute abend aus dem Club an. Ich bin nicht scharf auf dieses Treffen, aber wir müssen ihn bei Laune halten.«

»In Ordnung.« Sie war fertig, und ihr Taxi wartete. »Verabrede dich mit Elene.« Damit ging sie hinaus.

Sonja war nicht mehr so fest wie früher in seiner Macht. Die Mauern, die man baut, um sich zu schützen, engen gleichzeitig ein. Konnte er es sich leisten, ihren Wunsch zu ignorieren? Sie würde ihn vielleicht verraten, wenn sie wirklich verärgert war.

Wolff stand vom Bett auf, holte Papier und einen Federhalter und setzte sich, um Elene einen kurzen Brief zu schreiben.

17

DIE BOTSCHAFT WURDE einen Tag nachdem Elenes Vater sich nach Jerusalem aufgemacht hatte, abgegeben. Ein kleiner Junge kam mit einem Umschlag an die Tür. Elene gab ihm ein Trinkgeld und las den Brief. Er war kurz. »Meine liebe Elene, bitte treffen Sie sich am nächsten Donnerstag um 20.00 Uhr mit mir im Oasenrestaurant. Ich sehe dem Abend mit großer Freude entgegen. Herzlichst, Alex Wolff.« Im Gegensatz zu seiner Redeweise hatten die geschriebenen Worte eine Steifheit, die deutsch schien; aber vielleicht bildete sie sich das nur ein. Donnerstag, also übermorgen. Sie wußte nicht, ob sie erfreut oder erschrocken sein sollte. Ihr erster Gedanke war, Vandam anzurufen. Dann zögerte sie.

Elene war sehr neugierig geworden, was Vandam betraf. Sie wußte so wenig über ihn. Was tat er, wenn er nicht auf Spione Jagd machte? Hörte er sich Musik an, sammelte er Briefmarken, schoß er Enten? War er interessiert an Dichtung oder Architektur oder antiken Teppichen? Wie sah sein Heim aus? Mit wem lebte er? Welche Farbe hatte sein Schlafanzug? Sie wollte ihren Streit beenden und sehen, wo er wohnte. Nun hatte sie einen Vorwand, um mit ihm Verbindung aufzunehmen, doch statt ihn anzurufen, würde sie ihn in seinem Haus besuchen.

Elene beschloß, ein Bad zu nehmen. Sie wollte sich das Haar waschen und ihr Kleid wechseln. In der Badewanne dachte sie darüber nach, welches sie anziehen sollte. Sie versuchte, sich zu erinnern, was sie bei ihren Begegnungen mit Vandam getragen hatte. Er hatte das hellrote Kleid mit den gebauschten Schultern und den vielen Knöpfen an der Vorderseite noch nicht gesehen. Es war sehr hübsch.

Sie betupfte sich mit ein wenig Parfüm und zog die seidene Unterwäsche an, die Johnnie ihr geschenkt hatte und in der sie sich immer so fraulich fühlte. Ihr kurzes Haar war schon trocken, und sie setzte sich vor den Spiegel, um es zu kämmen. Die feinen dunklen Locken glänzten nach dem Waschen. Ich sehe entzückend aus, dachte sie, und lächelte sich selbst verführerisch zu.

Als sie die Wohnung verließ, nahm sie Wolffs Brief mit. Vandam würde sich für seine Handschrift interessieren. Er war an jeder kleinen Einzelheit interessiert, wenn es um Wolff ging. Die Schrift war sehr sauber, leicht zu lesen, fast wie die Buchstaben eines Künstlers. Vandam würde daraus einige Schlüsse ziehen.

Elene steuerte auf Garden City zu. Es war 19.00 Uhr. Da Vandam bis spät abends arbeitete, hatte sie viel Zeit. Die Sonne war noch kräftig, und sie genoß die Wärme beim Gehen. Eine Gruppe Soldaten pfiff ihr zu, und in ihrer gelösten Stimmung lächelte sie zurück. Die Soldaten folgten ihr ein paar Minuten, bis sie von einer Bar abgelenkt wurden. Sie fühlte sich froh und unbekümmert. Eine gute Idee, ihn zu Hause zu besuchen, so viel besser, als allein in der Wohnung zu sitzen. Sie war zu oft allein gewesen.

Das Haus ließ sich leicht finden. Es war eine kleine Villa im französischen Kolonialstil, mit Säulen und hohen Fenstern; der weiße Stein warf die Abendsonne gleißend zurück. Elene überquerte die kurze Auffahrt, klingelte und wartete im Schatten des Säulenganges.

Ein älterer kahlköpfiger Ägypter kam an die Tür. »Guten Abend, Madam«, sagte er wie ein englischer Butler.

»Ich würde gern Major Vandam sprechen. Ich heiße Elene Fontana.«

»Der Major ist noch nicht zurückgekehrt, Madam.« Der Diener zögerte.

»Vielleicht könnte ich auf ihn warten.«

»Natürlich, Madame.« Er machte einen Schritt zur Seite, um sie einzulassen.

Elene trat über die Schwelle und schaute sich mit nervösem Eifer um. Sie stand in einem kühlen gekachelten Flur mit hoher Decke. Bevor sie alles mustern konnte, forderte der Diener sie auf: »Hier entlang, Madam.« Er führte sie in ein Wohnzimmer. »Ich heiße Gaafar. Bitte, rufen Sie mich, wenn Sie irgend etwas benötigen.«

»Vielen Dank, Gaafar.«

Der Diener ging hinaus. Elene war begeistert, in Vandams Haus zu sein und sich umsehen zu können. Das Wohnzimmer hatte einen großen Marmorkamin und war sehr englisch möbliert. Irgendwie gewann sie den Eindruck, daß nicht er selbst es ausgestattet hatte. Alles war sauber und wirkte, als werde es nicht oft benutzt. Was sagte es über seinen Charakter aus? Vielleicht gar nichts.

Die Tür öffnete sich, und ein Junge trat ein. Er war sehr hübsch, hatte lockiges braunes Haar und glatte, noch von der Pubertät unberührte Haut. Er war ungefähr zehn Jahre alt und kam ihr irgendwie bekannt vor.

»Hallo, ich bin Billy Vandam«, sagte der Junge.

Elene starrte ihn entsetzt an. Ein Sohn – Vandam hatte einen Sohn! Jetzt wußte sie, weshalb sie geglaubt hatte, ihn zu kennen: Er ähnelte seinem Vater. Wieso war ihr nie eingefallen, daß Vandam verheiratet sein könnte? Wie dumm von ihr anzunehmen, daß sie ihn als erste begehrt hatte! Sie fühlte sich so albern, daß sie rot wurde.

Sie schüttelte Billy die Hand. »Freut mich. Ich heiße Elene Fontana.«

»Wir wissen nie, wann Dad nach Hause kommt. Ich hoffe, daß Sie nicht zu lange warten müssen.«

Noch hatte sie sich nicht wieder in der Gewalt. »Keine Sorge, es macht mir nichts aus, spielt überhaupt keine Rolle ...«

»Möchten Sie vielleicht etwas trinken?«

Er war sehr höflich, wie sein Vater; seine Förmlichkeit wirkte entwaffnend. »Nein, danke.«

»Ich muß jetzt mein Abendbrot essen. Entschuldigen Sie, daß ich Sie allein lasse.«

»Aber natürlich ...«

»Wenn Sie etwas brauchen, rufen Sie nur nach Gaafar.«

»Vielen Dank.«

Der Junge ging hinaus, und Elene ließ sich in einen Sessel fallen. Plötzlich bemerkte sie ein Foto auf dem marmornen Kaminsims. Sie stand auf, um es sich anzuschauen. Es war das Bild einer schönen Frau von Anfang Zwanzig, einer kühlen, aristokratisch aussehenden Frau mit einem leicht hochmütigen Lächeln. Elene bewunderte das Kleid, das sie trug: etwas Seidenes, Wallendes, das ihre schlanke Figur mit eleganten Falten umgab. Haar und Make-up waren perfekt. Die Augen schienen überraschend vertraut, klar, aufmerksam und hell. Elene fiel ein, daß Billy die gleichen Augen hatte. Dies war also Billys Mutter, Vandams Frau, eine Klassische englische Schönheit mit überlegener Miene.

Elene war eine Närrin gewesen. Solche Frauen standen Schlange, um Männer wie Vandam zu heiraten. Als ob er an ihnen allen vorbeigegangen wäre, nur um sich in eine ägyptische Kurtisane zu verlieben! Sie überlegte sich, was ihn von ihr trennte: Vandam war geachtet, und sie hatte einen schlechten Ruf; er war Brite und sie Ägypterin; er war – vermutlich – Christ, und sie war Jüdin; er hatte eine gute Erziehung genossen, und sie stammte aus den Slums von Alexandria; er war fast vierzig und sie dreiundzwanzig ... Die Liste war lang.

Hinten im Rahmen des Fotos steckte eine Seite, die aus einer Zeitschrift herausgerissen war. Das Papier war alt und vergilbt; darauf war das gleiche Foto abgebildet. Elene entdeckte, daß es eine Seite aus der Zeitschrift »The Tatler« war. Sie hatte davon gehört: Die Frauen höherer Offiziere in Kairo lasen »The Tatler« gern, da er über alle trivialen Ereignisse der Londoner Gesellschaft berichtete. Das Bild von Mrs. Vandam nahm den größten Teil der Seite ein, und ein Textabschnitt unter dem Foto teilte mit, daß sich Angela, Tochter von Sir Peter und Lady Beresford, mit Leutnant William Vandam, Sohn von Mr. und Mrs. John Vandam aus Gately, Dorset, verlobt habe. Elene faltete den Ausschnitt wieder zusammen und steckte ihn zurück in den Rahmen.

Das Bild der Familie war vollständig: attraktiver britischer Offizier, kühle, selbstbewußte englische Ehefrau, intelligenter, liebenswerter Sohn, prächtiges Haus, Geld, hohe soziale Stellung und Glück.

Sie ging im Zimmer umher und fragte sich, ob es noch weitere Überraschungen geben würde. Der Raum war natürlich von Mrs. Vandam eingerichtet worden, mit absolut »neutralem« Geschmack. Das unaufdringliche Muster der Vorhänge war auf die zurückhaltende Tönung der Möbelbezüge und die eleganten gestreiften Tapeten abgestimmt. Wie wohl das Schlafzimmer aussehen mochte? Wahrscheinlich würde es auch von distanziertem Geschmack zeugen. Vielleicht würde Blaugrün die Hauptfarbe sein, die Nuance, die Nilgrün genannt wurde, obwohl sie nicht im geringsten an das trübe Wasser des Nils erinnerte. Ob sie Einzelbetten hatten? Elene hoffte es. Sie würde es nie erfahren.

An einer Wand stand ein kleines Klavier. Wer mochte es spielen?Vielleicht saß Mrs. Vandam manchmal abends hier und ließ Chopin erklingen, während Vandam dort drüben im Sessel saß und ihr liebevoll zusah. Vielleicht begleitete Vandam sich selbst, während er ihr mit kräftiger Tenorstimme romantische Balladen vortrug. Vielleicht hatte Billy eine Klavierlehrerin und übte jeden Tag nach der Schule Tonleitern. Elene blätterte die Partituren durch, die sich auf dem Klavierhocker stapelten. Sie hatte recht gehabt, was Chopin betraf: Ein Buch enthielt seine Walzer.

Sie nahm sich einen Roman, der auf dem Klavier lag und öffnete ihn. Die erste Zeile lautete: »Heute nacht träumte mir, ich sei wieder in Manderley.« Die einführenden Sätze weckten ihr Interesse. Ob Vandam das Buch gerade las? Vielleicht konnte sie es sich ausleihen. Es wäre gut, etwas von ihm zu haben. Andererseits hatte sie nicht das Gefühl, daß er sich viel mit Belletristik abgab. Sie wollte sich das Buch nicht von seiner Frau leihen.

Billy kam herein. Elene legte das Buch rasch zurück. Billy bemerkte die Geste. »Das taugt nichts. Es handelt von einer albernen Frau, die sich vor der Haushälterin ihres Mannes fürchtet. Und es passiert gar nichts.«

Elene setzte sich, und Billy nahm ihr gegenüber Platz.

Offenbar wollte er sie unterhalten. Er war, abgesehen von den klaren, grauen Augen, eine Miniaturausgabe seines Vaters. »Du hast es also gelesen?«

»Rebecca? Ja. Es hat mir nicht gut gefallen, aber ich lese meine Bücher immer zu Ende.«

»Was liest du am liebsten?«

»Krimis. Ich habe alles von Agatha Christie und Dorothy Sayers gelesen. Aber am liebsten mag ich Amerikaner, S. S. Van Dine und Raymond Chandler.«

»Wirklich?« Elene lächelte. »Ich habe auch viel für Detektivgeschichten übrig.«

»Oh! Wer ist ihr Lieblingsdetektiv?«

Sie dachte nach. »Maigret.«

»Ich habe noch nie von ihm gehört. Wie heißt der Autor?«

»Georges Simenon. Er schreibt französisch, aber jetzt sind einige seiner Bücher ins Englische übersetzt worden. Sie spielen meist in Paris und sind sehr ... kompliziert.«

»Würden Sie mir eins leihen? Es ist so schwer, neue Bücher zu kriegen. Ich habe alle in diesem Haus und in der Schulbücherei gelesen. Und ich tausche mit meinen Freunden, aber denen gefallen Geschichten von Kindern, die in den Schulferien Abenteuer erleben.«

»Einverstanden. Tauschen wir. Was kannst du mir leihen? Ich glaube nicht, daß ich schon mal einen amerikanischen Krimi gelesen habe.«

»Ich werde Ihnen Chandler leihen. Die amerikanischen sind viel realistischer, wissen Sie. Ich interessiere mich nicht mehr für Geschichten über englische Landhäuser und Menschen, die wahrscheinlich keiner Fliege etwas zuleide tun könnten.«

Sie fand seinen Sinn für Realismus bemerkenswert. »Liest deine Mutter Detektivgeschichten?«

»Meine Mutter ist letztes Jahr auf Kreta gestorben«, entgegnete Billy.

»Oh!« Elene schlug die Hand vor den Mund. Sie merkte, daß sie bleich wurde. Vandam war also *nicht* verheiratet!

Dann war sie beschämt über ihre Reaktion und sagte: »Billy, wie schrecklich für dich. Es tut mir leid.«

»Keine Ursache. Das ist eben der Krieg.«

Nun war er wieder wie sein Vater. Eine Zeitlang, als er von den Büchern sprach, war er von jungenhafter Begeisterung erfüllt gewesen, aber nun hatte er seine Maske aufgesetzt, und sie ähnelte der seines Vaters: Höflichkeit, Förmlichkeit, das Benehmen des entgegenkommenden Gastgebers. Sie fragte sich, ob er erst seit dem Tod seiner Mutter »realistischen« Morden gegenüber wenig plausiblen Gewalttaten in Landhäusern den Vorzug gab. Nun blickte er sich um und schien etwas zu suchen, vielleicht eine Anregung. Gleich würde er ihr Zigaretten, Whisky, Tee anbieten. Es war schwer genug, die richtigen Worte für einen trauernden Erwachsenen zu finden; Billy gegenüber fühlte sie sich hilflos. Sie beschloß von etwas anderem zu sprechen.

»Ich nehme an, du erfährst mehr über den Krieg als wir anderen, da dein Vater im Großen Hauptquartier arbeitet.«

»Kann sein, aber meistens verstehe ich's nicht ganz. Wenn mein Vater schlecht gelaunt nach Hause kommt, weiß ich, daß wir wieder eine Schlacht verloren haben.« Er begann, an einem Fingernagel zu kauen, dann vergrub er die Hände in den Taschen seiner Shorts. »Wenn ich nur älter wäre.«

»Du möchtest kämpfen?«

Er blickte sie wütend an, als glaube er, sie mache sich über ihn lustig. »Ich gehöre nicht zu den Kindern, die das alles für einen großen Spaß halten, wie in einem Cowboyfilm.«

»Davon bin ich überzeugt«, murmelte sie.

»Ich habe einfach Angst, daß die Deutschen siegen werden.« Elene dachte: Oh, Billy, wenn du zehn Jahre älter wärest, würde ich mich auch in dich verlieben. »Vielleicht wäre es gar nicht so schlimm. Es sind keine Ungeheuer.«

Billy betrachtete sie skeptisch. »Sie würden nur das mit uns machen, was wir seit fünfzig Jahren mit den Ägyptern gemacht haben.«

Sie war sicher, daß dies wieder ein Ausspruch seines Vaters war.

Billy fuhr fort: »Aber dann wäre alles umsonst gewesen.« Er kaute wieder auf dem Fingernagel. Was wäre umsonst gewesen: der Tod seiner Mutter? Sein persönliches Streben nach Mut? Das zweijährige Hin und Her des Wüstenkrieges? Die europäische Zivilisation?

»Nun, noch ist es nicht soweit«, sagte sie.

Billy schaute zu der Uhr auf dem Kaminsims. »Ich soll um neun ins Bett gehen.« Plötzlich,war er wieder ein Kind.

»Nur zu.«

»Ja.« Er stand auf.

»Darf ich in ein paar Minuten zu dir kommen und dir gute Nacht sagen?«

»Wenn Sie wollen.« Er ging hinaus.

Was für ein Leben führten sie in diesem Haus? Der Mann, der Junge und der alte Diener lebten hier zusammen, jeder mit seinen Sorgen. Gemessen an ihrer eigenen Kindheit, besaß Billy enorme Privilegien. Trotzdem fürchtete sie, daß dieser Haushalt für einen Jungen zu »erwachsen« war. Seine naive Weisheit war bezaubernd, aber er wirkte wie ein Kind, das nicht viel Spaß hatte. Mitleid überwältigte sie.

Elene verließ das Wohnzimmer und ging nach oben. Im ersten Stock schien es drei oder vier Schlafzimmer zu geben; eine schmale Treppe führte zur zweiten Etage hinauf, in der wahrscheinlich Gaafar schlief. Eine der Türen war geöffnet, und sie trat ein.

Es sah nicht aus wie das Schlafzimmer eines kleinen Jungen. Elene wußte nicht viel über kleine Jungen – sie hatte vier Schwestern gehabt –, doch sie hatte Modellflugzeuge, Puzzles, eine Eisenbahn, Sportausrüstung und vielleicht einen alten, vernachlässigten Teddybär erwartet. Sie wäre nicht überrascht gewesen, wenn sie Kleidungsstücke auf dem Boden, einen Stabilbaukasten auf dem Bett und ein Paar schmutziger Fußballstiefel auf einer polierten Schreibtischplatte entdeckt hätte. Aber nichts dergleichen. Was sie vorfand, sah eher aus wie das Schlafzimmer eines Erwachsenen. Die Kleidung auf dem Stuhl war säuberlich gefaltet, nichts lag oben auf der Kommode, die Schulbücher waren auf dem Schreibtisch aufgestapelt, und das einzige sichtbare Spielzeug war das Pappmodell eines Panzers. Billy lag im Bett, seine gestreifte Pyjamajacke war bis zum Hals zugeknöpft, er hatte ein Buch in der Hand.

»Dein Zimmer gefällt mir«, log Elene.

»Es ist nicht schlecht.«

»Was liest du da?«

»›Das Geheimnis des griechischen Sarges‹.«

Sie setzte sich auf den Bettrand. »Bleib nicht zu lange wach.«

»Ich muß das Licht um halb zehn ausmachen.«

Elene beugte sich plötzlich vor und küßte ihn auf die Wange. In diesem Moment öffnete sich die Tür und Vandam kam herein.

*

Es war die Vertrautheit der Szene, die ihn so schockierte: der Junge, der mit seinem Buch im Bett lag, das Licht der Nachttischlampe, die Frau, die sich vorbeugte, um dem Jungen einen Gutenachtkuß zu geben. Vandam stand da und starrte vor sich hin wie jemand, der weiß, daß er träumt, aber trotzdem nicht aufwachen kann.

Elene erhob sich und sagte: »Hallo, William.«

»Hallo, Elene.«

»Gute Nacht, Billy.«

»Gute Nacht, Miß Fontana.«

Sie ging an Vandam vorbei und verließ das Zimmer. Vandam setzte sich in die Mulde am Bettrand, die sie hinterlassen hatte. »Hast du unsere Besucherin unterhalten?«

»Ja.«

»Gut gemacht.«

»Ich mag sie, sie liest Detektivgeschichten. Wir wollen Bücher tauschen.«

»Das ist schön. Hast du deine Hausaufgaben gemacht?«

»Ja. Französische Vokabeln.«

»Soll ich sie dir abhören?«

»Nicht nötig, Gaafar hat's schon getan. Sie ist wirklich sehr hübsch, nicht wahr?«

»Ja. Sie arbeitet für mich, man darf nicht darüber reden. Also ...«

»Meine Lippen sind versiegelt.«

Vandam lächelte. »So ist's richtig.«

Billy senkte die Stimme. »Ist sie ... eine Geheimagentin?« Sein Vater legte einen Finger an die Lippen. »Wände haben Ohren.«

Der Junge schien mißtrauisch. »Du machst Witze.«

Vandam schüttelte den Kopf.

»Mann!«

»Licht aus um halb zehn.« Vandam stand auf.

»Klar. Gute Nacht.«

»Gute Nacht, Billy.« Vandam ging hinaus. Während er die Tür schloß, schoß ihm durch den Kopf, daß der Gutenachtkuß von Elene Billy wahrscheinlich mehr gegeben hatte als das Gespräch von Mann zu Mann mit seinem Vater.

Elene war im Wohnzimmer und mixte Martinis. Er hätte ihr übelnehmen sollen, wie rasch sie sich bei ihm heimisch machte, aber er war zu müde, um Gefallen an Posen zu finden. Dankbar setzte er sich in einen Sessel und nahm einen Drink entgegen.

»Viel zu tun gehabt?« fragte Elene.

Vandams ganze Abteilung hatte an den neuen Funksicherungsmaßnahmen gearbeitet, die nach der Erbeutung des deutschen Horchpostens auf dem Jesushügel eingeführt wurden, aber das würde er Elene nicht sagen. Außerdem schien sie die Rolle der besorgten Ehefrau zu spielen, wozu sie kein Recht hatte. »Weshalb sind Sie hierhergekommen?«

»Ich habe eine Verabredung mit Wolff.«

»Wunderbar!« Vandam vergaß sofort alle geringeren Probleme. »Wann?«

»Donnerstag.« Sie reichte ihm das Blatt Papier.

Er musterte den Brief. Es war eine gebieterische Aufforderung, geschrieben mit deutlichen, eleganten Buchstaben.

»Wie wurde der Brief abgeliefert?«

»Ein Junge brachte ihn an meine Tür.«

»Haben Sie den Jungen ausgefragt? Wo hatte er die Botschaft erhalten und von wem?«

Sie war niedergeschlagen. »Daran habe ich nicht gedacht.«

»Macht nichts.« Wolff hatte sich bestimmt abgesichert; der Junge konnte nichts Wertvolles gewußt haben.

»Was werden wir tun?«

»Das gleiche wie beim letzten Mal, nur besser.« Vandam versuchte, zuversichtlicher zu klingen, als er war. Es hätte ganz einfach sein sollen. Der Mann verabredet sich mit einem Mädchen; man wartet also am Treffpunkt und verhaftet ihn, wenn er auftaucht. Aber Wolff war unberechenbar. Noch einmal würde der Trick mit dem Taxi nicht gelingen: Vandam würde das Restaurant von zwanzig oder dreißig Männern und mehreren Wagen umzingeln lassen und Vorsorge für Straßensperren treffen. Aber Wolff könnte einen anderen Trick versuchen. Vandam konnte sich nicht vorstellen, welchen – und das war das Problem.

Als ob sie seine Gedanken gelesen habe, sagte Elene: »Ich will nicht noch einen Abend mit ihm verbringen!«

»Warum nicht?«

»Er macht mir Angst.«

Vandam war schuldbewußt, unterdrückte aber sein Mitgefühl. »Beim letztenmal hat er Ihnen doch nichts getan.«

»Er hat nicht versucht, mich zu verführen, deshalb brauchte ich nicht abzulehnen. Aber er wird es versuchen, und ich fürchte, daß er sich mit einer Absage nicht zufriedengeben wird.«

»Wir haben unsere Lektion gelernt«, versicherte Vandam, ohne es selbst zu glauben. »Diesmal wird's keine Fehler geben.« Insgesamt war er von ihrer Entschlossenheit, nicht mit Wolff ins Bett zu gehen, überrascht. Er hatte vermutet, daß diese Dinge für sie keine Rolle spielten. Also hatte er sie falsch eingeschätzt. Plötzlich war er sehr froh, sie in diesem neuen Licht zu sehen. Er beschloß, ehrlich zu sein. »Ich sollte es anders formulieren: Ich werde alles tun, was in meiner Macht steht, damit es diesmal keine Fehler gibt.«

Gaafar kam herein und verkündete: »Das Dinner ist serviert, Sir.« Vandam lächelte: Gaafar bemühte sich, der Besucherin zu Ehren wie ein englischer Butler aufzutreten.

»Haben Sie schon gegessen?« fragte Vandam.

»Nein.«

»Was hast du zu bieten, Gaafar?«

»Für Sie, Sir, Brühe, Rührei und Joghurt. Aber ich habe mir die Freiheit genommen, ein Kotelett für Miß Fontana zu braten.«

»Essen Sie immer nur so etwas?« erkundigte sich Elene.

»Nein, es ist wegen meiner Verletzung. Ich kann nicht kauen.« Er stand auf.

Während sie ins Eßzimmer gingen, fragte Elene: »Tut es immer noch weh?«

»Nur wenn ich lache. Aber ich kann die Muskeln an dieser Stelle nicht spannen. Deshalb habe ich mich daran gewöhnt, nur mit einer Gesichtshälfte zu lächeln.«

Sie setzten sich, und Gaafar servierte die Suppe.

»Ich mag Ihren Sohn sehr gern«, sagte Elene.

»Ich auch.«

»Er ist älter als seine Jahre.«

»Halten Sie das für schlecht?«

Sie zuckte die Achseln. »Wer weiß?«

»Er hat ein paar Dinge durchgemacht, die nur Erwachsene erleben sollten.«

»Ja.« Elene zögerte. »Wann ist Ihre Frau gestorben?«

»Am Abend des 28. Mai 1941.«

»Billy hat mir erzählt, daß es auf Kreta geschah.«

»Ja. Sie arbeitete bei der Dechiffrierabteilung der Luftwaffe. Als die Deutschen die Insel angriffen, hielt sie sich vorübergehend auf Kreta auf. Am 28. Mai wurde den Briten klar, daß sie die Schlacht verloren hatten, und sie beschlossen, sich zurückzuziehen. Anscheinend wurde sie von einer verirrten Granate getroffen und sofort getötet. Natürlich haben wir damals versucht, Lebende zu retten, nicht Leichen zu bergen. Also ... Es gibt kein Grab, keinen Gedenkstein, nichts.«

»Lieben Sie sie immer noch?« fragte Elene ruhig.

»Ich glaube, daß ich sie immer lieben werde. So ist das wohl mit Menschen, die man wirklich liebt. Es spielt keine Rolle, ob sie fortgehen oder sterben. Wenn ich je wieder heiraten sollte, werde ich Angela immer noch lieben.«

»Waren Sie sehr glücklich?«

»Wir ...« Er zögerte, um nicht antworten zu müssen, dann merkte er, daß sein Zögern auch eine Antwort war.

»Glauben Sie, daß Sie wieder heiraten werden?«

»Tja ...« Er zuckte die Achseln. Elene schien ihn zu verstehen, denn sie schwieg und begann, ihr Dessert zu essen.

Danach brachte Gaafar ihnen Kaffee ins Wohnzimmer. Um diese Tageszeit begann Vandam gewöhnlich, sich dem Alkohol hinzugeben, aber heute abend wollte er sich zurückhalten. Er schickte Gaafar ins Bett, und sie tranken ihren Kaffee. Vandam rauchte eine Zigarette.

Er hatte Lust, Musik zu hören. Früher hatte er Musik geliebt, doch in letzter Zeit war sie aus seinem Leben verschwunden. Nun, da die milde Nachtluft durch die offenen Fenster drang und der Rauch seiner Zigarette hochstieg, wollte er klare Töne, süße Harmonien und sanfte Rhythmen hören. Er trat ans Klavier und betrachtete die Partituren. Elene beobachtete ihn schweigend. Er fing an, »Für Elise« zu spielen.

Als das Stück vorbei war, setzte er sich neben Elene und küßte sie auf die Wange. Ihr Gesicht war feucht von Tränen. Sie sagte: »William, ich liebe dich von ganzem Herzen.«

*

Sie flüstern.

»Ich mag deine Ohren.«

»Niemand hat je an ihnen geleckt.«

Sie kichert. »Gefällt es dir?«

»Ja, ja.« Er seufzt. »Darf ich ...?«

»Die Knöpfe öffnen – hier – so ist's richtig – ah.«

»Ich mache das Licht aus.«

»Nein, ich will dich sehen ...«

»Der Mond scheint.« Ein Klicken. »Siehst du? Das Mondlicht genügt.«

»Komm sofort wieder her ...«

»Hier bin ich.«

»Küß mich noch einmal, William.«

Eine Weile fällt kein Wort. Dann fragt er: »Darf ich dieses Ding abmachen?«

»Ich helfe dir ... So.«

»Oh! Oh, sie sind so schön.«

»Ich freue mich, daß sie dir gefallen ... Könntest du das etwas kräftiger tun ... Saug ein wenig ... Ah, Gott ...«

Etwas später sagt sie: »Ich möchte *deine* Brust fühlen. Verdammte Knöpfe – ich habe dein Hemd zerrissen ...«

»Zum Teufel damit.«

»Ich wußte, daß es so sein würde ... Sieh nur.«

»Was?«

»Unsere Haut im Mondlicht – du bist so blaß, und ich bin fast schwarz. Sieh ...«

»Ja.«

»Berühre mich, streichle mich. Drücke und kneife, ich möchte deine Hände überall fühlen ...«

»Ja ...«

»... Überall, deine Hände, dort, ja, besonders dort, oh, du *weißt*, du weißt *genau*, wo!«

»Du bist so weich.«

»Es ist ein Traum.«

»Nein, es ist Wirklichkeit.«

»Ich möchte nie aufwachen.«

»So weich ...«

»Und du bist so hart ... Darf ich ihn küssen?«

»Ja, bitte ... Ah ... Himmel, wie schön – Himmel ...«

»William?«

»Ja?«

»Jetzt, William?«

»Oh ja.«

»Zieh sie aus.«

»Seide.«

»Ja, mach schnell.«

»Ja.«

»Das habe ich mir so lange gewünscht ...«

Sie keucht, er stößt etwas wie ein Schluchzen aus, und dann ist minutenlang nur ihr Atmen zu hören, bis er schließlich laut zu schreien beginnt. Sie erstickt seine Schreie mit ihren Küssen, dann spürt auch sie es, drückt das Gesicht ins Kissen, öffnet den Mund und schreit.

Er ist an so etwas nicht gewöhnt, glaubt, daß etwas schiefgegangen ist, und sagt: »Alles ist gut, gut, gut ...«

Schließlich wird sie schlaff, liegt eine Weile mit geschlossenen Augen und schwitzend da, bis ihr Atem normal wird. Dann blickt sie zu ihm auf. »Nun weiß ich, wie es sein soll!«

Er lacht, sie sieht ihn fragend an, und er erklärt: »Genau das habe ich auch gedacht.«

Dann lachen sie beide, und er sagt: »Ich habe schon vieles danach ... hinterher getan, aber ich glaube nicht, daß ich schon einmal gelacht habe.«

»Ich freue mich so. Oh, William, ich freue mich so.«

18

ROMMEL KONNTE DAS Meer riechen. In Tobruk waren die Hitze, der Staub und die Fliegen nicht weniger schlimm als in der Wüste, aber alles wurde durch gelegentliche Brisen salziger Feuchtigkeit erleichtert.

Von Mellenthin kam mit seinem Geheimdienstbericht in das Befehlsfahrzeug. »Guten Abend, Herr Generalfeldmarschall!« Rommel lächelte. Er war nach dem Sieg von Tobruk befördert worden und hatte sich noch nicht an den Titel gewöhnt. »Etwas Neues?«

»Eine Mitteilung vom Spion in Kairo. Er sagt, daß die Marsa-Matruch-Linie in der Mitte schwach sei.«

Rommel nahm den Bericht und überflog ihn. Er lächelte darüber, daß die Alliierten mit einem Vorstoß um das Südende der Linie rechneten. Offenbar begannen sie, seine Denkweise zu verstehen. »Das Minenfeld wird an dieser Stelle also schwächer ... Aber dort wird die Linie von zwei Kolonnen verteidigt. Was ist eine Kolonne?«

»Ein neuer Begriff, den sie benutzen. Einer unserer Kriegsgefangenen sagt aus, eine Kolonne sei eine Brigade, die zweimal von Panzern überrannt worden ist.«

»Eine schwache Truppe also.«

»Ja.«

Rommel pochte mit dem Zeigefinger auf den Bericht. »Wenn das stimmt, können wir die Marsa-Matruch-Linie durchbrechen, sobald wir sie erreichen.«

»Ich werde natürlich mein Bestes tun, um die Meldung des Spions in den nächsten ein oder zwei Tagen zu überprüfen«, sagte von Mellenthin. »Aber letztes Mal hatte er recht.«

Die Fahrzeugtür wurde aufgerissen und Kesselring kam herein.

Rommel war verblüfft. »Herr Generalfeldmarschall! Ich dachte, Sie seien in Sizilien.«

»Da war ich auch.« Kesselring stampfte auf, um den Staub von seinen handgefertigten Stiefeln zu schütteln. »Ich bin gerade hierhergeflogen, um mit Ihnen zu reden. Verdammt noch mal, Rommel, das muß aufhören. Ihre Befehle sind eindeutig: Sie sollten bis Tobruk vordringen und nicht weiter.«

Rommel lehnte sich in seinem Segeltuchstuhl zurück. Er hatte gehofft, der Diskussion mit Kesselring zu entgehen. »Die Umstände haben sich geändert.«

»Aber Ihre ursprünglichen Befehle sind durch das italienische Oberkommando bestätigt worden. Und was war

Ihre Reaktion? Sie haben den ›Rat‹ abgelehnt und Bastico zum Mittagessen in Kairo eingeladen!«

Nichts erboste Rommel mehr als Befehle von den Italienern. »Die Italiener haben in diesem Krieg nichts geleistet«, sagte er wütend.

»Das spielt keine Rolle. Wir brauchen Ihre Luft- und Seeunterstützung jetzt für den Angriff auf Malta. Wenn wir Malta genommen haben, werden Ihre Nachschubwege für den Vormarsch nach Ägypten gesichert sein.«

»Sie scheinen überhaupt nichts gelernt zu haben!« Rommel bemühte sich, die Stimme zu senken. »Während wir uns eingraben, wird auch der Feind sich eingraben. Ich bin nicht dadurch so weit gekommen, daß ich das alte Spiel von Vormarsch, Konsolidierung, Vormarsch gespielt habe. Wenn der Feind angreift, weiche ich aus; wenn er eine Position verteidigt, umgehe ich sie; und wenn er sich zurückzieht, jage ich ihn. Jetzt ist er auf der Flucht, und jetzt muß Ägypten genommen werden.«

Kesselring blieb beherrscht. »Aber wie wollen Sie Ägypten mit einer Handvoll Panzer erobern?«

Rommel sagte: »Von Mellenthin, gehen Sie zum Funkwagen, und sehen Sie, was eingetroffen ist.«

Von Mellenthin runzelte die Stirn, doch Rommel verzichtete auf eine Erläuterung. Er ging hinaus.

»Die Alliierten formieren sich nur bei Marsa Matruch. Sie erwarten, daß wir das Südende ihrer Linie umgehen. Statt dessen werden wir die Mitte angreifen, wo sie am schwächsten sind ...«

»Woher wissen Sie das alles?« unterbrach Kesselring.

»Die Einschätzung unseres Nachrichtendienstes ...«

»Worauf basiert diese Einschätzung?«

»In erster Linie auf dem Bericht eines Spions ...«

»Mein Gott!« Zum erstenmal erhob Kesselring die Stimme.

»Sie haben keine Panzer, aber sie haben Ihren Spion!«

»Beim letztenmal hatte er recht.«

Von Mellenthin kam zurück.

»All das ist vollkommen gleichgültig«, antwortete Kesselring. »Ich bin hier, um die Befehle des Führers zu unterstreichen: Sie rücken nicht weiter vor.«

Rommel lächelte. »Ich habe einen persönlichen Abgesandten zum Führer geschickt.«

»Sie ...?«

»Ich bin jetzt Feldmarschall und habe direkten Zugang zum Führer!«

»Natürlich.«

»Ich glaube daß von Mellenthin die Antwort des Führers hat.«

»Ja«, sagte von Mellenthin und zeigte Kesselring die Zustimmung Hitlers zum Vormarsch nach Kairo.

Schweigen.

Kesselring stolzierte hinaus.

19

ALS VANDAM IN seinem Büro eintraf, erfuhr er, daß Rommel am letzten Abend vorgerückt und weniger als sechzig Meilen von Alexandria entfernt war.

Rommel schien unaufhaltsam. Die Marsa-Matruch-Linie war zerbrochen wie ein Streichholz. Im Süden war das 13. Korps in Panik zurückgewichen, und im Norden hatte die Festung Marsa Matruch kapituliert. Die Alliierten hatten sich wieder zurückgezogen, aber dies würde das letzte Mal sein. Die neue Verteidigungslinie erstreckte sich über eine dreißig Meilen lange Lücke zwischen dem Meer und der undurchdringlichen Kattara-Senke. Wenn auch diese Linie fiel, würde es keine Verteidigung mehr geben. Ägypten würde Rommel gehören.

Die Nachricht reichte nicht aus, um Vandams gehobene Stimmung zu beeinträchtigen. Es war mehr als vierundzwanzig Stunden her, daß er im Morgengrauen, mit Elene in den Armen, auf dem Sofa seines Wohnzimmers aufgewacht war. Seitdem beherrschte ihn eine Art jugendliche Ausgelassenheit. Er erinnerte sich immer wieder an Einzelheiten: daran, wie klein und braun ihre Brustwarzen waren, an den Geschmack ihrer Haut, an ihre scharfen Fingernägel, die sich in seine Schenkel gruben. Wie er wußte, hatte er sich im Büro ein wenig untypisch verhalten. Er hatte seiner Stenotypistin einen Brief mit den Worten: »Sie haben sieben Fehler gemacht. Vielleicht schreiben Sie's noch einmal«, zurückgegeben und sie fröhlich angelächelt. Die Stenotypistin wäre fast vom Stuhl gefallen.

Am frühen Morgen besuchte ihn ein Offizier der Spezialverbindungstruppe. Jeder, der sich im Großen Hauptquartier auskannte, wußte, daß die Spezialverbindungstruppe eine besonders wertvolle, ganz und gar geheime Nachrichtenquelle besaß. Die Meinungen darüber, wie gut die Nachrichten seien, gingen auseinander, und die Auswertung war immer schwierig, weil man die Quelle nicht erfuhr. Brown, der den Rang eines Captains innehatte, an dem aber offensichtlich nichts Soldatisches war, lehnte sich auf den Tischrand und sagte, ohne die Pfeife aus dem Mund zu nehmen: »Werden Sie evakuiert, Vandam?«

Diese Burschen lebten in einer eigenen Welt, und es hatte keinen Zweck, sie daran zu erinnern, daß ein Captain einen Major mit »Sir« anzureden hatte. »Was? Evakuiert? Wieso?« fragte Vandam.

»Unsere Leute werden nach Jerusalem verlegt – genau wie alle, die zuviel wissen. Sie sollen dem Feind nämlich nicht in die Hände fallen.«

»Die hohen Tiere werden also nervös.« Eigentlich war es einleuchtend: Rommel konnte sechzig Meilen innerhalb eines Tages zurücklegen.

»Es wird Unruhen am Bahnhof geben, warten Sie nur. Halb Kairo versucht zu verschwinden, und die andere Hälfte putzt sich schon für die Befreiung heraus. Ha!«

»Sie werden es doch nicht unter die Leute bringen, daß Sie sich absetzen ...«

»Nein, nein. Ich habe eine Kleinigkeit für Sie. Wir alle wissen, daß Rommel einen Spion in Kairo hat.«

»Woher wissen Sie das?«

»So was erfährt man aus London, mein Lieber. Jedenfalls ist der Knabe als – ich zitiere – ›der Held der Raschid-Ali-Geschichte‹ identifiziert worden. Können Sie damit etwas anfangen?«

Vandam war wie vom Donner gerührt. »Und ob!«

»Tja, das wär's.« Brown stützte sich vom Tisch ab.

»Einen Moment. Ist das alles?«

»Leider ja.«

»Handelt es sich um einen entschlüsselten Funkspruch oder um einen Agentenbericht?«

»Es mag genügen, daß die Quelle zuverlässig ist.«

»Das sagen Sie immer.«

»Ja. Vielleicht sehen wir uns eine Weile nicht mehr. Viel Glück.«

»Danke«, murmelte Vandam geistesabwesend.

»Tschüs!« Brown ging paffend hinaus.

Der Held der Raschid-Ali-Geschichte. Es war unglaublich, daß Wolff der Mann sein sollte, der Vandam in Istanbul überlistet hatte. Andererseits war es plausibel: Vandam erinnerte sich, daß ihm irgend etwas an Wolffs Stil vertraut vorgekommen war. Dem Mädchen, das Vandam ausgesandt hatte, um den Drahtzieher zu stellen, war die Kehle durchgeschnitten worden.

Und jetzt schickte Vandam Elene aus, um denselben Mann zu fangen.

Ein Corporal kam mit einem Befehl herein. Vandam las ihn mit wachsendem Unglauben. Alle Abteilungen sollten jene Papiere, die in Feindeshand gefährlich sein könnten, aus ihren Akten aussortieren und verbrennen. Fast alles in den Akten einer Geheimdienstaktion könnte in Feindeshand gefährlich sein. Da können wir ja gleich das ganze Zeug verbrennen, dachte Vandam. Und wie sollten die Abteilungen danach operieren? Offenbar glaubte man an der Spitze, daß alle Operationen bald für immer eingestellt werden müßten. Natürlich war es eine Vorsichtsmaßnahme, doch sie erschien sehr drastisch. Die gesammelten Ergebnisse mehrerer Arbeitsjahre vernichten zu lassen, das konnte nur heißen: An der Eroberung Ägyptens durch die Deutschen bestand kein Zweifel mehr.

Alles zerbröckelt, dachte Vandam. Der Zusammenbruch ist nahe.

Es war undenkbar. Vandam hatte der Verteidigung Ägyptens drei Jahre seines Lebens gewidmet. Tausende von Männern waren in der Wüste gestorben. Konnten sie nun einfach aufgeben, sich umdrehen und davonlaufen? Die Vorstellung war unerträglich.

Er rief Jakes zu sich und beobachtete ihn, während er den Befehl las. Jakes nickte nur, als habe er damit gerechnet. »Ein bißchen viel, nicht wahr?« fragte Vandam.

»Es ist so wie das, was in der Wüste passiert ist, Sir«, erwiderte Jakes. »Wir richten unter enormen Kosten riesige Nachschubdepots ein; dann, wenn wir uns zurückziehen, sprengen wir sie in die Luft, um sie nicht dem Feind auszuliefern.«

Vandam nickte. »Gut, Sie sollten anfangen. Versuchen Sie, daß Ganze um der Moral willen ein wenig herunterzuspielen – die hohen Tiere regen sich unnötig auf oder so ähnlich, Sie wissen ja.«

»Jawohl, Sir. Sollen wir das Freudenfeuer im Hinterhof machen?«

»In Ordnung. Suchen Sie sich einen alten Mülleimer, und durchbohren Sie seinen Boden. Sorgen Sie dafür, daß das Zeug vollkommen verbrennt.«

»Was ist mit Ihren eigenen Akten?«

»Ich werde sie jetzt durchsehen.«

»Jawohl, Sir.« Jakes verließ das Zimmer.

Vandam öffnete seine Aktenschublade und begann, seine Papiere zu sichten. Unzählige Male in den letzten drei Jahren hatte er gedacht: daran brauche ich mich nicht zu erinnern, ich kann ja nachsehen. Er hatte Namen und Adressen, Sicherheitsberichte über Einzelpersonen, Details von Codes, Übermittlungssysteme von Befehlen, Notizen zu wichtigen Fällen und eine kleine Akte mit Bemerkungen über Alex Wolff gesammelt. Jakes brachte einen großen Pappkarton mit der Aufschrift »Lipton's Tea« herein, und Vandam füllte ihn mit Papieren. Er dachte: So ist das also, wenn man verliert.

Der Karton war halb voll, als Vandams Corporal die Tür öffnete. »Major Smith möchte mit Ihnen sprechen, Sir.«

»Schicken Sie in herein.« Vandam kannte keinen Major Smith.

Der Major war ein kleiner, schmächtiger Mann über vierzig; er hatte hervorstehende blaue Augen und wirkte ziemlich selbstgefällig. Während er Vandam die Hand schüttelte, sagte er: »Sandy Smith, Geheimer Nachrichtendienst.«

»Was kann ich für Sie tun?«

»Ich bin eine Art Verbindungsmann zwischen dem Geheimen Nachrichtendienst und dem Generalstab«, erklärte Smith. »Sie haben sich nach einem Buch mit dem Titel ›Rebecca‹ erkundigt ...«

»Ja.«

»Die Antwort ist uns übermittelt worden.« Smith zog schwungvoll ein Stück Papier hervor.

Vandam las die Botschaft. Der Chef des Geheimen Nachrichtendienstes in Portugal war der Anfrage nachgegangen. Er hatte einen seiner Männer alle englischen

Buchläden des Landes besuchen lassen. Im Feriengebiet von Estoril war dieser auf einen Buchhändler gestoßen, der sich daran erinnerte, seinen gesamten Bestand – sechs Exemplare – des Romans »Rebecca« an eine Frau verkauft zu haben. Nach weiteren Nachforschungen hatte sich herausgestellt, daß die Frau mit dem deutschen Militärattaché in Lissabon verheiratet war.

»Das bestätigt meinen Verdacht«, sagte Vandam. »Vielen Dank, daß Sie sich die Mühe gemacht haben, mir die Mitteilung zu bringen.«

»Keine Ursache. Ich bin sowieso jeden Morgen hier. Freut mich, daß ich Ihnen helfen konnte.« Er ging hinaus.

Vandam grübelte, während er seine Arbeit fortsetzte. Es gab nur eine Erklärung für die Tatsache, daß das Buch von Estoril in die Sahara gelangt war. Es mußte die Grundlage eines Codes bilden – und wenn es nicht zwei erfolgreiche deutsche Spione in Kairo gab, war es Alex Wolff, der diesen Code benutzte.

Die Information würde früher oder später nützlich sein. Es war schade, daß man den Codeschlüssel nicht zusammen mit dem Buch und dem dechiffrierten Text erbeutet hatte. Plötzlich fiel ihm auf, wie wichtig es war, seine Geheimpapiere zu verbrennen. Er beschloß, bei der Auswahl der Papiere rücksichtsloser vorzugehen.

Am Ende betrachtete er seine Akten über den Sold und die Beförderung von Untergebenen und entschied sich, auch sie zu verbrennen, da sie bei feindlichen Verhören helfen könnten, Prioritäten zu setzen. Der Pappkarton war voll. Er wuchtete ihn auf die Schulter und trug ihn hinaus.

Jakes hatte das Feuer in einem rostigen Wassertank anzünden lassen, der von Ziegelsteinen gestützt wurde. Ein Corporal warf Papiere in die Flammen. Vandam setzte seinen Karton ab und beobachtete das lodernde Feuer. Es erinnerte ihn an die Guy-Fawkes-Nacht in England, an Feuerwerkskörper, gebackene Kartoffeln und die brennende Puppe eines Verräters aus dem 17. Jahrhundert. Verkohlte Papierfetzen wurden aufgewirbelt. Vandam wandte sich ab.

Er wollte nachdenken und beschloß spazierenzugehen. Nachdem er das Große Hauptquartier verlassen hatte, steuerte er auf die Stadtmitte zu. Seine Wange schmerzte. Er hätte froh über den Schmerz sein sollen, denn er war ein Zeichen der Heilung. Vandam ließ sich einen Bart stehen, um die Wunde zu verdecken. Jeden Morgen genoß er es, sich nicht rasieren zu müssen.

Er dachte an Elene, und ihm fiel ein, wie der Schweiß auf ihren nackten Brüsten geglänzt hatte. Das, was nach dem ersten Kuß geschehen war, hatte ihn überrascht und fasziniert. Es war eine Nacht neuer Erfahrungen für ihn gewesen: Zum erstenmal hatte er eine Frau nicht nur im Bett geliebt; zum erstenmal hatte er erlebt, daß sie wie ein Mann zum Höhepunkt kam; zum erstenmal war Sex ein gegenseitiges Vergnügen gewesen, und er hatte es nicht nötig gehabt, einer mehr oder weniger widerstrebenden Partnerin seinen Willen aufzuzwingen. Natürlich war es ein Problem, daß er und Elene sich ineinander verliebt hatten. Seine Eltern, seine Freunde und Vorgesetzten würden fassungslos sein, wenn sie hörten, daß er eine Ägypterin heiraten wollte. Vandam beschloß, sich vorerst darüber keine Gedanken zu machen. Elene und er wollten ihr Glück genießen, solange das noch möglich war ...

Ihm fiel das Mädchen ein, dem man in Istanbul die Kehle durchgeschnitten hatte. Er fürchtete, daß Elene am Donnerstag etwas Ähnliches zustoßen könnte.

Vandam merkte, daß Feststimmung in der Luft lag. Er kam an einem überfüllten Frisiersalon vorbei, vor dem die Frauen geduldig warteten. Auch in den Modegeschäften herrschte Hochbetrieb. Eine Frau kam mit einem Korb voller Konserven aus einem Lebensmittelladen, und Vandam sah, daß sich eine Warteschlage bis auf den Bürgersteig gebildet hatte. Auf ein Plakat im Schaufenster des nächsten Geschäftes war hastig gekritzelt worden: »Make-up leider ausverkauft.« Die Ägypter bereiteten sich voller Freude auf die Befreiung vor.

Vandam fühlte sich niedergeschlagen. Sogar der Himmel schien finster. Ein grauer, wirbelnder Nebel, lag über der Stadt.

Plötzlich wurde Vandam wütend über sich selbst und über die Armeen der Alliierten, die sich so gleichmütig auf die Niederlage einstellten. Wo war der Geist der Schlacht um England? Was war aus der berühmten Mischung von Hartnäckigkeit, Einfallsreichtum und Mut geworden? Warum unternimmst du selbst nichts, fragte Vandam sich.

Er drehte sich um und ging zurück nach Garden City, wo das Große Hauptquartier in requirierten Villen untergebracht war. Unterwegs stellte er sich die El-Alamein-Linie vor, an der die Alliierten zu ihrer letzten Verteidigung antreten würden. Dieses Bollwerk konnte Rommel nicht umgehen, denn an seinem südlichen Ende lag die riesige unpassierbare Kattara-Senke. Rommel mußte die El-Alamein-Linie also durchbrechen.

Die Frage war nur: Wo würde er den Versuch wagen? Wenn er im Norden durchbrach, gab es für ihn zwei Alternativen: Entweder marschierte er direkt nach Alexandria oder er schwenkte herum und griff die alliierten Streitkräfte von hinten an. Wenn er im Süden durchbrach, mußte er sich entweder in Richtung Kairo halten oder ebenfalls herumschwenken und die Reste der alliierten Truppen vernichten. Unmittelbar hinter der Linie lag der Alam-Halfa-Kamm, der, wie Vandam wußte, stark befestigt war. Es wäre eindeutig besser für die Alliierten, wenn Rommel nach dem Durchbruch zurückschwenkte, denn dann könnte er seine Kräfte vielleicht am Alam Halfa verausgaben.

Es gab noch einen weiteren Faktor. Der südliche Zugang nach Alam Halfa führte durch gefährlichen weichen Sand. Es war unwahrscheinlich, daß Rommel von dem Treibsand wußte, denn er war noch nie so weit nach Osten vorgedrungen, und nur die Alliierten besaßen gute Wüstenkarten.

Also, dachte Vandam, muß ich Alex Wolff hindern, Rommel mitzuteilen, daß Alam Halfa gut geschützt und von Süden her unangreifbar ist.

Zufällig hatte sich Vandam der Villa les Oliviers genähert. Er setzte sich unter die Olivenbäume in dem kleinen Park und starrte das Gebäude an, als könnte es ihm verraten, wo Wolff sich aufhielt. Wenn er nur einen Fehler machte und Rommel ermunterte, Alam Halfa von Süden her anzugreifen.

Plötzlich hatte Vandam einen Einfall.

Angenommen, ich fange Wolff. Angenommen, ich finde sein Funkgerät. Angenommen, ich entdecke sogar seinen Codeschlüssel.

Dann könnte ich mich für Wolff ausgeben, über Funk mit Rommel Kontakt aufnehmen und ihm raten, von Süden her auf Alam Halfa zu marschieren.

Die Idee ließ seine Stimmung steigen. Rommel war zweifellos überzeugt, daß Wolffs Informationen zutrafen. Wenn er nun eine Botschaft erhielt, die besagte, daß die El-Alamein-Linie am südlichen Ende schwach, der südliche Zugang nach Alam Halfa mühsam und Alam Halfa selbst kaum geschützt sei, würde er vermutlich darauf ansprechen.

Er würde die Linie am Südende durchbrechen und dann nach Norden schwenken, da er erwartete, Alam Halfa ohne Schwierigkeiten zu erobern. Dort aber würde er auf den Treibsand stoßen. Während er sich durch den Sand kämpfte, würde unsere Artillerie seine Kräfte dezimieren. Wenn er Alam Halfa erreichte, würde er es stark befestigt finden. Zu diesem Zeitpunkt würden wir weitere Truppen von der Front abziehen und den Feind vernichtend schlagen.

Durch diesen Hinterhalt, dachte Vandam, könnte ich vielleicht Ägypten retten und außerdem sogar das ganze Afrikakorps auslöschen.

Ich muß denen an der Spitze meine Idee erklären, sagte er sich.

Es würde nicht leicht sein, denn Alex Wolff hatte dafür gesorgt, daß sein Ruf im Hauptquartier ruiniert war.

Er erhob sich von der Bank und machte sich zu seinem Büro auf. Plötzlich sah die Zukunft anders aus. Vielleicht würden die Schaftstiefel nicht über die Fliesenböden der Moscheen dröhnen und die Schätze des Ägyptischen Museums brauchten nicht nach Berlin transportiert zu werden. Vielleicht müßte Billy nicht in die Hitlerjugend eintreten und man würde Elene nicht nach Dachau schicken.

Wir könnten alle gerettet werden, dachte er.

Wenn ich Wolff fange.

TEIL DREI

Alam Halfa

20

EINES TAGES, DACHTE Vandam, schlage ich Bogge die Nase ein.

Heute war Oberstleutnant Bogge in schlechtester Form: unschlüssig, sarkastisch und reizbar. Er hatte einen nervösen Husten, den er immer einsetzte, wenn er sich fürchtete zu sprechen. Und jetzt hustete er sehr viel. Außerdem zappelte er ständig herum, rückte Papierstöße auf seinem Schreibtisch zurecht, schlug die Beine abwechselnd übereinander und polierte seinen elenden Cricketball.

Vandam saß ruhig da und wartete darauf, daß sein Vorgesetzter sich noch weiter verhedderte.

»Also, hören Sie, Vandam, für die Strategie ist Auchinleck zuständig. Ihre Aufgabe ist Personalsicherheit – und Sie sind nicht sehr erfolgreich.«

»Auchinleck auch nicht.«

Bogge tat so, als habe er nichts gehört. Er nahm den Bericht in die Hand. Vandam hatte seinen Täuschungsplan niedergeschrieben und Bogge vorgelegt. Eine Kopie war dem Brigadegeneral zugegangen. »Das Ganze ist doch voller Löcher.«

Vandam sagte nichts.

»Voller Löcher.« Bogge hustete. »Es setzt doch voraus, daß wir den alten Rommel die Linie durchbrechen lassen, oder?«

»Vielleicht könnte man den Plan davon abhängig machen, daß er durchbricht.«

»Ja. Sehen Sie? Genau das meine ich. Wenn Sie einen Plan vorlegen, der so voller Löcher ist – zumal Ihre Leistungen im Moment verdammt niedrig eingeschätzt werden –, wird ganz Kairo über Sie lachen. Also.« Er hustete. »Sie wollen Rommel ermutigen, die Linie an ihrem schwächsten Punkt anzugreifen, und ihm dadurch eine bessere Chance zum Durchbruch geben!«

»Ja. Manche Teile der Linie sind schwächer als andere. Da Rommel über Luftaufklärung verfügt, besteht die Möglichkeit, daß er weiß, welche Teile.«

»Und Sie wollen die Möglichkeit zur Gewißheit machen.«

»Um des späteren Hinterhalts willen, ja.«

»Mir scheint, wir sollten den alten Rommel dazu bringen, daß er den *stärksten* Teil der Linie angreift, damit er überhaupt nicht durchkommt.«

»Aber wenn wir ihn zurückschlagen, wird er seine Kräfte einfach neu formieren und abermals angreifen. Wenn wir ihm eine Falle stellen, könnten wir ihn dagegen für immer erledigen.«

»Nein, nein, nein. Riskant, riskant. Das ist unsere letzte Verteidigungslinie, mein Junge.« Bogge lachte. »Danach liegt nur noch ein kleiner Kanal zwischen ihm und Kairo. Sie scheinen nicht zu begreifen ...«

»Ich begreife sehr gut, Sir. Erstens: Wenn Rommel die Linie durchbricht, muß er durch die falsche Aussicht auf einen leichten Sieg nach Alam Halfa abgelenkt werden. Zweitens: Für uns ist vorteilhaft, daß er Alam Halfa – wegen des Treibsandes – von Süden her angreift. Drittens: Entweder warten wir ab, welches Ende der Linie er angreift – mit dem Risiko, daß er im Norden zuschlägt –, oder wir ermuntern ihn, nach Süden zu marschieren, und nehmen in Kauf, daß er die Linie überhaupt durchbricht.«

»Hm, wenn wir den Plan so formulieren, sieht er schon etwas vernünftiger aus. Folgendes: Sie müssen ihn mir für eine Weile überlassen. Wenn ich Zeit habe, nehme ich ihn genau unter die Lupe und sorge dafür, daß er etwas überzeugender aussieht. Dann können wir ihn vielleicht nach oben weiterleiten.«

Zweck der Übung ist also, den Plan als Bogges Idee zu verkaufen, dachte Vandam. Egal. Wenn Bogge in diesem Stadium nichts anderes im Kopf hat, als sich ins rechte Licht zu rücken, ist das seine Sache. Es kommt darauf an, daß wir siegen, nicht darauf, wer sich den Sieg als Verdienst anrechnen läßt.

»Jawohl, Sir«, sagte Vandam. »Wenn ich nur auf den Zeitfaktor hinweisen dürfte ... Falls der Plan überhaupt angewendet werden soll, muß es rasch geschehen.«

»Ich glaube, über die Dringlichkeit kann ich am besten urteilen, Major, meinen Sie nicht?«

»Doch, Sir.«

»Und schließlich hängt alles davon ab, daß der verdammte Spion gefangen wird, wobei Sie bisher keine allzu gute Figur gemacht haben. Habe ich recht?«

»Jawohl, Sir.«

»Ich werde die Operation heute abend selbst leiten, um sicherzugehen, daß nichts mehr versaut wird. Legen Sie mir heute nachmittag Ihre Vorschläge vor, und wir werden sie zusammen ...«

Ein Klopfen an der Tür; der Brigadegeneral trat ein. Vandam und Bogge standen auf.

»Guten Morgen, Sir«, sagte Bogge.

»Rühren, meine Herren. Ich habe Sie gesucht, Vandam.«

Bogge erklärte: »Wir haben gerade an der Idee für einen Täuschungsplan gearbeitet.«

»Ja, ich habe den Bericht gesehen.«

»Ah, Vandam hat Ihnen eine Kopie geschickt.«

Vandam schaute Bogge nicht an, aber er wußte, daß der Oberstleutnant wütend über ihn war.

»Ja, stimmt.« Der Brigadegeneral wandte sich an Vandam: »Sie sollen Spione fangen, Major, und nicht Generälen strategische Ratschläge geben. Wenn Sie weniger Zeit darauf verschwendeten, wären Sie vielleicht ein besserer Sicherheitsoffizier.«

Vandam verlor den Mut.

»Ich habe auch gerade gesagt, daß ...«

Der General unterbrach Bogge: »Aber da Sie sich nun mal die Arbeit gemacht haben und es ein ausgezeichneter Plan ist, möchte ich, daß Sie mit mir kommen und Auchinleck die Sache schmackhaft machen. Sie können ihn doch entbehren, Bogge?«

»Natürlich, Sir«, stieß Bogge mit zusammengebissenen Zähnen hervor.

»Also gut, Vandam. Die Konferenz kann jede Sekunde losgehen. Kommen Sie.«

Vandam folgte dem Brigadegeneral und schloß Bogges Tür sehr leise.

*

An dem Tag, an dem Wolff sich wieder mit Elene treffen wollte, kam Major Smith gegen Mittag zum Hausboot.

Die Information, die er mitbrachte, war die bisher wertvollste. Sonja und Wolff verhielten sich inzwischen routiniert. Wolff kam sich vor wie ein Schauspieler in einer französischen Komödie, der sich Abend für Abend auf der Bühne in einem Kleiderschrank verstecken muß. Sonja und Smith begannen, dem Drehbuch gemäß, auf der Couch und zogen sich dann ins Schlafzimmer zurück. Als Wolff aus dem Schrank auftauchte, waren die Vorhänge geschlossen. Auf dem Boden lagen Smith' Aktentasche, seine Schuhe und seine Shorts mit dem Schlüsselring.

Wolff öffnete die Tasche und fing an zu lesen.

Smith war wieder von der Morgenkonferenz im Großen Hauptquartier direkt zum Hausboot gekommen. Auchinleck und sein Stab hatten auf dieser Konferenz die alliierte Strategie diskutiert und wichtige Entscheidungen gefällt.

Nach kurzer Lektüre merkte Wolff, daß er eine vollständige Zusammenfassung der letzten Verteidigungsmaßnahmen der Alliierten an der El-Alamein-Linie vor sich hatte.

Die Linie bestand aus Artillerie an den Kämmen, Panzern auf ebenem Boden und Minenfeldern über die ganze Entfernung. Der Alam-Halfa-Kamm, fünf Meilen hinter dem Mittelpunkt der Linie, war ebenfalls schwer befestigt.

Wolff notierte sich, daß das Südende der Linie schwächer war, sowohl was die Truppen als auch was die Minenfelder betraf. Smith' Aktentasche enthielt auch ein Papier über die feindliche Position. Der alliierte Nachrichtendienst war der Meinung, daß Rommel wahrscheinlich versuchen würde, die Linie am südlichen Ende zu durchbrechen, hielt jedoch auch das nördliche Ende nicht für ausgeschlossen.

Darunter, mit Bleistift, vermutlich in Smith' Handschrift, stand etwas, was Wolff stärker erregte als alle übrigen Informationen: »Major Vandam schlägt ein Täuschungsmanöver vor. Rommel ermutigen, am Südende durchzubrechen, ihn nach Alam Halfa locken, im Treibsand überraschen, dann knacken. Plan von Auk akzeptiert.«

»Auk« war zweifellos Auchinleck. Welch eine Entdekkung! Wolff hatte nicht nur die Details der alliierten Verteidigungslinie in der Hand, er wußte auch, was sie von Rommel erwarteten, *und* er kannte ihren Täuschungsplan.

Der Plan stammte von Vandam!

Dies würde der größte Spionagecoup des Jahrhunderts werden. Wolff selbst würde Rommels Sieg in Nordafrika garantieren. Dafür sollten sie mich zum König von Ägypten machen, dachte er und lächelte.

Er blickte auf und sah Smith, der zwischen den Vorhängen stand und zu ihm herabstarrte.

»Wer, zum Teufel, sind Sie?« brüllte Smith.

Wolff war wütend über sich selbst, weil er nicht auf die Geräusche aus dem Schlafzimmer geachtet hatte. Irgend etwas war schiefgegangen, man hatte sich nicht an das

Drehbuch gehalten. Vermutlich hatte er das Knallen des Champagnerkorkens überhört, weil ihn die strategische Auswertung zu sehr beschäftigte. Die endlosen Namen von Divisionen und Brigaden, die Zahlen von Soldaten und Panzern, die Mengen von Treibstoff und Vorräten, die Kämme und Senken und Treibsandgebiete hatten ihn jede Vorsicht vergessen lassen.

»Verdammt, das ist meine Aktentasche« sagte Smith. Er machte einen Schritt nach vorn.

Wolff streckte die Hand aus, packte Smith' Fuß und riß ihn zur Seite. Der Major wankte und stürzte zu Boden.

Sonja schrie.

Wolff und Smith rappelten sich auf.

Smith war ein kleiner, magerer Mann, zehn Jahre älter als Wolff und in schlechter Verfassung. Furcht spiegelte sich in seinem Gesicht. Er machte einen Schritt zurück, stieß gegen ein Regal, warf einen Blick zur Seite, sah eine Obstschale aus Kristall, griff danach und schleuderte sie auf Wolff.

Sie verfehlte ihn, prallte auf das Küchenbecken und zerschmetterte.

Der Lärm, dachte Wolff: Wenn er noch mehr Lärm macht, wird jemand herkommen, um nachzusehen. Er schob sich auf Smith zu.

Smith, mit dem Rücken zur Wand, kreischte: »Hilfe!«

Wolff traf ihn mit einem Schlag an der Kinnspitze. Smith brach zusammen, rutschte an der Wand nach unten und blieb bewußtlos auf dem Boden sitzen.

Sonja kam heraus und starrte ihn an.

Wolff rieb sich die Knöchel. »Es ist das erste Mal, daß ich so etwas getan habe.«

»Was?«

»Jemanden mit einem Schlag auszuknocken. Ich dachte, nur Boxer könnten das.«

»Ist doch unwichtig. Was willst du mit ihm anfangen?«

»Ich weiß nicht.« Wolff überlegte sich die Möglichkeiten. Es wäre gefährlich, Smith zu töten, denn der Tod eines Offiziers – und das Verschwinden seiner Aktentasche – würde in der ganzen Stadt für Unruhe sorgen. Außerdem müßte die Leiche beseitigt werden, und Smith würde keine Geheimnisse mehr liefern.

Smith stöhnte und rührte sich.

Könnte Wolff ihn gehen lassen? Sicher, er würde vermutlich schweigen, denn wenn er verriet, was sich auf dem Hausboot abgespielt hatte, müßte er auch seine eigene Schuld eingestehen. Seine Karriere wäre ruiniert, und man würde ihn wahrscheinlich einsperren.

Trotzdem, das Risiko war zu groß. Ein britischer Offizier in der Stadt, der alle Geheimnisse Wolffs kannte ... unmöglich.

Smith hatte die Augen geöffnet. »Sie ... sind Slavenburg ...« Sein Blick wanderte zu Sonja, dann zurück zu Wolff. »Sie haben uns bekannt gemacht ... im Cha-Cha. Es war alles geplant ...«

»Halt's Maul«, sagte Wolff leise. Sollte er Smith töten oder freilassen? Welche anderen Möglichkeiten gab es? Nur eine: ihn hier, gefesselt und geknebelt, festzuhalten, bis Rommel Kairo erreichte.

»Ihr seid verfluchte Spione«, flüsterte Smith. Sein Gesicht war weiß.

»Und du dachtest, ich sei verrückt nach deinem mickrigen Körper«, höhnte Sonja.

»Ja.« Smith begann, sich zu erholen. »Ich hätte wissen sollen, daß euch Arabern nicht zu trauen ist.«

Sonja trat vor und stieß ihm ihren nackten Fuß ins Gesicht. »Hör auf!« befahl Wolff. »Wir müssen überlegen, was wir mit ihm machen. Haben wir ein Seil, um ihn zu fesseln?«

Sonja dachte nach. »Auf Deck, in dem Kasten am Bug.«

Wolff zog die schwere Stahlstange, mit der er das Tranchiermesser schärfte, aus der Küchenschublade. Er gab sie Sonja. »Wenn er sich bewegt, schlag damit zu.«

Er glaubte nicht, daß Smith sich bewegen würde.

Gerade wollte er die Leiter zum Deck hinaufklettern, als er Schritte auf dem Steg hörte.

»Der Briefträger!« sagte Sonja.

Wolff kniete sich vor Smith und zog sein Messer.

»Öffne den Mund!«

Smith wollte etwas sagen, doch Wolff schob ihm das Messer zwischen die Zähne.

»Wenn du dich bewegst oder einen Laut von dir gibst, schneide ich dir die Zunge ab«, zischte Wolff.

Smith saß totenstill und starrte Wolff entsetzt an.

Plötzlich merkte Wolff, daß Sonja völlig nackt war.

»Zieh etwas an. Schnell!«

Sie zog ein Laken vom Bett und wickelte es um sich, während sie zur Leiter ging. Die Luke öffnete sich. Wolff wußte, daß er und Smith von der Luke aus gesehen werden konnten. Sonja ließ das Laken ein wenig sinken, als sie sich reckte, um von dem Mann einen Brief entgegenzunehmen.

»Guten Morgen!« grüßte der Briefträger. Seine Augen waren auf Sonjas halbentblößte Brust gerichtet.

Sie stieg die Leiter weiter hoch, so daß er zurückweichen mußte, und ließ das Laken noch weiter fallen.

»Vielen Dank«, säuselte sie und schloß die Luke.

Wolff atmete auf. Die Schritte des Briefträgers überquerten das Deck und verklangen auf dem Steg.

»Gib mir das Laken«, sagte Wolff.

Sie wickelte sich aus und war wieder nackt.

Wolff zog das Messer zwischen Smith' Zähnen hervor und schnitt einen Streifen vom Laken ab. Er knüllte die Baumwolle zusammen und stopfte sie Smith in den Mund. Der Major leistete keinen Widerstand. Wolff ließ das Messer in die Scheide unter seiner Achsel gleiten. Er stand auf. Smith schloß die Augen; er schien kraftlos und resigniert.

Sonja erhob die Stahlstange und stellte sich neben Smith, während Wolff über die Leiter an Deck kletterte.

Der Kasten, den Sonja erwähnt hatte, war in einer Erhebung am Bug untergebracht. Wolff öffnete ihn und fand ein Knäuel aus dünnem Seil. Vielleicht hatte man es benutzt, um das Schiff festzumachen, bevor es zu einem Hausboot geworden war. Wolff prüfte das Seil: Es war kräftig, aber nicht zu dick, ideal, um jemanden an Händen und Füßen zu fesseln.

Er hörte Sonja unter Deck aufschreien. Füße trappelten über die Leiter.

Wolff ließ das Seil fallen und wirbelte herum.

Smith, nur mit seiner Unterhose bekleidet, sprang durch die Luke.

Er war nicht so resigniert gewesen, wie es geschienen hatte – und Sonja mußte ihn mit der Stahlstange verfehlt haben.

Wolff rannte auf den Steg zu, um ihm den Weg abzuschneiden.

Smith drehte sich um, lief zur anderen Seite des Bootes und sprang ins Wasser.

»Scheiße« knurrte Wolff.

Er blickte sich rasch um. Auf den Decks der anderen Hausboote war niemand zu sehen. Der Treidelpfad war verlassen, abgesehen von dem »Bettler« – Kemel würde sich um ihn kümmern müssen – und einem Mann in der Ferne. Auf dem Fluß lagen zwei Feluken, mindestens vierhundert Meter entfernt, und ein langsamer Lastkahn hinter ihnen.

Wolff lief zum Bootsrand. Smith tauchte keuchend auf. Er rieb sich die Augen und versuchte, sich zu orientieren. Plätschernd und ungeschickt hielt er sich über Wasser. Er versuchte mühsam, vom Hausboot fortzuschwimmen.

Wolff nahm Anlauf und sprang kraftvoll in den Fluß.

Er landete mit den Füßen auf Smith' Kopf.

Mehrere Sekunden lang verlor er die Übersicht. Wolff mühte sich, die Oberfläche zu erreichen und Smith gleichzeitig niederzudrücken. Als er den Atem nicht länger anhalten konnte, ließ er Smith los und tauchte auf.

Er wischte sich die Augen. Smith' Kopf hüpfte vor ihm hoch; er hustete und spuckte. Wolff griff mit beiden Händen nach vorn, packte Smith, zog ihn zu sich und preßte ihn nieder. Smith zappelte wie ein Fisch. Wolff legte ihm den Arm um den Hals und drückte ihn nach unten. Dabei verschwand er selbst unter Wasser, kam aber einen Moment später wieder hoch. Smith zappelte immer noch unter der Oberfläche.

Wolff dachte: Wie lange braucht man, um einen Mann zu ertränken?

Smith riß sich mit einem krampfhaften Ruck los. Sein Kopf tauchte auf, und er pumpte sich die Lungen voll Luft. Wolff schlug zu; der Hieb landete, hatte aber keine Wucht. Smith hustete und würgte keuchend. Wolff selbst hatte Wasser geschluckt. Er packte Smith von neuem. Diesmal schob er sich hinter den Major und umklammerte dessen Kehle mit einem Arm, während er seinen Kopf mit dem anderen nach unten drückte.

Hoffentlich sieht niemand zu, dachte er. Smith ging unter. Sein Gesicht war im Wasser, Wolff stemmte ihm die Knie in den Rücken und hielt seinen Kopf mit festem Griff. Er schlug immer noch unter Wasser um sich, drehte sich, zappelte, ließ die Arme wirbeln. Wolff verstärkte den Griff und hielt ihn unter Wasser.

Ertrink endlich, du Hund, ertrink!

Er merkte, wie sich Smith' Kiefer öffneten, und wußte, daß der Mann endlich Wasser einatmete. Die Krämpfe wurden noch wilder. Wolff hatte das Gefühl, loslassen zu müssen. Smith zog ihn unter Wasser. Wolff preßte die Augen zusammen und hielt den Atem an. Smith schien schwächer zu werden. Inzwischen mußten seine Lungen halb voll Wasser sein. Ein paar Sekunden später brauchte auch Wolff Luft.

Smith' Bewegungen wurden kraftlos. Wolff lockerte den Griff, stieg hoch und erreichte die Oberfläche. Eine Minute lang atmete er tief durch. Der Major wurde zu einer bleiernen Last. Wolff schwamm mit energischen Beinstößen auf das Hausboot zu und zog Smith mit sich. Smith' Kopf tauchte auf, aber er gab kein Lebenszeichen.

Wolff erreichte die Bootswand. Sonja war auf Deck – sie trug eine Robe – und starrte ins Wasser.

»Hat uns irgend jemand gesehen?« fragte Wolff.

»Ich glaube nicht. Ist er tot?«

»Ja.«

Wolff dachte: Und was nun?

Er drückte Smith gegen die Bootswand. Wenn ich ihn loslasse, wird er an die Oberfläche treiben. Man wird die Leiche in der Nähe finden und jedes Boot durchsuchen.

Plötzlich krampfte Smith sich zusammen und spuckte Wasser.

»Verdammt, er lebt noch!« sagte Wolff.

Er drückte Smith wieder unter Wasser. So würde es zu lange dauern. Er ließ Smith los, zog sein Messer und stieß zu. Der Major bewegte sich schwach. Wolff konnte unter Wasser nicht zielen. Er fuchtelte mit der Waffe, und Smith drosch um sich. Das schäumende Wasser wurde hellrot. Endlich gelang es Wolff, Smith am Haar zu packen. Und während er seinen Kopf festhielt, durchschnitt er ihm die Kehle.

Jetzt war er tot.

Wolff ließ Smith wieder los, und steckte das Messer in die Scheide. Das Flußwasser färbte sich schmutzig-rot. Ich schwimme im Blut, dachte er, und ekelte sich plötzlich.

Die Leiche trieb davon. Wolff zog sie zurück. Ihm wurde zu spät klar, daß ein ertrunkener Major einfach in den Fluß gefallen sein konnte, während ein Major mit durchschnittener Kehle unzweifelhaft ermordet war. Nun *mußte* er die Leiche verstecken.

Er blickte auf. »Sonja!«

»Mir ist übel.«

»Denk nicht daran. Wir müssen die Leiche sinken lassen.«

»Oh Gott, das Wasser ist ganz blutig.«

»Hör mir zu!« Er hätte sie am liebsten angebrüllt, aber er mußte leise sprechen. »Hol ... hol das Seil. Los!«

Sonja verschwand und kehrte mit dem Seil zurück. Sie war hilflos. Wolff mußte ihr genaue Anweisungen geben.

»Jetzt hol Smith' Aktentasche und leg etwas Schweres hinein.«

»Etwas Schweres ... Aber was?«

»Himmel ... Was für schwere Sachen haben wir? Was ist schwer? Hm ... Bücher, Bücher sind schwer. Nein, das reicht vielleicht nicht ... Ich weiß, Flaschen. Volle Flaschen – Champagnerflaschen. Füll seine Aktentasche mit Champagnerflaschen.«

»Warum?«

»Mein Gott, reiß dich zusammen. Tu, was ich dir sage!«

Sonja verschwand wieder. Durch das Bullauge konnte er sehen, wie sie die Leiter hinunterstieg. Sie bewegte sich sehr langsam, wie eine Schlafwandlerin.

Mit zeitlupenhaften Bewegungen hob sie die Aktentasche vom Boden auf, trug sie in die Küche und öffnete den Eisschrank.

Dann blickte sie hinein, als wolle sie etwas zum Abendessen aussuchen.

Wolff konnte die Spannung kaum noch ertragen.

Sonja nahm eine Champagnerflasche und runzelte die Stirn, als könne sie sich nicht erinnern, was sie damit tun sollte. Endlich legte sie die Flasche flach in die Tasche und nahm eine weitere Champagnerflasche aus dem Kühlschrank. Wolff dachte: Leg sie abwechselnd nach links und rechts, damit mehr hineingehen.

Sonja legte die zweite Flasche hinein, zögerte, holte sie wieder heraus und drehte sie andersherum.

Brillant, dachte Wolff.

Sie brachte vier Flaschen in der Tasche unter und schloß den Kühlschrank. Um das Gewicht zu vergrößern, legte sie noch die Stahlstange und einen gläsernen Briefbeschwerer darauf und kam wieder an Deck.

»Und jetzt?«

»Binde das Seilende um den Taschengriff.«

Sie schien ihre Benommenheit zu überwinden. Ihre Finger bewegten sich schneller.

»Binde es ganz fest.«

»Ja.«

»Ist jemand in der Nähe?«

Sie blickte nach links und rechts. »Nein.«

»Beeil dich.«

Sonja zog den Knoten zu.

»Wirf das Seil her.«

Sie warf ihm das andere Seilende zu, und er fing es auf. Wolffs Kraft reichte kaum noch, sich selbst über Wasser zu halten. Er mußte Smith für einen Moment loslassen, da er beide Hände für das Seil benötigte. Mühsam führte er das Seil unter den Achseln des Toten hindurch. Er wikkelte es zweimal um den Oberkörper und machte einen Knoten. Dabei ging er mehrere Male unter, und einmal füllte sich sein Mund mit dem ekelhaft blutigen Wasser.

Endlich hatte er es geschafft.

»Überprüf den Knoten«, befahl er Sonja.

»Er ist fest.«

»Wirf die Aktentasche ins Wasser, so weit, wie du kannst.« Sonja wuchtete die Tasche über Bord. Sie landete zwei Meter vom Hausboot entfernt im Wasser und ging sofort unter. Langsam folgte das Seil der Tasche, und zog Smith' Leiche hinter sich her. Wolff vergewisserte sich noch einmal: Die Knoten hielten. Er trat mit den Füßen dorthin, wo der Körper untergegangen war: Sie fanden keinen Widerstand. Die Leiche war tief nach unten gesunken.

»Verflucht, warum mußte das nur passieren«, murmelte er. Er kletterte an Deck, blickte zurück und sah, daß der hellrote Fleck sich rasch auflöste.

Eine Stimme sagte: »Guten Morgen!«

Wolff und Sonja zuckten zusammen.

»Guten Morgen!« antwortete Sonja. Sie flüsterte Wolff zu: »Eine Nachbarin.«

Die Nachbarin war ein Mischling mittleren Alters. Sie stand auf dem Treidelpfad und trug einen Einkaufskorb. »Ich habe starkes Plätschern gehört – stimmt etwas nicht?«

»Ah ... nein«, gab Sonja zurück. »Mein kleiner Hund ist ins Wasser gefallen, und Mr. Robinson hier hat ihn gerettet.«

»Wie galant! Ich wußte gar nicht, daß Sie einen Hund haben.«

»Er ist noch jung. Ein Geschenk.«

»Welche Rasse?«

Wolff hätte brüllen mögen: Hau ab, du dummes Weib!

»Ein Pudel.«

»Kann ich ihn sehen?«

»Vielleicht morgen, ich habe ihn jetzt zur Strafe eingeschlossen.«

»Der arme Kerl.«

»Ich sollte mich umziehen«, sagte Wolff.

Sonja verabschiedete sich von der Nachbarin: »Bis morgen.«

»Hat mich gefreut, Sie kennenzulernen, Mr. Robinson.«

Wolff und Sonja gingen nach unten.

Sonja ließ sich auf die Couch fallen und schloß die Augen. Wolff zog sich die feuchte Kleidung aus.

»Es ist das Schlimmste, was ich je erlebt habe«, meinte Sonja.

»Du wirst es überleben.«

»Wenigstens war's ein Engländer.«

»Ja. Du solltest vor Freude in die Luft springen.«

»Wenn sich mein Magen beruhigt hat.«

Wolff ging ins Badezimmer und drehte die Wasserhähne auf. Als er zurückkam, fragte Sonja: »Hat es sich gelohnt?«

»Ja.« Wolff zeigte auf die Militärpapiere, die immer noch

dort auf dem Boden lagen. »Das Zeug ist einmalig – das Beste, was er uns je gebracht hat. Damit kann Rommel den Krieg gewinnen.«

»Wann schickst du den Bericht ab?«

»Heute abend, um Mitternacht.«

»Heute abend bringst du Elene hierher.«

Er starrte sie an. »Wie kannst du daran denken, nachdem wir gerade einen Mann ermordet und seine Leiche versenkt haben?«

Sie erwiderte seinen Blick herausfordernd. »Keine Ahnung, aber ich weiß, daß es mich sehr erregt hat.«

»Mein Gott.«

»Du bringst sie heute abend hierher. Das schuldest du mir.«

Wolff zögerte. »Ich müßte die Botschaft senden, während sie hier ist.«

»Ich werde sie schon ablenken.«

»Ich weiß nicht ...«

»Verdammt noch mal, Alex, du schuldest es mir!«

»Also gut.«

»Danke.«

Wolff kehrte ins Badezimmer zurück. Sonja war unglaublich. Sie schien von ihrem Laster besessen zu sein. Er stieg in das heiße Wasser.

Sonja rief aus dem Schlafzimmer: »Aber jetzt wird Smith dir keine neuen Geheimnisse mehr liefern.«

»Ich glaube nicht, daß wir sie nach der nächsten Schlacht noch brauchen«, erwiderte Wolff. »Er hat seinen Zweck erfüllt.«

Damit nahm er die Seife und begann, sich das Blut abzuwaschen.

21

VANDAM KLOPFTE AN Elenes Wohnungstür. Sie hatte noch eine Stunde Zeit, bevor sie Alex Wolff treffen würde.

Elene öffnete die Tür. Sie trug ein schwarzes Cocktailkleid, hochhackige schwarze Schuhe und Seidenstrümpfe. Um ihren Hals lag eine schmale goldene Kette. Ihr Gesicht war geschminkt, und das Haar schimmerte. Sie hatte Vandam erwartet. Er lächelte ihr zu. Sie war ihm vertraut und doch überraschend schön. »Hallo!«

»Komm herein.« Sie führte ihn ins Wohnzimmer. »Setz dich.«

Vandam hatte sie küssen wollen, doch sie hatte ihm keine Gelegenheit dazu gegeben. Er setzte sich auf die Couch. »Ich möchte dir die Einzelheiten für heute abend erzählen.«

»In Ordnung.« Sie nahm auf dem Stuhl gegenüber Platz. »Möchtest du etwas trinken?«

»Ja.«

»Bediene dich.«

Er musterte sie. »Stimmt etwas nicht?«

»Wieso? Hol dir einen Drink und gib mir meine Anweisungen.«

Vandam runzelte die Stirn. »Was ist los?«

»Nichts. Wir haben zu arbeiten, also laß uns anfangen.«

Er stand auf, ging zu ihr und kniete sich vor ihren Stuhl. »Elene, was soll das?«

Sie funkelte ihn wütend an. Den Tränen nahe, fragte sie mit lauter Stimme: »Wo bist du in den letzten zwei Tagen gewesen?«

Er wandte den Blick ab und dachte nach. »Ich habe gearbeitet.«

»Und wo meinst du, daß ich gewesen bin?«

»Hier, nehme ich an.«

»Genau.«

Er verstand nicht, was das zu bedeuten hatte. »Ich habe gearbeitet, und du bist hier gewesen. Und deshalb bist du wütend auf mich?«

Sie rief: »Ja!«

»Beruhige dich. Ich begreife nicht, weshalb du so verärgert bist, und ich möchte, daß du es mir erklärst.«

»Nein!«

»Dann weiß ich nicht, was ich sagen soll.« Vandam setzte sich auf den Boden, drehte ihr den Rücken zu und zündete sich eine Zigarette an. Er wußte wirklich nicht, was sie so verärgert hatte.

Sie saßen schweigend da; ohne einander anzuschauen. Elene schnüffelte. Vandam konnte sie nicht sehen, doch er wußte, daß sie geweint hatte. Sie sagte: »Du hättest mir einen Brief oder wenigstens einen verdammten Blumenstrauß schicken können!«

»Einen Brief? Wozu? Du wußtest doch, daß wir uns heute abend treffen würden.«

»Oh, mein Gott.«

»Blumen? Was willst du mit Blumen? Auf solche Spiele können wir doch jetzt verzichten.«

»Oh, wirklich?«

»Was willst du von mir hören?«

»Wir haben uns vorgestern nacht geliebt, falls du das vergessen hast ...«

»Sei nicht albern ...«

»Du hast mich nach Hause gebracht und zum Abschied geküßt. Dann ... nichts mehr.«

Er zog an seiner Zigarette. »Falls du es vergessen hast, ein gewisser Erwin Rommel klopft an die Tür, und ich gehöre zu denen, die ihn nicht reinlassen wollen.«

»Fünf Minuten. Länger hätte es nicht gedauert, mir ein paar Worte zu schicken.«

»Wozu?«

»Ja eben, wozu? Ich bin schließlich eine unmoralische

Frau, nicht wahr? Ich gebe mich Männern hin. Das ist es doch, was du meinst. Hör zu, William Vandam, du sorgst dafür, daß ich mich billig fühle!«

Auf einmal bemerkte er den Schmerz in ihrer Stimme. Er drehte sich um und sagte: »Bitte, verzeih, es war dumm von mir.« Er nahm ihre Hand.

Sie senkte die Augen, biß sich auf die Lippe und unterdrückte ihre Tränen. »Ja, das war es.« Elene berührte sein Haar. »Ich liebe dich«, flüsterte sie und streichelte seinen Kopf. Tränen überströmten ihr Gesicht.

»Ich muß so viel über dich lernen.«

»Und ich über dich.«

Er blickte zur Seite und dachte laut nach. »Man hat mir meinen Gleichmut immer übelgenommen.« Er verzog das Gesicht zu einem Lächeln. »Aber so bin ich nun mal: distanziert, doch keineswegs gleichgültig. Ich betrachte alles aus einer gewissen Entfernung und weigere mich, sinnlose Dinge zu tun, symbolische Gesten zu machen oder mich zu ziellosen Wutausbrüchen hinreißen zu lassen. Entweder lieben wir einander oder nicht. Ich habe sehr wohl den ganzen Tag an dich gedacht, mußte mich aber immer wieder auf andere Dinge konzentrieren. Ich arbeite zielstrebig und mache mir keine Sorgen um dich, wenn ich weiß, daß es dir gutgeht. Hältst du es für möglich, dich daran zu gewöhnen?«

Sie lächelte, immer noch mit Tränen in den Augen. »Ich werde es versuchen.«

Er kratzte sich am Kopf. »Am liebsten möchte ich dir sagen: Denk nicht mehr an heute abend, du brauchst nicht zu gehen, wir kommen ohne dich aus. Aber das stimmt nicht. Wir brauchen dich, und es ist ungeheuer wichtig.«

»Ich verstehe.«

»Aber darf ich dir zuerst einen Begrüßungskuß geben?«

»Gern.«

Er kniete sich neben ihren Stuhl, nahm ihr Gesicht in seine großen Hände und küßte ihre Lippen. Ihr Mund war weich und nachgiebig und etwas feucht. Er kostete die

Empfindung und den Geschmack aus. Zum erstenmal hatte er das Gefühl, eine Frau die ganze Nacht küssen zu können, ohne müde zu werden.

Schließlich schob sie den Kopf zurück und schöpfte tief Atem. »Meine Güte, du meinst es wirklich ernst.«

»Das kannst du mir glauben.«

Sie lachte. »Eben warst du einen Moment lang wieder der alte Major Vandam – der, den ich früher kannte.«

»Und dein ironisches ›Meine Güte‹ war typisch für die alte Elene.«

»Meine Anweisung, Major.«

»Erst muß ich in sicherer Entfernung sein.«

»Setz dich dort drüben hin und schlag die Beine übereinander. Übrigens, was hast du heute eigentlich getan?«

Vandam durchquerte das Zimmer, trat an den Getränkeschrank und nahm den Gin heraus. »Ein Major des Nachrichtendienstes ist verschwunden, und mit ihm eine Aktentasche voller Geheimpapiere.«

»Wolff?«

»Könnte sein. Wie sich herausstellte, ist dieser Major ein paarmal in der Woche gegen Mittag untergetaucht. Ich habe den Verdacht, daß er Wolff getroffen hat.«

»Aber weshalb würde er dann verschwinden?«

Er zuckte die Achseln. »Irgend etwas ist schiefgegangen.«

»Was war heute in dieser Aktentasche?«

Vandam fragte sich, wieviel er ihr sagen sollte. »Eine Zusammenfassung unserer Verteidigungspläne, die so vollständig war, daß sie das Ergebnis der nächsten Schlacht beeinflussen könnte.« Smith hatte auch den Vorschlag von Vandams Täuschungsmanöver bei sich gehabt, aber das brauchte Elene nicht zu erfahren: Er hatte volles Vertrauen zu ihr, doch sein Sicherheitsinstinkt machte ihn vorsichtig. »Also müssen wir Wolff heute abend fangen.«

»Aber es könnte schon zu spät sein!«

»Nein. Wir haben vor einer Weile die Entschlüsselung

eines Funkspruchs von Wolff gefunden. Er wurde um Mitternacht gesendet. Spione schicken ihre Berichte zu einer bestimmten Zeit, die sich im allgemeinen nicht ändert. Sonst würden ihre Auftraggeber nicht zuhören, wenigstens nicht auf der richtigen Wellenlänge. Deshalb glaube ich, daß Wolff heute um Mitternacht seine Informationen senden wird.« Er zögerte, dann beschloß er, ihr alles zu sagen. »Es gibt noch etwas. Er benutzt einen Code, der auf dem Roman ›Rebecca‹ basiert. Ich habe ein Exemplar des Romans. Wenn ich den Codeschlüssel, bekommen kann ...«

»Was ist das?«

»Nur ein Stück Papier, auf dem steht, wie Funksprüche mit Hilfe des Buches verschlüsselt werden.«

»Weiter.«

»Wenn ich den Codeschlüssel habe, kann ich mich am Funkgerät für Wolff ausgeben und Rommel falsche Informationen schicken. Das könnte den Spieß umdrehen und Ägypten retten. Aber ich muß den Schlüssel haben.«

»Gut. Wie sieht der Plan für heute abend aus?«

»Ungefähr so wie beim letzten Mal. Ich werde mit Jakes im Restaurant warten, und wir werden beide bewaffnet sein.«

Ihre Augen weiteten sich. »Du hast eine Pistole?«

»Noch nicht. Jakes bringt sie mit ins Restaurant. Außerdem werden noch zwei Männer im Restaurant und sechs weitere – möglichst unauffällig natürlich – draußen sein. Zivilautos können auf einen Pfiff hin alle Ausgänge aus der Stadt blockieren. Was Wolff heute abend auch unternimmt, wenn er dich sehen will, wird er gefangen.«

Jemand klopfte an die Wohnungstür.

»Was ist das?« fragte Vandam.

»Die Tür ...«

»Ja, ich weiß, erwartest du Besuch?«

»Nein, natürlich nicht um diese Zeit.«

Vandam runzelte die Stirn. Er war beunruhigt. »Das gefällt mir nicht. Mach die Tür nicht auf.«

»Einverstanden«, sagte Elene. Dann besann sie sich anders. »Ich muß aufmachen. Es könnte mein Vater sein, oder vielleicht bringt jemand eine Nachricht von ihm.«

»Also gut.«

Elene ging hinaus. Vandam lauschte. Das Klopfen wiederholte sich, dann öffnete sie die Tür.

Er hörte sie sagen: »Alex!«

»Herrgott!« flüsterte Vandam.

Wolffs Stimme war zu hören. »Sie sind schon fertig. Reizend.« Es war eine tiefe, selbstbewußte Stimme. »Aber wir wollten uns doch im Restaurant treffen ...«

»Ich weiß. Darf ich eintreten?«

Vandam sprang über die Sofalehne und legte sich auf den Boden.

»Natürlich ...«

Wolffs Stimme näherte sich. »Meine Liebe, Sie sehen heute abend wunderbar aus.«

Du aalglatter Kerl, dachte Vandam.

Die Wohnungstür fiel zu.

»Hier entlang?« fragte Wolff.

»Ah ... ja ...«

Vandam hörte, wie die beiden ins Zimmer kamen. Wolff sagte: »Was für eine schöne Wohnung. Mikis Aristopoulos muß Sie gut bezahlen.«

»Oh, ich arbeite nicht ständig bei ihm. Er ist ein entfernter Verwandter, und ich helfe nur aus.«

»Onkel. Er muß Ihr Onkel sein.«

»Oh ... Onkel, Cousin zweiten Grades oder so. Der Einfachheit halber nennt er mich seine Nichte.«

»Die sind für Sie.«

»Blumen. Vielen Dank.«

Vandam dachte: Zur Hölle damit.

»Darf ich mich setzen?«

»Aber natürlich.«

Vandam merkte, wie sich das Sofa verschob, als Wolff

sich setzte. Er war ein schwerer Mann. Vandam erinnerte sich, wie er in der Gasse mit ihm gekämpft hatte. Ihm fiel auch das Messer ein, und seine Hand fuhr zu seiner Wunde. Was konnte er nur tun?

Er konnte Wolff jetzt überfallen. Der Spion war hier, praktisch in seiner Hand! Sie waren ungefähr gleich schwer, und der Kampf wäre ausgeglichen – wenn das Messer nicht gewesen wäre. Wolff hatte das Messer damals beim Abendessen mit Sonja bei sich gehabt. Wahrscheinlich trug er es immer bei sich, also auch jetzt.

Wenn Wolff den Vorteil des Messers hatte, würde er gewinnen. Es war schon einmal so gewesen, in der Gasse. Vandam berührte noch einmal seine Wange.

Warum hatte er nur seine Pistole nicht mitgebracht? Was würde geschehen, wenn sie kämpften und Wolff siegte? Wolff würde wissen, daß Elene versucht hatte, ihm eine Falle zu stellen. Was würde er ihr antun? In Istanbul, in einer ähnlichen Situation, hatte er einem Mädchen die Kehle durchgeschnitten.

Vandam versuchte, das gräßliche Bild zu vertreiben.

»Wie ich sehe, haben sie gerade etwas getrunken«, sagte Wolff. »Könnte ich auch einen Drink haben?«

»Natürlich«, sagte Elene. »Was möchten Sie?«

»Was ist das?« Wolff schnupperte. »Oh, etwas Gin wäre nicht schlecht.«

Das war mein Glas, dachte Vandam. Ein Glück, daß Elene auf einen Drink verzichtet hatte; zwei Gläser hätten alles verraten. Er hörte Eis klirren.

»Prost!« sagte Wolff.

»Prost.«

»Es scheint Ihnen nicht zu schmecken.«

»Das Eis ist geschmolzen.«

Vandam wußte, weshalb sie beim Trinken das Gesicht verzogen hatte: Es war purer Gin gewesen. Sie wurde so gut mit der Situation fertig. Was erwartete sie von Vandam? Inzwischen mußte sie erraten haben, wo er sich versteckte. Sie würde verzweifelt versuchen, nicht in diese Richtung zu blicken. Arme Elene!

Er hoffte, daß sie den Weg des geringsten Widerstandes wählen und ihm trauen würde.

Plante Wolff immer noch, ins Oasenrestaurant zu fahren? Vielleicht. Wenn ich nur sicher sein könnte, dachte Vandam, dann würde ich Jakes alles überlassen.

»Sie scheinen nervös, Elene«, meinte Wolff. »Habe ich ihre Pläne durcheinandergebracht, weil ich hier aufgekreuzt bin? Wenn Sie noch nicht ganz fertig sind – dabei könnten Sie gar nicht mehr vollkommener aussehen –, lassen Sie mich einfach mit der Ginflasche hier.«

»Nein ... das heißt, wir hatten verabredet, uns im Restaurant zu treffen ...«

»Und nun habe ich in letzter Minute wieder alles umgestoßen. Um ehrlich zu sein, Restaurants langweilen mich, aber sie sind nun mal ein konventioneller Treffpunkt. Deshalb verabrede ich mich manchmal zum Abendessen, aber wenn es soweit ist, graut mir vor dem Gedanken und ich lasse mir etwas anderes einfallen.«

Sie fahren also nicht ins Oasenrestaurant, dachte Vandam. Mist.

»Was haben Sie vor?« frage Elene.

»Darf ich Sie wieder überraschen?«

Vandam dachte: Bitte ihn, es dir zu sagen!

Aber Elene antwortete: »Wie Sie wollen.«

Vandam hätte aufstöhnen mögen. Wenn Wolff das neue Ziel verriet, könnte Vandam mit Jakes Kontakt aufnehmen und den Hinterhalt verlegen lassen. Elene dachte nicht logisch. Kein Wunder, denn sie klang verängstigt.

»Wollen wir gehen?«

»Ja, gut.«

Das Sofa quietschte, als Wolff aufstand. Vandam dachte: Jetzt könnte ich auf ihn zuspringen!

Zu riskant.

Er hörte, wie sie das Zimmer verließen, und blieb noch

eine Weile im Versteck. Dann sagte Wolff im Flur: »Nach Ihnen.« Die Wohnungstür fiel ins Schloß.

Vandam kam auf die Beine. Er würde ihnen folgen und die erste Gelegenheit nutzen, um das Große Hauptquartier anzurufen und Jakes zu unterrichten. Elene hatte, wie die meisten Menschen in Kairo, kein Telefon. Sogar wenn sie eines besäße, würde die Zeit nicht reichen. Vandam ging zur Wohnungstür und lauschte. Er öffnete sie einen Spaltbreit: Die beiden waren verschwunden. Er trat hinaus und rannte die Treppe hinunter.

Als er das Gebäude verließ, sah er sie auf der anderen Straßenseite. Wolff hatte Elene den Schlag eines Autos geöffnet. Es war kein Taxi. Wolff mußte sich also für den Abend ein Auto gemietet, geliehen oder gestohlen haben. Er schloß die Tür an Elenes Seite und ging um den Wagen herum zum Fahrersitz. Elene schaute aus dem Fenster und fing Vandams Blick auf. Sie starrte ihn an. Er wandte die Augen ab, da er Angst hatte, Wolff könne etwas an ihm auffallen.

Vandam ging zu seinem Motorrad, stieg auf und ließ den Motor an.

Wolffs Wagen startete, und Vandam folgte ihm.

Der Stadtverkehr war immer noch dicht. Vandam konnte fünf oder sechs Autos zwischen sich und Wolff lassen, ohne ihn aus den Augen zu verlieren. Es dämmerte, doch nur wenige Fahrer hatten ihre Scheinwerfer eingeschaltet.

Was mochte Wolffs Ziel sein? Sie würden irgendwo anhalten müssen, wenn der Mann nicht vorhatte, die ganze Nacht umherzufahren. Wenn sie nur irgendwo hielten, wo es ein Telefon gab ...

Sie ließen die Stadt hinter sich und schlugen die Richtung von Gise ein. Es wurde dunkel, und Wolff stellte die Scheinwerfer des Autos an. Vandam ließ sein Motorrad unbeleuchtet, damit Wolff nicht merkte, daß er verfolgt wurde.

Die Fahrt war ein Alptraum: überall Unebenheiten, Schlaglöcher und gefährliche Ölpfützen. Vandam mußte das Pflaster genauso aufmerksam beobachten wie den Verkehr. Die Wüstenstraße war noch schlimmer, aber jetzt mußte er sogar ohne Scheinwerfer fahren und den Wagen vor sich im Auge behalten. Drei oder viermal wäre er fast gestürzt.

Er fror. Da er mit dieser Fahrt nicht gerechnet hatte, trug er nur ein kurzärmeliges Uniformhemd, das bei hoher Geschwindigkeit keinen Schutz vor dem Wind bot. Was hatte Wolff vor?

Die Pyramiden ragten vor ihnen auf.

Vandam dachte: Dort gibt's kein Telefon.

Wolffs Auto wurde langsamer. Sie wollten ein Picknick bei den Pyramiden machen. Vandam stellte den Motor ab und ließ die Maschine ausrollen. Bevor Wolff aus seinem Wagen steigen konnte, schob Vandam das Motorrad von der Straße in den Sand. Die Wüste wirkte nur aus der Ferne flach, und er fand einen Felsenvorsprung, hinter den er die Maschine legen konnte. Er ließ sich in den Sand gleiten und beobachtete das Auto.

Nichts geschah.

Der Wagen bewegte sich nicht; er war dunkel, und sein Motor war abgestellt. Was taten sie dort? Vandam wurde wieder eifersüchtig. Er ermahnte sich, nicht albern zu sein: Sie aßen, das war alles. Elene hatte ihm von dem letzten Picknick erzählt, von dem geräucherten Lachs, dem kalten Huhn, dem Champagner. Mit einem Mund voller Fisch konnte man kein Mädchen küssen. Aber ihre Finger würden sich berühren, wenn er ihr den Wein reichte ...

Schluß damit!

Vandam beschloß, sich eine Zigarette zu leisten. Er schob sich hinter den Vorsprung, um sie anzuzünden und hielt sie dann nach Soldatenart in der Handfläche, um das Glühen zu verbergen, während er zu seinem Aussichtspunkt zurückkehrte.

Fünf Zigaretten später öffneten sich die Autotüren.

Die Wolken hatten sich verzogen, und der Mond schien.

Die Landschaft wirkte dunkelblau und silbrig, die Schatten der Pyramiden erhoben sich auf glänzendem Sand. Zwei dunkle Gestalten stiegen aus dem Wagen und gingen auf die nächste der uralten Grabstätten zu. Vandam sah, daß Elene die Arme über der Brust verschränkt hatte, als friere sie, oder vielleicht, weil sie Wolffs Hand nicht halten wollte. Wolff legte einen Arm leicht um ihre Schultern, und sie leistete keinen Widerstand.

Sie blieben am Fuß der Pyramide stehen und unterhielten sich. Wolff zeigte nach oben, und Elene schien den Kopf zu schütteln. Wahrscheinlich wollte sie nicht hinaufklettern. Sie umrundeten das steinerne Grabmal und verschwanden dahinter.

Vandam wartete, daß sie an der anderen Seite wiederauftauchten. Sie schienen sehr lange zu brauchen. Was ging dort vor? Der Drang nachzusehen, war fast unwiderstehlich. Jetzt konnte er den Wagen erreichen. Er spielte mit dem Gedanken, ihn zu beschädigen, in die Stadt zu rasen und mit seinen Männern zurückzukehren. Aber dann würde Wolff nicht mehr hier sein. Es wäre unmöglich, die Wüste bei Nacht abzusuchen. Bis zum Morgen konnte Wolff schon viele Meilen zurückgelegt haben.

Das Warten wurde beinahe unerträglich, aber Vandam wußte, daß es keine bessere Lösung gab.

Endlich kamen Wolff und Elene wieder ins Blickfeld. Er hatte immer noch den Arm um sie gelegt. Sie kehrten zum Auto zurück und stellten sich neben die Tür. Wolff legte Elene die Hände auf die Schultern, sagte etwas und beugte sich vor, um sie zu küssen.

Vandam stand auf.

Elene bot Wolff die Wange, wandte sich ab, entzog sich seinem Griff und stieg in den Wagen.

Vandam legte sich wieder in den Sand.

Die Wüstenstille wurde vom Aufheulen des Motors unterbrochen. Vandam sah zu, während Wolffs Auto einen weiten Kreis beschrieb und auf die Straße rollte. Die Scheinwerfer leuchteten auf, und Vandam zog unwillkürlich den Kopf ein, obwohl er gut verborgen war. Das Auto hielt auf Kairo zu. Er sprang auf, schob sein Motorrad auf die Straße und trat auf den Anlasser. Der Motor sprang nicht an. Vandam fluchte: Hoffentlich war kein Sand in den Vergaser geraten. Doch beim nächstenmal zündete der Motor. Er stieg auf und folgte dem Wagen.

Der Mondschein machte es ihm leichter, die Löcher und Unebenheiten auf der Straße zu erkennen, aber er bot ihm auch weniger Tarnung. Vandam blieb weit hinter Wolffs Auto zurück, da nur Kairo als Ziel in Frage kam. Würde Wolff Elene jetzt nach Hause bringen? Wohin würde er danach fahren? Vielleicht würde er Vandam zu seinem Unterschlupf führen.

Vandam dachte: Wenn ich bloß die Pistole hätte.

Der Mann mußte irgendwo wohnen, in irgendeinem Gebäude der Stadt ein Bett haben. Vandam war sicher, daß Wolff beabsichtigte, Elene zu verführen. Wolff war sehr geduldig und zuvorkommend gewesen, doch Vandam wußte, daß er in Wirklichkeit ein Mann war, der gern rasch ans Ziel kam. Eine Verführung könnte die geringste der Gefahren sein, die Elene drohten. Vandam dachte: Was würde ich für ein Telefon geben!

Sie erreichten die Außenbezirke der Stadt, und Vandam mußte dichter hinter dem Wagen herfahren, aber zum Glück herrschte immer noch lebhafter Verkehr. Er überlegte, ob er anhalten und einem Polizisten eine Botschaft geben sollte, doch Wolff fuhr zu schnell. Außerdem, was sollte die Botschaft enthalten? Vandam wußte immer noch nicht, wohin Wolff steuerte.

Er begann, die Antwort zu ahnen, als sie die Brücke nach Samalek überquerten. Hier hatte Sonja, die Tänzerin, ihr Hausboot. Aber Wolff konnte unmöglich dort wohnen, denn das Boot wurde seit Tagen überwacht. Vielleicht wollte er Elene nicht zu seinem eigentlichen

Unterschlupf bringen und hatte sich das Hausboot ausgeliehen.

Wolff parkte den Wagen und stieg aus. Vandam lehnte sein Motorrad gegen eine Mauer und sicherte es hastig mit einer Kette.

Er folgte Wolff und Elene zum Treidelpfad. Hinter einem Busch versteckt, sah er, wie sie eine kurze Strecke zurücklegten. Was mochte Elene denken? Hatte sie damit gerechnet, schon früher gerettet zu werden? Vertraute sie darauf, daß Vandam sie immer noch beobachtete? Würde sie jetzt die Hoffnung verlieren?

Sie blieben neben einem der Boote stehen – Vandam merkte sich genau, neben welchem –, und Wolff half Elene auf den Steg. War Wolff nicht darauf gefaßt, daß das Hausboot überwacht werden könnte? Offenbar nicht. Wolff stieg nach Elene an Deck und öffnete eine Luke. Die beiden verschwanden nach unten.

Was nun? Dies war bestimmt die beste Gelegenheit, Hilfe zu holen. Wolff würde wahrscheinlich einige Zeit auf dem Boot verbringen. Aber wenn etwas schiefging, während Vandam zum Telefon rannte: Elene könnte darauf bestehen, nach Hause gebracht zu werden, Wolff könnte seine Pläne ändern oder beschließen, einen Nachtclub zu besuchen.

Der Halunke könnte mir immer noch entwischen, dachte Vandam.

Irgendwo in der Nähe mußte ein Polizist sein.

»He!« zischte er. »Ist irgend jemand hier? Polizei? Ich bin Major Vandam. He, wo sind ...«

Eine dunkle Gestalt kam hinter einem Baum hervor. Eine arabische Stimme sagte: »Ja?«

»Hallo. Ich bin Major Vandam. Sind Sie der Polizist, der das Hausboot beobachtet?«

»Jawohl, Sir.«

»Schön, hören Sie zu. Der Mann, den wir suchen, ist jetzt auf dem Boot. Haben Sie eine Pistole?«

»Nein, Sir.«

»Verflucht.« Vandam überlegte, ob er und der Araber das Boot allein stürmen sollten, entschied sich aber dagegen. Der Araber würde wenig Lust zu einem Kampf zeigen, und in dem begrenzten Raum konnte Wolffs Messer verheerende Wirkung haben. »Ich möchte, daß Sie zum nächsten Telefon gehen, das Große Hauptquartier anrufen und Captain Jakes oder Oberstleutnant Bogge eine ganz dringende Nachricht übermitteln: Sie sollen möglichst viele Leute mitbringen und das Hausboot sofort stürmen. Ist das klar?«

»Captain Jakes oder Oberstleutnant Bogge, Großes Hauptquartier. Sie sollen das Hausboot sofort stürmen. Jawohl, Sir.«

»In Ordnung. Beeilen Sie sich!«

Der Araber trottete davon.

Vandam fand eine Stelle, an der er sich verstecken konnte, ohne das Hausboot und den Treidelpfad aus den Augen zu verlieren. Ein paar Minuten später kam eine Frau den Pfad entlang. Vandam glaubte, ihr schon einmal begegnet zu sein. Sie kletterte auf das Hausboot, und er sah, daß es Sonja war. Zumindest konnte Wolff Elene nicht belästigen, wenn noch eine andere Frau auf dem Boot war. Vandam war erleichtert. Er richtete sich darauf ein, längere Zeit zu warten.

22

DER ARABER MACHTE sich Sorgen. »Gehen Sie zum nächsten Telefon«, hatte der Engländer gesagt. Es gab Telefone in manchen der nahe gelegenen Häuser, aber in solchen Häusern wohnten Europäer, die nicht erfreut sein würden, wenn ein Ägypter, ob er Polizist war oder nicht, um 23.00 Uhr an ihre Tür donnerte und verlangte, ihr Telefon zu benutzen. Sie würden sich mit Sicherheit – unter Beschimpfungen und Flüchen – weigern. Es würde ein demütigendes Erlebnis sein. Er trug keine Uniform, nicht einmal seine gewohnte Zivilkleidung, sondern war wie ein Fellache angezogen. Niemand würde ihm glauben, daß er Polizist war.

Auf Samalek gab es seines Wissens keine öffentlichen Telefone. Damit blieb ihm nur eine Möglichkeit: von der Wache aus anzurufen. Er schlug, immer noch im Laufschritt, deren Richtung ein.

Zudem machte er sich Sorgen über den Anruf beim Großen Hauptquartier. Es war ein ungeschriebenes Gesetz für ägyptische Beamte in Kairo, daß niemand je freiwillig Verbindung mit den Briten aufnahm. Das zog immer Schwierigkeiten nach sich. Die Vermittlung im Großen Hauptquartier würde sich weigern, ihn zu verbinden, oder man würde die Botschaft bis zum Morgen liegenlassen – und dann leugnen, sie je bekommen zu haben – oder ihn auffordern, später noch einmal anzurufen. Wenn es Komplikationen gab, würde man ihn dafür verantwortlich machen. Woher wollte er überhaupt wissen, daß der Mann auf dem Treidelpfad wirklich Major Vandam war? Schließlich konnte sich jeder das Uniformhemd eines Majors anziehen.

Der Beamte reagierte in Situationen wie dieser immer gleich: Er wälzte die Verantwortung ab. Ohnehin hatte er Anweisung, über diesen Fall nur seinem Vorgesetzten Bericht zu erstatten. Er würde zur Wache gehen und von dort aus Inspektor Kemel zu Hause anrufen.

Kemel würde wissen, was zu tun war.

*

Elene stieg von der Leiter und blickte sich nervös im Hausboot um. Sie hatte damit gerechnet, eine karge und seemännische Einrichtung vorzufinden. Tatsächlich aber war sie luxuriös, wenn auch ein wenig überladen. Sie bestand aus dicken Teppichen, niedrigen Diwanen, zwei eleganten Tischchen und üppigen, von der Decke bis zum Boden reichenden Samtvorhängen, welche die andere Hälfte des Bootes, vermutlich das Schlafzimmer, abteilten. Den Vorhängen gegenüber, wo sich das Boot zum Heck verjüngte, lag eine winzige Küche mit modernen Einbauten.

»Gehört es dir?« fragte sie Wolff.

»Einer Bekannten. Setz dich.«

Elene fühlte sich in die Enge getrieben. Wo war nur William Vandam? Während des Abends hatte sie mehrere Male geglaubt, von einem Motorrad verfolgt zu werden, aber aus Angst, Wolff darauf aufmerksam zu machen, hatte sie nicht genau hingesehen. Immer wieder hatte sie erwartet, daß Soldaten das Auto umzingeln, Wolff verhaften und sie freilassen würden. Nachdem die Sekunden zu Stunden geworden waren, hatte sie sich gefragt, ob alles ein Traum sei, ob William Vandam überhaupt existiere.

Jetzt trat Wolff an den Kühlschrank, nahm eine Flasche Champagner heraus, suchte zwei Gläser und wikkelte die Silberfolie über dem Korken ab. Er löste die Drahtbefestigung, zog den Korken mit leichtem Knall heraus und goß den Champagner in die Gläser. *Wo, zum Teufel war William?*

Elene fürchtete sich vor Wolff. Sie hatte viele Affären mit Männern gehabt, manche von ihnen oberflächlich, aber sie hatte ihren Partnern immer getraut. Sie hatte Angst um ihren Körper: Welche Spiele würde Wolff erfinden, wenn sie ihn mit ihrem Körper spielen ließ? Ihre Haut war empfindlich, sie war weich und verletzlich, wenn sie auf dem Rücken lag und die Beine spreizte ... Es wäre eine Freude mit jemandem, der sie liebte, aber mit Wolff, der ihren Körper nur *benutzen* wollte ... Sie schauderte.

»Frierst du?« Wolff reichte ihr ein Glas.

»Nein, ich habe nicht gezittert ...«

Er erhob sein Glas. »Auf deine Gesundheit.«

Ihr Mund war trocken. Sie nippte an dem kalten Champagner und nahm dann einen großen Schluck. Danach fühlte sie sich etwas besser.

Er setzte sich neben sie auf die Couch. »Welch großartiger Abend. Ich fühle mich so wohl in deiner Gesellschaft. Du bist zauberhaft.«

Jetzt fängt es an, dachte sie.

Er legte die Hand auf ihr Knie.

Sie erstarrte.

»Du bist ein Rätsel. Begehrenswert, reserviert, sehr schön, manchmal naiv und manchmal so wissend ... Könntest du mir etwas sagen?«

»Ich glaube schon.« Sie blickte ihn nicht an.

Er folgte dem Umriß ihres Gesichts mit der Fingerspitze: Stirn, Nase, Lippen, Kinn. »Warum gehst du mit mir aus?« Was meinte er? Hatte er Verdacht geschöpft? Oder war dies nur sein nächster Schachzug?

Sie wandte ihm das Gesicht zu. »Du bist ein sehr attraktiver Mann.«

»Ich freue mich, daß du dieser Meinung bist.« Er legte ihr die Hand wieder aufs Knie und beugte sich vor, um sie zu küssen. Sie bot ihm ihre Wange, wie sie es schon einmal getan hatte. Seine Lippen streiften ihre Haut, dann flüsterte er: »Weshalb hast du Angst vor mir?«

Auf Deck war ein Geräusch zu hören – schnelle, leichte Schritte –, und dann öffnete sich die Luke.

Elene dachte: William!

Ein hochhackiger Schuh und der Fuß einer Frau erschienen. Die Frau kam herunter, schloß die Luke über sich und stieg von der Leiter. Elene sah ihr Gesicht und erkannte sie: Es war Sonja, die Bauchtänzerin.

Was um alles in der Welt ging hier vor?

*

»Gut gemacht, Sergeant«, sagte Kemel in die Telefonmuschel. »Es war genau richtig, mich anzurufen. Ich kümmere mich selbst um alles. Sie können jetzt nach Hause gehen.«

»Vielen Dank«, gab der Sergeant zurück. »Gute Nacht.«

»Gute Nacht.« Kemel hängte ein. Es war eine Katastrophe. Die Briten hatten Alex Wolff bis zum Hausboot beschattet, und Vandam versuchte, eine Razzia zu organisieren. Die Konsequenzen lagen auf der Hand. Erstens würden die Freien Offiziere keine Chance mehr haben, das Funkgerät des Deutschen zu benutzen, und es würde keine Möglichkeit zu Verhandlungen mit dem Reich geben, bevor Rommel Ägypten eroberte. Zweitens, wenn die Briten einmal entdeckt hatten, daß das Hausboot ein Spionagenest war, würden sie rasch folgern, daß Kemel die Tatsachen verschleiert und die Agenten geschützt hatte. Kemel bedauerte, daß er Sonja nicht stärker zugesetzt, sie nicht gezwungen hatte, innerhalb von Stunden ein Treffen zu arrangieren. Aber für solche Überlegungen war es zu spät. Was sollte er jetzt unternehmen?

Er kehrte in sein Schlafzimmer zurück und zog sich schnell an. Vom Bett her flüsterte seine Frau: »Was ist los?«

»Eine dienstliche Angelegenheit.«

»Oh nein.« Sie drehte sich um.

Kemel nahm seine Pistole aus der Schreibtischschublade und steckte sie in seine Jackentasche. Dann küßte er seine Frau und verließ leise das Haus. Er stieg in seinen Wagen und ließ den Motor an. Eine Minute lang saß er da und dachte nach. Er mußte sich mit Sadat beratschlagen, aber das würde zu lange dauern. Inzwischen könnte Vandam ungeduldig werden und etwas Übereiltes tun. Also mußte er sich zuerst um Vandam kümmern, bevor er Sadat aufsuchte.

Er schlug die Richtung von Samalek ein. Am liebsten hätte er sich alles langsam und sorgfältig überlegt, doch die Zeit reichte nicht. Sollte er Vandam töten? Er hatte noch nie einen Menschen getötet und wußte nicht, ob er dazu imstande war. Es war Jahre her, daß er jemanden auch nur geschlagen hatte. Und wie würde er seine Beteiligung an allem geheimhalten? Es konnte noch Tage dauern, bis die Deutschen Kairo erreichten – ja, sogar in diesem Stadium war es noch möglich, daß sie zurückgeworfen wurden. Dann würde man Nachforschungen anstellen und früher oder später Kemel die Verantwortung für das anlasten, was heute nacht am Treidelpfad geschah. Wahrscheinlich würde man ihn erschießen.

»Nur Mut«, sagte er laut und erinnerte sich, wie Imams gestohlenes Flugzeug nach der Bruchlandung in der Wüste in Flammen aufgegangen war.

Er parkte in der Nähe des Treidelpfades. Dann nahm er ein Seil aus dem Kofferraum des Autos. Er stopfte es in seine Jackentasche und hielt die Pistole in der rechten Hand.

Er hatte die Pistole am Lauf gepackt, um mit dem Griff zuschlagen zu können. Wie lange hatte er sie nicht mehr benutzt? Sechs Jahre, gelegentliche Zielübungen nicht mitgerechnet.

Am Flußufer angelangt, blickte er über den glänzenden Nil, die schwarzen Konturen der Hausboote, die schwache Linie des Treidelpfades und die Dunkelheit der Büsche. Vandam würde sich irgendwo in den Büschen versteckt halten. Kemel ging leise weiter.

*

Vandam schaute auf seine Armbanduhr. Es war 23.30 Uhr. Irgend etwas stimmte nicht. Entweder hatte der arabische Polizist die Nachricht falsch weitergegeben, oder das Große Hauptquartier war nicht in der Lage gewesen, Jakes aufzuspüren, oder Bogge hatte wieder einmal alles verdorben. Vandam konnte nicht riskieren, daß Wolff seine jetzigen Informationen an Rommel weiterleitete. Ihm blieb nichts anderes übrig, als selbst an

Bord des Hausbootes zu gehen und alles aufs Spiel zu setzen.

Er drückte seine Zigarette aus, dann hörte er Schritte irgendwo in den Büschen. »Wer ist da?« zischte er. »Jakes?«

Eine dunkle Gestalt tauchte auf und flüsterte: »Ich bin's.«

Vandam erkannte die Stimme nicht und konnte das Gesicht nicht sehen. »Wer?«

Die Gestalt kam näher und erhob einen Arm. Vandam fragte; »Wer ...«, dann merkte er, daß der Arm zu einem Schlag niedersauste. Er zuckte zur Seite, etwas glitt von seinem Kopf ab und traf seine Schulter. Vandam schrie vor Schmerz auf, und sein rechter Arm wurde gefühllos. Der Arm des Fremden hob sich wieder. Vandam trat vor und griff ungeschickt mit der linken Hand nach dem Angreifer. Die Gestalt wich aus und schlug noch einmal zu; diesmal traf sie Vandams Kopf genau in der Mitte. Nach einem Moment flammenden Schmerzes verlor Vandam das Bewußtsein.

Kemel steckte die Pistole in die Tasche und kniete sich neben Vandams Körper. Zuerst berührte er dessen Brust und war erleichtert, starken Herzschlag zu fühlen. Rasch entfernte er Vandams Sandalen, zog ihm die Socken aus, rollte sie zusammen und stopfte sie dem Bewußtlosen in den Mund. Danach rollte er Vandam auf den Bauch, kreuzte seine Handgelenke hinter dem Rücken und fesselte sie mit dem Seil. Mit dem anderen Ende band er Vandams Knöchel zusammen. Schließlich befestigte er das Seil an einem Baum.

Vandam würde in ein paar Minuten zu sich kommen, sich aber nicht bewegen oder schreien können. Er würde hier liegen, bis jemand über ihn stolperte. Gewöhnlich hielten sich junge Männer mit ihren Freundinnen oder Soldaten mit ihren Mädchen in den Büschen auf, doch heute nacht hatte es so viel Unruhe gegeben, daß sie bestimmt verscheucht worden waren. Möglicherweise würde ein später eintreffendes Paar Vandam sehen oder ihn vielleicht stöhnen hören ... Dieses Risiko mußte Kemel eingehen. Es hatte keinen Zweck, hier stehenzubleiben und sich Gedanken zu machen.

Er beschloß, einen raschen Blick auf das Hausboot zu werfen, und schlich leichtfüßig über den Treidelpfad zur *Jihan*. Im Inneren brannten Lichter, aber es waren keine Vorhänge über die Bullaugen gezogen. Er war versucht, an Bord zu gehen, doch er wollte zunächst Sadat um Rat fragen, da er sich seiner nächsten Schritte nicht sicher war. Kemel drehte sich um und kehrte zu seinem Auto zurück.

*

»Alex hat mir viel von Ihnen erzählt, Elene«, sagte Sonja und lächelte.

Elene erwiderte ihr Lächeln. War Sonja Wolffs Bekannte, der das Hausboot gehörte? Wohnte Wolff bei ihr? Hatte er sie nicht so früh zurückerwartet? Wieso war keiner der beiden verwirrt oder verärgert? Um Konversation zu machen, fragte Elene: »Sind Sie gerade aus dem Cha-Cha-Club gekommen?«

»Ja.«

»Wie war's?«

»Wie immer – anstrengend, faszinierend, erfolgreich.« Sonja litt nicht an falscher Bescheidenheit.

Wolff reichte ihr ein Glas Champagner. Sie nahm es, ohne ihn anzusehen, und erkundigte sich bei Elene: »Sie arbeiten also in Mikis' Laden?«

»Nein.« Elene dachte: Interessiert dich das wirklich? »Ich habe ihm nur ein paar Tage ausgeholfen. Wir sind miteinander verwandt.«

»Sie sind Griechin?«

»Richtig.« Das Geplauder erhöhte Elenes Selbstvertrauen. Ihre Furcht wich. Was auch passieren mochte, Wolff würde sie schwerlich mit dem Messer bedrohen und vor den Augen dieser Frau vergewaltigen. Sonja verschaffte ihr eine Atempause. William war entschlossen, Wolff vor Mitternacht zu fangen.

Mitternacht!

Sie hatte fast vergessen, daß Wolff um Mitternacht über Funk mit dem Feind Kontakt aufnehmen und die Einzelheiten der Verteidigungslinie durchgeben wollte. Aber wo war das Funkgerät? Hier auf dem Boot? Wenn es woanders war, würde Wolff sich bald empfehlen müssen. Und wenn es hier war, würde er dann seine Botschaft vor Elene und Sonja senden? Was hatte er vor?

Er setzte sich neben Elene. »Was für ein Glück ich habe, hier zwischen den beiden schönsten Frauen von Kairo zu sitzen«, sagte Wolff.

Elene blickte vor sich. Ihr fiel keine Antwort ein.

»Ist sie nicht schön, Sonja?«

»Oh ja.« Sonja berührte Elenes Gesicht, nahm ihr Kinn und drehte ihren Kopf zu sich. »Meinst du, daß ich schön bin, Elene?«

»Natürlich.« Elene runzelte die Stirn. Es wurde immer seltsamer.

»Das freut mich«, sagte Sonja und legte die Hand auf Elenes Knie.

Plötzlich verstand Elene.

Alles gab einen Sinn: Wolffs Geduld, seine gekünstelte Höflichkeit, das Hausboot, Sonjas unerwartetes Erscheinen ... Elene wurde bewußt, daß sie durchaus nicht sicher war. Ihre Furcht vor Wolff kehrte zurück. Die beiden wollten sie ausnutzen, und sie würde keine Wahl haben. Sie würde stumm und widerstandslos daliegen müssen, während die beiden mit ihr anstellten, was sie wollten.

Sie nahm sich zusammen.

Ich werde keine Angst haben. Was ist schon dabei, wenn sich die zwei mit mir vergnügen wollen? Schließlich steht einiges auf dem Spiel: das Funkgerät – Wolff darf es nicht benutzen!

Dieses Spiel zu dritt mochte Vorteile haben.

Sie blickte verstohlen auf ihre Armbanduhr. Es war 23.45 Uhr. Zu spät, um sich noch auf William zu verlassen. Sie, Elene, war die einzige, die Wolff aufhalten konnte.

Und sie glaubte auch zu wissen, wie.

Sonja und Wolff tauschten ein Signal aus. Sie beugten sich vor – jeder mit einer Hand auf Elenes Schenkel – und küßten sich vor ihren Augen.

Es war ein langer, wollüstiger Kuß. Elene dachte: Was erwarten sie von mir?

Sie lösten sich voneinander.

Wolff küßte nun Elene, die keinen Widerstand leistete, auf dieselbe Weise. Dann spürte sie Sonjas Hand an ihrem Kinn. Sonja drehte ihr Gesicht zu sich und küßte sie auf die Lippen.

Elene schloß die Augen und redete sich ein: Es kann mir nicht weh tun, es kann mir nicht weh tun.

Es tat ihr nicht weh, aber es war sonderbar, so zärtlich von einem Frauenmund geküßt zu werden.

Irgendwie muß ich die Kontrolle übernehmen, dachte Elene. Sonja öffnete ihre Bluse. Sie hatte große braune Brüste. Wolff neigte den Kopf und nahm eine Brustwarze in den Mund. Elene merkte, wie Sonja ihren Kopf nach unten drückte. Offenbar sollte sie Wolffs Beispiel folgen. Sie tat es. Sonja seufzte.

All das geschah Sonja zu Gefallen. Es war ihr Wunsch, ihre Eigenart. Nur sie keuchte und stöhnte, nicht Wolff. Elene fürchtete, daß Wolff sich jeden Moment von Sonja lösen und zu seinem Funkgerät gehen könne. Während sie mechanisch versuchte, Sonja zu befriedigen, suchte sie verzweifelt nach einer Möglichkeit, Wolff vor Lust die Beherrschung verlieren zu lassen.

Aber das Ganze war so albern, so absurd.

Ich muß Wolff von dem Funkgerät fernhalten, dachte sie.

Wo liegt der Schlüssel zu allem? Was wollen sie wirklich von mir?

Sie gab Sonja frei und küßte Wolff. Er wandte ihr den Mund zu. Sie suchte seine Hand und drückte sie sich zwischen die Schenkel. Er atmete tief, und Elene dachte: Zumindest hat er Interesse.

Sonja versuchte, sie auseinanderzustoßen. Wolff blickte Sonja an und versetzte ihr einen heftigen Schlag ins Gesicht. Elene schnappte vor Überraschung nach Luft. War dies der Schlüssel? Es mußte eines ihrer Spiele sein.

Wolff konzentrierte sich wieder auf Elene. Sonja bemühte sich von neuem, sie auseinanderzubringen.

Diesmal schlug Elene zu.

Sonja stöhnte kehlig.

Elene dachte: Das ist es, ich durchschaue das Spiel, ich habe die Oberhand.

Sie sah, daß Wolff auf die Armbanduhr blickte.

Plötzlich stand sie auf. Beide starrten sie an. Langsam hob sie die Arme, zog sich das Kleid über den Kopf, warf es zur Seite und stand in ihrer schwarzen Unterwäsche und ihren Strümpfen da. Sanft berührte sie ihren Körper, ließ die Hände über ihre Schenkel und Brüste gleiten. Wolffs Gesichtsausdruck änderte sich: Seine Gelassenheit verschwand, und er betrachtete sie mit gierig aufgerissenen Augen. Er war wie hypnotisiert und leckte sich die Lippen. Elene hob den linken Fuß, setzte den hochhackigen Schuh zwischen Sonjas Brüste und stieß sie zurück. Dann packte sie Wolffs Kopf und zog ihn an ihren Bauch.

Sonja begann, Elenes Fuß zu küssen.

Wolff stieß einen gepreßten Laut hervor und vergrub das Gesicht zwischen Elenes Schenkeln.

Elene schaute auf ihre Armbanduhr.

Es war Mitternacht.

23

ELENE LAG NACKT auf dem Rücken im Bett. Ihre Muskeln waren gespannt, sie war ganz still und starrte zu der weißen Decke empor. Zu ihrer Rechten lag Sonja; sie hatte das Gesicht nach unten gedreht, Arme und Beine über die Laken ausgebreitet, schlief fest und schnarchte. Sonjas rechte Hand ruhte schlaff auf Elenes Hüfte. Wolff lag an Elenes linker Seite und streichelte schläfrig ihren Körper. Sie dachte: Ich hab's überlebt.

Das Spiel hatte darin bestanden, Sonja zurückzustoßen und zu akzeptieren. Je stärker Elene und Wolff sie abwiesen, desto leidenschaftlicher wurde sie, bis Wolff am Ende Elene zurückwies und Sonja liebte. Es war ein Drehbuch, das die beiden offensichtlich gut kannten.

Es hatte Elene wenig Vergnügen bereitet, aber sie war nicht angewidert oder gedemütigt. Schlimm war nur, daß diese Nacht der Höhepunkt einer Entwicklung zu sein schien: In den acht Jahren, seit sie ihre Familie verlassen hatte, war sie unaufhaltsam in den Abgrund der Prostitution geglitten, und nun hatte sie den Eindruck, dort angekommen zu sein.

Das Streicheln hörte auf, und sie warf einen Blick zur Seite. Wolffs Augen waren geschlossen. Er schlief ein.

Was war mit Vandam geschehen?

Irgend etwas war schiefgegangen. Vielleicht hatte Vandam Wolffs Auto in Kairo aus den Augen verloren, vielleicht hatte er einen Verkehrsunfall gehabt. Wie auch immer, Vandam paßte nicht mehr auf sie auf. Sie war auf sich allein gestellt. Es war ihr gelungen, Wolff seinen mitternächtlichen Funkspruch an Rommel vergessen zu lassen, aber was sollte ihn nun daran hindern, die Botschaft in einer der nächsten Nächte zu senden? Elene mußte unbedingt das Große Hauptquartier erreichen und Jakes sagen, wo er Wolff finden konnte. Sie mußte es sofort tun ...

Aber es würde zu lange dauern. Wolff könnte aufwachen, merken, daß sie verschwunden war, und wieder untertauchen.

War sein Funkgerät hier auf dem Hausboot oder woanders? Ihr fiel etwas ein, was Vandam am Abend gesagt hatte: »Wenn ich den Codeschlüssel bekomme, kann ich mich am Funkgerät für Wolff ausgeben ... Ich könnte den Spieß umdrehen ...«

Vielleicht kann ich den Schlüssel finden, dachte Elene.

Sie wußte von Vandam, daß es ein Zettel war, dessen Text erklärte, wie Botschaften mit Hilfe des Buches »Rebecca« zu verschlüsseln seien.

Jetzt hatte Elene die Chance, das Funkgerät und den Schlüssel ausfindig zu machen.

Sie mußte das Hausboot durchsuchen.

Elene bewegte sich nicht. Sie hatte wieder Angst bekommen. Wenn Wolff sie überraschte ... Sie erinnerte sich an seine Theorie über die menschliche Natur: Die Welt teile sich in Herren und Sklaven. Das Leben eines Sklaven sei nichts wert. Nein, dachte sie, ich verabschiede mich morgen früh, und dann erzähle ich den Briten, wo Wolff ist. Sie werden das Hausboot stürmen und ...

Aber wenn Wolff bis dahin verschwunden war? Wenn er das Funkgerät woanders versteckt hatte?

Dann wäre alles umsonst gewesen.

Wolff atmete jetzt langsam und gleichmäßig; er schlief fest. Elene griff vorsichtig nach Sonjas Hand und schob sie von ihrem Schenkel auf das Laken. Sonja rührte sich nicht.

Nun berührte keiner von beiden Elene. Es war eine große Erleichterung.

Sie setzte sich leise auf.

Die Gewichtsverschiebung auf der Matratze störte die beiden anderen. Sonja grunzte, hob den Kopf, drehte ihn zur anderen Seite und begann wieder zu schnarchen. Wolff rollte sich auf den Rücken, ohne die Augen zu öffnen.

Langsam – sie erschrak bei jeder Bewegung der Matratze drehte Elene sich auf Hände und Knie. Mit dem Gesicht zum Kopfende des Bettes, kroch sie mühsam zurück: rechtes Knie, linke Hand, linkes Knie, rechte Hand. Sie beobachtete die beiden Schlafenden. Das Hausboot schaukelte im Kielwasser eines vorüberfahrenden Kahns hin und her. Elene nutzte das Schaukeln, um rasch aus dem Bett zu kriechen. Sie blieb wie festgewurzelt stehen und musterte Sonja und Wolff, bis das Boot aufhörte, sich zu bewegen. Die beiden schliefen weiter. Wo sollte sie mit der Suche beginnen? Elene beschloß, methodisch vorzugehen und sich von vorn nach hinten durchzuarbeiten. Das Badezimmer war im Bug des Bootes. Plötzlich merkte sie, daß sie es ohnehin aufsuchen mußte. Sie schlich auf Zehenspitzen hinaus.

Auf der Toilette sitzend, blickte sie sich um. Wo könnte das Funkgerät versteckt sein? Sie hatte keine Vorstellung, wie groß es sein mochte: wie ein Koffer, eine Aktentasche, eine Handtasche? Hier gab es ein Waschbecken, eine kleine Wanne und einen Wandschrank. Sie stand auf und öffnete den Schrank. Nichts.

Das Funkgerät war nicht im Badezimmer.

Elene hatte nicht den Mut, das Schlafzimmer zu durchsuchen – noch nicht. Sie durchquerte es und trat durch die Vorhänge ins Wohnzimmer. Rasch sah sie sich um, bemüht, ruhig und umsichtig zu sein. Sie begann an der Steuerbordseite. Hier stand ein Diwan. Sanft klopfte sie an das Unterteil: Er schien hohl zu sein. Sie versuchte, ihn anzuheben, schaffte es aber nicht. Dann merkte sie, daß er am Boden festgeschraubt war. Dort konnte das Funkgerät also nicht sein. Nun untersuchte sie einen hohen Schrank. Die Tür quietschte ein wenig, und sie erstarrte. Ein Grunzen aus dem Schlafzimmer. Elene sah schon Wolff durch die Vorhänge springen, aber nichts geschah.

Sie schaute hinein: ein Besen, ein paar Staubtücher, Putzzeug und eine Taschenlampe. Kein Funkgerät. Sie schloß die Tür. Wieder quietschte sie.

Jetzt war die Küche an der Reihe. Sie mußte sechs kleine Schränke öffnen. Sie enthielten Geschirr, Konserven, Töpfe, Gläser, Kaffee, Reis- und Teevorräte, Handtücher. Unter dem Ausguß stand ein Abfalleimer. Elene warf einen Blick in den Kühlschrank: nur eine Flasche Champagner. Es gab mehrere Schubladen. War ein Funkgerät klein genug, um in eine Schublade zu passen? Sie öffnete eine. Das Klirren von Bestecken ließ sie zusammenzucken. Kein Funkgerät. Die nächste: eine große Auswahl an Gewürzen, von Vanilleessenz bis Currypulver – irgend jemand kochte gern. Noch eine Schublade: Küchenmesser.

An die Küche schloß sich ein kleines Pult mit herunterklappbarer Schreibfläche an. Darunter stand ein kleiner Koffer. Elene zog ihn hervor. Er war schwer. Sie öffnete ihn. Das Funkgerät!

Es war ein ganz gewöhnlicher Koffer mit zwei Schlössern, einem Ledergriff und verstärkten Kanten. Das Gerät paßte genau hinein, als sei der Koffer dafür vorgesehen. Der gewölbte Deckel ließ über dem Funkgerät etwas Platz. Dort war ein Buch verstaut. Sein Pappeinband war abgerissen worden, damit es unter den Dekkel gezwängt werden konnte. Elene nahm das Buch und schlug es auf. Sie las: »Heute nacht träumte mir, ich sei wieder in Manderley.« Es war »Rebecca«. Sie blätterte das Buch rasch durch. In der Mitte lag etwas zwischen den Seiten. Elene drehte das Buch um, und ein Blatt Papier fiel heraus. Sie beugte sich vor und hob es auf. Es war eine Liste von Ziffern und Daten mit einigen deutschen Wörtern. Dies mußte der Codeschlüssel sein.

Das war es also, was Vandam brauchte, um den Verlauf des Krieges zu ändern.

Ohne diesen Schlüssel, dachte sie, kann Wolff keine Nachrichten an Rommel senden. Er könnte seine Botschaften zwar unverschlüsselt übermitteln, aber die Deutschen würden dann an ihrer Authentizität zweifeln und fürchten, daß die Alliierten sie belauscht hätten ... Nein, ohne dieses Blatt ist Wolff hilflos. Mit ihm kann Vandam den Krieg gewinnen.

Sie mußte sofort weglaufen und den Schlüssel mitnehmen. Ihr fiel ein, daß sie völlig nackt war.

Elene erwachte aus ihrer Trance. Ihr Kleid lag zusammengeknüllt auf der Couch. Sie durchquerte das Boot, nahm das Kleid und zog es sich über den Kopf.

Das Bett knarrte.

Hinter den Vorhängen stand jemand auf, eine schwere Person. Es konnte nur Wolff sein. Elene war wie gelähmt. Sie hörte, wie Wolff auf die Vorhänge zuging, sich wieder entfernte und die Badezimmertür öffnete.

Elene hatte keine Zeit, ihr Höschen anzuziehen. Sie packte ihre Handtasche, ihre Schuhe und das Buch mit dem Schlüssel. Wolff kam aus dem Badezimmer. Sie lief zur Leiter und begann hinaufzuklettern. Immer wenn die Kanten der schmalen Holzstufen in ihre nackten Füße schnitten, fuhr sie zusammen. Wolff erschien zwischen den Vorhängen und blickte erstaunt zu ihr hoch. Seine Augen glitten zu dem Koffer, der geöffnet auf dem Boden lag. Elene konzentrierte sich auf die Luke, die von innen mit zwei Riegeln gesichert war. Sie schob beide zurück. Aus den Augenwinkeln sah sie, wie Wolff zur Leiter stürmte. Sie stieß die Luke auf und zwängte sich hindurch. Als sie auf dem Deck stand, war Wolff bereits auf der Leiter. Sie beugte sich rasch vor und hob den schweren Holzdeckel. Wolffs rechte Hand umklammerte den Rand der Öffnung, und Elene schleuderte die Luke mit aller Kraft auf seine Finger. Ein Schmerzensschrei. Sie rannte über das Deck und überquerte den Steg.

Er bestand nur aus einem Brett. Sie bückte sich, hob es auf und schleuderte es in den Fluß.

Wolff kletterte durch die Luke. Sein Gesicht zeigte eine Mischung aus Schmerz und Wut.

Elene geriet in Panik, während er über das Deck stürmte. Sie dachte: Er ist nackt, er kann mich nicht verfolgen!

Wolff sprang mit einem gewaltigen Satz über die Reling. Er kann es nicht schaffen!

Wolff landete an der Uferkante und wirbelte mit den Armen, um das Gleichgewicht zu halten. Elene faßte plötzlich Mut, lief auf ihn zu und stieß ihn zurück ins Wasser. Sie drehte sich um und rannte den Treidelpfad hinunter.

Als sie die Einmündung zur Straße erreicht hatte, blieb sie stehen und schaute zurück. Ihr Herz hämmerte, und sie atmete keuchend. Ihre Zuversicht stieg, als sie sah, wie Wolff, tropfnaß und nackt, an das schlammige Flußufer kletterte. Es wurde hell. In diesem Zustand konnte er sie nicht lange verfolgen. Sie rannte zur Straße, erhöhte ihr Tempo und stieß plötzlich mit jemandem zusammen.

Starke Arme umklammerten sie. Elene wehrte sich verzweifelt, konnte sich befreien und wurde wieder gepackt. Sie resignierte: Nach all dem, dachte sie, nach all dem.

Sie wurde herumgedreht und in Richtung Hausboot gestoßen. Wolff kam auf sie zu. Sie sträubte sich wieder, und der Mann, der sie festhielt, legte ihr einen Arm um die Kehle. Elene öffnete den Mund, sie wollte um Hilfe rufen, aber bevor sie einen Laut von sich geben konnte, hatte der Mann ihr die Finger in den Rachen geschoben, so daß sie würgen mußte.

»Wer sind Sie?« fragte Wolff.

»Ich bin Kemel. Sie müssen Wolff sein.«

»Gott sei Dank, daß Sie hier waren.«

»Es sieht schlecht für Sie aus, Wolff«, sagte Kemel. »Kommen Sie besser mit an Bord – verflucht, sie hat das Brett ins Wasser geworfen.« Wolff suchte den Fluß ab und entdeckte das Brett neben dem Hausboot. »Nasser kann ich nicht mehr werden.« Er rutschte vom Ufer ins Wasser, packte das Brett, schob es nach oben und kletterte ihm nach. Dann legte er es an seinen Platz zurück. »Hier entlang.«

Kemel drückte Elene vor sich her.

»Dorthin mit ihr.« Wolff zeigte auf die Couch.

Wolff verschwand hinter den Vorhängen und kehrte

einen Moment später mit einem großen Handtuch zurück. Er fing an, sich damit trockenzureiben. Seine Nacktheit schien ihm nicht das geringste auszumachen.

Zu Elenes Überraschung war Kemel ziemlich klein. Sein harter Griff hatte sie getäuscht: Er hatte längst nicht Wolffs Statur. Kemel war ein gutaussehender, dunkelhäutiger Araber. Unbehaglich schaute er an Wolff vorbei.

Wolff legte sich das Handtuch um die Hüften und setzte sich. Er musterte seine Hand. »Beinahe hätte sie mir die Finger gebrochen.« Er sah Elene zornig und zugleich belustigt an.

»Wo ist Sonja?«

»Im Bett.« Wolff deutete ruckartig mit dem Kopf auf die Vorhänge. »Sie könnte ein Erdbeben verschlafen, besonders wenn sie ihre Wollust gestillt hat.«

Elene merkte, daß Kemel bei diesen Worten verlegen wurde. »Es sieht schlecht für Sie aus«, wiederholte er.

»Ich weiß. Sie arbeitet wohl für Vandam?«

»Keine Ahnung. Mein Mann am Treidelpfad hat mich mitten in der Nacht angerufen. Vandam war aufgetaucht und hat ihn weggeschickt, um Hilfe holen zu lassen.«

Wolff war bestürzt. »Wir haben Glück gehabt. Wo ist Vandam jetzt?«

»Immer noch dort draußen. Ich habe ihn mit meiner Pistole bewußtlos geschlagen und dann gefesselt.«

Elene verließ der Mut. Vandam war verletzt, kampfunfähig; jetzt wußte niemand, wo sie war.

Wolff nickte. »Vandam ist ihr hierher gefolgt. Nun kennen die beiden mein Versteck. Wenn ich hierbleibe, werde ich sie töten müssen.«

Elene schauderte. Er sprach so leichtfertig davon, Menschen umzubringen. Herren und Sklaven.

»Die Idee taugt nichts«, sagte Kemel. »Wenn Sie Vandam töten, wird man mich für den Mord verantwortlich machen. Sie können sich absetzen, aber ich muß in dieser Stadt leben.«

Er beobachtete Wolff mit zusammengekniffenen Augen. »Und wenn Sie mich töten, bleibt immer noch der Mann, der mich angerufen hat.«

»Also ...« Wolff zog die Brauen hoch und knurrte ärgerlich: »Also habe ich keine Wahl. Ich muß hier weg. Verdammt.«

Kemel nickte. »Wenn Sie verschwinden, kann ich Sie decken. Aber ich will etwas von Ihnen. Sie wissen, weshalb wir Ihnen geholfen haben?«

»Sie möchten Kontakt mit Rommel aufnehmen.«

»Ja.«

»Ich werde morgen nacht eine Botschaft senden, das heißt, heute nacht. Sagen Sie mir, was Sie ihm mitteilen wollen, und ich werde ...«

»Das reicht uns nicht«, unterbrach Kemel. »Wir selbst wollen die Nachricht senden. Dazu brauchen wir Ihr Funkgerät.«

Wolff runzelte die Stirn. Elene begriff, daß Kemel ein nationalistischer Rebell war, der mit den Deutschen zusammenarbeitete oder versuchte, mit ihnen zusammenzuarbeiten.

Kemel fuhr fort: »Wir könnten Ihre Botschaft für Sie senden ...«

»Nicht nötig.« Wolff schien einen Entschluß gefällt zu haben. »Ich habe noch ein Funkgerät.«

»Es ist also abgemacht.«

»Da ist das Gerät.« Wolff zeigte auf den geöffneten Koffer, der immer noch auf dem Boden lag. »Es ist schon auf die richtige Wellenlänge eingestellt. Sie brauchen nur noch um Mitternacht zu senden, egal, an welchem Tag.«

Kemel trat an das Gerät und untersuchte es. Elene überlegte, weshalb Wolff den »Rebecca«-Code nicht erwähnt hatte. Anscheinend war es Wolff gleichgültig, ob Kemel Verbindung mit Rommel bekam oder nicht; und wenn er den Code besaß, bestand die Gefahr, daß auch andere davon erfuhren. Wolff versuchte wieder, ein Risiko auszuschalten.

»Wo wohnt Vandam?« fragte Wolff.

Kemel nannte ihm die Adresse.

Elene dachte: Worauf hat er es jetzt abgesehen?

»Er ist verheiratet, nehme ich an.«

»Nein.«

»Ein Junggeselle. So ein Pech.«

»Kein Junggeselle«, sagte Kemel, der das Funkgerät immer noch musterte. »Er ist Witwer. Seine Frau ist letztes Jahr auf Kreta umgekommen.«

»Kinder?«

»Ja. Ein kleiner Junge namens Billy, wie ich gehört habe. Warum?«

Wolff zuckte die Achseln. »Es interessiert mich – schließlich hätte der Mann mich beinahe gefangen.«

Elene war überzeugt, daß er log.

Kemel schloß den Koffer. Er schien zufrieden. Wolff bat ihn: »Würden Sie für einen Moment auf sie achten?«

»Natürlich.«

Wolff wandte sich ab, drehte sich aber sofort wieder um. Er hatte bemerkt, daß Elene den Roman »Rebecca« immer noch in der Hand hielt. Nun streckte er die Hand aus und nahm ihr das Buch ab. Er verschwand hinter den Vorhängen.

Elene dachte: Wenn ich Kemel von dem Code erzähle, wird er ihn sich vielleicht von Wolff geben lassen, vielleicht könnte Vandam ihn von Kemel bekommen – aber was wird aus mir?

Kemel begann: »Was ...« Er unterbrach sich jäh, als Wolff mit seiner Kleidung zurückkam und sich anzog.

»Haben Sie ein Rufzeichen?«

»Sphinx«, gab Wolff zurück.

»Einen Code?«

»Nein.«

»Was war in dem Buch?«

Wolff schien verärgert. »Ein Code, aber das geht Sie nichts an.«

»Wir brauchen ihn.«

»Ich kann Ihnen den Code nicht geben. Sie müssen die Gefahr auf sich nehmen und ihre Botschaft unverschlüsselt senden.«

Kemel nickte.

Plötzlich hielt Wolff sein Messer in der Hand. »Keine Diskussionen. Ich weiß, daß Sie eine Pistole in der Tasche haben. Vergessen Sie nicht, wenn Sie schießen, werden Sie es den Briten erklären müssen. Sie sollten jetzt verschwinden.«

Wortlos wandte sich Kemel ab, stieg die Leiter hoch und kletterte durch die Luke. Elene hörte seine Schritte auf Deck. Wolff trat an das Bullauge und beobachtete ihn, während er über den Treidelpfad ging.

Wolff steckte sein Messer in die Scheide und knöpfte sein Hemd zu. Er zog sich die Schuhe an und schnürte sie fest. Dann holte er das Buch aus dem Nachbarraum, zog den Zettel mit dem Codeschlüssel hervor, zerknüllte das Papier, ließ es in einen großen Glasaschenbecher fallen und zündete es an. Er muß bei dem anderen Funkgerät noch einen Schlüssel haben, dachte Elene.

Als das Papier völlig verbrannt war, musterte Wolff das Buch, als wolle er es ebenfalls anzünden. Dann öffnete er ein Bullauge und warf es in den Fluß.

Er nahm einen kleinen Koffer aus dem Schrank und begann, ein paar Sachen einzupacken.

»Wohin gehst du?« fragte Elene.

»Das wirst du noch erfahren, du kommst nämlich mit.«

»Nein.« Was würde er mit ihr anstellen? Sie hatte versucht, ihn zu verraten. Hatte er sich eine Strafe einfallen lassen? Sie war sehr erschöpft und verängstigt. Nichts war ihr gelungen. Zunächst hatte sie nur den Sex mit ihm gefürchtet. Inzwischen hatte sie viel mehr Gründe zur Furcht. Elene dachte an einen neuen Fluchtversuch, aber ihr fehlte die Energie.

Wolff packte immer noch seinen Koffer. Elene bemerkte ein paar ihrer eigenen Kleidungsstücke, die auf dem Boden verstreut waren, und ihr fiel ein, daß sie nicht richtig bekleidet war. Ihr Höschen, ihre Strümpfe und ihr Büstenhalter fehlten noch. Sie beschloß, die Sachen anzuziehen, stand auf und zog sich das Kleid über den Kopf. Dann beugte sie sich vor, um ihre Unterwäsche aufzuheben. Als sie sich aufrichtete, legte Wolff die Arme um sie. Er küßte sie heftig und schien sich nichts daraus zu machen, daß sie überhaupt nicht reagierte. Danach griff er zwischen ihre Beine und schob einen Finger in ihre Vagina. Er zog den Finger zurück und stieß ihn in ihren Anus. Elene erstarrte. Er stieß den Finger noch weiter hinein, und sie keuchte vor Schmerz.

Er blickte ihr in die Augen. »Weißt du, ich glaube, ich würde dich sogar mitnehmen, wenn du mir nicht so nützlich sein könntest.«

Sie schloß gedemütigt die Augen. Er wandte sich von ihr ab und kehrte zu seinem Koffer zurück.

Elene zog sich an.

Als er fertig war, sah er sich zum letztenmal um. Dann sagte er: »Komm jetzt.«

Elene folgte ihm an Deck und überlegte, ob er Sonja stillschweigend verlassen wolle.

Als habe er ihre Gedanken erraten, erklärte Wolff: »Ich möchte Sonjas Schönheitsschlaf nicht stören.« Er grinste. »Mach schon.«

Sie gingen über den Treidelpfad. Wieso ließ er Sonja zurück? Elene durchschaute Wolffs Motive nicht, aber sie wußte, daß sein Verhalten gefühllos war. Wolff kannte keine Skrupel. Die Erkenntnis ließ sie schaudern, denn sie war in seiner Gewalt.

Würde sie imstande sein, ihn zu töten?

Er trug seinen Koffer in der linken Hand und hatte ihren Arm mit der rechten gepackt. Sie erreichten die Straße und näherten sich seinem Wagen. Wolff schloß die Tür an der Fahrerseite auf und zwang sie, über den Schalthebel zum Beifahrersitz zu klettern. Er setzte sich neben sie und ließ den Motor an.

Es war ein Wunder, daß das Auto nach einer Nacht auf der Straße immer noch unversehrt war. Normalerweise wäre alles Abnehmbare gestohlen worden, auch die Räder. Wolffs Glück schien unerschöpflich zu sein.

Der Wagen setzte sich in Bewegung. Wohin fuhren sie? Wo es auch sein mochte, an ihrem Ziel waren Wolffs zweites Funkgerat, ein weiteres Exemplar von »Rebecca« und der zusätzliche Codeschlüssel. Wenn wir dort ankommen, muß ich es noch einmal versuchen, dachte Elene müde. Nun hing alles von ihr ab. Sie allein mußte Wolff daran hindern, Kontakt mit Rommel aufzunehmen und, wenn möglich, den Codeschlüssel stehlen. Eigentlich wünschte sie sich nur, vor diesem rücksichtslosen, gefährlichen Mann zu fliehen, nach Hause zurückzukehren, Spione, Codes und Krieg zu vergessen.

Sie dachte an ihren Vater, der zu Fuß nach Jerusalem unterwegs war, und wußte, daß sie nicht einfach aufgeben konnte. Wolff stoppte. Elene merkte plötzlich, wo sie waren. Sie sagte: »Das ist Vandams Haus!«

»Ja.«

Sie bemühte sich, in Wolffs Miene zu lesen. »Vandam ist nicht hier.«

»Nein.« Wolff lächelte kalt. »Aber Billy.«

24

ANWAR EL-SADAT ZEIGTE sich hocherfreut über das Funkgerät.

»Es ist ein Hallicrafter/Skychallenger«, erklärte er Kemel. »Ein amerikanisches Modell.« Er schloß es an, um es zu testen, und überzeugte sich, daß es sehr leistungsfähig war. Kemel erläuterte, daß er um Mitternacht auf der vorgegebenen Wellenlänge senden müsse und daß das Rufzeichen Sphinx sei. Da Wolff sich geweigert habe, ihm den Code zu geben, müßten sie das Risiko eingehen, den Text unverschlüsselt zu senden.

Sie versteckten das Radio im Herd in der Küche des kleinen Hauses.

Kemel verließ Sadat und fuhr von Kubri al-Qubbah zurück nach Samalek. Unterwegs grübelte er darüber nach, wie er seine Rolle bei den Ereignissen dieser Nacht vertuschen könne.

Seine Geschichte mußte mit der des Beamten übereinstimmen, den Vandam um Hilfe geschickt hatte. Also würde er zugeben, daß er angerufen worden war. Vielleicht wäre es am besten zu behaupten, er habe die Briten nicht sofort benachrichtigt, weil er erst an Ort und Stelle habe klären müssen, ob es sich bei »Major Vandam« um einen Betrüger handele. Und dann? Er habe auf dem Treidelpfad und in den Büschen nach Vandam gesucht und sei ebenfalls bewußtlos geschlagen worden. Der Haken war, daß er nicht so viele Stunden ohnmächtig gewesen sein konnte. Er mußte also vorgeben, gefesselt worden zu sein. Ja, er würde sagen, er sei gefesselt worden und habe sich eben erst selbst befreien können. Dann würden er und Vandam an Bord des Hausbootes gehen – und es leer vorfinden.

Kemel parkte sein Auto und stieg vorsichtig zum Treidelpfad hinunter. Er machte die Stelle in den Büschen aus, an der er Vandam zurückgelassen hatte, legte sich dreißig oder vierzig Meter davon entfernt auf die Erde und rollte von einer Seite auf die andere, um seine Kleidung schmutzig zu machen. Darin rieb er etwas Sand über sein Gesicht und fuhr sich mit den Fingern durchs Haar. Nachdem er sich die Handgelenke zerkratzt hatte, um Abschürfungen vorzutäuschen, suchte er nach Vandam.

Er fand ihn genau dort, wo er ihn zurückgelassen hatte. Fesseln und Knebel waren nicht gelockert. Vandam starrte Kemel mit aufgerissenen Augen an.

»Mein Gott, man hat Sie auch erwischt!« sagte Kemel. Er bückte sich, entfernte den Knebel und begann, Vandam loszubinden. »Der Sergeant hat mich angerufen. Ich kam hierher, und plötzlich wachte ich mit Kopfschmerzen, gefesselt und geknebelt, auf. Das ist ein paar Stunden her. Ich habe mich gerade befreit.«

Vandam antwortete nicht.

Kemel warf das Seil zur Seite. Vandam erhob sich steif. »Wie fühlen Sie sich?«

»Es geht.«

»Lassen Sie uns nachsehen, ob auf dem Hausboot noch etwas zu finden ist«, schlug Kemel vor. Er drehte sich um.

*

Sobald Kemel ihm den Rücken zuwandte, trat Vandam vor und schlug ihm mit aller Kraft die Handkante in den Nacken. Der Hieb hätte Kemel töten können, aber das war Vandam gleichgültig. Er war gefesselt und geknebelt gewesen und hatte den Treidelpfad nicht sehen können. Doch er hatte die Worte: »Ich bin Kemel. Sie müssen Wolff sein«, gehört. Deshalb wußte er, daß der Araber ihn verraten hatte. Offenbar hatte Kemel an diese Möglichkeit nicht gedacht. Seitdem hatte Vandam vor Wut gekocht, und er hatte all seinen aufgestauten Zorn auf diesen Schlag konzentriert.

Kemel lag benommen am Boden. Vandam rollte ihn auf den Rücken, durchsuchte ihn und fand die Pistole. Er nahm das Seil, mit dem gerade noch seine eigenen Hände gefesselt gewesen waren, und band damit die Hände des Inspektors auf dessen Rücken zusammen. Dann ohrfeigte er Kemel, bis dieser zu sich kam.

»Aufstehen«, befahl Vandam.

Der Araber schien nicht zu begreifen, aber plötzlich trat Furcht in seine Augen. »Was machen Sie?«

Vandam schlug zu. »Ich schlage Sie. Aufstehen.«

Kemel rappelte sich mühsam auf.

»Umdrehen.«

Der Inspektor drehte sich um. Vandam packte Kemels Kragen mit der linken und hielt die Pistole in der rechten Hand.

»Los.«

Sie gingen zum Hausboot. Vandam stieß Kemel über den Steg und über das Deck.

»Öffnen Sie die Luke.«

Kemel schob die Schuhspitze in den Griff und öffnete die Luke.

»Nach unten.«

Kemel kletterte unbeholfen die Leiter hinab. Vandam beugte sich vor, um ins Innere zu sehen. Niemand war da. Rasch stieg er hinterher. Er stieß Kemel zur Seite, zog den Vorhang zurück und hielt die Pistole schußbereit.

Sonja lag immer noch schlafend im Bett.

»Rein mit Ihnen.«

Kemel ging ins Schlafzimmer und stellte sich neben das Kopfende des Bettes.

»Wecken Sie sie.«

Der Inspektor berührte Sonja mit dem Fuß. Sie rollte sich auf die andere Seite, ohne die Augen zu öffnen. Vandam nahm ihre Nacktheit flüchtig wahr. Er streckte die Hand aus und kniff in ihre Nase. Sonja öffnete die Augen und setzte sich sofort mürrisch auf. Sie erkannte Kemel, dann sah sie Vandam mit der Pistole.

»Was ist passiert?« fragte sie.

Wie aus einem Munde stießen Sonja und Vandam hervor: »Wo ist Wolff?«

Vandam war sicher, daß sie sich nicht verstellte. Er wußte jetzt, daß Kemel Wolff gewarnt hatte und daß Wolff geflüchtet war, ohne Sonja zu wecken. Vermutlich hatte er Elene mitgenommen – aber Vandam konnte sich nicht vorstellen, weshalb.

Er legte die Pistole auf Sonja an, genau unterhalb der linken Brust. Dann wandte er sich an Kemel.

»Ich werde Ihnen eine Frage stellen. Wenn Sie die falsche Antwort geben, stirbt Sonja. Verstanden?«

Kemel nickte nervös.

»Hat Wolff um Mitternacht einen Funkspruch gesendet?«

»Nein!« schrie Sonja. »Nein, nein!«

»Was ist hier geschehen?« Vandam fürchtete sich vor der Antwort.

»Wir sind ins Bett gegangen.«

»Wer?«

»Wolff, Elene und ich.«

»Zusammen?«

»Ja.«

Das war es also. Und Vandam hatte sie in Sicherheit geglaubt, weil noch eine andere Frau anwesend war! So erklärte sich Wolffs fortgesetztes Interesse an Elene: Er hatte sie für ihr Spiel zu dritt haben wollen. Vandam war angewidert – nicht über das, was sie getan hatte, sondern weil Elene seinetwegen daran teilgenommen hatte.

Er verdrängte den Gedanken. Sagte Sonja die Wahrheit? Hatte Wolff in der letzten Nacht wirklich keinen Kontakt mit Rommel aufgenommen? Es gab keine Möglichkeit, ihre Behauptung zu überprüfen.

»Ziehen Sie sich an«, befahl er Sonja.

Sie stieg aus dem Bett und schlüpfte hastig in ein Kleid. Vandam richtete die Pistole auf die beiden, ging zum Bug des Bootes und schaute durch die kleine Tür. Er sah ein winziges Badezimmer mit zwei Bullaugen.

»Hierher, alle beide.«

Kemel und Sonja gingen in das Badezimmer. Vandam schloß die Tür hinter ihnen und durchsuchte das Hausboot. Er öffnete alle Schränke und Schubladen und warf den Inhalt auf den Boden. Nachdem er das Bett abgezogen hatte, schlitzte er die Matratze und das Polster der Couch mit einem Küchenmesser auf. Er blätterte die Papiere in dem Schreibpult durch. Dann entdeckte er in einem großen Glasaschenbecher verkohltes Papier. Er leerte den Kühlschrank, stieg an Deck und räumte die Kästen aus.

Nach einer halben Stunde war er sicher, daß auf dem Hausboot weder ein Funkgerät noch ein Exemplar von »Rebecca« noch der Codeschlüssel versteckt waren.

Er holte die beiden Gefangenen aus dem Badezimmer. In einer der Deckskisten fand er ein Seil. Er fesselte Sonja die Hände und band sie mit Kemel zusammen.

Vandam trieb die beiden vom Boot, über den Treidelpfad und zur Straße. Sie gingen zur Brücke, wo er ein Taxi anhielt. Er ließ Sonja und Kemel auf dem Rücksitz Platz nehmen und setzte sich selbst, ohne die Pistole von ihnen abzuwenden, vorn neben den erschrockenen arabischen Chauffeur.

»Großes Hauptquartier«, sagte Vandam zu dem Fahrer.

Die beiden Gefangenen mußten verhört werden, aber im Grunde gab es nur zwei Fragen:

Wo war Wolff?

Und wo war Elene?

*

Wolff stellte den Motor ab und packte Elenes Handgelenk. Sie versuchte, sich loszureißen, aber sein Griff war zu fest. Er zog sein Messer und ließ die Schneide leicht über ihren Handrücken gleiten. Das Messer war sehr scharf. Elene starrte entsetzt ihre Hand an. Zuerst war nur ein dünner Strich, wie eine Bleistiftlinie, zu sehen. Dann quoll Blut aus dem Schnitt, und sie spürte einen heftigen Schmerz. Sie keuchte.

»Du bleibst ganz dicht bei mir und sagst nichts«, wies Wolff sie an.

Plötzlich haßte Elene ihn. Sie blickte ihm in die Augen. »Sonst verwundest du mich mit dem Messer?« fragte sie mit aller Verachtung, die sie aufbringen konnte.

»Nein, sonst verletze ich Billy.«

Er ließ ihr Handgelenk los und stieg aus dem Wagen. Elene blieb still sitzen. Sie fühlte sich hilflos. Was konnte sie gegen diesen starken, skrupellosen Mann ausrichten? Sie nahm ein kleines Tuch aus ihrer Handtasche und wickelte es um die Schnittwunde.

Ungeduldig kam Wolff zu ihrer Seite des Autos und öffnete den Schlag. Er ergriff ihren Oberarm und zog sie aus dem Wagen. Dann überquerten sie die Straße zu Vandams Haus. Er klingelte. Elene erinnerte sich, wie sie zum letztenmal zwischen diesen Säulen gestanden und darauf gewartet hatte, daß die Tür geöffnet wurde. Seitdem war viel geschehen.

Die Tür öffnete sich. Elene erkannte Gaafar. Der Diener erinnerte sich an sie und sagte: »Guten Morgen, Miß Fontana.«

»Hallo, Gaafar.«

»Guten Morgen, Gaafar«, grüßte Wolff. »Ich bin Captain Alexander. Der Major schickt mich. Würden Sie uns bitte einlassen?«

»Natürlich, Sir.« Gaafar trat zur Seite. Wolff, der immer noch Elenes Arm gepackt hatte, ging ins Haus. Der Diener schloß die Tür. Elene erinnerte sich an den gekachelten Flur. Gaafar sagte: »Ich hoffe, daß dem Major nichts zugestoßen ist ...«

»Nein, es ist alles in Ordnung. Aber er kann heute morgen nicht nach Hause kommen. Deshalb soll ich Ihnen ausrichten, daß Sie sich keine Sorgen zu machen brauchen. Er hat mich gebeten, Billy zur Schule zu fahren.«

Elene war entsetzt. Wolff beabsichtigte, Billy zu entführen. Sie hätte es schon erraten müssen, als Wolff den Namen des Jungen erwähnte. Aber was konnte sie tun? Am liebsten hätte sie Gaafar gewarnt. Doch Wolff hatte das Messer, und Gaafar war alt. Billy konnte ihm nicht entkommen.

Gaafar schien zu zögern.

»Nun beeilen Sie sich schon, Gaafar«, befahl Wolff. »Wir haben nicht den ganzen Tag Zeit.«

»Jawohl, Sir.« Gaafar reagierte wie jeder ägyptische Diener, der gebieterisch von einem Europäer angesprochen wird. »Billy beendet gerade sein Frühstück. Wenn Sie einen Moment hier warten?« Er öffnete die Wohnzimmertür.

Wolff stieß Elene in das Zimmer und ließ endlich ihren Arm los. Sie betrachtete die Möbel, die Tapeten, den Marmorkamin und das Foto aus dem »Tatler« von Angela Vandam. Diese Dinge erschienen ihr jetzt wie Eindrücke aus einem Alptraum. Angela hätte gewußt, was zu tun ist, dachte Elene verzweifelt. »Machen Sie sich nicht lächerlich!« hätte sie gesagt und Wolff mit einer energischen Handbewegung aus dem Haus gewiesen. Elene schüttelte den Kopf: Angela wäre genauso hilflos gewesen.

Wolff setzte sich an den Schreibtisch. Er öffnete eine Schublade, nahm einen Block und einen Bleistift heraus und begann zu schreiben.

Elene fragte sich, was Gaafar tun würde. War es möglich, daß er das Große Hauptquartier anrief, um sich bei Billys Vater zu erkundigen? Ägypter telefonierten nur sehr ungern mit dem Großen Hauptquartier. Sie blickte sich um und sah, daß das Telefon im Wohnzimmer stand. Wenn Gaafar zu telefonieren versuchte, würde Wolff ihn daran hindern.

»Weshalb hast du mich hierhergebracht?« rief sie. Verzweiflung und Furcht ließen ihre Stimme schrill klingen. Wolff blickte von seinen Notizen auf. »Um den Jungen zu beruhigen. Wir haben einen langen Weg vor uns.«

»Laß Billy hier«, flehte sie. »Er ist noch ein Kind.«

»Vandams Kind«, antwortete Wolff mit einem Lächeln.

»Du brauchst ihn nicht.«

»Vandam könnte erraten, wohin ich will. Ich möchte sichergehen, daß er mich nicht verfolgt.«

»Glaubst du wirklich, daß er zu Hause sitzen wird, während du seinen Sohn hast?«

Wolff schien zu grübeln. »Das hoffe ich«, sagte er schließlich. »Außerdem, was habe ich zu verlieren? Wenn ich den Jungen nicht mitnehme, wird er mich ganz bestimmt verfolgen.«

Elene war den Tränen nahe. »Ich glaube nicht, daß du es tust, damit Vandam zu Hause bleibt. Du tust es aus Bosheit. Du denkst an die Qual, die du ihm bereitest. Du bist pervers und ekelhaft.«

»Vielleicht hast du recht.«

»Du bist krank.«

»Das reicht!« Wolffs Gesicht war leicht gerötet. Er schien sich mühsam zur Ruhe zu zwingen. »Halt den Mund, während ich schreibe.«

Elene konzentrierte sich. Sie hatten eine lange Reise vor sich. Wolff fürchtete, von Vandam verfolgt zu werden. Er hatte Kemel von einem zweiten Funkgerät erzählt. Vandam könnte sein Ziel erraten. Am Ende der Reise warteten das zweite Funkgerät, ein Exemplar von »Rebecca« und eine Kopie des Codeschlüssels. Irgendwie mußte sie Vandam helfen, ihnen zu folgen. Wenn Vandam das Ziel erraten kann, dachte Elene, müßte ich auch dazu in der Lage sein. Wo würde Wolff ein zweites Funkgerät verwahren? Er könnte es irgendwo versteckt haben, bevor er Kairo erreicht hatte. Irgendwo in der Wüste oder irgendwo zwischen Kairo und Assiut. Vielleicht..

Billy kam herein. »Hallo«, begrüßte er Elene. »Haben Sie mir das Buch mitgebracht?«

Sie wußte nicht, wovon er sprach. »Das Buch?« Sie starrte ihn an und dachte, daß er trotz seiner Erwachsenenmanieren immer noch sehr kindlich war. Er hatte graue Flanellshorts und ein weißes Hemd an. Auf der glatten Haut seiner nackten Unterarme war kein Härchen zu sehen. Er trug einen Schulranzen und hatte sich eine Schulkrawatte umgebunden.

»Sie haben es vergessen.« Es hörte sich an, als wäre er verraten worden. »Sie wollten mir einen Detektivroman von Simenon leihen.«

»Ich habe es wirklich vergessen. Es tut mir leid.«

»Würden Sie ihn nächstes Mal mitbringen?«

»Bestimmt.«

Wolff hatte Billy unterdessen mit einem merkwürdigen Blick angestarrt. Nun stand er auf. »Hallo, Billy«, sagte er mit einem Lächeln. »Ich bin Captain Alexander.«

Billy schüttelte ihm die Hand. »Guten Morgen, Sir.«

»Dein Vater hat mich gebeten, dir auszurichten, daß er sehr viel zu tun habe.«

»Er kommt immer zum Frühstück nach Hause.«

»Heute nicht. Er wird von dem alten Rommel ganz schön in Anspruch genommen, weißt du.«

»War er wieder in einen Kampf verwickelt?«

Wolff zögerte. »Ja, um ehrlich zu sein, aber es geht ihm gut. Er hat einen Schlag auf den Kopf bekommen.«

Billy schien eher stolz als besorgt, wie Elene beobachtete.

Gaafar trat ein und wandte sich an Wolff. »Sind Sie sicher, Sir, daß der Major Sie beauftragt hat, den Jungen zur Schule zu bringen?«

Er ist doch mißtrauisch, dachte Elene.

»Natürlich«, entgegnete Wolff. »Stimmt etwas nicht?«

»Nein, aber ich bin für Billy verantwortlich, und wir kennen Sie doch nicht ...«

»Aber Sie kennen Miß Fontana. Sie war dabei, als Major Vandam mit mir sprach. Nicht wahr, Elene?« Wolff schaute sie an und berührte seine linke Achsel, unter der das Messer verborgen war.

»Ja«, bestätigte Elene mit leiser Stimme.

»Aber es ist ganz richtig, daß Sie vorsichtig sind, Gaafar«, fuhr Wolff fort. »Vielleicht sollten sie das Große

Hauptquartier anrufen und selbst mit dem Major sprechen.« Er deutete auf das Telefon.

Elene dachte: Nein, Gaafar, er wird dich umbringen, bevor du die Nummer gewählt hast.

Gaafar zögerte: »Ich glaube nicht, daß das nötig ist, Sir. Es stimmt, wir kennen Miß Fontana.«

Es ist alles meine Schuld, dachte Elene.

Gaafar ging hinaus.

Wolff sagte rasch auf arabisch zu Elene: »Kümmere dich ein paar Minuten um den Jungen.« Er schrieb weiter.

Elene sah Billys Ranzen an und hatte eine vage Idee.

»Zeig mir deine Schulbücher.«

Billy schien sie für verrückt zu halten.

»Mach schon.« Der Ranzen war offen, und ein Atlas ragte heraus. Sie nahm ihn sich. »Womit beschäftigt ihr euch in Geographie?«

»Mit den norwegischen Fjorden.«

Elene sah, wie Wolff aufhörte zu schreiben und das Blatt Papier in einen Umschlag legte. Er leckte die Gummierung, klebte den Umschlag zu und steckte ihn in die Tasche.

»Laß uns Norwegen suchen.« Elene blätterte die Atlasseiten um.

Wolff hob den Telefonhörer ab und wählte eine Nummer. Er warf Elene einen Blick zu und schaute dann aus dem Fenster. Elene fand die Karte Ägyptens.

Billy sagte: »Aber das ist ...«

Hastig berührte Elene seine Lippen mit dem Finger. Er unterbrach sich und runzelte die Stirn.

Sie dachte: Bitte, Billy, sei still und überlaß alles mir.

»Skandinavien, ja, Norwegen liegt in Skandinavien. Sieh her.« Sie löste das Tuch von ihrer Hand. Billy starrte die Schnittwunde an. Elene öffnete die Wunde mit dem Fingernagel, so daß sie wieder anfing zu bluten. Billy wurde weiß. Er schien etwas sagen zu wollen, doch Elene berührte seine Lippen und schüttelte flehend den Kopf.

Elene war sicher, daß Wolff nach Assiut fahren wollte.

Es war eine naheliegende Vermutung. In diesem Moment sprach er in die Telefonmuschel: »Hallo? Geben Sie mir die Abfahrtzeit des Zuges nach Assiut.«

Ich habe recht gehabt, dachte Elene. Sie tauchte die Fingerspitze in das Blut, das aus ihrer Verletzung quoll. Mit drei Strichen zog sie einen blutigen Pfeil über die Karte Ägyptens; die Pfeilspitze zeigte auf die Stadt Assiut, dreihundert Meilen südlich von Kairo. Sie klappte den Atlas zu, schmierte mit ihrem Taschentuch Blut über den Einband und schob ihn hinter sich.

»Ja, und wann trifft er ein?« fragte Wolff.

»Aber weshalb gibt es Fjorde in Norwegen und nicht in Ägypten?«

Billy war sprachlos. Er starrte ihre Hand an. Sie mußte ihn aufrütteln, bevor er sie verriet. »Hör zu, hast du Agatha Christies Roman ›Der Hinweis auf dem blutbefleckten Atlas‹ gelesen?«

»Nein, es gibt keinen ...«

»Der Detektiv ist sehr schlau und kann alles mit Hilfe dieses einen Hinweises aufklären.«

Er zog die Brauen hoch, aber nicht mehr aus Verblüffung, sondern weil er grübelte.

Wolff legte den Hörer auf und erhob sich. »Laßt uns gehen. Du willst doch nicht zu spät in die Schule kommen, Billy.« Er trat zur Tür und öffnete sie.

Billy nahm seinen Ranzen und ging hinaus. Elene zögerte. Sie hatte Angst, daß Wolff den Atlas entdecken würde.

»Komm schon«, sagte er ungeduldig.

Sie ging hinaus, und er folgte ihr. Billy war schon auf der Veranda. Im Flur lag ein kleiner Stapel Briefe auf einem Nierentisch. Wolff legte seinen Umschlag auf den Stapel. Die Haustür fiel hinter ihnen zu.

Wolff fragte: »Kannst du fahren?«

»Ja«, antwortete sie und biß sich auf die Lippen, weil sie nicht schnell genug reagiert hatte. Sie hätte nein sagen sollen.

»Ihr beide sitzt vorn«, ordnete Wolff an. Er stieg hinten ein. Während sie starteten, beugte Wolff sich nach vorn. »Siehst du das?«

Er zeigte Billy das Messer.

»Ja«, erwiderte Billy mit unsicherer Stimme.

»Wenn du Schwierigkeiten machst, schneide ich dir den Kopf ab.«

Billy fing an zu weinen.

25

STILLGESTANDEN! BRÜLLTE JAKES mit seiner Kasernenhofstimme. Kemel stand stramm. Das Vernehmungszimmer war leer, abgesehen von einem Tisch. Vandam, einen Stuhl in der rechten und eine Tasse Tee in der linken Hand, folgte Jakes und setzte sich.

»Wo ist Alex Wolff?« fragte Vandam.

»Ich weiß nicht«, entgegnete Kemel und lockerte seine Haltung ein wenig.

»Stillgestanden!« brüllte Jakes. »Ganz gerade, mein Junge!« Kemel nahm wieder Habachtstellung an.

Vandam schlürfte seinen Tee. Es war ein Teil des Vernehmungszeremoniells – eine Methode klarzumachen, daß er viel Zeit habe.

»Gestern abend wurden Sie von einem Beamten angerufen, der das Hausboot *Jihan* überwachte.«

Jakes schrie: »Antworte dem Major!«

»Ja.«

»Was hat er Ihnen mitgeteilt?«

»Er sagte, daß Major Vandam zum Treidelpfad gekommen sei und ihn um Hilfe geschickt habe.«

»Sir« korrigierte Jakes. »Ihn um Hilfe geschickt habe, Sir!«

»Ihn um Hilfe geschickt habe, Sir.«

»Und was taten Sie?« fragte Vandam.

»Ich fuhr persönlich zum Treidelpfad, um Nachforschungen anzustellen, Sir.«

»Und dann?«

»Ich wurde bewußtlos geschlagen. Als ich zu mir kam, war ich an Händen und Füßen gefesselt. Es dauerte mehrere Stunden, bis ich mich befreien konnte. Dann band ich Major Vandam los, worauf er mich überfiel.«

Jakes trat dicht an Kemel heran. »Du bist ein verdammter kleiner Lügner!« Der Araber machte einen Schritt zurück.

»Vortreten!« rief Jakes. »Du bist ein verdammter kleiner Lügner. Was bist du?«

Kemel antwortete nicht.

»Hören Sie zu, Kemel«, sagte Vandam. »Nach Lage der Dinge werden Sie wegen Spionage erschossen. Wenn Sie uns alles erzählen, was Sie wissen, könnten Sie mit einer Gefängnisstrafe davonkommen. Seien Sie vernünftig. Also, Sie kamen zum Treidelpfad und schlugen mich nieder, nicht wahr?«

»Nein, Sir.«

Vandam seufzte. Kemel wollte von seiner Geschichte nicht abgehen. Selbst wenn er wußte oder vermutete, wo Wolff sich aufhielt, würde er es nicht verraten, solange er entschlossen war, Unschuld vorzutäuschen.

»Was hat Ihre Frau mit der ganzen Sache zu tun?«

Kemel sagte nichts, doch er wirkte erschrocken.

»Wenn Sie meine Fragen nicht beantworten, muß ich sie selbst verhören.«

Der Araber preßte die Lippen zusammen.

Vandam stand auf. »Jakes, lassen Sie die Frau unter Spionageverdacht festnehmen.«

»Die typische Gerechtigkeit der Briten«, stieß Kemel hervor.

»Wo ist Wolff?«

»Das weiß ich nicht.«

Vandam ging hinaus. Er wartete vor der Tür auf Jakes. Als der Captain herauskam, sagte er: »Er ist Polizist und kennt die Methoden. Am Ende wird er zusammenbrechen, aber heute noch nicht.« Doch Vandam mußte Wolff heute finden.

Jakes fragte: »Soll ich seine Frau festnehmen?«

»Noch nicht. Vielleicht später.« Und wo war Elene?

Sie legten ein paar Meter zu einer anderen Zelle zurück. »Ist hier alles vorbereitet?« wollte Vandam wissen.

»Ja.«

»Gut.« Er öffnete die Tür und trat ein. Dieses Zimmer war nicht so leer. Sonja saß auf einem harten Stuhl; sie trug eine derbe graue Gefängnisuniform. Neben ihr stand eine Wärterin. Sie war untersetzt und hatte ein strenges männliches Gesicht und kurze graue Haare. In einer Ecke der Zelle befand sich eine Pritsche und in einer anderen eine Schüssel mit kaltem Wasser.

Während Vandam hereinkam, sagte die Wärterin: »Aufstehen!«

Vandam und Jakes setzten sich. »Nehmen Sie Platz, Sonja.« Die Wärterin drückte Sonja auf ihren Stuhl.

Er musterte Sonja für eine Minute. Bei ihrem letzten Verhör war sie stärker gewesen. Diesmal würde es anders aussehen. Elenes Sicherheit stand auf dem Spiel, und Vandam hatte nur noch wenig Skrupel.

»Wo ist Alex Wolff?«

»Weiß ich nicht.«

»Wo ist Elene Fontana?«

»Weiß ich nicht.«

»Wolff ist ein deutscher Spion, und Sie haben ihm geholfen.«

»Lächerlich.«

»Sie werden großen Ärger haben.«

Sonja antwortet nicht. Vandam beobachtete ihr Gesicht. Sie war stolz, selbstbewußt, furchtlos. Was mochte heute morgen auf dem Hausboot vorgefallen sein? Jedenfalls hatte Wolff sich abgesetzt, ohne Sonja zu warnen. Fühlte sie sich nicht verraten?

»Wolff hat Sie verraten«, sagte Vandam. »Der Polizist Kemel hat Wolff vor der Gefahr gewarnt, doch er hat Sie schlafen lassen und ist mit einer anderen Frau verschwunden. Wollen Sie ihn danach weiter schützen?«

Sie blieb stumm.

»Wolff hatte sein Funkgerät auf Ihrem Boot versteckt. Er sendete um Mitternacht Botschaften an Rommel. Da Sie Bescheid wußten, sind Sie Mittäterin bei einem Spionageakt. Dafür wird man Sie erschießen.«

»Ganz Kairo wird rebellieren! Sie werden es nicht wagen!«

»Glauben Sie? Was macht es uns aus, wenn Kairo jetzt rebelliert? Die Deutschen stehen vor den Toren – sollen *sie* doch den Aufstand niederschlagen.«

»Wagen Sie nicht, mich anzurühren.«

»Wo ist Wolff?«

»Ich weiß nicht.«

»Können Sie es nicht erraten?«

»Nein.«

»Sie sind nicht sehr hilfsbereit, Sonja. Das wird Ihre Lage verschlimmern.«

»Sie können mir nichts anhaben.«

»Ich werde Ihnen beweisen, daß Sie sich irren.« Vandam nickte der Wächterin zu.

Die Frau hielt Sonja fest, während Jakes sie an den Stuhl fesselte. Sie setzte sich einen Moment lang zur Wehr, aber es war hoffnungslos. Zum erstenmal erschien eine Spur von Furcht in ihren Augen. »Was habt ihr Lumpen vor?«

Die Wärterin zog eine große Schere aus ihrer Handtasche. Sie packte einen Strang von Sonjas langen, dichten Haaren und schnitt ihn ab.

»Das könnt ihr nicht tun!« kreischte Sonja.

Die Wärterin schnitt das Haar mit schnellen Bewegungen ab. Sie ließ die schweren Locken in Sonjas Schoß fallen. Die Tänzerin heulte auf und verfluchte Vandam, Jakes und die ganze britische Nation. Sie benutzte Ausdrücke, die Vandam noch nie von einer Frau gehört hatte.

Die Wärterin nahm eine kleinere Schere und schnitt Sonjas Haar dicht an der Kopfhaut ab.

Sonjas Schreie gingen in Schluchzen über. Vandam sagte: »Wie Sie sehen, spielen Legalität und Gerechtigkeit keine große Rolle mehr für uns, und die ägyptische öffentliche Meinung ist uns gleichgültig. Wir stehen mit dem Rücken zur Wand. Wir sind verzweifelt.«

Die Frau seifte Sonjas Kopf ein und begann, sie zu rasieren. »Wolff hat seine Informationen von jemandem aus dem Großen Hauptquartier. Von wem?« fragte Vandam.

»Du bist der Teufel«, entgegnete Sonja.

Schließlich zog die Wärterin einen Spiegel aus ihrer Handtasche und hielt ihn vor Sonjas Gesicht. Zuerst wollte sie nicht hineinblicken, aber nach einem Moment gab sie nach. Sie schnappte nach Luft, als sie ihren glattrasierten Schädel sah und brach in Tränen aus.

»Woher hat Wolff seine Informationen?« forschte Vandam mit leiser Stimme.

»Von Major Smith.«

Vandam atmete erleichtert auf. Sie war gebrochen. Gott sei Dank.

»Vorname?«

»Sandy Smith.«

Er warf Jakes einen Blick zu. Das war der Name des Majors von MI 6, der verschwunden war; ihre Befürchtung hatte sich erfüllt.

»Wie erhielt er die Informationen?«

»Sandy kam in seiner Mittagspause zum Hausboot, um mich zu besuchen. Während wir im Bett waren, durchsuchte Alex seine Aktentasche.«

So einfach also, dachte Vandam. Smith war Verbindungsoffizier zwischen dem Geheimen Nachrichtendienst – auch als MI 6 bekannt – und dem Großen Hauptquartier, und in dieser Funktion war er in die gesamte strategische Planung eingeweiht, denn MI 6 mußte über die Absichten der Armee unterrichtet sein, damit seine Spione nach den richtigen Informationen Ausschau hielten. Smith war, mit einer Aktentasche voller Geheimnisse, direkt von den Morgenkonferenzen im Großen Hauptquartier zum Hausboot gegangen. Vandam hatte schon gewußt, daß Smith im Großen Hauptquartier vorgab, im Büro des MI 6 Mittag zu essen, während er seinen Vorgesetzten beim MI 6 erzählte, im Großen Hauptquartier zu essen, damit niemand merkte, daß er eine Affäre mit einer Tänzerin hatte. Früher hatte Vandam angenommen, daß Wolff jemanden besteche oder erpresse. Ihm war nie der Gedanke gekommen, daß Wolff seine Kenntnisse von jemandem ohne dessen Wissen beziehen könnte.

»Wo ist Smith jetzt?«

»Er überraschte Alex beim Durchsuchen seiner Aktentasche. Alex brachte ihn um.«

»Wo ist die Leiche?«

»Im Fluß beim Hausboot.«

Vandam nickte Jakes zu, und der Captain ging hinaus. »Erzählen Sie mir von Kemel.«

Sonja brauchte keinen Anstoß mehr, ihr Widerstand war gebrochen. Nun war sie zu allem bereit, nur um nachsichtig behandelt zu werden. »Er kam zu mir und sagte, Sie hätten ihm befohlen, das Hausboot zu bewachen. Er versprach, seine Berichte zu fälschen, wenn ich ein Treffen zwischen Alex und Sadat arrangierte.«

»Alex und wem?«

»Anwar el-Sadat. Er ist Armeehauptmann.«

»Wozu wollte er sich mit Wolff treffen?«

»Damit die Freien Offiziere Rommel eine Botschaft schicken können.«

Vandam dachte: Diese Sache hat Aspekte, von denen ich nichts geahnt habe. »Wo wohnt Sadat?«

»In Kubri al-Qubbah.«

»Adresse?«

»Ich weiß nicht.«

Er wandte sich an die Wärterin. »Finden Sie die genaue Adresse von Hauptmann Anwar el-Sadat heraus.«

»Jawohl, Sir.« Das Lächeln der Frau war erstaunlich anziehend. Sie ging hinaus.

»Wolff hatte sein Funkgerät auf Ihrem Hausboot versteckt?«

»Ja.«

»Er benutzte einen Code für seine Nachrichten?«

»Ja, er hatte einen englischen Roman, mit dessen Hilfe er die Mitteilungen abfaßte.«

»›Rebecca‹.«

»Ja.«

»Und er hatte einen Codeschlüssel.«

»Einen Codeschlüssel?«

»Ein Stück Papier, auf dem stand, welche Buchseiten er benutzen sollte.«

Sie nickte langsam. »Ja, das kann sein.«

»Das Funkgerät, das Buch und der Schlüssel sind verschwunden. Wissen Sie, wohin?«

»Nein.« Sonja erschrak wieder. »Ganz ehrlich, ich weiß es nicht. Ich sage die Wahrheit ...«

»In Ordnung, ich glaube Ihnen. Wissen Sie, wohin Wolff gegangen sein könnte?«

»Er hat ein Haus ... die Villa les Oliviers.«

»Gute Idee. Andere Vorschläge?«

»Abdullah. Er könnte zu Abdullah gegangen sein.«

»Ja. Und sonst?«

»Zu seinen Cousins in der Wüste.«

»Und wo könnte man sie finden?«
»Das weiß keiner. Es sind Nomaden.«
»Könnte Wolff über ihre Routen orientiert sein?«
»Das ist möglich.«
Vandam betrachtete sie noch eine Weile. Sonja war keine Schauspielerin, sie hätte sich nicht so gut verstellen können. Inzwischen war sie nicht nur bereit, sondern begierig, ihre Freunde zu verraten und all ihre Geheimnisse preiszugeben. Sie sprach die Wahrheit.
»Wir sehen uns noch«, sagte Vandam und verließ das Zimmer.
Die Wärterin reichte ihm einen Zettel, auf dem Sadats Adresse stand, und kehrte in die Zelle zurück. Vandam eilte zur Schreibstube. Jakes wartete schon. »Die Marine leiht uns ein paar Taucher«, erklärte er. »Sie werden in einigen Minuten hier sein.«
»Gut.« Vandam zündete sich eine Zigarette an. »Ich möchte Abdullahs Wohnung durchsuchen, und ich werde diesen Sadat verhaften. Schicken Sie für alle Fälle ein paar Leute zur Villa les Oliviers; vermutlich werden sie nichts finden. Sind alle instruiert worden?«
Jakes nickte. »Sie wissen, daß wir ein Funkgerät, ein Exemplar von ›Rebecca‹ und ein Blatt mit Codeanweisungen suchen.«
Vandam blickte sich um und merkte erst jetzt, daß drei ägyptische Polizisten in dem Zimmer waren. »Wieso sind uns die verdammten Araber zugeteilt worden?« fragte er ärgerlich.
»Protokoll, Sir«, antwortete Jakes förmlich. »Oberst Bogges Idee.«
Er unterdrückte eine bissige Bemerkung. »Wenn Sie mit Abdullah fertig sind, treffen wir uns im Hausboot.«
»Jawohl, Sir.«
Vandam drückte seine Zigarette aus. »An die Arbeit.«
Sie traten hinaus in die Morgensonne. Ein Dutzend oder mehr Jeeps standen aufgereiht auf dem Vorplatz; die

Motoren liefen bereits im Leerlauf. Jakes gab den Sergeants der Stoßtrupps ihre Befehle und nickte Vandam zu. Die Männer stiegen in die Jeeps und rasten davon.

Sadat wohnte in einem Vorort in Richtung Heliopolis, drei Meilen von Kairo entfernt. Sein Haus war ein gewöhnliches Einfamilienhaus in einem kleinen Garten. Vier Jeeps donnerten heran, die Soldaten umringten das Haus und begannen, den Garten zu durchsuchen. Vandam pochte an die Vordertür. Ein Hund bellte laut. Er klopfte noch einmal. Die Tür öffnete sich.

»Hauptmann Anwar el-Sadat?«

»Ja.«

Sadat war ein schmaler, ernster junger Mann von mittlerer Größe. Sein gelocktes, braunes Haar wich schon zurück: Er trug seine Hauptmannsuniform und einen Fes, als wolle er ausgehen.

»Sie sind verhaftet«, sagte Vandam und zwängte sich an ihm vorbei ins Haus. Ein weiterer junger Mann erschien in einer Tür. »Wer ist das?« wollte Vandam wissen.

»Mein Bruder Tal'at.«

Vandam musterte Sadat. Der Araber war ruhig und würdevoll, aber er verbarg eine gewisse Spannung. Er hat Angst, dachte Vandam, aber nicht vor mir und nicht davor, eingesperrt zu werden. Der Mann fürchtete etwas anderes. Welche Absprache hatte Kemel heute morgen mit Wolff getroffen? Die Rebellen brauchten Wolff, um Verbindung mit Rommel aufzunehmen. Hatten sie Wolff irgendwo verborgen?

»Welches ist Ihr Zimmer, Hauptmann?«

Sadat deutete auf eine Tür. Vandam betrat den Raum. Es war ein einfaches Schlafzimmer, mit einer Matratze auf dem Boden und einer Galabiya an einem Haken. Er nickte zwei britischen Soldaten und einem ägyptischen Polizisten zu. »Anfangen.« Sie begannen, das Zimmer zu durchsuchen.

»Was hat das zu bedeuten?« fragte Sadat ruhig.

»Sie kennen Alex Wolff?«

»Nein.«

»Er nennt sich auch Achmed Rahmha, aber er ist Europäer.«

»Ich habe nie von ihm gehört.«

Sadat war anscheinend nicht so leicht zu beeindrucken; er würde nicht zusammenbrechen und alles gestehen, nur weil ein paar stämmige Soldaten sein Haus umkrempelten. Vandam deutete auf eine Tür. »Was ist das?«

»Mein Arbeitszimmer ...«

Er trat an die Tür.

»Aber die Frauen der Familie sind dort drin. Sie müssen mir gestatten, sie zu warnen ...«

»Die Frauen wissen, daß wir hier sind. Öffnen Sie die Tür.« Er ließ Sadat zuerst eintreten. Zwar waren keine Frauen zu sehen, aber eine Hintertür stand offen, als ob jemand gerade hinausgegangen sei. Es konnte jedoch niemand entkommen, da der Garten voll von Soldaten war. Vandam sah eine Armeepistole auf dem Schreibtisch liegen; sie beschwerte mehrere Blätter, die mit arabischen Buchstaben beschrieben waren. Er näherte sich dem Bücherregal: »Rebecca« war nicht zu entdecken.

Aus einem anderen Teil des Hauses rief jemand: »Major Vandam!«

Er folgte dem Ruf in die Küche. Ein Sergeant der Militärpolizei stand neben dem Herd; der Haushund kläffte. Die Herdtür war geöffnet, und der Sergeant zog ein Kofferfunkgerät hervor.

Vandam betrachtete Sadat, der ihm in die Küche gefolgt war. Das Gesicht des Arabers war vor Bitterkeit und Enttäuschung verzerrt. Dies war also die Absprache gewesen: Sie hatten Wolff gewarnt und dafür dieses Funkgerät erhalten. Hieß das, daß er ein zweites besaß? Oder hatte Wolff vor, seine Botschaften von Sadats Haus aus zu senden?

»Gut gemacht«, lobte Vandam den Sergeant. »Bringen Sie Hauptmann Sadat zum Großen Hauptquartier.«

»Ich protestiere«, sagte Sadat. »Laut Gesetz dürfen Offiziere der ägyptischen Armee nur unter Bewachung eines Kameraden in der Offiziersmesse festgehalten werden.«

Der ranghöchste ägyptische Polizist stand in der Nähe. »Das ist korrekt«, bestätigte er.

Vandam verfluchte Bogge dafür, daß er die Ägypter hinzugezogen hatte. »Das Gesetz verlangt auch, daß Spione erschossen werden«, erklärte er Sadat. Er wandte sich an den Sergeant. »Schicken Sie meinen Fahrer hinaus. Beenden Sie die Hausdurchsuchung, und lassen Sie Hauptmann Sadat wegen Spionage anklagen.«

Er sah wieder Sadat an. Bitterkeit und Enttäuschung waren aus dessen Miene verschwunden, statt dessen zeigte sich ein berechnender Ausdruck. Er überlegt sich, wie er das Beste aus allem machen kann, dachte Vandam. Wahrscheinlich bereitet er sich darauf vor, den Märtyrer zu spielen.

Vandam verließ das Haus und ging zu seinem Jeep. Ein paar Sekunden später rannte sein Fahrer nach draußen und sprang neben ihm auf den Sitz. »Nach Samalek.«

»Jawohl, Sir.« Der Fahrer ließ den Jeep an.

Als Vandam das Hausboot erreichte, hatten die Taucher ihre Arbeit beendet und legten auf dem Treidelpfad ihre Ausrüstung ab. Zwei Soldaten zerrten etwas Gräßliches aus dem Nil. Die Taucher hatten Seile an der Leiche befestigt, die sie auf dem Grund gefunden hatten.

Jakes kam auf Vandam zu. »Sehen Sie sich das an, Sir.« Er reichte ihm ein mit Wasser vollgesogenes Buch. Der Einband war abgerissen worden. Es war »Rebecca«.

Sadat hatte das Funkgerät erhalten, das Codebuch war im Fluß gelandet. Vandam erinnerte sich an den Aschenbecher mit verkohltem Papier auf dem Hausboot: Hatte Wolff den Codeschlüssel verbrannt?

Wieso hatte er sich des Geräts, des Buches und des Schlüssels entledigt, obwohl er Rommel eine wichtige Nachricht schicken mußte? Es gab nur eine Schlußfolgerung: Er hatte irgendwo ein weiteres Funkgerät, ein Buch und einen Schlüssel versteckt.

Die Soldaten zogen die Leiche ans Ufer und traten dann zurück, als wollten sie nichts mehr mit ihr zu tun haben. Vandam beugte sich über sie. Die Kehle war durchschnitten, und der Kopf fast vom Körper abgetrennt. Jemand hatte ihr eine Aktentasche um die Hüfte gebunden. Vandam öffnete die Tasche vorsichtig. Sie war mit Champagnerflaschen gefüllt.

»Mein Gott«, sagte Jakes.

»Häßlich. Kehle durchschnitten, dann mit einer Last Champagner in den Fluß geworfen, um ihn niederzuhalten.«

»Kaltblütiger Bursche.«

»Und verdammt geschickt mit dem Messer.« Vandam berührte seine Wange. Der Verband war jetzt abgenommen, und ein mehrere Tage alter Bart verdeckte die Wunde. »Sie haben ihn also nicht gefunden.«

»Ich habe überhaupt nichts gefunden. Abdullah wurde festgenommen, vorsichtshalber, aber in seinem Haus war nichts. Ich habe die Villa les Oliviers auf dem Rückweg besucht: das gleiche Ergebnis.«

»Genau wie in Hauptmann Sadats Haus.« Plötzlich fühlte Vandam sich völlig ausgezehrt. Wolff schien ihn ständig zu überlisten. Vielleicht war er einfach nicht klug genug, um diesen schlauen, aalglatten Spion zu fassen. »Wir könnten verloren haben.« Er rieb sich das Gesicht. In den letzten 24 Stunden hatte er nicht geschlafen. Wieso war er hier und beugte sich über die scheußliche Leiche von Major Sandy Smith? Sie konnte ihm keine Anhaltspunkte mehr liefern. »Ich glaube, ich fahre nach Hause und schlafe ein paar Stunden.« Jakes schien überrascht. »Es könnte mir helfen, klarer zu sehen. Heute nachmittag verhören wir alle Gefangenen noch einmal.«

»Jawohl, Sir.«

Vandam ging zu seinem Wagen zurück. Auf der Fahrt über die Brücke von Samalek zum Festland fiel ihm ein, daß Sonja eine andere Möglichkeit erwähnt hatte: Wolffs Cousins, die Nomaden. Er sah sich die Boote auf dem breiten, langsamen Fluß an. Die Strömung trieb sie abwärts, und der Wind blies sie stromaufwärts. Die Bootsleute benutzten immer noch das einzelne Dreieckssegel, ein Modell, das vor langer Zeit vervollkommnet worden war, vielleicht vor Tausenden von Jahren. So viele Dinge in diesem Land wurden genauso getan wie vor Tausenden von Jahren. Vandam schloß die Augen und sah Wolff in einer Feluke stromaufwärts fahren. Er bediente das Dreieckssegel mit der einen Hand, und morste mit der anderen auf dem Funkgerät Nachrichten an Rommel. Der Wagen hielt plötzlich an, und Vandam öffnete die Augen. Hatte er Tagträume gehabt? Warum sollte Wolff stromaufwärts segeln? Um seine Cousins zu finden. Aber wer wußte, wo sie waren? Wolff könnte sie vielleicht finden, wenn sie auf ihren Wanderungen alljährlich einer bestimmten Route folgten.

Der Jeep hatte vor Vandams Haus gehalten. Er stieg aus. »Ich möchte, daß Sie auf mich warten. Kommen Sie mit herein.« Er führte den Fahrer in sein Haus und zeigte ihm den Weg zur Küche. »Mein Diener Gaafar wird Ihnen etwas zu essen geben, wenn Sie ihn nicht wie einen Untermenschen behandeln.«

»Vielen Dank, Sir«, antwortete der Fahrer.

Auf dem Flurtisch lag ein kleinerer Stapel Briefe. Der oberste Umschlag war nicht frankiert, und die Handschrift kam Vandam bekannt vor. In die obere linke Ecke war »Dringend« gekritzelt.

Ihm wurde klar, daß er mehr unternehmen mußte. Wolff könnte inzwischen den Weg nach Süden eingeschlagen haben. In allen wichtigen Städten auf dieser Route müßten Straßensperren errichtet werden. An jeder Eisenbahnstation müßte jemand nach Wolff Ausschau halten. Und der Fluß selbst ... es mußte eine Möglichkeit geben, den Flußverkehr zu überprüfen. Vandam hatte Mühe, sich zu konzentrieren. All das würde wenig nützen, wenn Wolff in Kairo untergetaucht war. Könnte er sich auf den Friedhöfen verstecken? Viele Mohammedaner bestatteten ihre Toten in winzigen Häuschen, und es gab unzählige davon. Vandam hätte tausend Männer gebraucht, um sie alle durchsuchen zu lassen.

Er ging ins Wohnzimmer und schaute sich nach einem Brieföffner um. Irgendwie mußte die Suche begrenzt werden. Vandam hatte nicht Tausende von Männern zur Verfügung, die meisten waren in der Wüste und kämpften. Er mußte entscheiden, welche Möglichkeit am meisten versprach. Ihm fiel ein, wo alles begonnen hatte: in Assiut. Vielleicht sollte er Kontakt mit Captain Newman aufnehmen. Dort schien Wolff aus der Wüste gekommen zu sein. Also könnte er von dort auch in die Wüste zurückkehren. Vielleicht waren seine Cousins in der Gegend. Vandam betrachtete unschlüssig das Telefon. Wo war der verdammte Brieföffner? Er trat zur Tür und rief: »Gaafar!«

Als er ins Zimmer zurückging, sah er Billys Schulatlas auf einem Stuhl. Er schien schmutzig zu sein. Der Junge hatte ihn wohl in eine Pfütze fallen lassen. Vandam nahm ihn in die Hand. Der Atlas war klebrig. Er merkte, daß es Blut war. Was ging hier vor?

Gaafar kam herein. Vandam fragte: »Was soll diese Unordnung?«

»Tut mir leid, Sir, das wußte ich nicht. Sie blätterten darin, während Captain Alexander hier war ...«

»Wer ist ›sie‹? Wer ist Captain Alexander?«

»Der Offizier, den Sie geschickt haben, um Billy zur Schule bringen zu lassen, Sir. Sein Name war ...«

»Einen Moment.« Schreckliche Furcht verscheuchte Vandams Müdigkeit. »Ein britischer Captain ist heute morgen hier gewesen und hat Billy mitgenommen?«

»Ja, Sir, er brachte ihn zur Schule. Er sagte, Sie hätten ihn geschickt ...«

»Gaafar, ich habe niemanden geschickt.«

Das braune Gesicht des Dieners wurde grau.

»Hast du dich nicht überzeugt, daß er kein Betrüger war?«

»Aber, Sir, Miß Fontana war bei ihm. Deshalb schien alles in Ordnung zu sein.«

»Oh, mein Gott.« Vandam starrte auf den Umschlag in seiner Hand. Jetzt wußte er, weshalb die Schrift ihm bekannt vorkam: Es war die gleiche Schrift wie in dem Brief, den Wolff Elene geschickt hatte. Er riß den Umschlag auf. Auf dem gefalteten Bogen stand:

Verehrter Major Vandam,
Billy ist bei mir. Elene kümmert sich um ihn. Es wird ihm gutgehen, solange ich sicher bin. Ich rate Ihnen zu bleiben, wo Sie sind, und nichts zu unternehmen. Wir führen keinen Krieg gegen Kinder, und ich möchte den Jungen nicht gefährden. Aber das Leben eines Kindes ist nichts, verglichen mit der Zukunft meiner beiden Nationen, Ägypten und Deutschland. Sie können also davon überzeugt sein, daß ich Billy töten werde, wenn es meinen Zwecken nützt.

Hochachtungsvoll
Alex Wolff

Es war der Brief eines Verrückten: die höflichen Floskeln, der groteske Versuch, die Entführung eines unschuldigen Kindes zu rechtfertigen ... Nun wußte Vandam, daß Wolff wahnsinnig war. Und er hatte Billy in seiner Gewalt.

Vandam reichte den Brief an Gaafar weiter, der sich mit zitternden Händen seine Brille aufsetzte. Wolff hatte Elene mitgenommen, als er das Hausboot verließ. Wahrscheinlich hatte er sie mühelos zwingen können, ihm zu helfen: Er brauchte nur Billy zu bedrohen. Aber was war der Zweck der Entführung? Und wohin waren sie gefahren? Woher stammte das Blut?

Gaafar weinte. »Wer war verletzt?« fragte Vandam. »Wer blutete?«

»Er hat keine Gewalt angewandt. Ich glaube, daß sich Miß Fontana in die Hand geschnitten hatte.«

Sie hatte Blut auf Billys Atlas geschmiert und ihn auf dem Stuhl liegenlassen. Es war ein Zeichen, irgendeine Nachricht. Vandam hielt den Atlas in der Hand und klappte ihn auf. Sofort sah er die Karte Ägyptens mit einem grob gezeichneten, verwischten roten Pfeil. Er zeigte nach Assiut.

Vandam hob den Telefonhörer und wählte die Nummer des Großen Hauptquartiers. Als die Vermittlung antwortete, hängte er ein. Was wird geschehen, wenn ich Bericht erstatte? Bogge wird eine Abteilung leichte Infanterie abkommandieren, um Wolff in Assiut verhaften zu lassen. Es wird zu einem Kampf kommen. Wolff wird wissen, daß er verloren hat. Und dann?

Wolff ist wahnsinnig, dachte Vandam. Er wird meinen Sohn töten.

Die Furcht lähmte ihn. Genau das war es, was Wolff beabsichtigte; deshalb hatte er Billy mitgenommen.

Wenn Vandam die Armee zu Hilfe rief, würde es zu einer Schießerei kommen. Wolff könnte Billy schon aus Wut ermorden. Also gab es nur einen Ausweg.

Vandam mußte ihnen ganz allein folgen.

»Hol mir zwei Flaschen Wasser«, befahl er Gaafar.

Der Diener verließ das Zimmer. Vandam ging auf den Flur, setzte seine Motorradbrille auf und wickelte sich einen Schal um Mund und Hals. Gaafar kehrte mit den Wasserflaschen aus der Küche zurück. Vandam trat aus der Haustür und ging zu seinem Motorrad. Er steckte die Flaschen in die Satteltaschen und kletterte auf die Maschine. Dann trat er den Motor an und ließ ihn aufheulen. Der Treibstofftank war voll. Gaafar stand, immer noch weinend, neben ihm. Vandam berührte die Schulter des alten Mannes. »Ich bringe sie zurück.« Er wuchtete die Maschine von ihrem Ständer und fuhr los.

26

MEIN GOTT, DER Bahnhof sah aus wie ein Trümmerfeld. Wahrscheinlich wollen jetzt alle aus Kairo verschwinden. Keine Erste-Klasse-Plätze in den Zügen nach Palästina, nicht einmal Stehplätze. Die britischen Frauen und Kinder flüchten in panischer Angst. Zum Glück sind die Züge nach Süden weniger begehrt. Der Schalterbeamte behauptete trotzdem, daß der Zug überfüllt sei, aber das sagen sie immer; wenn man ein paar Piaster an den richtigen Stellen verteilt, bekommt man bestimmt einen Platz, oder auch drei. Ich hatte Angst, Elene und den Jungen auf dem Bahnsteig aus den Augen zu verlieren.

Hunderte von Bauern, barfüßig, in schmutzigen Galabiyas, trugen verschnürte Kartons, Hühner in Holzkästen, frühstückten im Bahnhof; eine dicke Frau in Schwarz reichte ihrem Mann, ihren Söhnen, Cousins und Schwiegertöchtern gekochte Eier, Pitabrot und Reisklumpen. Klug von mir, den Jungen an der Hand zu halten – wenn er in meiner Nähe ist, wird Elene uns folgen. Eine clevere Idee. Überhaupt bin ich viel cleverer als Vandam. Da hilft dir alles nichts, Major Vandam, ich habe deinen Sohn.

Jemand führte eine Ziege an einer Leine. Man stelle sich vor, mit einer Ziege im Zug zu fahren. Ich mußte nie mit den Bauern und ihren Ziegen zweiter Klasse reisen. Gott sei Dank, daß wir erster Klasse fahren. Ich reise erster Klasse durchs Leben, ich hasse Schmutz. Himmel, war der Bahnhof schmutzig. Verkäufer auf dem Bahnsteig: Zigaretten, Zeitungen, ein Mann mit einem riesigen Brotkorb auf dem Kopf. Ich mag Frauen, wenn sie Körbe auf dem Kopf tragen, so anmutig und stolz. Am liebsten möchte man es sofort im Stehen mit ihnen machen. Ich mag Frauen, die Spaß daran haben, die vor Lust den Verstand verlieren und schreien! Da sitzt Elene neben dem Jungen, so verängstigt, so schön. Ich möchte es bald wieder mit ihr machen und Sonja vergessen. Am liebsten hier im Zug, vor all diesen Leuten, um sie zu erniedrigen, während Vandams Sohn entsetzt zusieht. Ha!

Vororte aus Schlammziegeln, Häuser, die sich aneinanderlehnen, Kühe und Schafe in den engen, staubigen Straßen. Was fressen diese Stadtschafe mit den fetten Schwänzen, wo grasen sie? Die dunklen kleinen Häuser neben den Schienen haben keine Rohrleitungen. Frauen in den Türen schälen Gemüse, sitzen mit gekreuzten Beinen auf dem Boden. Katzen. So elegant, die Katzen. Europäische Katzen sind anders, langsamer und viel fetter; kein Wunder, daß Katzen hier heilig sind, eine junge Katze bringt Glück. Die Engländer lieben Hunde. Abscheuliche Tiere: unsauber, würdelos, speicheltriefend, sklavisch, schnüffelnd. Katzen sind überlegen, und sie wissen es. Es ist so wichtig, überlegen zu sein. Man ist Herr oder Sklave. Ich halte den Kopf hoch wie eine Katze; ich achte nicht auf den Pöbel, kümmere mich nur um meine eigenen geheimnisvollen Aufgaben, nutze Menschen so aus, wie Katzen ihre Besitzer ausnutzen. Sie bedanken sich nicht und akzeptieren keine Zuneigung; das, was man ihnen anbietet, ist kein Geschenk, sondern eine Selbstverständlichkeit. Ich bin ein geborener Herrscher, ein deutscher Nazi, ein ägyptischer Beduine.

Wie viele Stunden noch bis Assiut; acht, zehn? Muß mich beeilen und Ischmael finden. Er dürfte am Brunnen sein oder nicht weit entfernt. Ich hole das Funkgerät und sende heute um Mitternacht. Die vollständige britische Verteidigung, welch ein Coup, sie werden mir Orden verleihen. Die Deutschen als Beherrscher von Kairo. Ja, wir werden aufräumen. Welch eine Mischung, Deutsche und Ägypter: Tüchtigkeit bei Tag und Sinnlichkeit bei Nacht. Teutonische Technologie und die Wildheit der Beduinen, Beethoven und Haschisch. Wenn ich überlebe, Assiut erreiche und Rommel benachrichtige. Dann kann Rommel die letzte Brücke überqueren, die letzte Verteidigungslinie zerstören und die Briten vernichten. Welch ein Sieg! Wenn ich es schaffe. Welch ein Triumph! Welch ein Triumph! Welch ein Triumph!

*

Mir wird nicht übel, mir wird nicht übel, mir wird nicht übel. Der Zug rattert über die Schienen und sagt es für mich: Ich bin zu alt, um mich im Zug zu übergeben. Das habe ich getan, als ich acht Jahre alt war. Dad nahm mich mit nach Alexandria, kaufte mir Bonbons und Orangen und Limonade. Ich hatte zuviel gegessen. Nicht daran denken, mir wird übel, wenn ich nur daran denke. Elene hat Schokolade gekauft, aber ich habe abgelehnt. Kinder lehnen Schokolade nie ab, aber ich bin fast erwachsen. Da sind die Pyramiden, eins, zwei, und die kleine muß Gise sein. Wohin fahren wir? Er sollte mich zur Schule bringen, aber dann zog er das Messer. Es ist gebogen. Er wird mir den Kopf abschneiden, wo ist Dad? Ich sollte in der Schule sein, wir haben heute in der ersten Stunde Geographie, eine Prüfung über die norwegischen Fjorde. Gestern abend habe ich alles gelernt. Es wäre nicht nötig gewesen, ich habe die Prüfung verpaßt. Inzwischen ist sie fast beendet, und Mr. Johnstone sammelt die Arbeiten ein.

Wenn ich nur in der Schule wäre. Wenn Elene nur den Arm um mich legte. Wenn der Mann nur aufhörte, mich so zufrieden anzustarren. Er muß verrückt sein. Wo ist Dad? Wenn ich nicht an das Messer denke, ist es genauso, als wäre es nicht da. Ich darf nicht an das Messer denken. Es ist aber unmöglich, absichtlich nicht an etwas zu denken. Wenn ich einen Polizisten sehe, werde ich rufen: Retten Sie mich, retten Sie mich! Ich werde so schnell sein, daß *er* mich nicht aufhalten kann. Vielleicht sehe ich einen Offizier, einen General. Ich werde rufen: Guten Morgen, Herr General! Er wird mich überrascht ansehen und sagen: Na, mein Junge, du bist ein prächtiger Bursche! Entschuldigen Sie, Sir, werde ich sagen, ich bin Major Vandams Sohn. Dieser Mann nimmt mich mit, mein Vater weiß nichts davon. Tut mir leid, Sie zu belästigen, aber ich brauche Hilfe. Was? antwortet der General. Hören Sie, Sir, das können Sie mit dem Sohn eines britischen Offiziers nicht machen! So geht das nicht! Also verschwinden Sie schon! Wofür, zum Teufel, halten Sie sich eigentlich? Und Sie brauchen gar nicht mit Ihrem kleinen Taschenmesser herumzufuchteln, ich habe eine Pistole! Du bist ein tapferer Kerl, Billy.

Ich bin ein tapferer Kerl. Jeden Tag werden Männer in der Wüste getötet. Zu Hause fallen Bomben. Schiffe auf dem Atlantik werden von U-Booten versenkt, Männer stürzen ins eisige Wasser und ertrinken. Piloten werden über Frankreich abgeschossen. Alle sind mutig. Kopf hoch! Zur Hölle mit diesem Krieg. Das sagen sie immer wieder: Zur Hölle mit diesem Krieg. Dann klettern sie ins Cockpit, laufen in den Luftschutzbunker, greifen die nächste Düne an, feuern Torpedos auf die U-Boote, schreiben Briefe nach Hause. Ich habe es immer für aufregend gehalten. Nun weiß ich es besser. Es ist überhaupt nicht aufregend, übel wird einem davon.

*

Billy ist so blaß. Er fühlt sich schlecht, aber er versucht, tapfer zu sein. Es wäre besser, wenn er sich wie ein Kind benähme. Er sollte schreien und weinen. Damit würde Wolff nicht fertig werden. Aber das wird Billy natürlich nicht tun, denn man hat ihn gelehrt, die Tränen zu unterdrücken, sich zu beherrschen. Er weiß, wie sein Vater sich verhalten würde. Jeder Junge folgt dem Vorbild seines Vaters.

Neben den Schienen ist ein Kanal. Ein Hain mit Dattelpalmen. Ein Mann, die Galabiya über seine lange weiße Unterhose gerafft, hockt auf einem Feld. Ein Esel grast, so viel kräftiger als die elenden Tiere, die in der Stadt Karren ziehen. Drei Frauen sitzen neben dem Kanal und waschen; sie klatschen die Kleidung auf Steine. Ein Mann zu Pferde, er galoppiert; es muß der hiesige Effendi sein, nur die reichsten Bauern haben Pferde. In der Ferne geht das üppige grüne Land plötzlich in eine Kette staubiger Hügel über. Ägypten ist eigentlich nur dreißig Meilen breit: Der Rest ist Wüste. Was soll ich tun? Mich fröstelt, wenn ich Wolff ansehe. Wie er Billy anstarrt. Das Glitzern in seinen Augen. Seine Unruhe: wie er aus dem Fenster schaut, das Abteil mustert, dann mich, wieder Billy – immer mit diesem Ausdruck von Triumph.

Ich sollte Billy trösten. Wenn ich nur mehr über ihn wüßte. Ich möchte den Arm um ihn legen, ihn rasch an mich drücken, aber ich bin nicht sicher, ob er es will. Er könnte sich noch schlechter fühlen.

Vielleicht könnte ich ihn durch ein Spiel ablenken. Er blickt mich neugierig an. Was für ein Spiel? Schiffe versenken. Hier ist sein Schulranzen. Ein Schreibheft. Wie er mich mustert, während er den Bleistift nimmt. Er scheint auf diese Idee einzugehen, um *mich* zu trösten!

Wolff hat noch ein Funkgerät in Assiut. Vielleicht sollte ich bei ihm bleiben und ihn hindern, es zu benutzen. Doch das klappt bestimmt nicht! Ich muß mit Billy verschwinden und Vandam benachrichtigen, wo ich bin. Ich hoffe, daß er den Atlas gesehen hat. Vielleicht hat der Diener ihn bemerkt und das Große Hauptquartier angerufen. Vielleicht kehrt Vandam heute nicht nach Hause zurück. Ich muß Billy wegschaffen. Billy macht ein Kreuz in die Mitte des Spielfeldes. Ich zeichne einen Kreis und kritzele hastig: *Wir müssen entkommen. Sei bereit.* Billy macht noch ein Kreuz und schreibt: *Okay.* Mein Kreis, Billys Kreuz und *wann?* Mein Kreis und *Nächste Station.* Billys drittes Kreuz vervollständigt eine Reihe. Er hat gewonnen und lächelt mich frohlockend an. Der Zug wird langsamer.

*

Vandam wußte, daß der Zug immer noch vor ihm war. Er hatte am Bahnhof von Gise, dicht an den Pyramiden, angehalten und sich erkundigt, wann der Zug durchgekommen sei. Dann hatte er an den drei nächsten Stationen die gleiche Frage gestellt. Jetzt, nachdem er eine Stunde unterwegs war, brauchte er sich nicht mehr zu erkundigen, denn die Straße und das Gleis verliefen parallel zu beiden Seiten eines Kanals.

Er würde den Zug sehen, wenn er ihn einholte.

Bei jedem Halt hatte er einen Schluck Wasser getrunken. Durch seine Uniformmütze, die Motorradbrille und den um Mund und Hals gewickelten Schal war er vor dem schlimmsten Staub geschützt. Aber die Sonne war schrecklich heiß, und er hatte dauernd Durst. Schließlich merkte er, daß er leichtes Fieber hatte. Gestern nacht, als er stundenlang neben dem Fluß auf dem Boden gelegen hatte, mußte er sich erkältet haben. Sein Atem brannte in der Kehle, und seine Rückenmuskeln schmerzten.

Er mußte sich auf die Straße konzentrieren. Es war die einzige, die durch ganz Ägypten, von Kairo nach Assuan, führte. Der größte Teil war gepflastert, und in den letzten Monaten hatte die Armee einige Reparaturen durchgeführt, aber er mußte trotzdem auf Unebenheiten und Schlaglöcher achten. Zum Glück war die Straße schnurgerade, so daß er schon von weitem die Rinder, Wagen, Kamelzüge und Schafherden erkennen konnte. Vandam fuhr sehr schnell, außer in Dörfern und Städten. Er wollte kein Kind töten, um ein anderes zu retten.

Bis jetzt hatte er erst zwei Autos überholt, einen Rolls-Royce und einen zerbeulten Ford. Der Rolls war von einem uniformierten Chauffeur gefahren worden, und der alte Ford hatte wenigstens ein Dutzend Araber befördert. Inzwischen war Vandam ziemlich sicher, daß Wolff den Zug benutzte. Plötzlich hörte er ein Pfeifen in der Ferne. Zu seiner Linken sah er, wenigstens eine Meile vor sich, eine weiße Rauchfahne, die nur von einer Dampflokomotive stammen konnte. Er erhöhte das Tempo.

Merkwürdigerweise ließ der Rauch ihn an England denken, an sanfte Hügel, endlose grüne Felder und einen quadratischen Kirchturm, der über die mächtigen Kronen der Eichen lugte; an Eisenbahnschienen durch das Tal und an eine schnaufende Lokomotive, die am Horizont verschwand. Einen Moment lang war er in diesem englischen Tal und schmeckte die feuchte Morgenluft; dann löste die Vision sich auf, und er hatte wieder den stahlblauen afrikanischen Himmel, die Reisfelder, die Palmen und die fernen braunen Klippen vor sich.

Der Zug näherte sich einer Stadt. Sein geographisches Wissen war nicht allzu gut, und er wußte nicht mehr, welche Strecke er zurückgelegt hatte. Es war ein kleiner Ort mit drei oder vier Ziegelgebäuden und einem Markt.

Der Zug würde vor ihm eintreffen. Vandam hatte einen Plan, aber er brauchte Zeit. Er konnte nicht einfach in den Bahnhof laufen und auf den Zug springen; er mußte Vorbereitungen treffen. Am Stadtrand wurde er langsamer. Die Straße war von einer kleinen Schafherde blokkiert. Aus einer Tür beobachtete ihn ein alter Mann, der eine Wasserpfeife rauchte. Ein Europäer auf einem Motorrad war ein seltener, aber kein unbekannter Anblick. Ein Esel, der an einen Baum gebunden war, schnaubte das Motorrad an. Ein Wasserbüffel, der aus einem Eimer trank, blickte nicht einmal auf. Zwei schmutzige, in Lumpen gekleidete Kinder rannten neben ihm her und machten »Brrrm, brrrm«. Vandam entdeckte den Bahnhof. Vom Vorplatz aus konnte er den Bahnsteig nicht erkennen, denn er wurde von einem langen, niedrigen Stationsgebäude verdeckt. Aber er hatte den Ausgang im Blickfeld.

Er würde draußen warten, bis der Zug weiterfuhr. Falls Wolff nicht ausstieg, würde er starten und die nächste Station viel früher als der Zug erreichen. Er hielt die Maschine an und stellte den Motor ab.

Der Zug rollte langsam über einen Bahnübergang. Elene sah die geduldigen Gesichter der Menschen hinter der Schranke: ein dicker Mann auf einem Esel, ein ganz kleiner Junge, der ein Kamel führte, ein von einem Pferd gezogenes Taxi, eine Gruppe schweigender alter Frauen. Das Kamel legte sich nieder, der Junge begann, seinen Kopf mit einem Stock zu prügeln, und dann verschwand die Szene aus dem Blickfeld. In wenigen Augenblicken würde der Zug an der Station halten. Elene verließ der Mut. Noch nicht, dachte sie. Ich habe noch keine Zeit gehabt, einen Plan zu machen. An der nächsten Station, ich warte noch. Aber sie hatte Billy wissen lassen, daß sie an dieser Station einen Fluchtversuch wagen würden. Wenn sie nichts unternahm, würde er ihr nicht mehr vertrauen. Es mußte jetzt geschehen.

Sie versuchte, sich einen Plan auszudenken. Was war am wichtigsten? Billy aus Wolffs Nähe zu schaffen. Nur darauf kam es an. Wenn Billy eine Chance haben sollte, mußte sie Wolff daran hindern, ihm nachzusetzen. Plötzlich erinnerte sie sich an einen Kampf aus ihrer Kindheit, in einer schmutzigen Slumstraße in Alexandria. Ein großer brutaler Junge hatte sie geschlagen, ein anderer hatte sich eingemischt und mit ihm gerungen. Der kleinere rief ihr zu: »Lauf, lauf!«, während sie entsetzt, aber fasziniert den Kampf beobachtete. Elene blickte sich um. Schnell! Sie waren in einem offenen Wagen mit fünfzehn oder zwanzig

Sitzreihen. Billy und sie saßen in Fahrtrichtung, Wolff ihnen gegenüber. Neben ihm war ein leerer Sitz, hinter ihm die Ausgangstür zum Bahnsteig. Die anderen Passagiere, eine Mischung aus Europäern und wohlhabenden Ägyptern, die alle westliche Kleidung trugen, schwitzten und schienen müde zu sein; einige schliefen. Der Zugbegleiter servierte einer Gruppe ägyptischer Armeeoffiziere am anderen Ende des Wagens Tee in Gläsern.

Durch das Fenster sah sie eine kleine Moschee, ein Gerichtsgebäude, dann den Bahnhof. Ein paar Bäume wuchsen auf dem staubigen Boden neben dem Betonbahnsteig. Ein alter Mann saß mit gekreuzten Beinen unter einem Baum und rauchte eine Zigarette. Sechs jungenhaft wirkende arabische Soldaten drängten sich auf einer kleinen Bank zusammen. Eine schwangere Frau trug ein Baby auf den Armen. Der Zug hielt an.

Noch nicht, dachte Elene, noch nicht. Sie fieberte vor Nervosität, blieb aber still sitzen. Auf dem Bahnsteig war eine Uhr mit römischen Ziffern. Sie war um 16.45 Uhr stehengeblieben. Ein Mann kam ans Fenster, um Obstsäfte anzubieten. Wolff winkte ihn zu sich.

Ein Priester in koptischen Gewändern betrat den Zug, steuerte auf den Sitz neben Wolff zu und erkundigte sich höflich: *»Vous permettez, m'sieur?«*

Wolff lächelte charmant und erwiderte: *»Je vous en prie.«* Elene flüsterte Billy zu: »Wenn du das Signalhorn hörst, lauf zur Tür und steig aus.« Ihr Herz schlug schneller: Nun gab es kein Zurück mehr.

Billy sagte nichts. Wolff fragte: »Was war das?« Elene schaute zur Seite. Der Pfiff ertönte.

Zögernd sah Billy sie an.

Wolff runzelte die Stirn.

Elene warf sich auf Wolff und streckte die Hände nach seinem Gesicht aus. Plötzlich war sie überwältigt von Haß und Wut.

Er hob die Hände, um sich zu schützen, konnte sie aber

nicht aufhalten. Ihre Stärke verblüffte sie. Elene zerkratzte ihm das Gesicht mit den Fingernägeln und sah Blut hervortreten. Der Priester schrie entsetzt auf.

Über Wolffs Sitzlehne hinweg verfolgte sie, wie Billy zur Tür rannte und sich bemühte, sie zu öffnen.

Sie fiel auf Wolff und stieß mit dem Gesicht gegen seine Stirn. Dann richtete sie sich wieder auf und versuchte, ihm die Fingernägel in die Augen zu rammen.

Endlich brüllte er vor Zorn. Er sprang auf und trieb Elene zurück. Sie packte sein Hemd mit beiden Händen. Dann schlug er zu. Seine Hand ballte sich zur Faust und traf ihren Kiefer. Sie hatte nicht gewußt, daß ein Schlag solche Schmerzen verursachen konnte. Für einen Moment war ihr die Sicht genommen. Sie ließ Wolffs Hemd los und fiel zurück auf ihren Platz. Dann hob sich der Schleier vor ihren Augen und sie sah ihn zur Tür laufen. Elene rappelte sich auf.

Es war Billy gelungen, die Tür zu öffnen. Er sprang auf den Bahnsteig. Wolff setzte ihm nach. Elene eilte zur Tür. Billy rannte wie wild über den Bahnsteig. Wolff verfolgte ihn. Die wenigen Ägypter, die herumstanden, sahen mit Erstaunen zu und taten nichts. Elene stieg aus dem Zug und lief hinter Wolff her. Der Zug begann, sich in Bewegung zu setzen. Wolff erhöhte sein Tempo. Elene schrie: »Lauf, Billy, lauf!« Billy blickte über die Schulter. Er hatte den Ausgang fast erreicht. Ein Bahnsteigschaffner im Regenmantel sperrte den Mund auf. Elene dachte: Man wird ihn nicht hinauslassen, er hat keine Fahrkarte. Aber das spielte keine Rolle mehr, denn der Zug schob sich vorwärts, und Wolff mußte einsteigen. Wolff warf einen Blick auf den Zug, wurde jedoch nicht langsamer. Elene sah, daß Wolff Billy nicht einholen konnte und dachte: Wir haben es geschafft! Da stürzte Billy.

Er rutschte aus, verlor das Gleichgewicht und landete schwer auf dem Boden. Wolff beugte sich blitzartig vor. Elene holte die beiden ein und sprang auf Wolffs Rücken.

Er stolperte und ließ Billy los. Elene umklammerte ihn. Der Zug bewegte sich langsam, aber stetig. Wolff packte Elenes Arme, schüttelte seine breiten Schultern und schleuderte sie zu Boden.

Für einen Moment blieb sie benommen liegen. Wolff hatte sich Billy über die Schulter geworfen. Der Junge schrie und hämmerte auf seinen Rücken ein, vergeblich. Wolff lief ein paar Schritte neben dem fahrenden Zug her, bevor er durch eine offene Tür sprang. Elene wollte liegenbleiben und aufgeben, doch sie konnte Billy nicht allein lassen. Sie rappelte sich auf, und stolperte neben dem Zug her. Jemand streckte eine Hand aus. Sie packte sie, stieß sich ab und war im Zug.

Ein kläglicher Mißerfolg. Sie fühlte sich der Verzweiflung nahe.

Elene folgte Wolff durch die Wagen zu ihren Plätzen. Sie sah die Gesichter der Menschen nicht an, an denen sie vorbeikamen. Wolff gab Billy einen heftigen Schlag aufs Hinterteil und drückte ihn in seinen Sitz. Der Junge weinte still.

Wolff drehte sich zu Elene. »Du bist ein albernes, verrücktes Mädchen«, sagte er laut, so daß die anderen Passagiere es hören konnten. Er ergriff ihren Arm und zog sie an sich. Dann ohrfeigte er sie abwechselnd mit der Handfläche und dem Handrücken, immer wieder. Es tat weh, aber Elene hatte nicht mehr die Energie, ihm Widerstand zu leisten. Endlich stand der Priester auf, berührte Wolffs Schulter und murmelte etwas.

Wolff ließ sie los und setzte sich. Sie blickte sich um. Alle starrten sie an. Keiner würde ihr helfen, denn sie war eine Frau, und Frauen mußten, wie Kamele, von Zeit zu Zeit geschlagen werden. Als Elene den anderen Passagieren in die Augen sah, schauten sie verlegen zur Seite und konzentrierten sich wieder auf ihre Zeitungen, ihre Bücher und die Aussicht aus dem Fenster. Niemand sprach mit ihr.

Sie ließ sich auf ihren Platz fallen. Ohnmächtige Wut kochte in ihr.

Elene legte den Arm um den Jungen und zog ihn dicht an sich. Sie begann, sein Haar zu streicheln. Nach einer Weile schlief er ein.

27

VANDAM HÖRTE, WIE der Zug schnaufte, ruckte und wieder schnaufte. Er gewann an Geschwindigkeit und ließ den Bahnhof hinter sich. Vandam nahm noch einen Schluck Wasser. Die Flasche war leer. Er verstaute sie in der Satteltasche, paffte an seiner Zigarette und warf die Kippe weg. Nur ein paar Bauern waren aus dem Zug gestiegen. Vandam startete die Maschine und fuhr weiter.

Ein paar Sekunden später war er wieder auf der geraden, schmalen Straße neben dem Kanal. Bald war der Zug hinter ihm zurückgeblieben. Es war Mittag. Die Sonne brannte so sehr, daß die Hitze greifbar schien. Die Straße vor ihm flimmerte und kam ihm unendlich vor. Er dachte, wie kühl und erfrischend es wäre, direkt in den Kanal zu steuern.

Irgendwo faßte er einen Entschluß: Er war in Kairo gestartet, um Billy zu retten, dies konnte nicht seine einzige Pflicht sein. Er mußte sich auch um den Krieg kümmern.

Vandam war fast sicher, daß Wolff gestern um Mitternacht keine Möglichkeit gehabt hatte, das Funkgerät zu benutzen. Heute morgen hatte er das Gerät verschenkt, das Buch in den Fluß geworfen und den Codeschlüssel verbrannt. Also mußte es noch eine zweite Funkausstattung geben; und die war vermutlich in Assiut versteckt. Wenn Vandams Täuschungsmanöver gelingen sollte, brauchte er das Funkgerät und den Schlüssel, und das bedeutete, er mußte Wolff ungehindert nach Assiut fahren lassen und warten, bis dieser das andere Gerät in Händen hatte.

Erst danach konnte er Billy und Elene retten. Es würde schwer für den Jungen werden, aber er hatte keine andere Wahl.

Zunächst wollte Vandam sich überzeugen, daß Wolff wirklich im Zug war. Er hatte sich eine Methode überlegt, die gleichzeitig Billy und Elene etwas Erleichterung bringen würde.

Als er die nächste Stadt erreichte, schätzte Vandam, daß er dem Zug wenigstens eine Viertelstunde voraus war. Der Ort ähnelte der letzten Station: die gleichen Tiere, die gleichen staubigen Straßen, die gleichen behäbigen Menschen, die gleichen Ziegelgebäude. Die Polizeiwache lag am Marktplatz, dem Bahnhof gegenüber, flankiert von einer großen Moschee und einer kleinen Kirche. Vandam stoppte vor der Wache und drückte ein paarmal gebieterisch auf die Hupe.

Zwei arabische Polizisten kamen aus dem Gebäude: ein grauhaariger Mann in einer weißen Uniform, mit einer Pistole am Gürtel, und ein unbewaffneter Junge von achtzehn oder zwanzig Jahren. Der Ältere knöpfte sich das Hemd zu. Vandam stieg von der Maschine und brüllte: »Achtung!« Beide Männer standen stramm und salutierten. Er erwiderte den Gruß und schüttelte dem Älteren die Hand. »Ich verfolge einen gefährlichen Verbrecher und brauche Ihre Hilfe«, erklärte er dramatisch. Die Augen des Mannes funkelten. »Wir wollen uns drinnen weiterunterhalten.«

Er ging voran, da er das Gefühl hatte, unbedingt die Initiative behalten zu müssen. Wie weit seine Befehlsgewalt reichte, war ihm unklar, und wenn die Polizisten nicht mit ihm kooperieren wollten, konnte er sie kaum dazu zwingen. Er betrat das Gebäude und sah einen Tisch mit einem Telefon. Er marschierte dorthin, und die beiden Männer folgten ihm.

Vandam sagte zu dem älteren: »Rufen Sie das britische Hauptquartier in Kairo an.« Er gab ihm die Nummer, und der Mann hob den Hörer. Vandam wandte sich an den jüngeren Polizisten. »Haben Sie das Motorrad gesehen?«

»Ja, ja.« Er nickte heftig.

»Könnten Sie es fahren?«

Der Junge war begeistert. »Ich fahre sehr gut.«

»Versuchen Sie's.«

Der Junge warf seinem Vorgesetzten, der etwas in die Telefonmuschel rief, einen unsicheren Blick zu.

»Machen Sie schon.«

Der Junge ging hinaus.

Der Ältere hielt Vandam den Hörer hin. »Ich habe das Große Hauptquartier.«

Vandam sprach in die Muschel: »Verbinden Sie mich mit Captain Jakes. Schnell!« Er wartete.

Jakes Stimme war nach ein, zwei Minuten zu hören. »Hallo, ja?«

»Hier spricht Vandam. Ich bin im Süden, gehe einem Verdacht nach.«

»Hier herrscht die reinste Panik, seit die hohen Tiere gehört haben, was gestern nacht passiert ist. Der Brigadegeneral ist völlig aus dem Häuschen, und Bogge springt im Quadrat. Wo sind Sie denn bloß, Sir?«

»Das spielt jetzt keine Rolle. Ich bin nicht mehr lange hier, und ich muß im Moment allein arbeiten. Um die maximale Unterstützung durch die lokale Gendarmerie zu gewährleisten ...« Er redete so, daß der Polizist ihn nicht verstehen konnte. »... möchte ich, daß Sie Ihre berühmte Standpauke halten. Fertig?«

»Jawohl, Sir.«

Vandam reichte dem grauhaarigen Polizisten den Hörer und trat zurück. Er konnte erraten, was Jakes sagte. Der Polizist straffte sich unwillkürlich, während Jakes ihn barsch anwies, alles zu tun – und zwar rasch –, was Vandam verlangte.

»Jawohl, Sir!« stieß der Polizist mehrere Male hervor. Schließlich antwortete er: »Bitte, ich versichere Ihnen, Sir, daß wir alles in unserer Macht ...« Er unterbrach sich. Jakes mußte eingehängt haben. Der Polizist warf Vandam einen Blick zu und sagte »Auf Wiederhören« in die leere Leitung. Vandam ging zum Fenster und sah hinaus. Der junge Polizist umkreiste den Platz mit dem Motorrad, drückte auf die Hupe und ließ den Motor aufheulen. Eine kleine Menschenmenge hatte sich angesammelt, ein paar Kinder rannten hinter der Maschine her. Der Junge grinste von einem Ohr zum anderen. Vandam dachte: Er müßte es schaffen.

»Hören Sie, ich steige in den Zug nach Assiut, wenn er in ein paar Minuten hier hält. An der nächsten Station steige ich aus. Ich möchte, daß der Junge mit dem Motorrad zum nächsten Bahnhof fährt und mich erwartet. Verstehen Sie?«

»Jawohl, Sir«, erwiderte der Polizist. »Der Zug wird also hier halten?«

»Tut er das sonst nicht?«

»Der Zug nach Assiut hält hier gewöhnlich nicht an.«

»Dann gehen Sie zum Bahnhof und befehlen Sie, ihn stoppen zu lassen!«

»Jawohl, Sir!« Er lief hinaus.

Vandam beobachtete ihn, während er den Platz überquerte. Noch war der Zug nicht zu hören. Also hatte er Zeit für einen weiteren Anruf. Er hob den Hörer ab, wartete auf die Vermittlung und bat, ihn mit dem Armeestützpunkt in Assiut zu verbinden. Es war ein Wunder, wenn das Telefonsystem zweimal hintereinander funktionierte. Das Wunder geschah. Assiut antwortete, und Vandam fragte nach Captain Newman. Er mußte lange warten, endlich meldete er sich.

»Hier ist Vandam. Ich glaube, daß ich Ihrem Messermörder auf der Spur bin.«

»Großartig, Sir«, sagte Newman. »Kann ich Ihnen irgendwie helfen?«

»Ja, hören Sie zu. Wir müssen sehr vorsichtig sein. Aus vielerlei Gründen, die ich Ihnen später erklären werde, bin ich ganz auf mich allein gestellt. Es wäre vollkommen sinnlos, Wolff mit einem Trupp Soldaten zu verfolgen.«

»Verstanden. Was kann ich für Sie tun?«

»Ich werde in etwa zwei Stunden in Assiut eintreffen. Ich brauche ein Taxi, eine große Galabiya und einen kleinen Jungen. Können Sie sich mit mir treffen?«

»Natürlich, kein Problem. Benutzen Sie die Straße?«

»Ja, ich bin mit dem Motorrad unterwegs.«

»Ich treffe Sie an der Stadtgrenze, wenn Sie einverstanden sind.«

»In Ordnung.« Vandam hörte ein fernes Stampfen. »Jetzt muß ich Schluß machen.«

»Ich warte auf Sie.«

Vandam hängte ein. Er legte eine Fünfpfundnote auf den Tisch neben dem Telefon: Ein kleines Bakschisch konnte nie schaden. Dann ging er hinaus auf den Platz. Im Norden konnte er den Rauch des Zuges erkennen. Der jüngere Polizist fuhr mit dem Motorrad auf ihn zu. »Ich steige in den Zug«, sagte Vandam. »Sie fahren mit der Maschine zur nächsten Station und erwarten mich dort. Okay?«

»Okay, okay!« Er war hocherfreut.

Vandam zog eine Pfundnote hervor und riß sie entzwei. Die Augen des jungen Polizisten weiteten sich. Vandam gab ihm eine Hälfte. »Sie bekommen die andere Hälfte, wenn wir uns treffen.«

»Okay!«

Der Zug hatte den Bahnhof fast erreicht. Vandam rannte über den Platz. Der ältere Polizist kam ihm entgegen. »Der Stationsvorsteher hält den Zug an.«

Vandam schüttelte ihm die Hand. »Vielen Dank. Wie heißen Sie?«

»Sergeant Nesbah.«

»Ich werde Sie in Kairo empfehlen. Auf Wiedersehen.« Vandam eilte auf den Bahnsteig und lief eine Strecke, so daß er am Vorderende des Zuges einsteigen konnte, ohne von einem der Passagiere durch das Fenster gesehen zu werden.

Der Zug fuhr ein; Rauchwolken türmten sich auf. Der Stationsvorsteher kam über den Bahnsteig auf Vandam zu. Als der Zug hielt, sprach er mit dem Lokomotivführer und dem Heizer. Vandam gab allen drei Männern ein Bakschisch und kletterte in den ersten Wagen.

Es war ein Zweite-Klasse-Abteil. Wolff würde bestimmt erster Klasse reisen. Vandam schob sich an den Menschen vorbei, die mit ihren Kartons, Tieren und Kisten auf dem Boden saßen. Ihm fiel auf, daß es vor allem Frauen und Kinder waren. Die aus Holzlatten gezimmerten Sitze waren von den Männern belegt, die Bier tranken und Zigaretten rauchten. In den unerträglich heißen Abteilen roch es abstoßend. Einige Frauen kochten auf behelfsmäßigen Herden. Vandam wäre fast auf ein winziges Baby getreten, das über den schmutzigen Boden kroch. Er war sicher, man hätte ihn gelyncht, wenn er dem Kind nicht im letzten Moment ausgewichen wäre.

Er durchquerte drei Wagen, bevor er endlich die Tür eines Erste-Klasse-Abteils erreichte. Davor saß ein Schaffner auf einem kleinen Hocker und schlürfte Tee. Der Schaffner stand auf: »Etwas Tee, Herr General?«

»Nein, danke.« Vandam mußte brüllen, um sich trotz des Lärms verständlich zu machen. »Ich muß die Papiere aller Reisenden in der ersten Klasse überprüfen.«

»Alles in Ordnung, alles sehr gut«, sagte der Schaffner hilfsbereit.

»Wie viele Erste-Klasse-Wagen gibt es?«

»Alles in Ordnung ...«

Er beugte sich vor, um dem Mann ins Ohr zu rufen: »Wie viele Erste-Klasse-Wagen?«

Der Schaffner hielt zwei Finger hoch.

Vandam nickte und richtete sich auf. Er schaute zur Tür. Plötzlich war er nicht sicher, daß er die Nerven hatte, seinen Plan auszuführen. Wahrscheinlich hatte Wolff ihn nie deutlich gesehen; sie hatten im Dunkeln gekämpft, aber die Schnittwunde an seiner Wange konnte ihn verraten, er mußte versuchen, Wolff die andere Seite seines Gesichts zu zeigen. Billy war das eigentliche Problem. Vandam mußte seinen Sohn irgendwie warnen, damit er schwieg und so tat, als kenne er seinen Vater nicht. Leider konnte er keine Vorbereitungen treffen, so daß ihm nichts anderes übrigblieb, als hineinzugehen und zu improvisieren.

Er atmete tief durch und öffnete die Tür.

Nervös musterte er die ersten Sitze und erkannte niemanden. Er wandte dem Abteil den Rücken zu, während er die Tür schloß, dann drehte er sich um. Sein Blick glitt über die Sitzreihen: Billy war nicht da.

Er sprach die Passagiere an, die ihm am nächsten waren. »Ihre Papiere, bitte, Gentlemen.«

»Was soll das, Major?« fragte ein ägyptischer Armeeoffizier, ein Oberst.

»Eine Routinekontrolle, Sir«, erwiderte Vandam.

Er schob sich langsam durch den Gang und überprüfte die Papiere der Reisenden. Als er die Hälfte des Wagens hinter sich hatte, wußte er, daß die drei nicht hier waren. Aber er durfte die Kontrolle nicht einfach abbrechen. Könnte er sich verrechnet haben? Vielleicht waren sie überhaupt nicht im Zug, vielleicht fuhren sie nicht einmal nach Assiut, vielleicht war der Hinweis im Atlas ein Trick gewesen ...

Vandam erreichte das Ende des Abteils und ging über die Plattform zum zweiten Wagen. Wenn Billy im Zug ist, werde ich ihn jetzt sehen, dachte er.

Er öffnete die Tür.

Sofort fiel ihm Billy ins Auge. Schmerz durchfuhr ihn.

Der Junge schlief auf seinem Platz; seine Füße berührten gerade den Boden, sein Körper war zur Seite geneigt, das Haar fiel ihm über die Stirn. Billy hatte den Mund geöffnet und bewegte langsam die Kiefer. Vandam wußte, daß Billy im Schlaf mit den Zähnen mahlte.

Die Frau, die den Arm um ihn gelegt hatte und an deren Brust sein Kopf ruhte, war Elene. Vandam hatte ein verwirrendes Gefühl des *Déjà-vu:* Er wurde an den Abend erinnert, an dem Elene Billy einen Gutenachtkuß gegeben hatte ...

Elene blickte auf.

Sie erkannte Vandam. Er sah, wie sich ihre Miene veränderte: Ihre Augen weiteten sich, der Mund öffnete sich zu einem Schrei. Rasch legte er einen Finger auf seine Lippen. Sie begriff und schlug die Augen nieder. Aber Wolff hatte ihren Blick bemerkt und drehte den Kopf, um herauszufinden, wen sie gesehen hatte.

Die drei saßen, von Vandam aus gesehen, links, und es war seine linke Wange, die Wolff mit dem Messer verletzt hatte. Er wandte sich um und sagte zu den Passagieren, die Wolff gegenübersaßen: »Ihre Papiere, bitte.«

Vandam war nicht darauf gefaßt gewesen, daß Billy schlafen könnte.

Er hatte sich darauf eingestellt, dem Jungen und Elene ein Zeichen zu geben, und gehofft, daß Billy geistesgegenwärtig reagieren werde. Aber diese Situation war ganz anders. Wenn Billy aufwachte und seinen Vater vor sich sah, würde er wahrscheinlich alles auffliegen lassen.

Vandam forderte Wolff auf: »Papiere, bitte.«

Zum erstenmal musterte er seinen Feind von Angesicht zu Angesicht. Wolff war ein gutaussehender Bursche: breite Stirn, gekrümmte Nase, ebenmäßige, weiße Zähne, starke Kiefer. Nur um die Augen und die Mundwinkel war ein Anflug von Schwäche, von Zügellosigkeit und Lasterhaftigkeit zu entdecken. Er reichte Vandam seine Dokumente und blickte gelangweilt aus dem Fenster. Die

Papiere identifizierten ihn als Alex Wolff, Villa les Oliviers, Garden City. Der Mann besaß eine erstaunliche Frechheit.

»Wohin fahren Sie, Sir?« fragte Vandam.

»Nach Assiut.«

»Geschäftlich?«

»Um Verwandte zu besuchen.« Die Stimme war tief und kräftig. Vandam hätte den Akzent nicht bemerkt, wenn er sich nicht darauf konzentriert hätte.

»Gehören Sie zusammen?«

»Das sind mein Sohn und sein Kindermädchen«, sagte Wolff. Vandam nahm Elenes Papiere und musterte sie. Am liebsten hätte er Wolff an der Kehle gepackt und ihn heftig durchgeschüttelt. *Das sind mein Sohn und sein Kindermädchen*. Du Schwein.

Er gab Elene ihre Papiere zurück. »Sie brauchen das Kind nicht zu wecken.« Dann nahm er die Brieftasche des Priesters, der neben Wolff saß.

»Weshalb kontrollieren Sie uns, Major?« erkundigte Wolff sich.

Vandam wandte sich ihm wieder zu und bemerkte, daß er einen langen, frischen Kratzer am Kinn hatte. Vielleicht hatte Elene ihm Widerstand geleistet. »Sicherheitsgründe, Sir.«

»Ich fahre auch nach Assiut«, erklärte der Priester.

»Zum Kloster?«

»Richtig. Sie haben davon gehört?«

»Die Heilige Familie wohnte dort nach ihrem Aufenthalt in der Wüste.«

»Ja. Sind Sie schon einmal dort gewesen?«

»Noch nicht, vielleicht schaffe ich's diesmal.«

»Das hoffe ich.«

Vandam reichte ihm seine Papiere. »Vielen Dank.« Er ging langsam zur nächsten Sitzreihe und kontrollierte die Dokumente der anderen Passagiere. Als er aufsah, begegnete er Wolffs Blick. Wolff beobachtete ihn mit ausdrucksloser Miene. Vandam überlegte, ob er etwas Verdächtiges getan hatte. Als er das nächste Mal die Augen hob, starrte Wolff wieder aus dem Fenster.

Was Elene wohl denkt? Sie muß sich fragen, was ich vorhabe. Vielleicht kann sie es erraten. Trotzdem muß es schwer für sie sein, stillzusitzen und mich ohne ein Wort vorbeigehen zu lassen. Wenigstens weiß sie jetzt, daß sie nicht allein ist.

Und Wolff? Vielleicht war er ungeduldig oder gespannt ... nein, offensichtlich langweilte er sich.

Vandam kam zum Ende des Wagens und überprüfte die letzten Papiere. Er gab sie zurück und wollte sich gerade wieder einen Weg durch den Gang bahnen, als er einen Schrei hörte:

»Das ist mein Vater!«

Er zuckte zusammen. Billy lief schwankend, gegen die Sitze stoßend, mit ausgestreckten Armen auf ihn zu.

Oh Gott.

Wolff und Elene waren aufgesprungen. Wolff beobachtete die Szene konzentriert, Elene voller Furcht. Vandam öffnete die Tür hinter sich, tat so, als habe er Billy nicht bemerkt, und schob sich rückwärts hinaus. Billy rannte ihm nach. Vandam warf die Tür zu und nahm seinen Sohn in die Arme.

»Keine Angst«, versuchte er, Billy zu beruhigen. »Keine Angst.«

Wolff würde ihm folgen.

»Er hat mich mitgenommen!« sprudelte Billy hervor. »Ich habe die Geographiestunde verpaßt, und ich habe so einen Schrecken gekriegt!«

»Nun ist alles vorbei.« Vandam wollte Billy nicht mehr allein lassen; er würde den Jungen bei sich behalten und Wolff töten ... Nein, es war unmöglich, er *mußte* weitermachen ... Vandam nahm sich zusammen. »Paß auf. Ich bin hier, und ich lasse dich nicht im Stich, aber ich muß den Mann fangen. Er darf nicht wissen, wer ich bin. Er ist der deutsche Spion, den ich schnappen wollte. Verstehst du?«

»Ja, ja..«

»Kannst du so tun, als hättest du dich geirrt? Kannst du ihm sagen, ich sei nicht dein Vater, und zu ihm zurückgehen?«

Billy starrte ihn mit offenem Mund an. Er brachte kein Wort hervor, aber seine ganze Miene schien zu sagen: Nein, nein, nein!

»Dies ist eine echte Detektivgeschichte, Billy, und wir beide spielen darin mit. Du mußt zu ihm zurückkehren und so tun, als hättest du dich geirrt. Aber vergiß nicht, ich werde in der Nähe sein und wir werden ihn erwischen. Kannst du das? Kannst du das?«

Billy antwortete nicht.

Die Tür öffnete sich und Wolff kam heraus.

»Was ist los?« fragte er.

Vandam setzte eine höfliche Miene auf und zwang sich zu einem Lächeln. »Er scheint aus einem Traum aufgewacht zu sein und hielt mich für seinen Vater.«

Wolff blickte Billy an. »Was für ein Unsinn!« knurrte er. »Komm sofort zurück zu deinem Platz.«

Billy stand still.

Vandam legte dem Jungen eine Hand auf die Schulter. »Los, junger Mann, dann wollen wir mal den Krieg gewinnen!«

Die vertrauten Worte rüttelten Billy auf. Er grinste tapfer. »Entschuldigen Sie, Sir, ich muß wohl geträumt haben.«

Vandam fühlte sich auf einmal sehr elend.

Billy drehte sich um und ging zurück in den Wagen. Wolff und Vandam folgten ihm. Während sie sich durch den Gang schoben, wurde der Zug langsamer. Er näherte sich der nächsten Station, wo Vandams Motorrad wartete. Billy erreichte seinen Platz und setzte sich. Elene starrte Vandam verständnislos an. Billy berührte ihren

Arm und sagte: »Ich habe mich geirrt, ich muß geträumt haben.« Elene schaute von Billy zu Vandam, und ein seltsames Leuchten erschien in ihren Augen: Offenbar war sie den Tränen nahe.

Vandam wollte nicht an ihnen vorbeigehen. Er wollte sich hinsetzen, mit ihnen reden, irgend etwas tun, um länger bei ihnen bleiben zu können. Draußen tauchte wieder ein staubiger kleiner Ort auf. Er gab der Versuchung nach und blieb an der Tür stehen. »Gute Reise«, wünschte er Billy.

»Vielen Dank, Sir.«

Er ging hinaus.

Der Zug lief in den Bahnhof ein und bremste. Vandam stieg aus. Er stellte sich in den Schatten einer Markise und wartete. Außer ihm verließ niemand den Zug, aber zwei oder drei Passagiere stiegen in die zweite Klasse. Ein Pfiff, und der Zug setzte sich in Bewegung. Vandam hatte die Augen auf das Fenster neben Billys Platz gerichtet: Er sah das Gesicht seines Sohnes. Billy hob die Hand zu einem schwachen Winken. Vandam winkte zurück, und das Gesicht war verschwunden. Er merkte, daß er am ganzen Körper zitterte.

Vandam blickte dem Zug nach, bis er am Horizont verschwand. Dann verließ er den Bahnhof. Draußen stand sein Motorrad; der junge Polizist aus dem letzten Ort saß im Sattel und erklärte einer kleinen Gruppe von Bewunderern die Geheimnisse der Maschine. Vandam gab ihm die andere Hälfte der Pfundnote. Der junge Mann salutierte.

Vandam kletterte auf die Maschine und startete. Er wußte nicht, wie der Polizist nach Hause zurückkehren würde, aber es war ihm gleichgültig. Er fuhr nach Süden aus der Stadt. Die Sonne hatte den Zenit überschritten, doch die Hitze war immer noch gewaltig.

Bald überholte Vandam den Zug. Er schätzte, daß er Assiut in dreißig oder vierzig Minuten erreichen würde.

Dort würde er sich mit Captain Newman treffen. Vandam hatte eine ungefähre Vorstellung von dem, was er danach unternehmen wollte, aber was die Einzelheiten betraf, würde er improvisieren müssen.

Er ließ den Zug mit Billy und Elene hinter sich, die einzigen Menschen, die er liebte.

28

DER ZUG FUHR in den Bahnhof ein und hielt. Elene sah ein Schild mit der Aufschrift »Assiut« in arabischer und englischer Sprache.

Es war eine ungeheure Erleichterung gewesen, Vandams gütiges, besorgtes Gesicht im Zug zu sehen. Eine Zeitlang hatte sie wieder Hoffnung geschöpft. Sie hatte erwartet, er würde eine Pistole ziehen, seine Identität enthüllen oder Wolff angreifen. Doch allmählich hatte sie eingesehen, daß es nicht so einfach war. Die eisige Ruhe, mit der Vandam seinen eigenen Sohn zu Wolff zurückschickte, hatte sie erstaunt, beinahe entsetzt; und Billys Tapferkeit war unglaublich gewesen. Ihr war der Mut noch weiter gesunken, als Vandam ihnen vom Bahnsteig aus zugewinkt hatte. Was hatte er vor? Natürlich, der »Rebecca«-Code beschäftigte ihn immer noch. Er mußte einen Plan haben, nach dem er sie und Billy retten, sich aber zugleich den Codeschlüssel verschaffen wollte. Zum Glück schien Billy sicher zu sein, daß sein Vater die Situation unter Kontrolle hatte. Er war wieder munter geworden, hatte sich für die Landschaft interessiert und Wolff sogar gefragt, woher er das Messer habe. Elene wünschte sich, genauso zuversichtlich zu sein.

Wolff war ebenfalls in bester Laune. Der Zwischenfall mit Billy hatte ihn aus der Fassung gebracht, und er war

Vandam gegenüber feindselig und argwöhnisch gewesen. Aber er schien beruhigt, als Vandam aus dem Zug stieg. Erst bei der Ankunft in Assiut gewann die Erregung die Oberhand. In den letzten 24 Stunden hatte sich irgend etwas an Wolff verändert. Bei ihrer ersten Begegnung war er ein sehr selbstsicherer, höflicher Mann gewesen. Außer einer leichten Arroganz hatte er nur selten Emotionen gezeigt. Nun war alles anders. Er zappelte, blickte sich unstet um, und alle paar Sekunden zuckten seine Mundwinkel fast unmerklich. Er schien, die ihm eigene Beherrschung verloren zu haben. Es mußte daran liegen, daß sein Kampf mit Vandam sich zugespitzt hatte. Was als Spiel der Kräfte begonnen hatte, war zu einer tödlichen Auseinandersetzung geworden. Seltsam, daß der rücksichtslose Wolff nervös wurde, während Vandam immer kühler reagierte.

Wolff stand auf und hob seinen Koffer aus dem Gepäcknetz. Elene und Billy stiegen hinter ihm auf den Bahnsteig. Diese Stadt war größer und geschäftiger als die anderen, und der Bahnhof war überfüllt. Während sie den Zug verließen, wurden sie von Menschen angerempelt, die einsteigen wollten. Wolff, einen Kopf größer als die meisten Männer, begann, ihnen einen Pfad zum Ausgang zu bahnen. Plötzlich packte ein schmutziger, barfüßiger Junge, der einen gestreiften, grünen Pyjama trug, Wolffs Koffer und rief: »Ich hole Taxi! Ich hole Taxi!« Wolff ließ den Koffer nicht los, und der Junge auch nicht. Er zuckte halb belustigt, halb verlegen die Achseln und ließ sich von dem Jungen zum Tor ziehen.

Sie zeigten ihre Fahrkarten und gingen hinaus auf den Platz. Es war später Nachmittag, aber hier im Süden brannte die Sonne immer noch sehr stark. Der Platz war von hohen Gebäuden umsäumt. Vor dem Bahnhof stand eine Reihe Taxis, vor die Pferde gespannt waren. Elene schaute sich um. Von Vandam war nichts zu sehen. Wolff sagte zu dem Araberjungen: »Ein Motortaxi, ich brauche ein Motortaxi.« Es gab nur ein einziges Auto, einen alten Morris, der ein paar Meter hinter den Pferdetaxis parkte. Der Junge führte sie zu ihm.

»Steig vorn ein«, befahl Wolff Elene. Er gab dem Jungen eine Münze und setzte sich mit Billy nach hinten. Der Fahrer trug eine dunkle Brille und arabische Kopfbekleidung, um sich vor der Sonne zu schützen. »Nach Süden, in Richtung des Klosters«, wies Wolff den Fahrer auf arabisch an.

»Okay«, antwortete der Fahrer.

Elenes Herz setzte einen Schlag aus. Sie erkannte die Stimme und musterte den Chauffeur. Es war Vandam.

*

Vandam ließ den Bahnhof hinter sich und dachte: so weit, so gut – von der Sprache abgesehen. Ihm war nicht eingefallen, daß Wolff mit einem Taxichauffeur arabisch sprechen könnte. Vandams Arabischkenntnisse waren kümmerlich, aber er war in der Lage, Richtungsanweisungen zu verstehen. Er konnte einsilbig, mit Grunzlauten oder sogar auf englisch antworten, denn die Araber, die ein wenig englisch sprachen, brannten immer darauf, ihre Kenntnisse zu zeigen, sogar wenn ein Europäer sie auf arabisch anredete. Es würde keine Probleme geben, solange Wolff nicht beabsichtigte, sich über das Wetter und die Ernte zu unterhalten.

Captain Newman hatte alles geliefert, was Vandam verlangt hatte, sogar Diskretion. Er hatte ihm seinen Revolver, einen sechsschüssigen Enfield 380, geliehen, der nun unter der Galabiya in Vandams Hosentasche steckte. Während er auf den Zug wartete, hatte Vandam Newmans Karte von Assiut und Umgebung studiert; deshalb wußte er, wo die nach Süden aus der Stadt führende Straße zu finden war. Er fuhr durch die Suks, wobei er ständig hupte, wie es in Ägypten Brauch war, lenkte gefährlich nahe an den großen Holzrädern der Karren vorbei und schob Schafe mit der Stoßstange aus dem Weg. An beiden Seiten drängten sich Läden, Cafés und Werkstätten auf die Straße. Die ungepflasterte Fahrbahn war mit Staub, Abfällen und Dung bedeckt. Vandam blickte in den Rückspiegel und sah, daß vier oder fünf Kinder sich auf die hintere Stoßstange gesetzt hatten.

Wolff sagte etwas, und diesmal verstand Vandam ihn nicht. Er tat, als habe er die Bemerkung nicht gehört. Wolff wiederholte sie. Vandam verstand das Wort für Benzin. Wolff zeigte auf eine Tankstelle, doch Vandam zeigte auf die Anzeige am Armaturenbrett: »*Kifaya*«, sagte er. »Genug.« Wolff schien, zufrieden zu sein. Vandam verstellte seinen Spiegel und warf verstohlen einen Blick auf Billy. Ob er ihn erkannt hatte? Billy starrte Vandams Hinterkopf freudig an. Verrate uns nicht, um Gottes willen!

Sie fuhren aus der Stadt und steuerten auf einer geraden Wüstenstraße nach Süden. Zu ihrer Linken waren bewässerte Felder und Haine; zu ihrer Rechten lag die Mauer der Granitklippen, die von einer Staubschicht beige gefärbt waren. Im Auto herrschte eine eigenartige Atmosphäre. Vandam spürte Elenes Spannung, Billys Euphorie und Wolffs Ungeduld. Er selbst war sehr nervös. Ob Wolff etwas ahnte? Der Spion brauchte sich den Taxifahrer nur etwas genauer anzusehen, um zu merken, daß es sich um den Mann handelte, der seine Papiere im Zug kontrolliert hatte. Vandam hoffte, daß Wolff von dem Gedanken an das Funkgerät in Anspruch genommen wurde.

»*Ruh alyaminak*«, sagte Wolff.

Vandam wußte, daß dies »Rechts abbiegen« bedeutete. Vor sich entdeckte er eine Abzweigung, die direkt zur Klippe zu führen schien. Er senkte die Geschwindigkeit, bog ab und merkte, daß er auf einen Paß zusteuerte, der durch die Hügel führte.

Er war überrascht. Newmans Karte zufolge lagen weiter südlich ein paar Dörfer und das berühmte Kloster an der Straße, doch hinter diesen Hügeln war nichts als die Westliche Wüste. Wenn Wolff das Gerät im Sand vergraben hatte, würde er es nie wiederfinden. Vandam hoffte es nicht, denn von dem Funkgerät hing alles ab.

Die Straße begann anzusteigen, und das alte Auto mühte sich ab, die Anhöhe zu bewältigen. Vandam schaltete einmal, zweimal. Der Wagen nahm den Gipfel im zweiten Gang. Er blickte über eine scheinbar endlose Wüste. Wenn er nur einen Jeep hätte! Er fragte sich, wie weit Wolff fahren wollte. Hoffentlich kehrten sie vor Anbruch der Dunkelheit nach Assiut zurück. Er konnte Wolff keine Fragen stellen, da er Angst hatte, sich mit seinen mangelhaften Arabischkenntnissen zu verraten.

Die Straße wurde zu einem Pfad. Vandam fuhr so schnell wie möglich und wartete auf Anweisungen von Wolff. Genau vor ihnen versank die Sonne am Himmel. Eine Stunde später kamen sie an einer kleinen Schafherde vorbei, die, von einem Mann und einem Jungen bewacht, zwischen kargen büscheligen Kameldornen weidete. Wolff richtete sich auf und begann, sich umzusehen. Kurz danach kreuzte die Straße ein Wadi. Vorsichtig ließ Vandam das Auto die Böschung des ausgetrockneten Flusses hinunterrollen.

»Ruh ashshimalak«, sagte Wolff.

Vandam bog nach links ab. Der Boden war hart. Zu seinem Erstaunen sah er Menschen, Zelte und Tiere in dem Wadi. Es war wie eine Geheimgesellschaft. Eine Meile später sahen sie die Erklärung: ein Brunnen.

Die Brunnenöffnung war durch eine niedrige runde Mauer aus Schlammziegeln gekennzeichnet. Vier grob behauene Baumstämme über der Öffnung hielten eine primitive Winde. Vier oder fünf Männer holten ununterbrochen Wasser heraus und leerten die Eimer in strahlenförmig neben dem Brunnen stehende Tröge. Kamele und Frauen drängten sich um sie.

Vandam fuhr dicht an den Brunnen heran. Wolff sagte: *»Andak.«* Vandam bremste. Die Wüstenbewohner zeigten keine Neugier, obwohl sie sicher nur selten ein Motorfahrzeug zu sehen bekamen. Vielleicht, dachte er, läßt ihr schweres Leben ihnen keine Zeit, sich um seltsame Dinge zu kümmern. Wolff stellte einem der Männer in schnellem arabisch Fragen. Nach einem kurzen Austausch deutete der Mann nach vorn. Wolff sagte: *»Dughri.«* Vandam fuhr weiter.

Endlich erreichten sie ein großes Lager; Wolff ließ ihn anhalten. Es bestand aus mehreren dicht nebeneinanderstehenden Zelten, ein paar eingepferchten Schafen, einigen an den Vorderbeinen gefesselten Kamelen und zwei Feuern. Wolff streckte plötzlich die Hand aus, schaltete den Motor ab und zog den Zündschlüssel heraus. Ohne ein Wort stieg er aus dem Taxi.

*

Ischmael saß am Feuer und kochte Tee. Er blickte auf und murmelte: »Friede sei mit dir« – so beiläufig, als wäre Wolff aus dem Nachbarzelt gekommen.

»Und mit dir seien Gesundheit, Gottes Gnade und Segen«, erwiderte Wolff förmlich.

»Wie ist deine Gesundheit?«

»Gott segne dich. Es geht mir gut, Gott sei Dank.«

Wolff hockte sich in den Sand. Ischmael reichte ihm eine Tasse. »Nimm.«

»Gott schenke dir Glück.«

»Und dir auch.«

Wolff trank den Tee, der heiß, süß und sehr stark war. Ihm fiel ein, wie dieses Getränk ihn bei seinem Treck durch die Wüste gekräftigt hatte ... War das erst zwei Monate her?

Als Wolff ausgetrunken hatte, hob Ischmael die Hand zum Kopf und sagte: »Es möge dir bekommen.«

»Gott gebe, daß es dir bekommt.«

Die Förmlichkeiten waren beendet. Ischmael fragte: »Und deine Freunde?« Er nickte zum Taxi hinüber, das in der Mitte des Wadis parkte.

»Es sind keine Freunde.«

Ischmael nickte wieder. Er kannte keine Neugier.

»Du hast meinen Koffer noch?« erkundigte Wolff sich.

»Ja.«

Er würde ja sagen, ob er ihn hat oder nicht, dachte Wolff. Ischmael schickte sich nicht an, den Koffer zu holen. Er war unfähig, sich zu beeilen. »Schnell« bedeutete: »innerhalb der nächsten Tage«; »sofort« bedeutete: »morgen«.

»Ich muß heute in die Stadt zurückkehren«, sagte Wolff.

»Aber du wirst in meinem Zelt schlafen.«

»Leider nein.«

»Dann wirst du mit uns essen.«

»Auch nicht, so leid es mir tut. Die Sonne steht schon niedrig, und ich muß in der Stadt sein, bevor die Nacht hereinbricht.«

Der Araber schüttelte traurig den Kopf. Er schien Wolff für einen hoffnungslosen Fall zu halten. »Du bist gekommen, um deinen Koffer abzuholen.«

»Ja. Bitte, laß ihn mir bringen, mein Cousin.«

Ischmael wandte sich an einen Mann, der hinter ihm stand; dieser sprach mit einem jüngeren Mann, der einem Kind befahl, den Koffer zu holen. Wolff nahm aus Höflichkeit eine Zigarette, die sein Cousin ihm anbot. Ischmael zündete sie mit einem Zweig aus dem Feuer an. Wolff überlegte, wie die Zigaretten hierhergekommen waren. Das Kind brachte den Koffer und hielt ihn Ischmael hin. Ischmael deutete auf Wolff.

Er packte den Koffer und öffnete ihn. Ungemeine Erleichterung überkam Wolff, während er das Funkgerät, das Buch und den Codeschlüssel betrachtete. Auf der langen und mühsamen Zugreise war sein Optimismus geschwunden, doch nun kehrte er zurück. Nun war er wieder überzeugt, daß er den Krieg entscheiden werde. Er senkte den Kofferdeckel. Seine Hände waren unsicher.

Ischmael musterte ihn mit verengten Augen. »Dieser Koffer ist sehr wichtig für dich.«

»Er ist wichtig für die Welt.«

»Die Sonne geht auf, und die Sonne geht unter. Manchmal regnet es. Wir leben, dann sterben wir.« Er zuckte die Schultern.

Er wird mich nie verstehen, aber andere werden es, dachte Wolff und stand auf. »Ich danke dir, mein Cousin.«

»Gehe in Frieden.«

»Möge Gott dich schützen.«

Wolff drehte sich um und ging auf das Taxi zu.

*

Elene sah, wie Wolff mit einem Koffer in der Hand von dem Feuer zurückkehrte. »Er kommt zurück. Und nun?«

»Er wird nach Assiut fahren wollen.« Vandam wich ihrem Blick aus. »Diese Funkgeräte haben keine Batterien, sie sind auf das Stromnetz angewiesen. Deshalb müssen wir wieder nach Assiut, wo es Elektrizität gibt.«

»Kann ich vorn sitzen?« fragte Billy.

»Nein. Still jetzt. Es dauert nicht mehr lange.«

»Ich habe Angst vor ihm.«

»Ich auch.«

Elene zitterte. Wolff stieg in das Taxi. »Assiut«, sagte er. Vandam hielt ihm die Handfläche hin, und Wolff ließ den Schlüssel hineinfallen. Er startete den Wagen und wendete. Sie fuhren durch das Wadi, am Brunnen vorbei und bogen auf die Straße ab. Elene dachte über den Koffer nach, den Wolff auf den Knien hatte. Er enthielt all das, wofür sie jetzt ihr Leben riskierten. Sie war sehr müde. Die Sonne stand niedrig hinter ihnen, und die kleinsten Gegenstände – Sträucher, Grasbüschel – warfen lange Schatten. Abendwolken zogen sich über den Hügeln vor ihnen zusammen.

»Schneller«, sagte Wolff auf arabisch. »Es wird dunkel.«

Vandam schien ihn zu verstehen, denn er gab Gas. Der Wagen holperte und schaukelte auf der unebenen Straße. Nach ein paar Minuten klagte Billy: »Mir ist schlecht.«

Elene drehte sich um. Sein Gesicht war bleich und gespannt; er saß kerzengerade. »Langsamer«, bat sie Vandam und wiederholte ihre Worte auf arabisch, als sei ihr zu spät eingefallen, daß er nicht englisch sprach.

Er senkte die Geschwindigkeit ein wenig, aber Wolff befahl: »Schneller.« Er sagte zu Elene: »Kümmere dich nicht um das Kind.«

Vandam fuhr schneller.

Elene drehte sich wieder zu Billy um. Er war kreidebleich und schien den Tränen nahe. »Du gemeiner Schuft«, flüsterte sie Wolff zu.

»Anhalten«, sagte Billy.

Wolff ignorierte ihn, und Vandam mußte vorgeben, seinen Sohn nicht verstanden zu haben.

Auf der Straße war eine leichte Erhebung. Das Auto nahm sie mit hoher Geschwindigkeit, stieg ein paar Zentimeter in die Luft und krachte wieder auf die Fahrbahn. Billy schrie: »Dad, halt an. Dad!«

Vandam trat die Bremse durch.

Elene stemmte sich gegen das Armaturenbrett und blickte sich zu Wolff um.

Einen Sekundenbruchteil lang war er wie gelähmt. Seine Augen glitten zu Vandam, zu Billy, dann zurück zu Vandam. Elene sah an seiner Miene zuerst Verblüffung, dann Furcht. Sie wußte, daß er an den Vorfall im Zug, an den Araberjungen am Bahnhof und die Kaffiyeh dachte, die das Gesicht des Taxifahrers bedeckte. Plötzlich merkte sie, daß er alles begriff. Das Auto kam quietschend zum Stehen, und die Insassen wurden nach vorn geschleudert. Wolff gewann sofort das Gleichgewicht. Mit einer schnellen Bewegung warf er den linken Arm um Billy und zog den Jungen an sich. Elene sah, wie seine Hand in sein Hemd fuhr und das Messer hervorzog.

Der Wagen stand.

Vandam blickte sich um. Im selben Moment glitt seine Hand zum Seitenschlitz seiner Galabiya, aber er erstarrte.

Wolffs Messer war nur zwei Zentimeter von der weichen Haut an Billys Kehle entfernt. Billy hatte angstvoll die Augen aufgerissen. Vandam war verzweifelt. Um Wolffs Mundwinkel spielte der Anflug eines wahnsinnigen Lächelns.

»Verdammt«, sagte er. »Fast hätten Sie mich gehabt.«

Alle starrten ihn schweigend an.

»Nehmen Sie das alberne Ding ab«, befahl er.

Vandam zog sich die Kaffiyeh vom Kopf.

»Lassen Sie mich raten«, meinte Wolff. »Major Vandam.« Er schien den Moment zu genießen. »Wie gut, daß ich Ihren Sohn als Sicherheit mitgenommen habe.«

»Es ist vorbei, Wolff«, sagte Vandam. »Die halbe britische Armee ist Ihnen auf der Spur. Entweder lassen Sie sich von mir festnehmen, oder man wird Sie töten.«

»Ich glaube nicht, daß Sie die Wahrheit sagen. Sie würden die Armee niemals einschalten, weil Sie Ihren Sohn nicht gefährden wollen. Ich glaube, Ihre Vorgesetzten wissen nicht einmal, wo Sie sind.«

Elene wußte, daß Wolff recht hatte, und gab alle Hoffnung auf. Sie war überzeugt: Vandam hatte die Schlacht verloren.

»Unter seiner Galabiya trägt Major Vandam eine Khakihose. In einer der Taschen oder im Gürtel wirst du eine Pistole finden. Hol sie raus.«

Elene griff durch den Seitenschlitz der Galabiya und

fand die Pistole in Vandams Tasche. Sie dachte: Woher wußte Wolff das? Er mußte es erraten haben. Sie zog die Pistole hervor. Elene blickte Wolff an. Er konnte ihr die Pistole nicht abnehmen, ohne Billy loszulassen, und dann würde Vandam etwas unternehmen.

Aber Wolff hatte daran gedacht. »Klapp die Pistole auf, so daß der Lauf nach vorn fällt. Sieh zu, daß du nicht zufällig den Hahn durchdrückst.«

Sie hantierte an der Pistole.

»Wahrscheinlich ist am Zylinder eine Sperre.«

Elene fand die Sperre und öffnete die Pistole.

»Nimm die Patronen heraus und wirf sie aus dem Auto.«

Sie tat es.

»Leg die Pistole auf den Boden.«

Sie legte die Waffe hin.

Wolff schien erleichtert. Nun war sein Messer wieder die einzige Waffe. Er sagte zu Vandam: »Steigen Sie aus.«

Vandam blieb bewegungslos sitzen.

»Steigen Sie aus«, wiederholte Wolff. Mit einer plötzlichen, genau kalkulierten Bewegung schlitzte er Billys Ohrläppchen auf. Ein Blutstropfen quoll hervor.

Vandam stieg aus.

Wolff wandte sich an Elene. »Auf den Fahrersitz.« Sie kletterte über den Schalthebel.

Vandam hatte die Autotür offengelassen. »Schließ die Tür.« Elene machte sie zu. Vandam stand neben dem Auto und starrte hinein.

»Los.«

Der Motor hatte ausgesetzt. Elene legte den Leerlauf ein und drehte den Zündschlüssel um. Der Motor stotterte und erstarb. Sie hoffte, daß er nicht anspringen würde. Wieder drehte sie den Schlüssel, und wieder versagte die Zündung.

»Gib Gas, während du den Schlüssel umdrehst«, sagte Wolff. Sie tat es. Der Motor zündete und heulte auf.

»Fahr schon.«

Elene startete.
»Schneller.«
Sie legte den zweiten Gang ein.
Im Rückspiegel sah sie, daß Wolff das Messer wegsteckte und Billy losließ. Hinter dem Auto, schon fünfzig Meter entfernt, stand Vandam auf der Wüstenstraße. Seine Silhouette hob sich gegen den Sonnenuntergang ab. Er stand ganz still. »Er hat kein Wasser!« rief Elene.
»Richtig«, entgegnete Wolff.
Da begann Billy zu toben.
Elene hörte ihn schreien: »Du kannst ihn nicht zurücklassen!« Sie drehte sich um und achtete nicht mehr auf die Straße. Billy hatte Wolff wie eine rasende Wildkatze angesprungen. Er schlug, kratzte und trat mit den Füßen; sein Gesicht war eine Maske kindlicher Wut, er kreischte, und sein Körper verkrampfte sich, als habe er einen epileptischen Anfall. Wolff war überrascht und konnte sich nicht sofort zur Wehr setzen. In dem engen Raum, mit Billy so dicht bei ihm, war er nicht in der Lage, zu einem Schlag auszuholen. Deshalb hob er die Arme, um sich zu schützen, und versuchte, den Jungen zurückzustoßen.
Elene schaute wieder auf die Straße. Während sie sich umgedreht hatte, war das Auto von der Fahrbahn abgekommen, und nun pflügte das linke Vorderrad durch das Gestrüpp neben der Straße. Sie wollte das Lenkrad drehen, aber es schien einen eigenen Willen zu besitzen. Elene trat auf die Bremse, und der hintere Teil des Wagens rutschte zur Seite. Zu spät sah sie direkt vor sich eine tiefe Furche. Die Breitseite des rutschenden Autos traf mit solcher Wucht auf die Furche, daß ihre Knochen durchgerüttelt wurden. Aus dem Augenwinkel sah sie, daß Wolff und Billy hilflos hin und her geschleudert wurden.
Das Taxi glitt von der Fahrbahn in den weichen Sand. Es wurde jäh langsamer, und Elene knallte mit der Stirn an den Rand des Lenkrades. Der Wagen schien sich überschlagen zu wollen. Sie fiel zur Seite, klammerte sich am

Lenkrad und am Schalthebel fest. Das Auto überschlug sich nicht, sondern balancierte auf der Kante wie eine rollende Münze. Der Schalthebel brach ab. Sie stürzte gegen die Tür und stieß sich wieder den Kopf. Das Taxi stand still.

Elene erhob sich auf Hände und Knie, sie hielt den abgebrochenen Schalthebel immer noch in der Hand. Ängstlich warf sie einen Blick auf den Rücksitz. Wolff und Billy waren übereinander gefallen. Der Spion bewegte sich.

Mit einem Knie stützte sie sich auf die Autotür, mit dem anderen auf das Fenster. Zu ihrer Rechten stand das Wagendach senkrecht in die Höhe, zu ihrer Linken war der Sitz. Sie schaute durch die Lücke zwischen der Sitzlehne und dem Dach.

Wolff riß sich hoch.

Billy schien bewußtlos zu sein.

Elene kniete jetzt auf dem Seitenfenster des Wagens. Sie fühlte sich verwirrt und hilflos.

Wolff stand auf der Innenseite der linken Hintertür und warf sein Gewicht gegen den Boden des Autos. Es schaukelte. Er wiederholte den Versuch, und der Wagen schaukelte stärker. Beim drittenmal neigte das Auto sich und fiel krachend auf seine vier Räder. Elene war benommen. Sie sah, wie Wolff die Tür öffnete und ausstieg. Er stand draußen, bückte sich und zog sein Messer. Vandam kam näher.

Elene kniete auf dem Sitz und beobachtete die beiden. Sie konnte sich nicht bewegen, bis sie ihre Benommenheit überwunden hatte. Vandam duckte sich, während Wolff, bereit zum Sprung, die Hände schützend erhob. Vandams Gesicht war gerötet, und er keuchte: Er war hinter dem Wagen hergelaufen. Sie umkreisten einander. Wolff hinkte leicht. Die Sonne hinter ihnen war eine riesige organgefarbene Kugel.

Vandam bewegte sich nach vorn und schien dann seltsam zu zögern. Wolff stieß mit dem Messer zu, doch Vandams Zögern hatte ihn überrascht, und er verfehlte seinen Gegner. Vandams Faust zuckte vor, Wolff taumelte zurück. Elene sah, daß seine Nase blutete.

Sie standen einander gegenüber wie Boxer im Ring.

Wieder sprang Vandam nach vorn. Diesmal wich Wolff zurück. Vandam trat zu, aber Wolff war außer Reichweite. Er holte mit dem Messer aus. Es durchschnitt Vandams Hose, die sich blutig färbte. Wolff stach wieder zu, doch Vandam war zurückgeschnellt. Der dunkle Fleck an seinem Hosenbein vergrößerte sich.

Elene schaute zu Billy. Der Junge lag schlaff, mit geschlossenen Augen auf dem Boden des Taxis. Sie kletterte nach hinten und hob ihn auf den Sitz. War er tot oder lebendig? Sie berührte sein Gesicht. Er regte sich nicht. »Billy, oh, Billy.« Sie blickte wieder hinaus. Vandam kniete im Sand. Sein linker Arm hing kraftlos an der blutbedeckten Schulter. Er hielt den rechten Arm abwehrend vor sich. Wolff kam näher.

Elene sprang aus dem Auto. Sie hatte immer noch den abgebrochenen Schalthebel in der Hand. Wolff holte aus, um von neuem zuzustoßen. Sie stolperte durch den Sand. Vandam zuckte zur Seite und wich aus. Elene hob den Schalthebel hoch in die Luft und hämmerte ihn mit voller Kraft auf Wolffs Hinterkopf. Er schien einen Moment stillzustehen.

»Gott«, stöhnte Elene.

Dann schlug sie noch einmal zu.

Ein drittes Mal.

Er fiel zu Boden.

Sie traf ihn noch einmal. Danach ließ sie den Schalthebel fallen und kniete sich neben Vandam.

»Gut gemacht«, sagte er mit schwacher Stimme.

»Kannst du aufstehen?«

Er legte ihr eine Hand auf die Schulter und wuchtete sich hoch. »Es ist gar nicht so schlimm.«

»Laß sehen.«

»Sofort. Hilf mir erst einmal.« Mit seinem unverletzten Arm packte er Wolffs Bein und zog ihn zum Wagen. Elene zerrte am Arm des Bewußtlosen. Als Wolff neben dem Auto lag, nahm Vandam dessen schlaffen Arm und legte die Hand auf das Trittbrett. Dann hob er den Fuß und trat auf den Ellbogen. Wolffs Arm brach knackend. Elene wurde weiß. »Wir müssen sichergehen, daß er keine Schwierigkeiten macht, wenn er zu sich kommt«, erklärte Vandam.

Er beugte sich über den Rücksitz und legte Billy seine Hand auf die Brust. »Er lebt. Gott sei Dank.«

Billy öffnete die Augen.

»Es ist alles vorbei«, sagte Vandam.

Der Junge schloß die Augen wieder.

Vandam kletterte auf den Fahrersitz. »Wo ist der Schalthebel?«

»Abgebrochen. Damit habe ich zugeschlagen.«

Er drehte den Zündschlüssel um. Der Wagen ruckte. »Gut, der Gang ist noch eingelegt.« Er trat auf die Kupplung und drehte den Schlüssel noch einmal um. Der Motor sprang an. Vandam ließ die Kupplung kommen, und der Wagen schob sich vor. Er stellte den Motor ab. »Wir sind mobil. Was für ein Glück.«

»Was machen wir mit Wolff?«

»Wir legen ihn in den Kofferraum.«

Vandam konzentrierte sich wieder auf Billy. Er war jetzt bei Bewußtsein und hatte die Augen weit geöffnet. »Wie geht's dir, mein Junge?«

»Entschuldige, daß mir schlecht geworden ist.«

»Du mußt fahren«, sagte Vandam zu Elene. Er hatte Tränen in den Augen.

*

Plötzlich war das Donnern von Flugzeugen zu hören. Rommel sah die britischen Bomber, die dicht über der nächsten Hügellinie auftauchten. »Deckung!« brüllte der

Feldmarschall. Er rannte zu einem Splittergraben und sprang hinein.

Der Lärm war furchtbar. Rommel lag mit geschlossenen Augen da. Er hatte Magenschmerzen. Man hatte ihm einen Arzt aus Deutschland geschickt, doch Rommel wußte, daß ein Sieg die einzig wirksame Medizin war.

Es war der 1. September. Alles war scheußlich mißlungen. Was wie der schwächste Punkt der alliierten Verteidigungslinie ausgesehen hatte, glich immer mehr einem Hinterhalt. Die Minenfelder, die nur leicht hätten sein sollen, waren kaum zu durchdringen; wo man harten Boden erwartet hatte, war Treibsand gewesen, und der Alam-Halfa-Kamm, der nur schwach befestigt sein sollte, wurde wirkungsvoll verteidigt. Rommels Strategie war falsch, sein Nachrichtendienst hatte sich getäuscht, sein Spion war im Irrtum gewesen.

Die Bomber flogen vorüber. Rommel kroch aus dem Graben. Seine Offiziere kamen aus der Deckung hervor und sammelten sich um ihn. Er hob den Feldstecher und blickte über die Wüste. Dutzende von Fahrzeugen standen still im Sand; viele von ihnen waren in Flammen gehüllt. Wenn der Feind angreift, dachte Rommel, können wir mit ihm fertig werden. Aber die Alliierten hatten sich fest verschanzt und zerstörten einen Panzer nach dem anderen.

Es hatte keinen Zweck. Seine Vorhut war 25 Kilometer von Alexandria entfernt, doch sie war steckengeblieben. 25 Kilometer, dachte er. Noch 25 Kilometer, und Ägypten hätte mir gehört. Er musterte die Offiziere und las in ihren Mienen.

Er sah die Vorahnung der Niederlage.

*

Er wußte, daß es ein Alptraum war, aber er konnte nicht aufwachen.

Die Zelle war einen Meter achtzig lang und einen Meter

zwanzig breit. Die Hälfte wurde von einem Bett eingenommen, unter dem ein Nachttopf stand. Die Wände waren aus glattem grauen Stein. Eine kleine Glühbirne hing an einem Draht von der Decke. Am einen Ende der Zelle war eine Tür, am anderen ein kleines, quadratisches Fenster, hinter dem man den hellen, blauen Himmel sehen konnte.

In seinem Traum dachte er: Bald wache ich auf, dann ist alles in Ordnung. Ich wache auf, und neben mir liegt eine schöne Frau auf einem Seidenlaken, wir trinken Champagner und ...

Aber dann kehrte der Traum von der Gefängniszelle zurück. Irgendwo in der Nähe donnerte eine große Trommel. Soldaten marschierten zu dem Rhythmus. Das Donnern war entsetzlich. Die Trommel und die Soldaten und die engen grauen Zellenwände und das ferne, lockende Quadrat des blauen Himmels – er hatte solche Angst, daß er sich zwang, die Augen zu öffnen. Und er wachte auf.

Verständnislos blickte er um sich. Kein Zweifel: Er war wach, der Traum war vorbei. Aber er befand sich immer noch in der Gefängniszelle. Er stand auf, schaute unter das Bett und entdeckte einen Nachttopf.

Er stand kerzengerade. Dann begann er, mit fürchterlicher Ruhe, den Kopf gegen die Wand zu hämmern.

*

Jerusalem, den 24. September 1942

Meine liebe Elene,

heute war ich an der Klagemauer. Ich stand mit vielen anderen Juden davor und betete. Dann schrieb ich ein Kvitl und steckte es in einen Spalt der Mauer. Möge Gott meine Bitte erfüllen.

Dies ist der schönste Ort der Erde, Jerusalem. Natürlich lebe ich nicht im Wohlstand. Ich schlafe auf einer Matratze in einem kleinen Zimmer mit fünf anderen Männern. Manchmal fege ich eine Werkstatt, in der einer meiner Zimmergefährten, ein junger Mann, Holz für die Tischler trägt. Ich bin sehr arm, wie immer, aber jetzt bin ich arm in Jerusalem, was besser ist, als reich in Ägypten zu sein.

Ich habe die Wüste in einem britischen Armeelastwagen durchquert. Sie fragten mich, was ich getan hätte, wenn ich nicht mitgenommen worden wäre. Als ich antwortete, ich wäre zu Fuß gegangen, hielten sie mich für verrückt. Aber dies ist das Vernünftigste, was ich je getan habe.

Du sollst wissen, daß ich sterbe. Meine Krankheit ist unheilbar, selbst wenn ich mir Ärzte leisten könnte, und ich habe nur noch Wochen, vielleicht ein, zwei Monate zu leben. Sei nicht traurig. Ich bin nie glücklicher gewesen.

Ich möchte dir sagen, was in meinem Kvitl steht. Ich habe Gott gebeten, meiner Tochter Elene Glück zu gewähren. Er wird meine Bitte erfüllen, wie ich glaube.

Leb wohl.
Dein Vater.

*

Der geräucherte Schinken war papierdünn geschnitten und zu zarten Zylindern gerollt. Die Brötchen waren am selben Morgen zu Hause gebacken worden. Ein Glas enthielt Kartoffelsalat mit echter Mayonnaise und kleingehackten Zwiebeln. Neben einer Flasche Wein gab es eine Flasche Soda, eine Tüte mit Orangen und ein Päckchen Zigaretten. Seine Marke.

Elene begann, alles in den Picknickkorb zu packen.

Sie hatte gerade den Deckel geschlossen, als an die Tür geklopft wurde. Bevor Elene sie öffnete, legte sie die Schürze ab.

Vandam trat ein, schloß die Tür hinter sich und küßte sie. Er umarmte sie und drückte sie fest an sich. Wie immer tat es ihr weh, aber sie beklagte sich nicht, denn sie hatten einander beinahe verloren, und jetzt waren sie dankbar, wenn sie zusammensein konnten.

Sie gingen in die Küche. Vandam hob den Picknickkorb an. »Meine Güte, was ist da drin – die Kronjuwelen?«

»Gibt es Neuigkeiten?«

Er wußte, daß sie Neuigkeiten über den Wüstenkrieg meinte. »Achsenmächte überall auf dem Rückzug. Das ist ein Zitat.«

Wie gelöst er in diesen Tagen war. Er sprach sogar anders. Sein Haar wurde etwas grau, und er lachte viel.

»Ich glaube, du gehörst zu den Männern, die mit zunehmendem Alter immer besser aussehen.«

»Warte nur, bis mir die Zähne ausfallen.«

Sie ging hinaus. Der Himmel war seltsam schwarz, und Elene sagte verblüfft »Oh!«, als sie die Straße betraten.

»Heute ist das Ende der Welt«, sagte Vandam.

»So etwas habe ich noch nie gesehen.«

Sie stiegen auf das Motorrad und machten sich zu Billys Schule auf. Der Himmel wurde noch dunkler. Die ersten Regentropfen fielen, als sie am Shepheard's Hotel vorbeikamen. Elene sah, wie ein Ägypter sich ein Taschentuch über den Fes legte. Die Regentropfen waren gewaltig; jeden durchnäßten sie bis auf die Haut. Vandam wendete und parkte vor dem Hotel.

Sie stellten sich unter die Hotelmarkise und beobachteten das Unwetter. Die Wassermenge war unglaublich. Innerhalb von Minuten flossen die Rinnsteine über, und die Bürgersteige wurden überflutet. Auf der anderen Straßenseite wateten Geschäftsbesitzer durch die Flut, um die Fensterläden zu schließen. Die Autos mußten stehenbleiben, wo sie waren.

»In dieser Stadt gibt es keine Kanalisation«, bemerkte Vandam. »Das Wasser kann nur in den Nil fließen. Sieh es dir an!« Die Straße war zu einem Strom geworden.

»Was ist mit dem Motorrad?«

»Es könnte weggeschwemmt werden«, erwiderte Vandam. »Ich muß es hierherbringen.« Er zögerte, sprintete dann auf den Bürgersteig, packte das Motorrad am Lenker und schob es durch das Wasser zur Hoteltreppe. Als er wieder den Schutz der Markise erreicht hatte, war seine Kleidung völlig durchtränkt, und das Haar klebte ihm am Kopf. Elene lachte.

Es regnete noch lange weiter. »Was wird aus Billy?« fragte Elene.

»Man wird die Kinder in der Schule behalten, bis der Regen aufhört.«

Schließlich gingen sie auf einen Drink ins Hotel.

Endlich klang der Sturm ab, und sie begaben sich wieder nach draußen. Aber sie mußten noch etwas warten, bis die Wassermassen abgelaufen waren. Als die Sonne herauskam, versuchten die Autofahrer, ihre Wagen anzulassen. Das Motorrad war nicht allzu feucht und sprang sofort an.

Die Straßen dampften im Sonnenschein, während sie zur Schule fuhren. Billy wartete schon. »Was für ein Sturm!« rief er aufgeregt. Er kletterte zwischen Elene und Vandam auf das Motorrad.

Ein paar Stunden später fuhren sie hinaus in die Wüste. Elene hielt sich an Vandams Rücken fest und hatte die Augen halb geschlossen. Deshalb bemerkte sie die Veränderung erst, als die Maschine stoppte.

Die Wüste war von einem Blumenteppich bedeckt.

Die Blumen, winzig wie Miniaturen, leuchteten bunt und schienen nur auf den Regen gewartet zu haben. Billy entfernte sich ein paar Schritte von der Straße und beugte sich vor, um eine Blüte zu untersuchen. Vandam umfaßte Elene und küßte sie.

Schließlich riß sie sich lachend los. »Du machst Billy verlegen.«

»Er wird sich daran gewöhnen müssen.«

Elene hörte auf zu lachen. »Wirklich?« fragte sie.

Vandam lächelte und küßte sie wieder.